CHIEMSEE
VERLAG

ISBN: 978-3-98660-068-6

Raiffeisenstr. 4 • D-83377 Vachendorf
Versand & Vertrieb durch Nova MD GmbH
www.novamd.de • bestellung@novamd.de • +49 (0) 861 166 17 27
Korrektorat: Beatrice Liebig
Text: Markus Mattzick
www.mattzick.net • autor.markus@mattzick.net
Bildnachweis: Shutterstock, Alex_Po; stockphotoatinat
Druck: CUSTOM PRINTING
Wał Miedzeszynski 217, 04-987 Warszawa, Polen

MARKUS MATTZICK

OHNE STROM

Jenseits deiner Grenzen.

BAND III

Für meine Grundschullehrerin Edith Hirschhäuser,
die mir das Lesen und Schreiben beigebracht und so unendliche
Welten eröffnet hat.
Vielen Dank auch für das Verzaubern der Druckbuchstaben zur
Schreibschrift, an dass ich mich bis heute gerne erinnere.

VORWORT

Willkommen zurück in Umbach! Mit Simones Ankunft im fiktiven mittelhessischen Dorf Umbach habe ich Leserinnen und Leser vor über 18 Monaten zurückgelassen. Schon meine Testlesenden wollten wissen, wie es weitergeht – dabei hatte ich eigentlich schon damit begonnen, einen Psychothriller zu schreiben. Den habe ich in die virtuele Schublade gelegt, um ein Spin-Off zu schreiben, das parallel zur bisherigen Geschichte spielt. Als mir der Chiemsee Verlag dann die Übernahme von „Ohne Strom – Wo sind deine Grenzen?“ angeboten und eine Fortsetzung angefragt hat, wanderte auch der Spin-Off Roman in die virtuelle Schublade und ich überlegte, an welcher Stelle ich die Geschichte forsetze. Statt direkt in den folgenden Winter zu gehen, setzt „Ohne Strom – Jenseits deiner Grenzen“ direkt am Ende von „Ohne Strom – Bis über deine Grenzen“ (Band 2) an.

An dieser Stelle möchte ich noch einmal kurz die bisherigen Ereignisse zusammenfassen: Die völkische Sekte der Freyristen unter Frau Odrell hat nach kurzem Kampf das Hofgut am Rande von Umbach ver- und dem Dorf überlassen. Simones Rückkehr wird vom Tod ihres Sohnes Lukas, der wenige Tage zuvor bei einer Auseinandersetzung zwischen dem Ratsmitglied Carl Holzer und Florian, getötet wurde, überschattet. Der Streit zwischen beiden Männern eskalierte, nachdem Florians Affäre mit Holzers Frau Iris bekannt wurde. Nach einem misslungenen Selbstmordversuch von Holzer übernimmt Nadine Bodner, Landwirtin und beste Freundin von Jutta, Florians Frau, die Rolle der Bürgermeisterin. Florian flüchtet aus dem Dorf, nachdem ihm Malte, der Vater des getöteten Lukas, ein Ultimatum gestellt hat, das Dorf zu verlassen. Laura, die

Tochter von Malte und Simone, und ihr Freund Gordon planen, gegen die radikaler werdenden Johannisten, die dem neuen Ratsmitglied Johannes Orloff folgen, vorzugehen. Bernd Schmidt, im Dorf meistens „Der Major“ genannt, hat die Umbacher Miliz aufgebaut. Die Sorge um den Verbleib seiner Töchter lässt ihn aber nicht ruhig.

Für diesen Band habe ich als Protagonisten Figuren Bernd, Nadine und Gordon ausgewählt, die einerseits den Figuren aus den ersten Bänden nahestehen und so auch deren Geschichte weiter erleben, die aber auch andererseits neue Sichtweisen mitbringen.

Ich wünsche gute Unterhaltung in Umbach und immer genug Licht und Wärme zum Lesen!

Markus Mattzick, Hüttenberg
Im Dezember 2022

PROLOG

Zwanzig Jahre auf der Straße hatten Oliver auf das Leben ohne Strom extrem gut vorbereitet. Am Anfang war das zumindest so. Aber dann hatte er schnell gemerkt, dass die Menschen noch misstrauischer wurden als vor dem Stromausfall. Und je weniger sie hatten, desto weniger gaben sie ab.

Die beiden Einkaufswagen, in denen er seine Habseligkeiten transportiert hatte, waren nach dem Blackout Ziel der Zerstörungswut von Halbstarken. Nichts, was Oliver nicht schon vorher mal hatte erdulden müssen, aber er hatte geahnt, dass es schlimmer werden würde.

Er hatte die Chance genutzt und sich in bereits geplünderten Geschäften mit einem großen Rucksack, einem modernen Schlafsack und Outdoor-Kleidung ausgestattet. Zu seiner Verwunderung waren diese Läden nicht vollständig ausgeräumt worden. Während er bei der Ausrüstung Glück hatte, war er beim Erbeuten von Nahrungsmitteln zunächst fast ganz leer ausgegangen, aber er hatte schon einige Male vier oder fünf Tage ohne etwas zu essen aushalten müssen. Eine Fähigkeit, die ihm im Laufe der Wochen nach dem Stromausfall einen Vorteil verschaffte, denn viele hatten Hunger vorher überhaupt noch nicht erlebt.

Zunächst hatte er Gießen nicht verlassen, immerhin war ihm die Universitätsstadt vertraut wie seine Westentasche und er kannte dort hilfsbereite Menschen. Erst waren aber die Sozialarbeiter nicht mehr an den üblichen Treffpunkten erschienen und dann blieben die anderen Clochards aus. Es dauerte nicht lange, bis Schreckensnachrichten die Runde machten, dass Banden Jagd auf Obdachlose wie ihn machen würden, und als er der Stadt den Rücken zukehrte, hörte er immer wieder Schüsse aus verschiedenen Vierteln.

Ohne konkretes Ziel wanderte er durch das Umland, mied die Dörfer und Städte und war froh, wenn er mal eine Nacht in einer Schutzhütte hatte verbringen können. Das war nicht ungefährlich, denn einerseits wachten die Dörfer über alles in ihrem Umfeld und andererseits konkurrierten viele der Flüchtlinge aus den Städten mit ihm um die begehrten Plätze.

Vor dem Blackout hatte er manchem, der ihn beim Betteln ignoriert hatte, den Absturz gewünscht, und nun waren viele von ihnen genau wie er: ganz unten. Aber anstatt sich darüber zu freuen, sah er die Familien mit Kindern, und auch wenn er denen gerne geholfen hätte, so musste er sich um sein eigenes Überleben kümmern.

Oliver saß auf einer Bank vor der Grillhütte am Kühberg und konnte das Lahntal zwischen Wetzlar und Gießen überblicken. Im Nordosten war der Dünsberg zu sehen, im Nordwesten die Windräder, die mittlerweile total nutzlos waren. Die Dörfer wirkten fast unverändert, wenn man von den kleinen Wallanlagen absah. Die Wolken am Himmel kündigten Regen an und Oliver war sich sicher, dass es seit dem Stromausfall kaum geregnet hatte. Er nahm seinen Rucksack und begab sich zur Hütte, um Schutz zu suchen.

ERSTER AKT

TAG 45

BERND

Das Bücherregal ließ sich wie eine Tür öffnen und Bernd freute sich darüber, wie leicht sich das selbst gebaute Konstrukt bewegte. Er hatte vor dem Bau berechnet, dass alles zusammen mehr als 100 Kilo wog, trotzdem ließ es sich bequem mit einer Hand bewegen. Richtig stolz war er auf die Öffnungsmechanik, die man mit dem Nachvornkippen eines Buches betätigte. Er hatte lange überlegt, welches Werk dazu passen würde, und seine Frau hatte ihn schließlich auf die Spur gebracht. Das Innere einer gebundenen Ausgabe von ›Tausendundeine Nacht‹ wurde ausgehöhlt, verklebt und mit dem Mechanismus verbunden. »Sesam öffne dich!«

Hinter der Tür war es dunkel und Bernd seufzte, als er, wieder mal erfolglos, den Lichtschalter betätigte. Er hatte so viel Energie und Geld in ein ausgeklügeltes System von Batteriespeichern und Notstromaggregaten gesteckt, aber in keinem Szenario, das er kannte, war der Strom komplett ausgefallen. Mit seinem Benzinfeuerzeug entzündete er den Docht der verzinkten Sturmlampe, senkte das Glas und hielt sie vor sich, als er in den versteckten Raum hinter der Regalwand ging.

Als er das Haus fünfzehn Jahre zuvor zusammen mit seiner Frau gekauft hatte, war dort noch kompakter Tonschiefer, und er hatte viel Zeit damit verbracht, unzählige Eimer Erde und Schiefer herauszutragen. Der Schein der Lampe erhellte sein etwa 16 Quadratmeter großes Vorratslager. Schwerlastregale verdeckten die Wände und schon vor dem Stromausfall war deren Inhalt einige Tausend Euro wert. Die Böden mit den Waffen hatte er bereits in den ersten Tagen geplündert und mit den Einwohnern von Umbach geteilt. Sein Vorrat an Munition, der einem Laien als unerschöpflich vorkam, war, bis auf seine eiserne Reserve, verbraucht.

Direkt daneben lagerten zwanzig Zehn-Liter-Kanister mit Trinkwasser. Normalerweise wäre es an der Zeit gewesen, den Inhalt auszutauschen. Umbach hatte zwar eine stabile Wasserversorgung, Bernd war sich aber nicht sicher, ob das Wasser hygienisch die gleiche Qualität hatte, und entschied sich gegen den Austausch.

Die Konserven waren nicht in Boxen verpackt, sondern in eigens konstruierten Spendern: Legte man oben eine Dose nach, rutschten die dann auf einer schiefen Ebene nach hinten, fielen auf eine weitere, um dort wieder nach vorn zu rollen. So hatte er einen rotierenden Vorrat, bei dem er das zuerst Eingelagerte auch als Erstes verbrauchte.

Zielstrebig steuerte er ein bestimmtes Regal an, zog eine der genormten Euroboxen heraus und öffnete den Deckel. Neben den Waffen war dies die einzige Box, die er in den letzten sechs Wochen immer wieder geöffnet hatte. Darin befanden sich mehrere Großpackungen seines Lieblingserdnussbutterriegels. Sein erster Plan, sich nur einen pro Woche zu gönnen, hatte er aufgegeben. Mittlerweile war er froh, wenn er Weihnachten noch eine Reserve übrig haben würde. Er öffnete eine weitere Großpackung, nahm einen Riegel heraus, schloss die Box und schob sie an ihren Platz zurück.

Dann verließ er sein Lager, stellte die Lampe auf seinen Schreibtisch, machte die Tür zu und kippte das Buch an seine normale Position im Regal. Er spürte, wie der Verriegelungsmechanismus griff, löschte das Licht in der Laterne und hielt ehrfürchtig den Schokoriegel in der Hand.

»Hast du den Vorrat bald komplett geplündert?«

Die Stimme seiner Frau ließ ihn zusammenzucken, er hatte nicht mitbekommen, dass sie in das Arbeitszimmer gekommen war.

»Ein paar Wochen wird er noch reichen«, grinste er.

»Und dann?«

»Dann muss ich mir ein neues Laster suchen.«

Ein Foto auf seinem Schreibtisch erregte seine Aufmerksamkeit. Darauf zu sehen war eine etwa zwanzig Jahre jüngere Version von ihm selbst und an jeder Hand hielt er ein Mädchen. Die beiden glichen sich wie ein Ei dem anderen und ihre Zahnlückenlächeln verrieten, dass sie Grundschülerinnen waren.

Seine Frau bemerkte seine Blicke.

»Ihnen wird es gut gehen. Sie haben zwar immer wieder gelächelt, wenn du ihnen gesagt hast, dass sie sich ein wenig vorbereiten sollen, aber du weißt, dass sie das nicht auf die leichte Schulter genommen haben.«

»Im Gegensatz zu ihrer Mutter«, sagte er.

»Für die bist du nicht mehr verantwortlich.«

»Aber die Mädels werden sich in der Verantwortung fühlen.«

Sie kam auf ihn zu und nahm ihn in den Arm.

»Das haben sie dann von dir.«

»Ich würde gerne schauen, ob sie bei der Hütte sind«, erklärte Bernd. »Ich habe ihnen immer wieder gesagt, dass sie im Fall einer Krise dorthin fahren sollen.«

Er spürte, wie sie sich leicht anspannte.

»Auch wenn das keine 50 Kilometer sind, ist es ein gefährlicher Weg.« Die Sorge in ihrer Stimme war nicht zu überhören. »Und du kannst das Dorf nicht im Stich lassen! Kannst du nicht jemanden hinschicken?«

Das Dorf. Als der Strom ausfiel, hatte er vor der Entscheidung gestanden. Bleiben und helfen oder der Zivilisation den Rücken kehren, in die einsame Hütte in den Wald gehen und warten, bis sich die ersten Unruhen gelegt hatten? Sie hatten sich dafür entschieden, nicht zu gehen und die ersten Tage abzuwarten. Das Engagement um Robert Kempf, den mittlerweile verstorbenen Vorstand des Dorfrates, hatte ihn dazu bewegt, in Umbach zu bleiben. In kurzer Zeit hatte man eine Eigenverwaltung aufgestellt und Bernd war daran beteiligt, die Miliz des Dorfes aufzubauen.

»Zu unserem Versteck?« Er schüttelte den Kopf. »Nein, außer uns muss das keiner sehen.«

»Soll ich dich begleiten?«

»Das würde dann wie eine Flucht aussehen«, lehnte er ab.

»Dass ich das recht verstehe: Du riskierst dein Leben, lässt mich hier alleine zurück und glaubst, dass ich das einfach schlucken werde?«

»Hier bist du sicherer und ich bin in zwei, spätestens drei Tagen wieder hier.«

Er hatte nicht mit so viel Gegenwehr gerechnet.

»Lass uns das doch mit dem Dorfrat und Alex besprechen.«

Seinen Adjutanten hatte er schon einige Tage zuvor in seinen Plan eingeweiht, nicht wissend, dass dieser selbst eine Strategie für die Konfrontation der Russlanddeutschen gegen die Freyristen in der Tasche hatte. Trotzdem vertraute er Alex.

Mit dem Dorfrat würde das etwas schwerer werden, zumal mit dem Johannisten dort eine neue Richtung vertreten war.

»Unsere Vorräte wollen wir immer noch nicht teilen?«, wechselte sie plötzlich das Thema.

Er hatte sie zwei Jahre nach der Trennung von seiner Exfrau kennengelernt und auch wenn sie keine Militärlaufbahn hinter sich hatte, schätzte er ihren Pragmatismus. Hin und wieder dachte sie aber zu viel an andere Menschen.

»Das hatten wir doch schon mal. Das ist unsere eiserne Reserve. Selbst wenn morgen auf einmal der Strom da wäre, würde es Wochen oder Monate dauern, bis die Versorgung wieder funktioniert. Falls das überhaupt gelingen würde. Wir haben zwar noch einige Ernten vor uns, aber schon jetzt ist klar, dass wir zu viele Menschen im Dorf haben. Der Winter wird hart werden und wenn nicht ein Wunder passiert, werden wir viele Menschen verlieren.«

»Wir haben so viel in den Regalen!«

»Für dich und mich reicht das vielleicht für drei Monate«, erklärte er. »Wenn wir nur zwei Leute mit versorgen würden, sind es nur noch sechs Wochen.«

»Das hast du mir schon mehrmals erklärt. Trotzdem finde ich, dass wir anderen mehr helfen sollten.«

Ihm fiel keine gute Antwort ein und er starrte sie an.

»Vielleicht brauchen wir ja auch mal Hilfe von anderen?«

»Das sogar ganz sicher. Aber es bringt auch nichts, wenn wir das jetzt mit der Gießkanne verteilen.«

»Wenn du meinst.«

Sie drehte sich um und verließ das Arbeitszimmer. Bernd blieb stehen, überlegte kurz, ob er ihr folgen sollte, hatte aber keine Lust, diese Diskussion erneut zu führen. Vermutlich wollte seine Frau das auch nicht.

Bernd seufzte und setzte sich an seinen Schreibtisch und überflog seine Notizen für seinen Trip zum Versteck im Westerwald. Die Hütte mitten in einem gepachteten Waldstück war unscheinbar und nur aus direkter Nähe zu erkennen. Da keine Flugzeuge mehr flogen, brauchte man sich auch keine Gedanken darüber zu machen, dass sie jemand aus der Luft finden würde. Oder gar mit einem der Kartenprogramme. Wehmütig fuhr er mit den Händen über das geschlossene Gehäuse seines Notebooks. Er hatte beim Kauf auf die Outdoortauglichkeit geachtet, nicht ahnend, dass es einen Stromausfall wie diesen geben könnte. Sämtliche Versuche, Strom zu erzeugen, schlugen fehl. Und so stand dieses elektrische Gerät, das ihn viertausend Euro gekostet hatte, auf der Tischplatte und schien ihn auszulachen.

Die Waldhütte hatte er gekauft, als klar wurde, dass er seinen Ruhestand in Umbach verbringen würde, und sie sollte das Ziel für seine Familie werden, wenn die Zivilisation am Zusammenbrechen war. Dass Umbach sich so schnell an die neue Situation anpasste, hatte ihm imponiert, und er hatte sich entschieden, in der Gemeinschaft zu bleiben und sie zu unterstützen. Wie er es Jutta seinerzeit erklärt hatte: Gehen konnte er immer noch.

Die Erinnerung an die Aktion, bei der er zusammen mit Nadine, Jutta, Ralf und Norder, deren Jungen sie aus dem Pflegeheim in Werdorf geholt hatten, kam zurück und er machte sich immer noch Vorwürfe. Mit etwas besserer Planung hätte er den Tod von

Ralf vermutlich verhindern können. Allerdings war er damals nicht allein unterwegs, das würde bei diesem Trip anders werden.

Auf dem Schreibtisch lag die Liste mit der Inventur des auf dem Hofgut gefundenen Materials. Die Freyristen hatten einiges an Waffen und Munition zurückgelassen, aber die kampferfahrenen Männer und Frauen würden schmerzhaft fehlen. Auch wenn das Dorf bisher gut durch die postapokalyptische Welt gekommen war, stieg die Bereitschaft, das Eigene notfalls mit Gewalt zu verteidigen. Die Verluste in den eigenen Reihen waren bisher niedrig geblieben, trotzdem hatten die Angriffe auf den Ort viele Lücken in Familien und Freundeskreise gerissen. Die Herausforderungen waren nun die Ausbildung und Bewaffnung der Miliz, und die Beute aus dem Hofgut half zwar, war aber nur wenig mehr als der berühmte Tropfen auf dem heißen Stein.

Jemand klopfte laut an die Haustür, was Bernd daran erinnerte, dass er einen Türklopfer montieren wollte. Als er die Tür öffnete, salutierte eine junge Milizionärin vor ihm.

»Hallo«, begrüßte er sie und entgegnete den Salut.

»Herr Major« Sein letzter militärischer Rang war hängen geblieben, und er vermutete, viele kannten seinen richtigen Namen gar nicht. »Ich soll Ihnen melden, dass gestern Abend Simone Kinzig nach Hause gekommen ist.«

Im ersten Moment freute er sich über die Nachricht, dann ging ihm auf, wie knapp sie ihren Sohn verpasst hatte, der bei einem Streit zwischen zwei Männern erschossen worden war.

»Danke. Hat sie schon einen Bericht über ihren Heimweg gegeben?«

Er hatte die Frage nicht fertig ausgesprochen, als er sich selbst darüber ärgerte. Das war definitiv unsensibel. Aber im Krieg - und in den kriegsähnlichen Verhältnissen, in denen sie lebten - gab es oft wenig Zeit für Trauer.

»Ich weiß es nicht.« Das fragende Gesicht der jungen Frau schaute ihn an. »Ich sollte Ihnen nur die Meldung überbringen.«

»Verstehe. Wegtreten.«

Die junge Frau, die vor wenigen Wochen vermutlich noch regelmäßig ihre Mahlzeiten auf Instagram gepostet hatte, salutierte, ging zu ihrem Fahrrad und ließ ihn in der Tür stehend zurück.

»Wie tragisch«, hörte er die Stimme seiner Frau hinter sich. »Ob sie das mit ihrem Sohn verkraften wird?«

»Sie ist von Hamburg bis hierher gekommen«, sagte er. »Nach allen Informationen, die wir bisher haben, wird sie viel Schreckliches erlebt haben. Vielleicht hat sie das auch etwas abgestumpft. Ich bin gespannt, was sie berichten wird.«

Seine Frau sah ihn kurz vorwurfsvoll an, sagte jedoch nichts.

»Ich weiß«, kam er ihr zuvor. »Das wirkt unsensibel, aber jede Information, die wir bekommen können, hilft uns.«

»Du kannst ja Malte oder Jutta fragen, die werden wissen, ob sie dir berichten kann?«

Ein Blitz kündigte ein Sommergewitter an und nur wenige Sekunden später war der Donner zu hören.

»Es wird auch Zeit für Regen, seit dem Stromausfall hat es kaum geregnet.«

Er schaute zu den fast schwarzen Wolkenbergen in der Ferne und dort war bereits ein dunkler Regenschleier zu erkennen. Erste Tropfen fielen auf den Boden und verdunsteten schnell auf dem durch die Mittagssonne aufgeheizten Asphalt.

Seine Frau stellte sich neben ihn.

»Ich weiß nicht«, sagte sie. »Wenn das zu heftig herunter kommt, hat es keine Zeit, in den Boden einzusickern. Es wird auch nicht lange dauern, und die Quelle, die das Reservoir versorgt, wird nicht mehr genug Wasser führen. Der Bach führt auch schon merklich weniger Wasser.«

Bernds Gedanken wanderten zum Brunnen, der im Keller ihres alten Hauses war, aber ein sinkender Grundwasserspiegel würde die Entnahme dort erschweren.

»Man müsste das Rückhaltebecken nutzen, um Wasser zu sammeln«, dachte er laut. »Filtern kann man es dann immer noch. Ich mache mich auf den Weg!«

»Meinst du nicht, dass du das Gewitter abwarten solltest?«

Die Sorge in ihrer Stimme entging ihm nicht.

»Wegen der Blitze?«

Er hatte nicht fertig gesprochen, als vier Blitze nacheinander Wetzlar erhellten.

»Man muss ja nicht unbedingt im Haus bleiben, aber auf offenem Feld herumlaufen ist auch nicht sinnvoll.«

»Ich will da nur kurz hinfahren, den Ablass schließen und dann bin ja wieder auf dem Weg zurück.«

»Und du weißt, wie das geht?«

Da würde schon irgendein Regler sein, mit dem sich der Ablass verschließen ließ. Allerdings wusste er es tatsächlich nicht.

»Ich werde Dirk mitnehmen.«

Der Umbacher Wehrführer hatte zwar einen Nervenzusammenbruch hinter sich, die Herausforderungen des neuen Alltages hatten ihm aber dabei geholfen, wieder Fuß zu fassen.

»Abhalten kann ich dich ja eh nicht. Passt einfach auf euch auf!«

Sie gab ihm einen Kuss und verschwand dann im Haus, während er sich sein vor der Haustür geparktes Fahrrad schnappte und wenige Hausnummern weiter anhielt. Dirk stand in seinem eigenen Vorgarten und beobachtete das Gewitter.

»Hallo Dirk.«

»Hallo Major«, grüßte Dirk zurück.

»Können wir das Rückhaltebecken verschließen? Es wäre unverzeihlich, wenn wir das Wasser einfach abfließen lassen würden.«

Dirk nickte.

»Da wird zu viel auf einen Schlag herunter kommen und das meiste wird einfach wegfließen.«

Ohne weitere Worte schnappte er sich sein Fahrrad. Sie ließen sich erst bis zur Hauptstraße hinunterrollen, um dann den Anstieg zum Rückhaltebecken zu fahren. Bernd hatte sich auch vor dem Stromausfall schon körperlich fit gehalten, Dirk hatte vermutlich seitdem 15 Kilo verloren und konnte mühelos und ohne außer Atem zu kommen sein Tempo mithalten.

Das Talbecken vor ihnen wurde durch einen unscheinbaren Damm in ein unteres und oberes Becken getrennt. Trotz der unnatürlich geraden Form und des betonierten Auslasses auf der einen Seite fügte er sich unauffällig in die Landschaft ein.

Aus den vereinzelten Tropfen war mittlerweile ein kleiner Regenschauer geworden und ihre T-Shirts klebten an ihren Körpern fest. Über einen Weg auf dem Damm gelangten sie zum Regler für den Schieber, mit dem der Abfluss verriegelt werden konnte. Dirk zauberte aus seiner Hose mit den unzähligen Taschen einen Schlüsselbund und es dauerte nicht lange, bis er den richtigen gefunden hatte, mit dem sich ein kleines Vorhängeschloss am Regler entfernen ließ.

»Direkt im ersten Jahr hatten sich ein paar Jugendliche daran zu schaffen gemacht und sich einen Badesee aus dem Becken gemacht. Als ob wir nicht schon Freibad und Löschteich hätten!«

Bernd hatte die Erklärung schon mehrmals gehört, grinste aber trotzdem.

»Waren wir als Jugendliche anders?«

»Vermutlich nicht«, lachte Dirk.

Mit einem Knall schlug ein Blitz in dem kleinen Unterholz neben ihnen ein. Die beiden Männer versuchten auszumachen, ob sie eine Einschlagstelle sahen, die Bäume verdeckten aber die Sicht.

»Wir sollten zurück ins Dorf fahren«, schlug Dirk vor. »Hier kann es ungemütlich werden.«

Starke Windböen wehten durch die Bäume, der Regen klatschte von der Seite gegen die beiden Männer und auf dem unbefestigten Weg auf dem Damm entstanden die ersten Pfützen. Sie schwangen sich auf ihre Räder und Bernd war froh, als sie wieder einen asphaltierten Weg unter sich hatten. Das Wasser floss über die Straße und vermischte sich mit dem seit Wochen angesammelten Staub, der den Weg in eine rutschige Oberfläche verwandelte. Schon in der ersten Kurve bemerkte Bernd, wie ihm die Kontrolle über das Hinterrad entglitt. Hektisch versuchte er gegenzusteuern, verlor dann ganz die Kontrolle und machte sich auf den Sturz gefasst. Während seine Beine durch die lange Hose geschützt waren, spürte er einen stechenden Schmerz, als sein Ellenbogen Bodenkontakt bekam. Das Rad rutschte in die Böschung, er selbst versuchte sich abzurollen und lag nach einigen Metern mit dem Rücken auf dem Boden. Dirk hatte sein Fahrrad abgestellt und war zu ihm gerannt.

»Alles klar mit dir?«

Benommen schüttelte Bernd den Kopf.

»Wie gut, dass ich nicht auf den Kopf gefallen bin.«

Seinen Fahrradhelm hatte er daheim liegen lassen und er ahnte, dass er sich von seiner Frau eine Predigt würde anhören müssen. Vorsichtig versuchte er sich aufzurichten, bemerkte schmerzhaft, dass er den linken Arm nicht belasten konnte.

»Wir gehen jetzt erst mal direkt zu Haarberg.«

Erneut schlug mit lautem Knall ein Blitz hinter ihnen ein. Der Regen selbst ließ aber bereits nach.

»Zumindest scheint das ganz große Unwetter an uns vorbeizuziehen«, versuchte Bernd etwas von seiner Verletzung abzulenken. Er hatte es geschafft, aufzustehen und Dirk hatte sein Rad aufgerichtet.

»Scheint bis auf ein paar Kratzer nichts abbekommen zu haben.«

Die Fahrräder schiebend gingen sie zurück nach Umbach.

NADINE

Als Kind hatten Gewitter Nadine fasziniert und auch als Jugendliche hatte sie Stunden damit verbracht, sie von ihrem gemütlichen Zimmerfenster aus zu beobachten. Jetzt stand sie am gleichen Fenster und spürte nichts von dieser Faszination. Das Überleben vieler Menschen, die ihr vertrauten, hing davon ab, wie viel vom noch auf dem Feld stehenden Getreide durch das Unwetter beschädigt werden würde.

»Daran hätte ich denken sollen.«

Der vorwurfsvolle Unterton war nicht zu überhören.

»An das Gewitter?«, fragte ihr Vater.

Der Tod seiner Frau schien ihn kaum verändert zu haben, sie wusste aber, wie sehr er darunter litt. Sie selbst hatte einen der gefangenen Angreifer aus nächster Nähe erschossen und es hatte ihr zunächst die erhoffte Befriedigung gegeben, etwas getan zu haben. Die war schnell verschwunden und der Schmerz um den Verlust ihrer Mutter blieb. Wie hatten das die Generation ihrer Großeltern und die davor ausgehalten? Alle hatten Verluste durch Krieg und Hungersnöte erlitten, und trotzdem hatten die es geschafft, einen Alltag zu leben?

»Das Gewitter ist ungünstig«, antwortete sie. »Aber damit werden wir zurechtkommen. Uns fehlen allerdings die präziseren Wettervorhersagen und die Regeln aus den Bauernkalendern helfen nur eingeschränkt. Nein. Ich habe nicht an das Hybridsaatgut gedacht.«

»Dank dir haben wir das nicht verwendet.«

»Wir nicht, aber alle anderen Landwirte aus Umbach.«

Er legte den Arm um sie und drückte sie an sich.

»Dann nehmen wir das Saatgut von den Ernten unserer Felder und verbrauchen das Getreide der anderen«, schlug er vor.

Nadine legte den Kopf gegen die Schulter ihres Vaters.

»Das ist eine gute Idee. Da hätte ich auch selbst drauf kommen können.«

»Manchmal hilft es einfach, über etwas zu sprechen. Und du musst ja auch nicht auf alleine auf jede Lösung kommen.«

»Aber …«

»Scht!«, ermahnte sie ihr Vater. »Du kennst die vielen Berichte aus anderen Orten und Gegenden. Wir haben das hier bisher ziemlich gut hinbekommen.«

Tränen füllten seine Augen.

»Auch wenn wir auch unsere Verluste haben.«

Ihr Vater war nicht der Mensch, der Berührungen mochte. Trotzdem setzte sie sich neben ihn und nahm ihn in den Arm.

»Ich vermisse Mama auch so sehr.«

Ihr Vater erwiderte die Umarmung.

»Jeden Tag. Aber was ich sagen wollte, ist, dass wir jetzt erst mal durch den Winter kommen müssen.«

»Und das Wintergetreide muss bald ausgesät werden. Wo sollen wir das hernehmen? Mehr als die Hälfte wird normalerweise hinzugekauft.«

Als ob ihr Vater das nicht wüsste, ging es ihr durch den Kopf.

»Wie sieht es in den Silos des Hofgut aus?«, fragte er.

»Wir sind da noch am Inventarisieren«, antwortete Nadine. »Da die auch ökologische Landwirtschaft betrieben haben, dürfte es auch normales Saatgut sein.«

»Und es ist ja auch nicht so, dass Hybridsaatgut im zweiten Jahr gar nichts wachsen lässt.«

Sie wusste, dass ihr Vater recht hatte und auch, dass sie noch etwas Zeit bis zur Aussaat des Wintergetreides hatten. Da quasi keine Maschinen zur Verfügung standen, musste umso besser geplant werden.

»Es wird aber wesentlich weniger sein und wir werden jedes Zentner brauchen. Jedes Kilo.«

Ein lauter Knall ließ beide zusammenzucken.

»Der hat in der Nähe eingeschlagen«, bemerkte Herr Bodner.

»Den Regen brauchen wir dringend«, sagte Nadine. »Aber wenn das als Unwetter herunterkommt, fließt das meiste einfach nur weg.«

»Wir können es ohnehin nicht ändern.« Ihr Vater hatte sich neben sie gestellt und nun schauten sie gemeinsam nach draußen. Riesige Regentropfen fielen auf den trockenen Boden, erzeugten bizarr schöne Formen, ließen kleine Krater entstehen, als ob sie Meteoriten wären. Schnell entstanden auf dem abgeernteten Feld Pfützen und das Prasseln auf den Dächern war nun allgegenwärtig.

Immer wieder erhellten Blitze die von den Regenwolken verdunkelten Felder und grollender Donner ließen die Szene bedrohlich wirken. Nach fünf Minuten lichteten sich die Wolken bereits und der Niederschlag wurde weniger.

»Das reicht nicht mal, um die Zisterne auch nur halb zu füllen«, sagte Nadine.

Kurz nacheinander knallte es dreimal, wieder mussten irgendwo Blitze eingeschlagen sein. Nadine rannte ins Dachgeschoss des zum Aussiedlerhof gehörenden Wohnhauses und spähte nach Umbach. Sie konnte nicht erkennen, ob der Blitz irgendwo eingeschlagen hatte und beschloss, mit dem Fahrrad ins Dorf zu fahren.

Der Anblick war immer noch ungewohnt. Da keine Maschinen zur Verfügung standen, hatten die Dorfbewohner mit reiner Muskelkraft eine Wallanlage mit einem Palisadenzaun errichtet, der zwar zweckmäßig aber nicht wirklich schön war. Auf dem Weg der Straße, die von Norden auf Umbach zuführte, sah sie zwei Männer, die ihre Fahrräder schoben. Mit zugekniffenen Augen erkannte sie Dirk und den Major, der humpelte. Sie wartete an der Pforte, bis die beiden ebenfalls angekommen waren.

»Hallo. Was ist passiert?«, fragte Nadine.

»Hallo Nadine«, antwortete der Major zackig. »Ich habe versucht Fahrrad zu fahren und es ging nicht gut aus.«

»Hallo«, grüßte auch Dirk. »Der ganze Staub auf den Straßen wird mit dem bisschen Regen so rutschig wie Schmierseife. Ich bringe ihn zu Doktor Haarberg.«

»Was habt ihr draußen gemacht?«

Nadine hatte die Frage ausgesprochen und war überrascht, wie schnell sie sich daran gewöhnt hatte, dass man sich nur mit vernünftigem Grund außerhalb der Dorfbefestigung aufhielt.

»Wir haben den Regler für das Rückhaltebecken geschlossen. In der Hoffnung, ein wenig Regen sammeln zu können«, antwortete der Major.

Er schaute nach oben und kniff die Lippen zusammen.

»Aber wirklich geholfen hat es wohl nicht. Das Wenige ist ja schon bald wieder verdunstet.«

Nadine nickte zustimmend.

»Die Idee war trotzdem gut.«

»Und wo willst du hin?«, fragte Dirk.

»Ich wollte schauen, ob irgendwo der Blitz eingeschlagen hat.«

Er streckte sich ein wenig und ließ seinen Blick über die Dächer wandern.

»Da hätten wir sicher schon was …« Ein weiterer Blitzeinschlag irgendwo Richtung Blasbach ließ ihn zusammenzucken. »… hätten wir sicher schon was gehört.«

»Dann werde ich mich mal zum Hofgut machen. Oder soll ich euch zu Haarberg begleiten?«

»Danke dir, so schlimm ist es nicht«, antwortete der Major.

Sie sah den beiden noch kurz hinterher, bevor sie sich auf ihr Fahrrad schwang, um sich auf den Weg zum vor wenigen Tagen von den Freyristen übernommenen Hofgut zu machen. Überraschenderweise hatte die Gemeinschaft diesen nach einem kurzen, aber heftigen Kampf gegen eine Koalition aus Russlanddeutschen um Alexander, dem Adjutanten des Majors, aufgegeben. Das Dorf war seitdem damit beschäftigt, die Hinterlassenschaft zu erfassen und zu verwalten.

Als sie durch das riesige Hoftor fuhr, kamen ihr Andreas Pape und Johannes Orloff entgegen.

»Hallo Nadine«, begrüßte sie Andreas freundlich.

Orloff beließ es bei einem schlichten Nicken.

Das Gewitter entfernte sich langsam, trotzdem hörte man immer wieder einschlagende Blitze und lauten Donner.

»Da scheint Gottes Strafe ja an uns vorbeigezogen zu sein.«

Andreas verkniff sich nicht den Blick in Richtung des anderen Mannes, der sich zum geistigen Führer einer größer werdenden religiösen Gemeinschaft entwickelte.

Orloff sah ihn an, öffnete den Mund und schloss ihn nach kurzer Zeit wieder. Gerade als Nadine etwas sagen wollte, brach es aus ihm heraus.

»Du wirst noch sehen, was du davon hast, über den Herren zu lästern.«

»Wenn du meinst.« Andreas quittierte die Bemerkung mit einem spöttischen Lächeln. »Wir haben die erste Inventur nun durch und es gibt einiges zu verteilen.«

»Das war auch zu erwarten, allerdings frage ich mich, ob wir es nicht besser zentral lagern sollten?«

Beide Männer schüttelten den Kopf.

»Du erinnerst dich, was mit den Vorräten aus dem Supermarkt passiert ist?«, fragte Orloff.

Die Bilder des brennenden Gebäudes kamen Nadine sofort in Erinnerung. Das Dorf hatte dabei wertvolle Ressourcen verloren.

»Wir müssen es nicht alles direkt verteilen, aber auch nicht an einer Stelle lagern. Besser, wir verteilen es an verschiedenen Orten im Dorf«, schlug sie vor.

Orloffs Gesichtsausdruck sprach Bände. Auch er hatte den Drang, ihr zu widersprechen, hatte aber vermutlich ebenfalls keine schlüssigen Argumente parat.

»Dann sollten wir uns bald überlegen, wo wir was lagern«, sagte er. »Hier gibt es einige kühle Kellergewölbe und wir könnten einen der alten Eiskeller wieder in Betrieb nehmen.«

»Oder mehrere«, fügte er nach kurzem Nachdenken hinzu.

»Ohne Eis?«, fragte Andreas.

»Zumindest ist es dort kühler als in den meisten Häusern.«

Auch damit hatte Orloff recht.

»Das nehmen wir mit in die nächste Ratssitzung und überlegen dann, welche Sachen wir wo am besten einlagern können.«

»Und wir sollten überlegen, wer dauerhaft ins Hofgut zieht. Ohne Bewachung kann man das nicht lassen«, sagte Andreas.

In Nadines Kopf überschlugen sich die Bilder. Wenn Orloff mit seinen Leuten das Hofgut für sich beanspruchen würden, hätten sie den Teufel mit dem Beelzebub ersetzt. Sie nickte Andreas zu.

»Ja, du hast recht. Zumal es mich wundert, wieso die Freyristen dem Angriff nicht abwehren konnten. Wenn die sich hier eingeigelt hätten, wäre auch eine Übermacht vergeblich gegen Tor und Mauern angerannt?«

»Vielleicht kann Alex das erklären«, sagte Orloff. »Der wird da eine Schwachstelle gefunden haben.«

»Das klingt zumindest einleuchtend«, reagierte Andreas. »Und wenn wir die kennen, werden wir sie beseitigen.«

»Vorausgesetzt, sie lässt sich beseitigen.«

»Nadine«, konterte Andreas, »du musst nicht alles negativ sehen!«

»Tu ich auch nicht. Aber zu optimistisch mag ich eben auch nicht sein.«

Andreas setzte zu einer Antwort an, kniff stattdessen aber die Augen zusammen und starrte an Nadine vorbei.

»Rauch. Richtung Blasbach.«

Die anderen beiden drehten sich und sahen weit hinter den Hofgutmauern dunklen Rauch fast senkrecht aufsteigen. Gemeinsam eilten sie vor das Hoftor, von dort konnte man über Felder und Wiesen hinweg bis zum Wald zwischen dem Nachbarort und Umbach schauen.

»Entweder ist das in Blasbach oder im Wald dahinter«, sagte Andreas. »Vermutlich hat der Blitz da eingeschlagen und etwas entzündet.«

»Wir können kaum einen Hausbrand löschen.« Nadines Stimme klang besorgt. »Wie sollen wir gegen einen Waldbrand kämpfen?«

»Gott wird das entscheiden.« Nadine konnte nicht glauben, was sie gehört hatte. Meinte Orloff das wirklich ernst?

»Wir können aber Gott etwas unter die Arme greifen! Ich fahre ins Dorf und versuche ein paar Leute zusammenzutrommeln.«

Andreas rannte zurück zu seinem Fahrrad, schwang sich auf den Sattel und fuhr den Weg ins Dorf zurück. Nadine betrachtete skeptisch den Wald, der das Hofgut auf zwei Seiten umgab und durch den ausgebliebenen Regen der letzten Wochen vermutlich viel zu trocken war.

»Wart ihr hier fertig?«, fragte sie Orloff.

»Wenn es nicht noch irgendwo Verstecke gibt«, antwortete er, »dann ja. Der Major und die Miliz haben Waffen und Munition schon sichergestellt. Beim Rest müssen wir erst noch entscheiden, wohin wir es verteilen.«

»Kümmerst du dich bitte darum, dass jemand als Wache auf dem Hofgut bleibt?«

»Das hat der Major schon für die nächsten Tage geregelt.«

Als Bürgermeisterin hätte sie das eigentlich planen sollen, ärgerte sie sich.

»Ich werde Andreas folgen und mit nach Blasbach reiten«, erklärte sie. »Ich möchte mir da selbst einen Überblick verschaffen. Bis später.«

Mit dem Fahrrad erreichte sie nach wenigen Minuten den Bodnerhof. Die Spuren des Angriffs waren noch zu sehen und sie sah die Stelle, an der sie einen der gefangenen Angreifer erschossen hatte.

Tränen schossen ihr in die Augen und sie musste kurz anhalten, um sich zu sammeln. Der unnötige Tod ihrer Mutter tat ihr weh, aber sie waren nicht die einzige Familie, die Verluste zu verarbeiten hatte. Sie hörte, wie ihr Vater in der Scheune hämmerte, und stieg zurück auf das Rad.

Am Scheunentor angekommen, sah sie ihn und hatte wieder den Drang, mit ihm über den Überfall zu reden, aber er hatte bisher jeden Dialog zu dem Thema abgeblockt.

»Was machst du?«

Er stand an der Werkbank und hämmerte.

GORDON

Gordon saß auf der Couch im Wohnzimmer und las ein Buch, als er die Tür des Schlafzimmers hörte. Er sprang auf, legte den Roman, den er gelesen hatte, zur Seite und eilte auf die Treppe zu, als er auf den obersten Stufen schon Simone sah.

»Guten Morgen«, sagte er.

»Hallo Gordon.«

Simones Stimme war fest, ihre Körperhaltung aufrecht, ihr Gesicht zeigte keinerlei Emotion, aber auch keine Erschöpfung.

»Wir dachten, du würdest noch länger schlafen. Die anderen sind arbeiten und wir wechseln uns bei dir ab«, erklärte Gordon.

»Wobei abwechseln?«

»Auf dich aufzupassen«, sagte er.

»Das ist nicht nötig.«

Sie war die Treppe heruntergekommen und stand ein wenig unentschlossen vor der Küchenzeile.

»Suchst du etwas?«

Statt zu antworten griff sie nach dem Wasserhahn und öffnete ihn. Sie schien überrascht zu sein, dass er Wasser spendete.

»Kann man das trinken?«

»Die Feuerwehr und der Medizinerrat machen da wohl etwas mit dem Wasser, aber fast alle kochen es trotzdem ab. Trinkwasser ist in der Vorratskammer, in den Kanistern und Flaschen.«

Nichts erinnerte ihn an die Frau, die am Tag zuvor überraschend vor der Tür gestanden und bei der Nachricht über den Tod von Lukas zusammengebrochen war.

»Ich möchte zu Lukas gehen.«

Gordon erschrak. Hatte sie vergessen, was ihr berichtet wurde?

»Bringst du mich bitte zu seinem Grab?«

Einerseits fühlte er sich erleichtert, gleichzeitig war im nicht wohl dabei.

»Soll ich nicht Malte holen, damit ihr das gemeinsam machen könnt?«

Statt zu antworten drehte sie sich und begab sich zur Haustür. Gordon beeilte sich, um hinterherzukommen. Die Mutter seiner Freundin war schon zu normalen Zeiten schlank gewesen, in den Wochen ihrer Wanderung von Hamburg nach Hause hatte sie an Gewicht verloren und Muskeln aufgebaut. Mehr noch als die meisten Bewohner von Umbach.

Schnellen Schrittes lief sie vor ihm und zögerte erst, als sie den Friedhof erreichte.

»So viele?«

Gordon ließ den Blick über die Reihen schlichter Holzkreuze schweifen. Auch wenn er wusste, dass der Tod seit dem Stromausfall öfter zugeschlagen hatte: So deutlich war ihm das nicht bewusst gewesen.

»Ja«, antwortete er. »Auch wenn wir viel besser dran sind als viele andere Orte, haben wir durch Unfälle, Überfälle und Krankheiten viele beerdigen müssen.«

Sie betraten den Friedhof und Simone ging von Kreuz zu Kreuz, bis sie das letzte erreichte.

›Lukas Kinzig‹ stand darauf und auf dem frisch zugeschaufelten Grab lagen wenige Blumen. Kränze oder Gestecke hatte kaum eines der neuen Gräber und eine weitere Grube wartete schon auf den nächsten Verlust.

»Wie ist es passiert?«

Wieder wünschte sich Gordon, dass nicht ausgerechnet er dieses Gespräch mit Simone führen musste.

»Es gab einen Streit zwischen Florian und Holzer. Der hatte ein Gewehr dabei und als die beiden um das Gewehr gerungen haben, löste sich ein Schuss. Lukas stand an der falschen Stelle.«

»Wieso haben die sich gestritten?«

Laura hatte ihm erzählt, dass Malte ihr am Bett berichtet hatte, was im Dorf alles seit dem Stromausfall passiert war, aber entweder hatte sie da unter Medikamenteneinfluss gestanden oder Malte hatte Details ausgelassen.

»Gordon!«

Ihr Stimmfall schüchterte ihn ein.

»Florian hatte ein Verhältnis mit Holzers Frau gehabt.«

»Warum war Lukas bei dem Streit dabei?«

»Er kam mit der Trennung von Jutta und Florian nicht zurecht. Vermutlich wollte er auf Florian einreden. Der hatte ihn kurz zuvor bei den Freyristen herausgeholt.«

»Wo ist Florian jetzt?«

»Malte hat ihm ein Ultimatum gegeben, das Dorf zu verlassen. Er hat sich daran gehalten und ist weg.«

»Und Holzer?«

»Der …« Gordon schluckte. »Der hat versucht sich selbst zu erschießen.«

Simone drehte sich vom Grab weg und verließ den Friedhof, wieder in einem sehr schnellen Tempo. Gordon hielt Schritt und erst als Holzers Haus in Sicht kam, war ihm das Ziel klar. Fordernd klopfte sie an der Haustür und es dauerte eine Weile, bis die Tür geöffnet wurde.

Iris Holzer sah um Jahre gealtert aus. Die Augen waren eingefallen, die Haare offen und ungekämmt und auch wenn die Kleidung aller nicht mehr so sauber war wie noch vor dem Stromausfall, war ihr Kleid doch extrem verschmutzt.

»Hallo Iris«, sagte Simone kühl. »Ich möchte mit Carl sprechen.«

»Hallo Simone.« Iris stimme zitterte. »Es tut mir so leid …«

Simone schob die andere Frau ungeduldig zur Seite, die gab sich nicht mal die Mühe, sich zu wehren. Gordon schaute Iris unsicher an, die nur nickte, und folgte der Mutter seiner Freundin, die im Wohnzimmer stand und auf den auf der Couch liegenden Holzer herabschaute. Sein Gesicht war bandagiert, die Verbände von Blut durchtränkt. Ein Berg Bandagen neben dem Sofa deutete an, wie oft Iris sie schon gewechselt haben musste. Sie hatte die Haustür geschlossen und war ebenfalls ins Wohnzimmer gekommen.

»Simone«, krächzte Holzer schwer verständlich und schien dabei Schmerzen zu haben. »Gut, dass du wieder hier bist. Es tut mir lei …«

»Sei still«, fuhr sie ihn an. »Wegen dir ist mein Junge tot, und glaube nicht, dass du dich so einfach aus der Verantwortung stehlen kannst.«

Tränen füllten das nicht verbundene Auge von Holzer.

»Ich werde dafür sorgen, dass du dafür bezahlst.«

»Simone«, Iris hatte sich zwischen Simone und ihren Mann gestellt. »Es war ein Unfall und Carl konnte …«

»Ohne dich wäre es nicht passiert«, unterbrach Simone Iris. Dann drehte sie sich um.

»Gordon, wir gehen. Ich halte es in diesem Haus nicht aus.«

»Simone«, versuchte es Iris und legt ihre Hand auf Simones Schulter. »Bitte, lass uns reden.«

Blitzschnell ergriff Simone Iris Hand und drückte sie von sich weg. Der Gesichtsausdruck von Iris ließ vermuten, dass Simone nicht zärtlich zugegriffen hatte.

»Wir haben nichts zu bereden.«

Ohne Verabschiedung ließ sie Simone stehen, stürmte zur Tür heraus und stand unentschlossen auf der Straße.

Gordon folgte ihr, hätte ihr gerne etwas gesagt, wusste aber nicht, was.

Im Norden sah er Rauch aufsteigen, kurz danach fing die Kirchturmglocke an zu schlagen und es hallten ›Feurio‹-Rufe durch das Dorf. Simone sah ihn fragend an.

»Alle sollen am besten mit Eimern zur Feuerwache kommen«, erklärte er.

»Am ersten Tag hatte es in Hamburg angefangen zu brennen. Die Feuerwehr wusste nicht, wie sie den Brand löschen sollte. Als wir geflüchtet sind, haben wir dann in der Nacht das Leuchten am Himmel gesehen. Vermutlich sind große Teile der Stadt einfach abgebrannt.«

»In Wetzlar sind große Teile der Altstadt den Flammen zum Opfer gefallen«, berichtete Gordon. »In Umbach hatten wir bisher Glück und es hat nur der Supermarkt und ein Haus gebrannt.«

»Der Supermarkt?«

»Ja, das war am Abend des Sonnenwendfeuers. Vermutlich war es jemand vom Hofgut. Lukas hatte da etwas herausgefunden, während er dort war.«

Simone sah ihn lange an und nickte dann.

»Lass uns zur Feuerwache gehen.«

Wieder musste Gordon sich Mühe geben, mit Simone Schritt halten zu können. Aus den Häusern kamen Frauen und Männer, die alle einen Eimer bei sich trugen. Manche erkannten Simone und umarmten sie, die blieb aber wortkarg.

Bei der Feuerwehr hatte sich das halbe Dorf versammelt und unter den Wartenden waren auch Malte und Laura, die auf Simone und Gordon zukamen.

»Simone.« Die Sorge in Maltes Stimme war nicht zu überhören. »Du sollst dich doch ausruhen.«

»Ich …« Sie machte eine kurze Pause. »… musste etwas erledigen.«

Mehr sagte sie nicht und Malte schien auch nicht nachfragen zu wollen, schaute aber Gordon neugierig an. Der formte mit den Lippen nur das Wort ›später‹ und Malte schien sich damit zufriedenzugeben.

»Wo brennt es denn?«, fragte Simone.

»Entweder in oder hinter Blasbach«, antwortete Laura.

Dies schien sich bereits herumgesprochen zu haben, denn die ersten Umbacher verließen den Platz vor der Feuerwacher wieder.

Dirk kam ihnen auf dem Fahrrad entgegen, stieg ab, stellte das Rad ab und sprang auf einen der großen Waschbetonblumenkübel.

»Wie es scheint, hat uns das Gewitter verschont«, rief er. »Dafür scheint es in oder bei Blasbach zu brennen. Lasst uns schauen, ob wir denen helfen können.«

Nach kurzem Zögern verließen weitere Menschen den Platz und Gordon konnte Reaktionen wie »Die würden uns auch nicht helfen!« oder »Das ist doch nicht unser Problem!« hören. Die Menge wurde kleiner und am Ende standen etwa fünfzig Personen um sie herum. Eine Kutsche, gezogen von zwei Pferden, kam an und zwei Feuerwehrleute und der Kutscher öffneten eines der großen Rolltore und hängten die alte Feuerspritze an die Kutsche.

»Kann ich mitfahren?«, fragte Gordon Dirk, der sich gerade auf den Kutschbock setzte.

»Klar.«

Gordon drehte sich zu Malte, Simone und Laura um, die ihm zunickte.

»Ich bleibe bei Mama.«

»Danke Kleines, ich kann aber auf mich selbst aufpassen. Wenn du mitwillst, lass dich von mir nicht aufhalten.«

»Bist du sicher?«

»Ich habe mich 400 Kilometer durchgeschlagen, einige davon alleine. Um mich musst du dir keine Sorgen machen.«

Gordon erinnerte sich an den Tod seiner Eltern, die von Plünderern kurz nach dem Stromausfall überfallen worden waren. Ob sich Simone so ähnlich fühlte wie er? Vermutlich war aber der Tod des eigenen Kindes um ein Vielfaches schmerzhafter als der Tod der Eltern. Selbst wenn der viel zu früh war.

Gemeinsam mit Laura und drei anderen Umbachern setzte er sich auf die Ladefläche der Kutsche und die seltsame Prozession setzte sich in Bewegung. Das Gespann wurde von wenigen Radfahrern begleitet, viele mussten erst nach Hause laufen und ihre Räder holen, und an der Stelle als der Weg den Wald erreichte, holte sie Nadine auf ihrem Pferd ein. Ihr Blick suchte die Radfahrer ab.

»Nach wem schaust du?«, fragte Laura ihre Tante.

»Andreas.«

»Der ist da drüben.« Dirk deutete auf den einstigen Banker, der zusammen mit Nadine und Malte einen Teil des Dorfrates bildete.

Als der Weg den Wald verließ, konnten sie den Ursprung der Rauchsäule sehen. Direkt hinter einigen Häusern, wo der Sportplatz lag, brannten die Bäume lichterloh. Flammen und Funken hatten sich zu den ersten Gärten durchgefressen und bedrohten die dort stehenden Gebäude.

»Mein Gott«, hörte Gordon Dirk leise sagen.

Gordon erinnerte sich an die Brände in Umbach und wie schwer der Feuerwehr und den Helfern der Kampf gegen ein brennendes Haus gefallen war. Aber das, was er da sah, war größer. Die Flammen fraßen sich den Hang hinauf, suchten neues Futter an den Seiten und würden sich wenn man sie nicht aufhalten konnte, sich auch in das Dorf fressen.

»Was können wir gegen so ein Feuer ausrichten?«, fragte Nadine Dirk.

»Nichts.« War die kurze Antwort. »Wir können nur hoffen, dass es von selbst ausgeht.«

»Nichts?« Nadine hatte vermutlich eine andere Reaktion erwartet. »Können wir nicht irgendwelche Schneisen schlagen?«

»Wie denn? Wir haben keine Maschinen, keine Motorsägen und selbst wenn …«, erklärte Dirk, »… der Wald ist viel zu trocken.«

Nadine nickte und brauchte eine Weile, um ihre Gedanken zu sortieren.

»Wie können wir den Blasbachern helfen? Und was können wir machen, um Umbach zu schützen?«

»Helfen?« Die Kutsche hatte wieder Fahrt aufgenommen und die Gruppe sich dem Ort weiter genähert. »Evakuieren.«

Mit aufgerissenen Augen schaute Nadine Dirk an.

»Das ganze Dorf?«

»Wir haben dem Feuer nichts entgegenzusetzen. Vielleicht erreichen die Flammen nicht das ganze Dorf, aber wetten würde ich darauf nicht. Und Umbach: Selbst die kleine Schneise, die wir in den Umbacher Wald geschlagen haben, ist noch nicht breit genug.

Außerdem liegt da auch noch viel zu viel brennbares Material herum.«

Als sie im Dorf ankamen, wurden sie von den Einwohnern kaum registriert. Die liefen in verschiedene Richtungen, einige zum Feuerwehrhaus, andere zum Feuer. Die Umbacher Gruppe folgte dem Weg zur Feuerwehr und dort trafen sie Dirks Kollegen, den Blasbacher Wehrführer.

»Hallo Sebastian«, grüßte Dirk.

Der beäugte die angekommene Gruppe, bevor er reagierte.

»Hallo! Danke, dass ihr gekommen seid. Ich weiß aber nicht, wo ihr uns helfen könntet.«

»Bei der Evakuierung?«, fragte Dirk.

Die Blicke aller Umstehenden richteten sich auf ihn. Bis dahin schien das für niemanden eine Option gewesen zu sein.

Sebastian brauchte einen Moment, bis er reagierte.

»Ich bin nicht dazu bereit, das Dorf aufzugeben.«

»Das können alle verstehen«, sagte Dirk. »Aber wenn wir zögern, verlieren wir wertvolle Zeit.«

»Wohin sollen wir alle bringen?«

Lange sagte niemand etwas. Die einen richteten den Blick auf den Boden, andere reckten die Köpfe nach oben, um die Rauchwolken zu sehen.

»Erst mal nach Umbach«, entschied Nadine. »Einen Teil in die Scheune, ein weiterer in das Hofgut. Dann noch welche in die Turnhalle, Schule und den Kindergarten.«

»Nadine.« Andreas sah wesentlich schockierter aus, als Sebastian vorher bei der Erwähnung von ›Evakuierung‹. »Das kannst du nicht alleine entscheiden. Da muss zumindest der Dorfrat befragt werden. Besser das ganze Dorf.«

»Ich werde doch mein Haus nicht verlassen«, sagte einer der Männer, der neben Sebastian stand.

»Ja! Es braucht mehr als ein kleines Feuer, um mich aus meinem Haus zu vertreiben!«, meldete sich ein weiterer zu Wort und viele der anwesenden Blasbacher stimmten dem zu.

Gordon sah, wie Andreas sich Nadine näherte und ihr etwas ins Ohr flüsterte.

»Ich tu mal so, als ob ich das nicht gehört hätte.« Ihr Blick in Richtung Andreas war abfällig, der zuckte nur mit den Schultern.

»Du wirst sehen, dass das nicht funktionieren wird.«

»Andreas, du kannst hier helfen oder denen, die helfen wollen, aus dem Weg gehen.«

»Mach doch, was du willst.«

Er drehte sich um, schnappte sein Rad und fuhr weg, gefolgt von einzelnen weiteren Umbachern. Nadine wandte sich an die Dagebliebenen.

»Ich brauche Freiwillige, die in die anderen Ortsteile fahren. Wir benötigen so viele Fuhrwerke wie möglich. Und Handkarren, Bollerwagen und Schubkarren.«

»Frau Bodner«, unterbrach Sebastian.

»Nadine«, bot diese an.

»Nadine«, sagte Sebastian, »wir haben das noch gar nicht entschieden. Ich kann das nicht entscheiden.«

»Es wird dauern, bis weitere Hilfe kommt«, erklärte sie. »Und besser, wir haben ein paar Wagen hier und brauchen sie nicht, als dass wir welche brauchen und keine haben.«

»Du solltest den Leuten zumindest die Möglichkeit mitteilen«, sagte Dirk. »Und wenn die ersten sich zum Gehen entscheiden, werden andere vielleicht folgen.«

Eine junge Feuerwehrfrau kam schwitzend auf einem Fahrrad an und drängte sich zu Sebastian durch.

»Das erste Wohnhaus hat Feuer gefangen«, berichtete sie.

Sorgenfalten erschienen auf Sebastians Stirn.

»Viel früher, als ich es erwartet hätte. Ich komme. Kommt ihr mit?«

Die Umbacher ließen Fahrräder, die Kutsche und das Pferd beim Feuerwehrhaus und folgten dem Blasbacher Wehrführer und seinen Leuten den Weg hoch in Richtung des Brandes. Mit jedem Schritt spürte Gordon die Hitze intensiver und das Atmen fiel ihmzunehmend schwerer. Aus der Ferne waren die in Flammen stehenden

Bäume direkt an der Straße zu sehen. Kleine Brandnester entstanden dort, wo der Wind Funken hintrug, und es dauerte nicht lange, bis auch auf der anderen Straßenseite die ersten Hecken Feuer fingen. Ihnen kamen Menschen entgegen, die Habseligkeiten in Rucksäcken, Rollkoffern und Bollerwagen mit sich führten.

Sebastian hielt die Gruppe an und stellte sich auf eine kleine Mauer.

»Geht bitte zu jedem Haus und fragt, ob ihr den Anwohnern helfen könnt möglichst viele Sachen zu retten. Fangt bei denen an, die dem Feuer am nächsten sind. Wir evakuieren. Schickt sie zum Hofgut bei Umbach.«

Gordon und Laura folgten zwei Blasbachern zu einem der Häuser, vor dem zwei Kinder im Grundschulalter neben einem dieser Faltbollerwagen standen. Hinter dem Gebäude drohte eine Wand aus Flammen und Gordon wunderte sich, warum viele so lange in ihren Häusern gewartet hatten, bevor sie flüchteten.

»Wir helfen euch«, sagte der junge Mann, mit dem sie gekommen waren. Die Mutter war mit zwei großen Koffer bepackt aus der Tür getreten und sah die vier dankbar an.

»Mein Mann ist drinnen, er sucht noch ein paar Sachen zusammen.«

Sie betraten das Haus und sahen, wie der Mann einen Aktenordner aus den Regalen holte, darin blätterte, ihn wegwarf, um den nächsten Ordner mitzunehmen. Durch das Terrassenfenster sah Gordon, wie die Hecke im Garten lichterloh brannte und sich das Feuer näherte.

»Wir müssen bald heraus!«, rief er.

»Ich brauche noch den Grundbucheintrag!«, erklärte der Mann.

»Ihre Familie ist schon draußen und braucht sie!« Gordon fasste ihn am Arm, der Mann riss sich los und gab ihm einen Stoß.

»Gleich!«

Das Feuer hatte auf der Terrasse die Holzmöbel erreicht und suchte sich das nächste Futter.

»Nehmt ihr den Rucksack und den Koffer dort«, sagte der eine Begleiter, »wir kümmern uns um ihn.«

Gordon schnappte sich den Trekkingrucksack und einen Koffer, Laura einen weiteren und sie verließen das Haus. Die ersten Pflanzen im Vorgarten hatten Feuer gefangen und sie beeilten sich, durch die Hitze zur Straße zu kommen.

Fluchend und um sich schlagend wurde der Vater aus dem Haus gezogen und Gordon kam den anderen beiden zur Hilfe.

»Was ist mit Papa?«, fragte das Mädchen.

Die Stimme seiner Tochter zeigte sofortige Wirkung und der Mann hörte auf, sich zu wehren. Erschrocken entdeckte er die Flammen in seinem Vorgarten und nachdem er losgelassen wurde, ging er zu seinen Kindern und nahm sie in die Arme.

Laura wandte sich an die Frau.

»Haben Sie einen Bollerwagen? Oder einen Schubkarren?«

»In der Garage steht einer.« Sie eilte die Einfahrt hoch, öffnete das Garagentor und verschwand hinter dem Kombi, um kurz darauf mit einem schwarzen Faltbollerwagen wieder zurückzukommen.

»Wir helfen ihnen, ihre Sachen zum Hofgut zu bringen«, sagte Gordon und gemeinsam mit anderen Blasbachern und Helfern bildeten sie einen kleinen Flüchtlingstreck.

TAG 46

NADINE

Im Norden erstreckten sich mehrere dunkle Rauchwolken und auf der von Blasbach kommenden Straße bewegte sich ein nicht enden wollender Strom von Menschen und Fuhrwerken. Nadine stand gemeinsam mit Malte, Andreas und Johannes an der Nordpforte und beobachtete die traurige Prozession.

»Ob wir auch die Evakuierung vorbereiten sollten?«, unterbrach Malte die Stille.

»Wo ist denn dein Optimismus?«, giftete Andreas. »Es ist falsch, wir können doch nicht alle aufnehmen.«

»Es sind unsere Nachbarn«, sagte Malte.

»Das war uns bei den Naunheimern und den anderen auch egal«, konterte Andreas. »Ich kann dir zeigen, wo wir einige von ihnen begraben haben.«

Malte wurde rot.

»Es war uns doch nicht egal …«

»Hört ihr bitte auf zu streiten? Wir haben Probleme zu lösen.« Nadine verschränkte die Arme vor der Brust. »Tatsächlich sollten wir uns darauf einstellen, dass der Waldbrand auch uns erwischen könnte.«

»Gott und der Wind scheinen auf unserer Seite zu sein«, sagte Johannes. »Er wird seine Gründe haben, wieso er die Blasbacher straft.«

Nadine unterdrückte den Drang, ihm eine Ohrfeige zu verpassen, entschied sich aber, nicht über das hingehaltene Stöckchen zu springen.

»Das andere Problem«, fuhr sie fort, »ist die Unterbringung. Die anderen Gemeindeteile werden uns unterstützen.«

»Und wie?«, fragte Johannes.

»Feldbetten, Zelte …«

»Typisch«, unterbrach Andreas. »Wenn, dann sollten wir die Flüchtlinge gerecht auf alle Ortsteile aufteilen.«

»Ich gebe dir recht«, sagte Nadine. »Aber im Moment geht es erst mal darum, dass wir so viel wie möglich retten. Nicht nur Menschen, sondern auch Vorräte.«

»Das Thing wird dir da mächtig Gegenwind geben«, prophezeite Andreas.

Zu Nadines Erstaunen hatte sich die Bezeichnung für die Dorfversammlung durchgesetzt.

»Genügend haben Familienangehörige unter den Evakuierten, andere haben Freunde. Ich glaube, dass die Hilfsbereitschaft entsprechend groß bleiben wird.«

Und sie hoffte, dass sie mit der Vermutung recht hatte.

»Können wir noch mal über Evakuierungsvorbereitungen reden?«, wiederholte Malte seine Frage. »Diesmal bitte, ohne meinen Optimismus zu hinterfragen?«

»Wo sollen wir denn hingehen? Glaubst du die anderen Ortsteile sind genau solche Samariter wie wir?«, reagierte Andreas.

»Wenn das Feuer doch unseren Wald erreichen sollte«, sagte Johannes, »können wir es nicht aufhalten.«

»Wir das dein Gott …«

»Andreas!«, ermahnte Nadine. »Es reicht. Manchmal ist das hier wie mit einer Horde Grundschüler.«

»Wer weiß, welche Prüfungen der Herr noch für die Sünder hat«, antwortete Johannes. »Und vielleicht müssen auch andere dafür leiden. Wir werden für alle beten.«

Andreas rollte mit den Augen. »Na danke.«

»Wir haben mehr als doppelt so viele Einwohner wie Blasbach«, sagte Nadine. »Und wenn wir vom Waldbrand betroffen sind, ist die Gefahr für Waldgirmes auch sehr groß. Die Frage, wohin wir gehen sollen, ist mehr als gerechtfertigt.«

»Also tun wir erst mal nichts und hoffen, dass es uns nicht trifft?« Maltes Sorgenfalten waren so tief wie der Grand Canyon.

Ein markerschütternder Schrei forderte ihre Aufmerksamkeit. Er kam von einer Stelle, an der sich der Verkehr gestaut hatte. Aufgeregte Rufe waren zu hören, immer wieder schrie jemand, und es war nicht auszumachen, ob es ein Mann oder eine Frau war. Eilig rannten die vier zu der Stelle, an der sich ein Kreis um einen Mann gebildet hatte, der auf dem Boden lag und dessen Hosen blutdurchtränkt waren. Es dauerte eine Weile, bis Nadine die restlichen Informationen gesammelt hatte. Ein Fuhrwerk war dem Mann über die Beine gefahren. Wie genau das passieren konnte, war ihr nicht klar, das würde später noch zu klären sein.

»Lasst mich durch.« Haarberg drängelte sich mit einem Arztkoffer durch die Menge. Zumindest hatte jemand sofort daran gedacht, ihn zu rufen.

Das Schreien hatte aufgehört, der Verletzte hatte das Bewusstsein verloren. Der Arzt kniete sich neben ihn, öffnete den Koffer und schnitt mit einer Schere die Hose auf. Auch wenn die Verletzungen seit dem Blackout zugenommen hatten, ließ der Anblick einige der Umstehenden würgen, andere übergaben sich.

»Macht Platz«, rief Haarberg und widerwillig gingen die Menschen weiter. »Ich brauche eine Trage, kann mir die jemand holen? In der Pforte sollte eine stehen.«

Der Medizinerrat und der Major hatten dafür gesorgt, dass an allen Pforten Material für die Erste Hilfe gelagert wurde.

»Ich kümmere mich darum.« Andreas rannte in einem beachtlichen Tempo zurück zur Pforte und kam kurz darauf mit der Trage wieder zurück.

Während die Fußgänger die Unfallstelle umgehen konnten, steckten die Fuhrwerke, von denen man im Dorf erstaunlich viele hatte, im Stau fest.

»Wir hätten je eine der Straßen nach Blasbach als Hinweg und die andere als Rückweg nehmen sollen.« Malte schien sich die gleichen Gedanken gemacht zu haben.

»Es ist nicht zu spät, das umzusetzen«, befand Nadine. »Kannst du dich darum kümmern, dass der Verkehr nach Blasbach am Hofgut vorbeigeht? Ich gehe nach Blasbach und werde ihn da umleiten.«

Während Nadine zügig den kurzen Weg in Richtung Blasbach ging, musterte sie die Menschen, die ihr entgegenkamen. Erschöpfte Gesichter, Angst in den Augen, heulende Kinder, und die Verzweiflung war zu spüren. Das Dorf kam ins Sichtfeld und auch wenn ihr schon berichtet wurde, wie viele Häuser brannten: Der Anblick war erschreckend. Haus für Haus hatten sich die Flammen weiter gefressen und mehr als ein Drittel stand bereits in Brand.

Vor einem der ersten Häuser, an denen sie vorbeikam, sah sie Sebastian, der mit den Bewohnern diskutierte.

»Versteht ihr denn nicht? Ihr müsst heraus, bevor das Feuer hier ist.«

»Sebastian«, reagierte der Mann in der Tür, »ich wohne in diesem Haus, seit ich geboren wurde. Ich werde das nicht einfach so verlassen.«

»Wenn du es nicht verlässt, wirst du darin sterben.« Nadine wusste nicht, ob der Tonfall verzweifelt oder genervt war. Angesichts der sich nahenden Gefahr kam ihr das Gespräch seltsam grotesk vor.

»Übertreib mal nicht. Der Wind weht schon in die andere Richtung. Ich denke, wir haben das Schlimmste hinter uns.« Der Mann versuchte die Tür zu schließen, aber Sebastian stellte seinen Fuß in den Spalt.

»Dann lass wenigstens deine Frau für sich selbst entscheiden.«

»Ich bleibe hier«, hörte man eine Frauenstimme aus dem Flur, und die Überraschung wurde vom Mann genutzt, um Sebastians Fuß hinauszuschieben und die Tür vor seiner Nase zu schließen.

Er drehte sich um, sah Nadine und war bemüht um ein Lächeln, was ihm nicht wirklich gut gelang.

»Weißt du, wenn das die erste Diskussion dieser Art gewesen wäre, die ich geführt habe. Aber nein. Gefühlt bei jedem zweiten Haus muss man die Leute anbetteln ihr Leben zu retten.«

Kurz hatte Nadine den Gedanken, dass man damit mehr Kapazitäten für die Menschen hatte, die sich auch helfen lassen wollten, verdrängte ihn aber wieder.

»Wenn sie nicht wollen …«, sagte sie stattdessen, »vielleicht muss erst das Nachbarhaus in Flammen sein?«

»Auch das hatte ich schon mehrmals, die Reaktion war fast die gleiche.«

»Du siehst erschöpft aus.«

»Ich weiß nicht, seit wie vielen Stunden ich jetzt wach bin«, sagte Sebastian. »Aber wir können uns jetzt keine Pause erlauben.«

»Es gab einen Unfall und auf dem Weg zur Nordpforte staut es sich. Ich würde gerne den Verkehr so lenken, dass die Straße dorthin als Weg nach Umbach genutzt wird und der, der am Hofgut vorbei führt, als Weg nach Blasbach.«

»Klingt nach einer guten Idee. Kannst du das bitte selbst weitergeben? Ich muss in dieser Straße noch bei zwei Häusern mit den Einwohnern diskutieren. In der Hoffnung, dass es was bringt. Am Ortsausgang stehen zwei Feuerwehrleute. Jugendfeuerwehr. Die regeln dort den Verkehr.«

Als Nadine am besagten Ort ankam, sah sie sofort die beiden Jugendlichen, die mit leeren Blicken den Vorbeiziehenden hinterherschauten.

»Hallo ihr beiden!«, grüßte Nadine. »Sebastian schickt mich. Wir werden den Verkehr umleiten.«

»Umleiten?«, fragte die junge Frau, Nadine schätzte sie auf 16 Jahre.

»Ja. Wir nutzen eine Straße für den Verkehr nach Umbach und die andere für den Weg nach Blasbach. Ihr müsstet die Leute da vorne an der Kreuzung zum anderen Ortsausgang schicken.«

Der etwa 14-Jährige schaute skeptisch.

»Aber wenn wir die Leute auf dem Weg drehen lassen, verstopft es doch die Straße.«

Er zeigte dabei auf den Weg aus dem Dorf heraus und Nadine musste sich ein Lächeln verkneifen.

»Nein, wir werden die nicht wenden lassen, wir lassen aber niemanden Neues da lang gehen. Oder fahren. Die sollen die andere Straße nehmen. Kommt mit!«

Sie ging zur nächsten Abzweigung und blockierte den Weg so, dass es nur wenige Gesten brauchte, bis der traurige Zug den anderen Weg einschlug. Nadine hatte da, gerade angesichts der Diskussion, die Sebastian vorhin hatte, mit wesentlich mehr Widerstand gerechnet.

»Und wie lange sollen wir hier stehen?«

»Ich kümmere mich darum, dass Sebastian daran denkt, euch ablösen zu lassen«, versprach Nadine. »Vielen Dank für euren Einsatz!«

Als sie zurück in der Straße war, in der sie Sebastian getroffen hatte, half der gerade einer Familie, Sachen aus dem Haus zu tragen. Zumindest dort schien er mit seinen Überredungskünsten erfolgreich gewesen zu sein. Er sah sie und lächelte.

»Manchmal hilft es doch! Hast du die beiden gefunden?«

»Ja. Es scheint auch zu funktionieren. Nur solltest du die zwei irgendwann von jemandem ablösen lassen.«

»Ich werde mir da was einfallen lassen. Wie läuft es denn in Umbach? Wo wird das ganze Zeug hingebracht?«

»Ein Teil der Sachen wird zum Hofgut gebracht. Und …«

»Wäre es da nicht sinnvoller gewesen, den Verkehr andersherum zu lenken?«

Nadine musste kurz nachdenken. Fuhrwerke, Bollerwagen, Schubkarren und was auch immer zum Transport genutzt wurde, würde auch leer Platz wegnehmen, vermutlich aber weniger als voll beladen.

»Ja. Das wäre es tatsächlich.«

»Die guten Ideen kommen einem oft hinterher«, grinste Sebastian.

»Zurück zur Verteilung der Sachen. Wir nutzen da die Schule, das Bürgerhaus, die Turnhalle, freie Scheunen und einiges kommt auch in Privathaushalten unter.«

»Ich bin so froh, dass ihr uns helft.«

»Ich würde gerne sagen, dass das eine Selbstverständlichkeit ist. Aber um ehrlich zu sein, rechne ich noch mit massivem Widerstand im Dorf.«

»Das wäre nicht anders, wenn es andersherum wäre.«

Nadine nickte. »Hoffen wir einfach, dass es zumindest eine Weile friedlich bleibt.«

Sie beobachtete, wie die Familie mit Rucksäcken bepackt aus dem Haus kam. Auf dem Bürgersteig standen zwei Rollkoffer und einen davon nahm der Mann.

»Ich nehme den anderen«, bot Nadine an. »Sebastian, wir sehen uns in Umbach!«

»Ich habe hier noch eine Weile zu tun, aber ja, wir sehen uns bald in Umbach.«

Schweigend gingen die fünfköpfige Familie und Nadine die Straße herunter und trafen auf die anderen, mit denen sie gemeinsam den Weg nach Umbach antraten. Immer wieder schaute sie zurück und erschrocken stellte sie fest, dass das Feuer sich merklich weiter vorgearbeitet hatte. In ihr wuchs die Angst, dass der Wind drehen könnte und sich der Waldbrand in Richtung des Hofgutes oder Umbach ausbreiten könnte.

Die Einbahnstraßenidee schien zumindest zu funktionieren: Ihnen kam niemand mehr entgegen, der Stau kurz vor der Nordpforte hatte sich aufgelöst und es ging zügig durch die Pforte. Nadine hatte eigentlich damit gerechnet, dass jemand sich direkt um die Verteilung der Ankommenden kümmern würde, aber stattdessen stand kurz hinter dem Ortseingang eine Gruppe von Johannisten, die ihnen Bibeln entgegenhielten.

»Bekennt eure Sünden! Es ist nicht zu spät!«

»Sucht die Sünder unter euch und bestraft sie!«

Johannes Orloff war nicht zu sehen und Nadine wandte sich an die Familie: »Ihr könnt euren Koffer später bei mir abholen. Ich muss mich erst mal hierum kümmern!«

Sie drehte um, stellte den Koffer zum Wachposten an die Pforte und fragte die beiden Milizionäre: »Wie lange stehen die schon da?«

»Ungefähr eine halbe Stunde.«

»Und ihr wolltet nicht einschreiten?«

»Das ist ein freies Land. Hier kann jeder sagen, was er möchte.«

»Habt ihr eine Ahnung, was diese Menschen gerade hinter sich haben?«

»Wir haben es doch alle nicht einfach. Und vielleicht haben die ja auch recht?«

»Das heißt, ihr werdet nichts dagegen tun?«

»Wir sind hier als Wache eingeteilt und haben schon genug damit zu tun, das Pack im Auge zu behalten.«

Ihr blieb kurz die Luft weg, sie wollte den Mann anschreien, aber dann hörte sie wieder die Johannisten.

»Wir reden noch!«, versprach sie und ging auf die Gruppe der Religiösen zu.

»Was soll das?«

Selbstbewusst baute sich eine Frau vor Nadine auf.

»Wir missionieren die verlorenen Seelen. Und versuchen die zu retten, die unter den Sünden anderer leiden müssen.«

»Und was sagt euer Gott über Nächstenliebe?«

Die Frau musterte Nadine von oben bis unten.

»Es ist auch dein Gott.«

»Und was sagte er zur Nächstenliebe?«

»Nur durch Jesus gelangt man in den Himmel. Und dazu muss man seine Sünden bekennen.«

»Die Menschen sind schon genug bestraft, die brauchen keine Predigten von euch!«

»Das sehen wir anders. Denn vermutlich sind ihre Sünden schuld an dem, was passiert ist. Gott wird die Erde reinigen.«

»Der Gott, an den ich glaube, macht so etwas nicht.«

Die Frau schaute Nadine lange mit einem durchdringenden Blick an.

»Wir wissen auch um deine Sünden. Sodomistin. Bekenne deine Sünden, bevor das Dorf darunter leiden muss!«

Nadine holte aus, ließ die Hand aber wieder sinken. Innerlich kochte sie vor Wut und der Drang, der Frau eine Ohrfeige zu verpassen, ließ ihr Hände zittern. Mühsam rang sie um ihre Ruhe, wollte sich aber nicht die Blöße geben und vor diesen Leuten die Fassung verlieren.

»Ich kann euch nicht daran hindern, weiter über Menschen zu lästern, die Not leiden. Vielleicht bedenkt ihr aber einfach die goldene Regel. Bergpredigt, glaube ich. Behandle andere stets so, wie du selbst behandelt werden möchtest. Ich werde mich dann weiter der christlichen Nächstenliebe widmen.«

Sie drehte der Gruppe den Rücken zu, holte den Koffer am Wachposten ab und beeilte sich die Familie zu finden. Die war nur langsam vorangekommen und so hatte sie bald aufgeholt.

»Ihr könnt mit zu uns auf den Hof kommen«, bot sie fast reflexhaft an.

Vier Köpfe drehten sich nach ihr um und sie meinte, Erleichterung in den Gesichtern zu sehen.

»Danke«, sagte die Frau nach einem kurzen Moment.

»Mein Name ist Nadine. Nadine Bodner.«

»Jochen«, stellte sich der Mann vor. »Das sind Ella und Tom.«

»Miriam«, schloss die Frau die Vorstellungsrunde. »Vielen Dank!«

»Folgt mir, der Hof ist ein wenig außerhalb des Dorfes.«

»Papa«, fragte Ella, nachdem sie schon den halben Weg hinter sich hatten. »Kann das Feuer uns hier auch erreichen?«

Jochen drehte sich um, schaute zu den Rauchwolken und zögerte lange, bevor er antwortete.

»Ich befürchte, ja.«

»Jochen!«, ermahnte ihn Miriam.

»Du weißt, dass ich dafür bin, die Wahrheit zu sagen.«

»Im Moment weht der Wind von uns weg«, sagte Nadine. »Ich hoffe, dass wir Glück haben werden.«

»Und wenn der Waldbrand sich immer weiter ausbreitet?«, fragte Tom.

Die drei Erwachsenen schauten sich gegenseitig an. Falls die Flammen sich einen Weg suchen würden, könnten sie nichts dagegen tun. Aber wie ist man ehrlich, ohne den Kindern zu viel Angst zu machen? Oder sich selbst?

»Dann finden wir einen anderen Weg«, beruhigte Miriam. »Zusammen bekommen wir ganz viel hin. Und es gibt andere Menschen, die uns helfen.«

Während ein Lächeln über Ellas Gesicht huschte, schien Tom noch nicht beruhigt zu sein. Sein Gesicht arbeitete.

»Aber wenn wirklich die ganze Welt brennt?«, fragte er.

»Das passiert nicht«, antwortete Jochen.

»Hättest du gedacht, dass mal der komplette Strom ausfallen könnte?«, konterte Tom.

»Wie alt bist du?«, fragte Nadine.

»Neun Jahre.«

»Du solltest dir nicht solche Gedanken machen.«

»Er war schon vor dem Stromausfall sehr nachdenklich«, erklärte Miriam.

Sie erreichten den Hof und wurden von Nadines Vater begrüßt.

»Willkommen! Ihr wollt euch bestimmt erst mal ausruhen? Kommt herein, ich zeige euch das Haus, während Nadine sich um die Zimmer für euch kümmert.«

BERND

»Das war eine bekloppte Idee«, schimpfte Bernd.

Die Hitze schlug ihm entgegen und der Schweiß floss ihm den Rücken herunter.

»Du wolltest näher heran.« Dirk grinste. »Aber bei der nächsten Kuppe drehen wir um. Die Idee war nicht nur bekloppt, sie ist auch gefährlich. Wenn der Wind dreht, könnte das Feuer uns plötzlich den Weg abschneiden.«

Inmitten der Flammen standen die riesigen, nun nutzlosen Windräder und hoben sich dunkel vom gelbroten Hintergrund ab.

»Ich dachte, es wäre gut zu wissen, wie weit sich das Feuer schon ausgebreitet hat.«

Sie waren von Blasbach aus nach Nordosten gegangen und alles, was sie bisher sehen konnten, war, dass sich das Feuer Richtung Norden ausbreitete.

»Wir hätten zumindest die Fahrräder nehmen sollen«, sagte Dirk. »Damit hätten wir uns schneller aus dem Staub machen können.«

»Das nächste Mal dann!«, lachte Bernd.

»Vergiss es, das mache ich nicht …«

»Still!« Bernd hielt den ausgestreckten Zeigefinger vor den Mund. »Hörst du das?«

»Ich höre nur das Knistern der Flammen, umstürzende Bäume, die Luft, die vom Feuer angesaugt wir …«

Dirk riss die Augen auf.

»Ja, ich höre es«, flüsterte er.

»Wir müssen ihnen helfen!«

Aus dem brennenden Wald hörten sie die Schreie von Menschen. Schrill. Wie viele es waren, konnten sie nicht unterscheiden.

»Die Wälder müssen voller Wanderer sein, die Schutz gesucht haben«, sagte Dirk. »Und nun sitzen sie in der Falle.«

»Da vorne.« Bernd zeigte in Richtung des Weges vor ihnen, auf dem ihnen Menschen entgegenkamen. »Wir sollten den Rückweg antreten.«

»Vielleicht brauchen sie Hilfe?«

»Bestimmt brauchen die Hilfe«, sagte Bernd. »Ich bin mir aber nicht sicher, wie viele es sind, und ob sie nicht eine Gefahr für uns darstellen.«

Er hatte seine Pistole aus dem Halfter gezogen und versuchte erfolglos die Gruppe zu zählen. Eine Bewegung im Wald ließ ihn umdrehen und beidhändig zielte er dorthin, konnte aber niemanden erkennen.

»Wir gehen. Jetzt.«

Ohne dass eine weitere Erklärung nötig war, folgte Dirk ihm. Erst gingen sie, sich immer wieder umdrehend, zurück Richtung Blasbach. Bernd drehte sich erneut um und stellte zufrieden fest, dass sie Abstand zu den Verfolgern gewonnen hatten. Als er sich das nächste Mal umdrehte, hätte er fast Dirk umgerannt, der plötzlich stehen geblieben war. Zwanzig Meter vor ihnen war eine weitere Gruppe aus dem Wald gekommen. Kleiner als die hinter ihnen, aber mehr als doppelt so viele wie sie. Und es war nicht sicher, ob nicht weitere im Wald waren. Beim Näherkommen war zu erkennen, dass die Männer mit Knüppeln, Messern und Äxten bewaffnet waren.

»Es war eine bekloppte Idee.«

Bernd ärgerte sich, dass er nicht an eine Waffe für Dirk gedacht hatte. Als sie sich auf etwa fünf Meter der Gruppe genähert hatten, blieben sie stehen. Ein kurzer Kontrollblick nach hinten beruhigte ihn etwas, sie hatten den Abstand vergrößern können, aber es war nur eine Frage der Zeit, bis sie eingekesselt waren.

»Wir wollen nur zurück nach Blasbach, niemandem muss etwas passieren.«

Zu seinem Erstaunen machten die Männer eine kleine Gasse zwischen sich frei.

»Ich würde es vorziehen, wenn ihr euch auf eine Seite des Weges stellt.«

Bernd versuchte zu erkennen, wer der Anführer der Gruppe sein könnte, als sich ein dunkelhaariger Mann zu Wort meldete.

»Was ihr wollt, interessiert uns nicht.«

Bernd warf erneut einen Blick über die Schulter und richtete dann die Waffe auf den Dunkelhaarigen.

»Ich zähle jetzt von drei herunter und wenn ihr euch dann nicht bewegt habt, schieße ich dir in die Eier. Und danach deinen Kumpels.«

Unsicher schauten die Männer sich gegenseitig und dann Bernd an.

»Drei.«

Keiner bewegte sich.

»Zwei.«

Immer noch keine Bewegung.

»Ei …«

Hastig bewegten sich zwei Männer, der Dunkelhaarige ließ sich etwas mehr Zeit. Bernd und Dirk gingen so weit wie möglich auf der anderen Seite des Weges an ihnen vorbei und beeilten sich Abstand zu gewinnen.

»Das mit den Eiern funktioniert besser, als wenn man auf den Kopf zielt«, flüsterte Bernd. »Ich bin mir nicht sicher, was das über uns Männer sagt.«

Dirk lächelte kurz, aber auch er war sich bewusst, dass sie noch nicht außer Gefahr waren. Angestrengt schauten sie nach vorn, fest damit rechnend, dass andere Gestalten aus dem Wald auftauchen konnten, aber schließlich öffnete sich der Weg und sie sahen Blasbach.

»Jemand scheint den Verkehr geregelt zu haben«, bemerkte Dirk. »Alle gehen nur noch in eine Richtung.«

In dem Moment brachen auf beiden Seiten Menschen aus dem Wald. Bernd drehte sich um, die Gruppe hinter ihnen hatte genug Mut aufgebracht, zu folgen.

»ACHTUNG! ANGRIFF!«, brüllte er den Menschen auf der Straße entgegen.

Einige hatten die heranschnellenden Männer und Frauen bemerkt, starrten ihnen aber tatenlos entgegen und wurden mit voller Wucht getroffen. Die Angreifer prügelten und stachen auf ihre Opfer ein, während immer mehr verwahrloste Gestalten aus dem Wald kamen.

»Wir müssen zur Straße, bevor uns der Weg abgeschnitten wird.«

Bernd zog Dirk hinter sich her, bis sie eine Stelle erreichten, an der die Flüchtenden noch nicht angegriffen wurden. Hektisch schaute er nach links und rechts, sah keinen seiner Milizionäre und versuchte, eine Übersicht der Situation zu bekommen. Kinder aus Blasbach waren keine zu sehen und die ersten Angreifer bemerkten, dass es außer leeren Schubkarren nichts zu holen gab. Vereinzelt leisteten Umbacher und Blasbacher Widerstand und an den ersten Stellen zog sich der Gegner wieder zurück. Bernd schoss in die Luft und viele Gesichter drehten sich zu ihm um. Nach einem kurzen Moment löste das eine chaotische Fluchtbewegung aus, und genauso schnell, wie sie aus dem Wald gekommen waren, verschwanden sie wieder dorthin.

Zurück blieben verletzte und panische Menschen, die sich auf seinen Schutz verlassen hatten.

»Warum habe ich hier keine Miliz stehen?«, fragte Bernd.

»Weil alle mit dem Transport beschäftigt sind?«

Sie gingen zur ersten Gruppe, die auf dem Boden saßen oder lagen. Andere versorgten die Verletzten, Schreie und Wimmern war an mehreren Stellen zu hören. Männer hielten leblose Körper fest, an anderer Stelle klammerten sich Frauen an auf dem Boden liegende Männer.

»Das hat nicht mal fünf Minuten gedauert«, sagte Bernd. »Und für was? Für nichts!«

Schüsse ertönten aus der Richtung des Hofguts und Bernd lief schnellen Schrittes los.

»Dirk, kümmere dich bitte darum, dass die Verletzten versorgt werden. Und dass die Toten abtransportiert werden. Ich schicke euch Hilfe.«

Auch nach seiner aktiven Militärkarriere hatte er wert darauf gelegt, seine Fitness zu trainieren und der kurze Dauerlauf zum Hofgut dauerte nicht lang. Dort angekommen, sah er eine Handvoll bewaffneter Verteidiger, die sich den Angreifern aus dem Wald entgegengestellt hatten. Die verfügten lediglich über Messer, selbst gebastelte Speere und Pfeil und Bogen, die den Feuerwaffen wenig entgegenhalten konnten.

Wieder ein Angriff ohne militärische Führung, dachte Bernd und war froh, denn wenn jemand mit entsprechender Ausbildung den Gegner geführt hätte, wäre man chancenlos gewesen. Die Verluste auf der Angreiferseite waren erschreckend hoch. Bernd sah, wie innerhalb kürzester Zeit vier getroffen wurden, und als Verstärkung der Miliz aus Umbach unter der Führung von Alex hinzukam, verwandelte sich die Attacke in eine unkoordinierte Flucht.

»Alex!«, rief Bernd. »Nimm dir zehn Leute und sichert den Weg nach Blasbach. Dort gab es den ersten Angriff und vielleicht kommen sie wieder zurück.«

»Zu Befehl!«, reagierte Bernds Adjutant, wählte sich seine Unterstützung und sie liefen los.

Die Verteidiger jubelten über ihren Erfolg, während Bernd nach den am Boden liegenden Gegnern schaute. Alle waren unterernährt, die Kleidung war verschmutzt und viel zu groß, die Haare und Bärte verfilzt. Fünfzehn Tote zählt er. Einer der verwundeten Angreifer atmetet mit kurzen Stößen.

»Durst«, flüsterte er.

Bernd kniete sich neben ihn, fasste in seinen Nacken und zog seinen Kopf auf seinen Schoß.

»Bringt mir etwas Wasser!«

»Aber Major«, sagte einer seiner Milizionäre. »Das ist ein Gegner. Die wollten uns töt…«

»BRING WASSER!«

Der Mann hielt seinen Mund, lief weg und kam mit einer Feldflasche zurück. Nachdem er sie Bernd gegeben hatte, öffnete der sie und hielt sie an den Mund des Verletzten. Die Angst in dessen Augen war nicht zu übersehen. Bernd hatte diesen Blick auf Auslandseinsätzen immer wieder gesehen. Der Mann wusste, dass er nicht mehr lange leben würde.

Mühsam und mit schmerzverzerrtem Gesicht versuchte er in seine Tasche zu greifen, schaffte es aber nicht.

»Etwas in der Hosentasche?«

Der Mann nickte einmal.

Bernd griff in die Hose und holte ein Portemonnaie heraus. Er öffnete es, sah den Ausweis, dessen Bild entfernte Ähnlichkeit mit dem Mann hatte, den er gerade festhielt und der ihn als Oliver Bergmann auswies. Auf der anderen Seite der Geldbörse war ein Familienbild zu sehen und Bernd hielt es so, dass der Mann es sehen konnte. Tränen füllten dessen Auge und Bernd hörte ein sehr leises »Danke«. Kurz darauf verließ sämtliche Spannung den Körper des Mannes. Bernd schloss seine Augen und legte ihn behutsam ab.

Der Milizionär, der ihm das Wasser gebracht hatte, stand immer noch neben ihm und schaute irritiert zum Toten und dann zum Major.

»Wenn ich einen Befehl erteile, möchte ich, dass der erledigt wird. Ohne Rückfrage.«

»Aber der …«

Bernd holte tief Luft, hatte den Drang, dem Mann eine Ohrfeige zu verpassen.

»Hast du das verstanden? Du magst meine Befehle nicht immer verstehen, dass musst du auch nicht. Aber im Extremfall rette ich damit vielleicht dein Leben.«

»Jawohl, Herr Major.«

»Kümmere dich darum, dass die Gefallenen beerdigt werden.«

Skeptisch schaute der Mann nach den Toten.

»Wo?«

»In der Nähe der anderen Gräber.« Gerne hätte Bernd noch ein ›würdevoll‹ hinzugefügt, das überstieg ihre Möglichkeiten.

»Ich brauche drei Freiwillige, die beim Begraben unterstützen«, sagte Bernd laut und schnell hatten die sich gefunden.

Bernd ließ die Verteidiger ihren Bericht erstatten, als Malte aus Richtung des Dorfes auf seinem Fahrrad zum Hofgut kam. Er schaute suchend umher und Bernd machte mit einem Winken auf sich aufmerksam.

»Hallo Bernd«, sagte Malte. »Was ist passiert? Ich hörte die Schüsse und bin sofort losgefahren.«

»Der Brand hat die …« Er suchte nach einer passenden Beschreibung. »Die Flüchtlinge aus dem Wald getrieben. In einem verzweifelten Versuch haben sie erst den kleinen Treck zwischen dem Hofgut und Blasbach attackiert, danach sind sie, oder vielleicht auch andere, hier aus dem Wald gekommen und haben versucht das Hofgut anzugreifen.«

Malte nickte traurig.

»Die Wälder müssen voller Menschen sein.«

»Ich habe Berichte, dass es Lager gibt, in denen bis zu hundert Menschen leben. Oder lebten. Die Wälder um Umbach waren bisher wohl zu unruhig für sie, aber das Feuer lässt jede Vorsicht vergessen.«

»Dann müssen wir mit weiteren Angriffen rechnen?«, fragte Malte.

»Sie verfügen nur über selbst gebastelte Waffen«, antwortete Bernd. »Ich gehe davon aus, dass sie sich leichtere Ziele suchen werden. Wichtig ist, dass wir die Evakuierung schützen.«

»Wie lange wird die noch dauern?«

»So lange es das Feuer noch zulassen wird. Wir versuchen so viel wie möglich zu retten.«

»Im Dorf gibt es bereits Widerstand gegen die Hilfe«, berichtete Malte. »Vorerst nur verbal, aber ich befürchte, dass das nicht so bleiben wird.«

»Eine Baustelle nach der anderen. Das Feuer erlaubt keine Verzögerung, um den Widerstand kümmern wir uns dann.«

»Bisher konnten wir Leute in öffentlichen Gebäuden, auf dem Hofgut, in der Flüchtlingsscheune und bei einigen Freiwilligen unterbringen. Für ein paar Tage wird das gehen, aber irgendwann müssen neue Unterbringungsmöglichkeiten her.«

Bernd gingen die Verluste des Dorfes durch den Kopf.

»Wir haben doch einige Häuser, die leer stehen? Aber das ist im Moment nicht mein Problem. Warte mal kurz.«

Er drehte sich um und winkte einen jungen Milizionär zu sich.

»Geh ins Dorf und sehe zu, dass du zehn weitere Leute findest. Die sollen mir nach Blasbach folgen.«

»Jawohl, Herr Major.«

Dabei salutierte der junge Mann, der vor ein paar Wochen noch Student war, und rannte dann ins Dorf zurück.

»Kommst du mit? Wir müssen schauen, dass die Evakuierung geschützt wird.«

Auf dem Weg nach Blasbach suchte er immer wieder den Waldrand ab, ständig damit rechnend, dass erneut eine Angriffswelle herauskommen würde. Als sie an der Stelle angekommen waren, bei der es die ersten Kämpfe gegeben hatte, war Bernd froh, dass die Verletzten und Toten gerade abtransportiert werden konnten. Alex salutierte vor Bernd und begrüßte Malte.

»Patrouilliert bitte den Weg zwischen dem Hofgut und Blasbach. Ich hoffe, dass die Angreifer genug haben, aber die sind so verzweifelt, da kann alles passieren. Ruft sofort nach Verstärkung, wenn jemand kommt.«

»Zu Befehl, Herr Major!« Zackig lief Alex zu seinen Leuten zurück und trat mit ihnen den Weg in Richtung des Hofgutes an. Ein wenig wirkten sie dabei wie Soldaten auf Patrouille in einem dieser Vietnamfilme.

Bernd und Malte gingen weiter bis nach Blasbach und je näher sie kamen, desto heißer wurde es. Hinter den Häusern knisterte und rauschte eine Flammenwand und Bernd vermutete, dass das halbe Dorf brannte. Selbst in den Straßen, in denen Gebäude in Flammen standen, rannten noch Menschen hinein, vermutlich, um im letzten Augenblick Sachen zu retten.

»Der Brand erreicht bald die Häuser am Ortseingang«, kommentierte Malte. »Da ist dann kein Durchkommen mehr. Wir müssen den Verkehr umleiten.«

Die ersten Helfer und Flüchtenden waren offensichtlich zum selben Schluss gekommen und die Schlange teilte sich an einer Stelle, an der ein unbefestigter Feldweg abzweigte und etwas südlich am Ort vorbeiführte. Im Dorf trafen sie auf die ersten Milizionäre, erkennbar am gelben Tuch um den Arm, auf das sich die Gemeindeteile geeinigt hatten.

Bernd ging auf zwei zu, die am Ortseingang Wache standen.

»Hallo! Geht bitte dort vorne zur Abzweigung und lenkt den Verkehr um.«

Ein wenig amüsiert stellte Bernd fest, dass beide in Hab-Acht-Stellung gegangen waren, als sie ihn erkannten.

»Jawohl, Herr Major!«, schallte es ihm entgegen und sie begaben sich direkt zur Abzweigung.

Erwartungsvoll beobachtete Bernd, ob sich der Verkehr ohne Weiteres regeln ließ, und war beruhigt, als es funktionierte.

»Wo ist Harald?«, fragte Bernd einen weiteren Milizionär.

»Der ist mit Sebastian dabei, die letzten Einwohner davon zu überzeugen, die Häuser zu verlassen.«

»Könnt ihr uns dorthin führen?«

Zwei Straßen weiter zeigte der Mann auf eines der Häuser.

»Da stehen sie vor dem Haus und diskutieren mit dem alten Herrmann.«

»Danke, von hier aus kommen wir allein zurecht«, sagte Malte.

Schon von Weitem war die Diskussion zu hören. Trotz der sich nähernden Flammenwand ließ der alte Mann sich von den gemeinsamen Überredungskünsten des Wehrführers Sebastian und des Chefs der Blasbacher Miliz, Harald, nicht überzeugen das Haus aufzugeben.

»Dann lass ich dich einfach aus dem Haus entfernen«, drohte Harald.

»Du und welche Armee?«, spottete der rüstige Senior, den Bernd auf Mitte oder gar Ende achtzig schätzte.

»Harald«, unterbrach Bernd die Diskussion, was diesem nicht unangenehm zu sein schien. »Wir müssen kurz über die Bewachung der Wege sprechen. Dringend.«

»Salut, Major«, grüßte Harald. »Und hallo Malte. Einen Augenblick!«

Er drehte sich um und baute sich bedrohlich vor dem alten Mann auf, der zwar fast genauso groß wie er selbst, aber sonst nur noch Haut und Knochen war. Bernd fragte sich, wie groß er wohl als junger Mann gewesen sein musste.

»Pack deine Sachen, ich komme gleich wieder.«

Dann drehte er sich um und kam, gemeinsam mit Sebastian, zu Bernd und Malte.

»Was kann ich für euch tun?«

»Wir hatten einen Überfall auf dem Weg. Dort gab es Tote und Verletzte unter unseren Leuten. Etwas später gab es einen weiteren Angriff beim Hofgut, der schnell abgewehrt werden konnte, allerdings mit einigen Toten auf der anderen Seite.«

»Wer?«, fragte Sebastian.

»Wanderer, die Schutz im Wald gesucht hatten«, vermutete Malte. »Es müssen Hunderte sein.«

Harald nickte.

»Ich weiß von mindestens zwei Camps mit vermutlich um die fünfzig Flüchtlingen. Die haben sich aber nie in Richtung des

Dorfes getraut, sind eher weiter in den Wald hinein«, berichtete Sebastian.

»Wir lassen den Weg zwischen dem Hofgut und Blasbach bereits bewachen«, erklärte Bernd. »Was jetzt noch fehlt, ist die Bewachung des anderen Weges.«

»Ich versuche ein paar Leute aufzutreiben«, sagte Harald.

»Wir begleiten dich, sicherlich sind bei den Helfern auch noch Leute von mir dabei.«

»Ich helfe Sebastian die Leute zu überreden«, sagte Malte. »Wenn meine Hilfe gebraucht wird.«

»Manche Leute sind so störrisch wie Esel«, reagierte Sebastian. »Ich kann jede Hilfe gebrauchen.«

Bernd folgte Harald in Richtung des Dorfausgangs, schaute kurz über die Schulter und sah, wie nun Sebastian und Malte mit dem alten Herrmann mit Händen und Füßen diskutierten.

TAG 47

GORDON

Er hatte sich gefühlt gerade erst hingelegt, als der aufziehbare Wecker laut klingelte.

»Ich hasse das Ding!«, beschwerte sich Gordon. »Ich will weiter schlafen.«

Seit der Waldbrand zwei Tage zuvor Blasbach erreicht hatte, waren fast alle Umbacher, die nicht mit anderen wichtigen Aufgaben betraut waren, an der Evakuierung von Blasbach beteiligt. Gordon hatte bis kurz nach Mitternacht geholfen, bis er zu müde und erschöpft war.

»Du wirst es überleben«, grinste Laura und gab ihm einen Kuss.

Wenige Tage nach dem Stromausfall hatte er den Weg zu seiner Freundin auf sich genommen. Als er kurz darauf seine Eltern in seinem Heimatdorf besuchen wollte, musste er feststellen, dass diese von Plünderern umgebracht worden waren. Jeder Gedanke an sie und dass er sie nie wieder sehen würde, versetzte ihm einen Stich ins Herz. Sein Rachefeldzug, bei dem er die Mörder seiner Eltern, die sich in deren Haus einquartiert hatten, getötet hatte, hatte ihm kurz ein Gefühl der Zufriedenheit gegeben. Seine Mutter und seinen Vater hatte es ihm nicht zurückgebracht. Herr Bodner hatte ihm das angekündigt und er hatte es damals nicht geglaubt.

»Kommst du auch mit?«, fragte er Laura.

»Ich helfe in der Schule.« Sie stand auf und er freute sich, einen Blick auf ihren nackten Körper werfen zu können. »Oder das, was die Schule war. Momentan ist es ja so etwas wie eine Erstaufnahmeeinrichtung.«

Das Wort weckte bei ihm Assoziationen mit verschiedenen Gebäudekomplexen in Gießen, die früher zunächst Anlaufpunkt für Vertriebene, dann Menschen, die aus der DDR ausgereist waren, und danach Spätaussiedler und Flüchtlinge wurde. Gießen und Marburg waren fest in der Hand von irgendwelchen Idioten, die einen Agrarkommunismus errichtet hatten.

»Wie viele Menschen sind denn dort untergebracht?«

»Ich weiß es nicht.« Beide zogen sich schnell an. »Vielleicht 100 oder gar 150 Leute. Und dann noch das ganze Zeug, was man noch retten konnte.«

Sie stiegen vorsichtig die Treppe herunter, bereiteten sich jeder ein Brot mit Wurst zu und verließen dann das Haus.

»Kaffee fehlt mir«, sagte Laura. »Mehr noch als mein Handy oder das Tablet.«

Seit ein paar Tagen schien sie ihre Abhängigkeit in den Griff bekommen zu haben. Zusammen mit ihrer Tante Jutta hatte sie die nicht mehr funktionierenden Geräte im Löschteich mitten im Dorf versenkt. Nicht ohne sich von ihr versichern zu lassen, dass sie sich um Ersatz kümmern würde, wenn alles wieder funktionieren würde.

Nach fast sieben Wochen ohne Strom fragte sich Gordon, wie es weitergehen würde, wenn es auf einmal wieder Elektrizität geben würde. So vieles war passiert, konnte man dies überhaupt aufarbeiten?

»Irgendwann gewöhnen wir uns an den Malzkaffee!«

»Niemals«, lachte Laura.

Vor der Schule sah es aus wie auf einem Ameisenhaufen. Immer noch brachten Menschen unablässig mit Schub- und Handkarren Möbel, Koffer und Kartons und luden sie an der Straße ab. Fleißige Hände nahmen sie dort auf und trugen sie in die Schule, den Kindergarten und andere Gebäude.

»Pass bitte auf dich auf!« Laura umarmte und küsste ihn lange, bevor sie sich unter die Helfer an der Schule begab.

Gordons Weg führte zum Schützenhaus, das als Zentrale sowohl für die Miliz unter dem Major als auch für die Polizei, geführt vom Ex-Polizisten Bittler, diente. Durch die erhöhte Lage am Hang konnte man von dort große Teile von Umbach und der Umgebung direkt sehen und ein Wachturm erweiterte die Sicht. Er betrat das Schützenhaus und sah Milizionäre und Dorfpolizisten aus ganz Lahnau. Ein paar davon hatten sich über die große Karte gebeugt.

»Wir haben gestern noch Patrouillen in die Wälder geschickt«, berichtete jemand, den Gordon nicht kannte. »Entweder verstecken sich die Waldmenschen gut oder sie sind in eine andere Richtung abgehauen. «

›Waldmenschen‹. Gordon war immer wieder überrascht, wie schnell sich Begriffe für irgendwelche Gruppen etablierten. In den ersten Tagen nach dem Blackout wurden aus den Berufspendlern, Urlaubern und anderen Menschen, die irgendwo gestrandet waren, ›Wanderer‹, die die Autobahnen und Bundesstraßen bevölkerten. Ihnen folgten sehr schnell die Bewohner der Städte, die ohne funktionierende Wasserversorgung bald zu Todesfallen wurden. Stadtbrände taten ihr Übriges, genauso wie manches Dorf, das ebenfalls Bränden zum Opfer gefallen war.

»Können wir bitte zur Verteilung der Blasbacher kommen?« Der Kommentar von Andreas Pape ließ die versammelte Menge still werden.

»Andreas«, antwortete der Major. »Mir ist bewusst, dass du als Mitglied des Umbacher Dorfrates versuchst ein wenig zu planen, aber wir sind noch mit der Evakuierung beschäftigt. Das hier ist die falsche Runde für deine Frage.«

Der Kopf des Mannes wurde rot und Gordon sah, wie dieser um seine Fassung rang.

»Major«, brachte er schließlich heraus. »Es bringt doch nichts, wenn die Flüchtlinge es sich jetzt häuslich machen, wenn sie dann in einen anderen Ortsteil müssen.«

»Wir haben ohnehin kaum Platz«, meldete ein Mann.

»Bei uns sind auch kaum Reserven da«, sagte ein weiterer.

»Meine Herren!« Die laute Stimme des Majors ließ die Menge verstummen Erstaunt stellte Gordon fest, dass wirklich nur Männer im Raum waren. »Wir beantworten diese Frage jetzt nicht. Gerne können sich die Dorfräte aus den Ortsteilen zusammensetzen und sich beraten. Wir haben dringendere Aufgaben.«

Nach kurzem Murren nickten alle, nur Pape verließ das Gebäude, nicht ohne beim Rausgehen die Tür zuknallen zu lassen.

»Politiker«, grinste der Major, was viele Anwesenden zum Lachen brachte. »Aktuell haben wir genug Leute, die die Wege patrouillieren, allerdings sind, Stand letzten Berichtes, nur noch wenige Straßen von den Flammen verschont geblieben. Es ist wohl aber eine Frage von Stunden.«

»Das heißt, wir haben das ganze Dorf verloren?« Ein Zittern schwang in der Stimme des Fragenden.

»Wie breitet sich der Waldbrand weiter aus?«, fragte jemand.

»Ohne Luftaufklärung ist das schwer zu sagen«, erklärte Dirk. »Der Wind weht immer noch leicht nach Nordosten, das bedeutet weg von den anderen Gemeindeteilen. Trotzdem breitet sich das Feuer auch langsam gegen die Windrichtung aus.«

»Was bedeutet das konkret?«, fragte der Major.

»Wenn der Wald auf dem Buchenhardt Feuer fängt, haben wir keine Chance, es aufzuhalten.«

Wieder legte sich eine Stille über die Versammlung.

»Können wir die Waldschneisen noch verbreitern?«, fragte Gordon.

Vor ein paar Wochen hatten die Umbacher angefangen Schneisen in den Wald zu schlagen. Das Holz wurde zum Bauen des Palisadenzaunes, der um den Ort errichtet wurde, genutzt und sollte als Brennholz im Winter dienen, auch wenn es noch trocknen musste. Eine weitere Absicht war es, die unbemerkte Annäherung an das Dorf zu erschweren.

»Die Bäume sind einerseits zu hoch«, antwortete Dirk. »Und andererseits liegen auf den freigeschlagenen Flächen noch so viele Zweige und Gestrüpp, dafür brauchen wir Wochen.«

»Wir haben aber keine Wochen.« Der Major fuhr mit dem Finger über eine Stelle auf der Karte, an der das Hofgut lag. »Vermutlich nicht mal Tage. Aber wir sollten es versuchen.«

»Über den Buchenhardt und um das Hofgut herum?«, zweifelte Dirk. »Selbst wenn wir viele Helfer aus allen Ortsteilen haben, das schaffen wir nicht.«

»Vielleicht geht der Kelch noch irgendwie an uns vorüber«, sagte der Major. »Aber wir sollten es nicht unversucht lassen.«

»Es ist doch nicht nur das Fällen der Bäume alleine!«, regte sich Dirk auf. »Wir müssen die auch irgendwie weit genug aus dem Weg schaffen! Und das alles mit der Hand! Keine Motorsäge, kein LKW, kein nichts. Und wo sollen wir mit dem ganzen Holz hin?«

»Wir haben noch die Pferde«, sagte Gordon.

»Geäst und Holz kann auf die abgeernteten Felder, da haben wir mittlerweile einige«, schlug jemand vor.

»Dirk?« Der Major sah den Feuerwehrführer fragend an.

»Es kommt mir wie eine Sisyphusarbeit vor, aber es ist das Einzige, was wir machen können«, antwortete Dirk. »Außer gleich zu evakuieren. Ich informiere Nadine und den Dorfrat.«

»Okay«, fasste der Major zusammen. »Jeder holte sich Sägen und Äxte daheim, Treffpunkt ist die kleine Rasthütte zwischen dem Buchenhardt und dem Hofgut. Da ist es von beiden Schneisen nicht weit. Wir fangen am Buchenhardt an, das Feuer ist dort näher. Ich brauche Freiwillige, die als Melder von Haus zu Haus gehen, um genügend Helfer zu rufen.«

Es meldeten sich einige und Gordon ging davon aus, dass viele zunächst die körperliche Arbeit umgehen wollten. Er selbst begab sich mit dem Major und einer Gruppe direkt zum vereinbarten Treffpunkt.

Im Norden standen bedrohlich die Rauchwolken am Himmel, das Knistern und Fauchen des Brandes in Blasbach war bis ins Tal zu hören. Gordon schaute sich die Schneise, die über den Hügel lief, an, schätzte die Höhe der Bäume und war sich sicher, dass die zumindest nicht größer waren, als die Lücke breit war. Der trockene Wald würde aber vermutlich nur wenige Funken benötigen, um selbst in Flammen aufzugehen. Kurz nach ihrer Ankunft kamen die ersten Umbacher mit Werkzeug und der Major fing an, die Helfer einzuteilen.

Die ersten Axtschläge waren zu vernehmen, während Gordon sich mit einer großen Gruppe um das Geäst und Gestrüpp zu kümmern, das sich auf beiden Seiten eines Waldwirtschaftwegs angesammelt hatte. Die Holzfäller und ihre Helfer hatten in den Wochen davor schon Beachtliches geleistet, trotzdem waren immer noch viele Zweige liegen geblieben, die mittlerweile trocken waren. Es dauerte nicht lange und auf einem der freien Felder war ein großer Berg aus den Baumresten entstanden. Frustriert schaute sich Gordon den Fortschritt an, denn er sah kaum Veränderungen zum Anfang. Man hörte an verschiedenen Stellen die ersten Bäume fallen und immer mehr Helfer kamen hinzu. Einige kannte er, die meisten nicht. Oft hatte er den Eindruck, intensiv von jemandem gemustert zu werden, etwas, das er sein ganzes Leben gewohnt war.

Gegen Mittag waren seine Arme und die vieler anderer von den Zweigen zerkratzt und er war froh, dass eine Pause eingelegt wurde. Ihm fiel auf, dass die meisten sich in Gruppen getrennt nach Ortsteilen zusammensetzten, verhielt sich aber ebenfalls so und fand einen Platz bei einigen jungen Umbachern.

»Hey Gordon!«, wurde er von Frank begrüßt, einem Schulfreund von Laura. »Habt ihr schon Ideen, wie ihr etwas gegen die Johannisten unternehmen wollt?«

Die Johannisten. Während die völkischen Freyristen ihrem Hofgut nach einem kurzen Kampf den Rücken gekehrt hatten, waren die Johannisten für Gordon eine, wenn nicht die größte Bedrohung für den Frieden innerhalb Umbachs. Die religiöse Gruppe versammelte sich um Johannes Orloff, der bei der letzten Wahl Teil des Dorfrates geworden war. Gordon war nicht sicher, ob sie den Namen von diesem abbekommen hatten oder ob der Bezug die Offenbarung des Johannes, dem apokalyptischen Buch am Ende der Bibel, war.

»Nein. Noch nichts Konkretes. Es ist wichtig, dass wir denen zeigen, dass sie nicht die breite Unterstützung in der Bevölkerung haben.«

»Die machen massiv Stimmung gegen die Blasbacher«, berichtete Frank. »Mit dem üblichen Geschwätz von Sünden und Gottesstrafe.«

»Man muss sich wundern, dass Leute darauf anspringen«, sagte Gordon. »Vor allem auch intelligente Leute.«

»Gerade zu Johannes Orloff gibt es sehr viele unchristliche Geschichten.« Frank grinste. »Aber entweder wissen das einige seiner Anhänger nicht oder sie glauben wirklich, dass er sich vom Saulus zum Paulus gewandelt hat.«

»Manche glauben nur das, was sie glauben wollen.« Gordon streckte sich erst ein wenig und schüttelte dann seine Arme, um sich etwas zu lockern.

»Meinst du nicht, dass wir schon genug Bewegung haben?«

Ein Blick in die Runde der Helfer zeigte, dass nach den knapp sieben Wochen Stromausfall fast alle Leute wie von selbst ihr Idealgewicht erreicht hatten. Tragisch daran war für viele, dass man sich nicht mit neuer Kleidung eindecken konnte, und an einigen hingen die zu großen T-Shirts und Hemden herunter oder die Hosen rutschten immer wieder über die schmaler gewordene Hüfte.

»Genug Bewegung ja, aber nicht unbedingt abwechslungsreiche Bewegungen.«

»Trotzdem können wir uns das Fitnessstudio sparen«, lachte Frank.

Als die Pause vorbei war, wechselten die Gruppen die Arbeitsbereiche. Die Holzfäller fingen an einer anderen Stelle an und Gordon fand sich bei den eben gefällten und zumindest entasteten Bäumen wieder. Diesmal trugen sie die Zweige und kleinen Äste zur Lichtung auf der gegenüberliegenden Seite, und fingen auch dort an die Baumreste aufzuhäufen.

»Man könnte meinen, dass wir hier Scheiterhaufen errichten«, sagte Frank und grinste.

»Eher noch ein weiteres Sonnenwendfeuer«, konterte Gordon, dem der Gedanke mit den Scheiterhaufen nicht behagte. Dazu hatten sie zu viele religiöse Spinner im Dorf.

»Wenn das alles ungenutzt verbrennen würde, wäre es ärgerlich.«

»Ja«, stimmte Gordon zu. »Im Winter werden wir das alles dringend brauchen. Nur muss es auch irgendwie trocken gelagert werden und nicht jeder hat einen Ofen im Haus, mit dem man Holz verbrennen kann.«

»Vor allem haben die meisten nur einen beheizten Raum. Was glaubst du, wie kalt das in den anderen Räumen wird.«

Hinter dem Berg aus Restholz lief der Weg von Blasbach nach Umbach vorbei, auf dem definitiv weniger Verkehr als am Vortag war, aber immer noch ein stetiger Strom an Menschen, die Besitztümer in Sicherheit zu bringen versuchten.

Während am Vormittag der Himmel überwiegend wolkenlos geblieben war, verschleierten nun regelmäßig Wolken die Sonne, was von den Arbeitenden mit Wohlwollen registriert wurde. Die harte Arbeit und die immer noch stehende Hitze führte dazu, dass öfter Pausen eingelegt wurden, und das Tempo konnte nicht gehalten werden.

»Wir sind nicht mal halb so schnell wie heute Morgen«, befand Gordon. »Dabei müssten wir eigentlich noch schneller werden.«

»Wieso?«, fragte Frank. »Die Schneise ist doch schon breit und an einigen Stellen ist das meiste bereits weggeräumt?«

»Einerseits müssen wir beim Hofgut auch noch die Schneise verbreitern. An einigen Stellen ist dort noch keine vorhanden. Andererseits reichen diese fünfzehn Meter kaum aus. Schau doch hoch, die Bäume sind mindestens zwanzig Meter hoch. Wenn da einer umkippt, ist die Schneise direkt überbrückt.«

»Als Motivationstrainer machst du keinen guten Job«, sagte Frank. »Ist es nicht viel wichtiger, sich auf das bereits Geschaffte zu konzentrieren und sich dafür auch mal auf die Schultern zu klopfen?«

»Das können wir …« Eigentlich wollte Gordon den Satz mit ›machen, wenn die Gefahr des Feuers gebannt ist‹ ergänzen, entschied sich aber dagegen. »Ja. Jeder kleine Schritt ist besser, als gar nichts zu tun.«

Sie arbeiteten eine Weile wortlos und als Gordon wieder zum Abladeplatz kam, fiel ihm auf, dass die Straße leer war.

»Es scheint niemand mehr aus Blasbach zu kommen«, kommentierte er.

»Echt?« Frank stellte sich neben ihn und schaute die Straße hinauf und hinunter. »Dann wird das ganze Dorf verloren sein?«

»Ob sie alle überzeugen konnten, ihre Wohnungen zu verlassen?« Auch wenn Gordon sich bei Lauras Familie wie zu Hause fühlte, ein Teil davon geworden war, vermisste er sein eigenes Elternhaus, das ihm genommen worden war. Die Blasbacher waren gezwungen, ihre Heimat hinter sich zu lassen, und waren dem Wohlwollen anderer Menschen ausgeliefert.

»Bestimmt«, sagte Frank. »Es wird doch niemand so bekloppt sein, in einem brennenden Haus zu bleiben.«

»Der Weg wird gefühlt bei jedem Mal steiler.« Gordon bemerkte alle Muskeln, als sie den eigentlich kleinen Anstieg hochliefen. Frank schien zunächst ebenfalls Zeichen der Ermüdung zu zeigen, fühlte sich aber durch Gordons Kommentar angespornt. Übermütig schwang er sich über der frisch gefällten Stämme.

»Quatsch! Jetzt geht der Spaß erst los!«

Mit einem beachtlichen Satz sprang er auf den nächsten Baumstamm, balancierte darauf wie ein Seiltänzer und verbeugte sich.

»Mach nicht so einen Unfug«, lachte Gordon.

Erneut schien Frank sich angespornt zu fühlen, machte einen kunstvollen Sprung auf dem Baumstamm, rutschte bei der Landung mit einem Fuß weg, verlor die Balance und fiel seitlich herunter. Mit den Händen versuchte er Halt zu bekommen, schlug aber mit dem Kopf gegen einen Baumstumpf, sein Bein verkantete sich in einer Astgabel und Gordon hörte ein hässliches Knacken.

BERND

Bernd war zufrieden mit dem Fortschritt. Auch wenn die Schneise nicht so breit war, würde sie zumindest etwas Schutz oder eine Verzögerung bieten. Oder die Chance, das Feuer an einzelnen Stellen bekämpfen zu können. Und wenn man einen weiteren Tag hätte, könnte man hier noch ein paar weitere Meter gewinnen.

»HILFE«, hörte er Gordon rufen und eilte sofort in die Richtung.

»HILFE! WIR BRAUCHEN EINEN ARZT!«

Er sah Gordon, wie er gemeinsam mit anderen Helfern um jemanden stand, der halb in einem gefällten Stamm hing. Als er näher kam, erschrak er. Der junge Mann, in Gordons Alter, war bewusstlos und hatte eine große blutende Wunde am Kopf. Sein linkes Bein hatte sich in einer Astgabel des Baumes verhakt und stand in einem unnatürlichen Winkel ab.

»Ich brauche vier Leute, die ihn vorsichtig da herausheben«, befahl Bernd.

Er zeigte auf Gordon und drei andere, die er um den Verletzten verteilte.

»Wie ist das passiert?«, fragte Bernd.

»Frank ist auf dem Stamm herumgeturnt und ist dann abgerutscht«, antwortete Gordon.

»Okay, wir heben ihn dort drüben hin«, sagte Bernd.

Anschließend deutete er auf einen weiteren jungen Mann: »Renne ins Dorf, besorge eine Trage. Du.« Er zeigte auf den Mann daneben. »Du gehst mit. Nein. Ihr rennt! Und sagt Bescheid, dass Haarberg herkommen soll.«

Er schaute sich das Bein in der Astgabel an, kontrollierte, ob es festsaß, war beruhigt, dass er es herausziehen konnte. Frank stöhnte dabei, aber blieb bewusstlos.

»Bei drei hebt ihr ihn an und legt ihn da hinüber!«

Er wartete, bis alle eine Stelle hatten, an der sie zugreifen konnten.

»Eins – zwei - drei.«

Sanft hoben sie Frank hoch und schafften es, ihn auf eine freie Fläche neben dem Stumpf zu legen. Bernd kontrollierte den Puls und brachte den jungen Mann in die stabile Seitenlage.

Mittlerweile hatten sich besorgte und neugierige Helfer in einem großen Kreis um die Unfallstelle versammelt. Es wurde getuschelt und Bernd merkte, wie die Wut in ihm aufstieg.

»Hier gibt es nichts zu sehen! Macht mit eurer Arbeit weiter!«

Mürrisch folgten fast alle seiner Anweisung und er stand nur noch mit den vier Helfern um den Verletzten. Schon unter normalen Umständen war solch eine Verletzung eine Herausforderung und die Heilung würde Wochen, wenn nicht Monate dauern. Mit den Mitteln, die Haarberg und den anderen Ärzten aus dem Dorf zur Verfügung standen, war die Zukunft von Frank ungewiss.

Ein Schrei holte Bernd aus seinen Gedanken und er brauchte einen kurzen Moment, bis er feststellte, dass Frank aus seiner Bewusstlosigkeit aufgewacht war.

»Ich brauche einen kurzen Stock, auf den er beißen kann«, rief Bernd und die vier Männer um ihn herum suchten den Boden ab. Als Gordon ihm ein etwa zehn Zentimeter langes und gut drei Zentimeter dickes Stück in die Hand gab, hatte Frank bereits wieder das Bewusstsein verloren. Die Wunde am Kopf schien zwar immer noch zu bluten, allerdings nicht so sehr, dass er sich Gedanken um den Blutverlust machte.

Die Zeit schien sich endlos zu dehnen und die Atemzüge von Frank wechselten ständig zwischen langsam und hektisch.

Bernd mochte es nicht zu warten, denn in Momenten der Untätigkeit fingen seine Gedanken zu wandern an. Die Erinnerungen spielten einen Film vor seinem inneren Auge ab und sein Unterbewusstsein verknüpfte die Verletzung von Frank mit der eines Obergefreiten in Afghanistan. Der hatte sich eine schwere Beinverletzung bei einer Patrouillenfahrt geholt, als dessen Dingo, ein gepanzertes Fahrzeug, auf eine Mine gefahren war. Durch die schnelle Erste Hilfe und das gut ausgerüstete Feldlazarett konnte sein Bein gerettet werden. Die Schmerzensschreie und die Angst in den Augen des jungen Soldaten konnte Bernd nicht vergessen, nur verdrängen.

Unvermittelt öffneten sich Franks Augen, weiteten sich und er schrie entsetzlich.

»Beiß auf das Holzstück«, versuchte Bernd ihm zu helfen, aber Frank zappelte herum, was dazu führte, dass er schriller schrie.

»Haltet ihn fest«, ordnete Bernd an. »Gordon, du nimmst seinen Kopf, die anderen die Arme und Beine. Ich kümmere mich um das verletzte Bein.«

Sichtlich unsicher kamen die Helfer näher und fixierten Frank, so gut es ging. Dessen Brust hob und senkte sich in schnellem Rhythmus. Das Stück Holz hatte Bernd ihm in den Mund drücken können und er biss so fest darauf, dass es schmerzen musste.

Wie lange war es her, dass er die Zwei die Trage und den Arzt holen geschickt hatte? Seine Armbanduhr, eine der wenigen in Umbach, die noch funktionierte, weil sie mit einer Feder aufgezogen wurde und keine Batterie benötigte, war keine Hilfe, denn er hatte nicht geschaut, wann die beiden losgerannt waren

Frank wimmerte und Bernd kam nicht umhin, Mitleid zu haben. Die Schmerzmittel der Apotheke und des in der Hausarztpraxis eingerichteten Spitals waren fast aufgebraucht. Ob Bernadette Litthau, die Apothekerin, und Verena Kratsch, die sich mit Kräutern auskannte und etwas zur Homöopathie tendierte, schon Ersatz geschaffen hatten, wusste er nicht.

»Hus irch schdewen?« Durch das Stück Holz in seinem Mund war Frank nicht zu verstehen und Bernd nahm es heraus.

»Muss ich sterben?«

»Nein«, antwortete Bernd. Aber vielleicht wirst du dein Bein verlieren. Oder zumindest verkrüppelt sein. »Doktor Haarberg wird dich wieder zurechtbiegen.«

Franks Augen suchten die von Bernd und schauten ihn lange und intensiv an. Dann rollten seine Pupillen nach oben und er verlor erneut das Bewusstsein.

»Wird er das?«, fragte einer der Helfer.

Der strenge Blick von Bernd reichte aus, ihn nicht weiter fragen zu lassen, und war vermutlich Antwort genug.

»Werden wir es schaffen, die Schneise breit genug zu machen, bevor das Feuer kommt?«, fragte Gordon.

»Da habe ich keine Antwort«, gab Bernd zu. »Und das hängt vermutlich von vielen Faktoren ab. Was ich bis eben gesehen habe, hat mich aber beeindruckt. Durch die vielen Leute, die angepackt haben, wurde viel vom Waldboden freigeräumt.«

Von der anderen Seite kam ein Pferdegespann, dass einen Pflug durch den Boden direkt neben dem Weg zog, um den die Schneise entstanden war.

Bernd sah die fragenden Blicke der jungen Männer.

»Das soll ein Waldbrandwundstreifen werden«, erklärte er. »Erst wird der Boden gepflügt, dann geeggt, um ihn von brennbarem Material freizuhalten. Damit soll das Ausbreiten des Feuers über den Boden erschwert werden.«

»Sind nicht die hohen Bäume unser größtes Problem?« Gordons Blick ging zu den Baumwipfeln auf der anderen Seite der Schneise.

»Vermutlich«, gestand Bernd. »Dazu noch der Funkenflug. Da es hier leicht bergab geht, kann Glut auch noch herunterrollen. Wir haben einen schwierigen Kampf vor uns.«

»Da drüben ist dieser Rickschitz!«, sagte einer der Helfer. »Dass sie den freigelassen haben, kann ich gar nicht verstehen. Der ist verurteilt worden.«

Bernd hatte mitbekommen, dass Malte Beweise für die Unschuld von Rickschitz gefunden hatte. Der war verdächtigt gewesen, einen Kollegen aus dem Bauhof umgebracht zu haben. Vermutlich steckte aber Maltes Schwager hinter der Tat, in dessen Wohnung sich Diebesgut aus dem Haus des Opfers befand.

»Markus! Es gibt Beweise, die ihn entlasten«, wies Bernd den Helfer zurecht.

»Und warum hält man die geheim?«

»Die sind nicht geheim. Diebesgut wurde bei Florian Dietz gefunden«, erklärte Bernd.

»Florian?« Markus lachte. »Das hat sich doch jemand ausgedacht. Nur weil der von seinem Schwager grundlos aus dem Dorf vertrieben wurde …«

»Halt die Fresse!«, unterbrach ihn Gordon. »Das war doch nicht grundlos!«

»War es nicht? Es heißt, der Vater deiner Freundin hat gedroht ihn umzubringen, wenn er das Dorf nicht verlässt. Ich kann ja verstehen, dass der Tod seines Sohnes ihn sehr getroffen hat, aber deshalb wird nicht alles Wahrheit, was er sich einbildet.«

Markus sah die Faust vermutlich nicht mal kommen. Gordon erwischte ihn am Unterkiefer und dem Knacken nach war dies der nächste Knochenbruch, den Haarberg behandeln musste.

»Du blöder Kaffer!«, schimpfte Markus. »Da ist der Busch noch im Kopf!«

»AUFHÖREN!«, brüllte Bernd. »Seid ihr bekloppt? Frank braucht Hilfe!«

»Er hat mich provoziert!«, verteidigte sich Gordon.

»Das ist kein Grund, ihm den Kiefer zu brechen. Das wird Folgen für dich haben!«

»Der hat sich nicht unter Kontrolle. Der ist gemeingefährlich!« Markus‘ Worte klangen etwas undeutlich und die Bewegung des Unterkiefers schmerzte ihn sichtlich.

»Haarberg ist ja hierher unterwegs und kann sich das anschauen. Gleich, nachdem er Frank untersucht und versorgt hat«, versuchte Bernd etwas Ruhe in die Gruppe zu bekommen.

»Du da!«, rief er einem Helfer zu, der gerade an ihnen vorbeiging. »Übernimm die Position von Gordon. Gordon, du gehst nach Hause und wartest dort, bis ich komme. Hast du mich verstanden?«

»Ja, Herr Major«, quälte er aus sich heraus und machte Platz.

Er war nur wenige Meter entfernt, als Markus seinen Abgang kommentierte.

»Wenn es nach mir gegangen wäre, hätten wir so jemanden gar nicht erst ins Land gelassen.«

»ES REICHT!«, brach es aus Bernd heraus. »Wenn du verarztet bist, gehst du auch nach Hause und wartest ebenfalls auf mich.«

Markus sah in provokativ an. »Dann ist dieser …«

»Du hältst jetzt besser deinen Mund.«

Bernd war es gelungen, seiner Stimme Nachdruck zu verleihen. Das hielt Markus davon ab, noch etwas zu sagen. Traurig sah Bernd Gordon hinterher, dessen Reaktion er eigentlich verstehen konnte. Vor allem benötigten sie jeden Helfer bei der Schneise, aber für den Moment brauchte er Ruhe, damit die beiden Verletzten versorgt werden konnten.

Kurze Zeit später kamen die Boten rennend und außer Atem mit der Trage an. Dahinter wurde Haarberg von Herrn Bodner auf dessen Wagonette vorbeigebracht. Mit der hatten sie damals den Norder-Jungen aus seinem Pflegeheim abgeholt.

Der Arzt sprang galant vom Kutschbock, schnappte seinen Arztkoffer von der Ladefläche und kam flotten Schrittes zur Unfallstelle. Die Stirn in Falten legend, begutachtete er den bewusstlosen Frank. Aus dem Koffer holte er eine Schere, mit der er die Hose aufschnitt. Als er das Bein abtastete, stöhnte der Patient leise, wachte aber nicht auf.

»Nicht gut«, urteilte er. »Und schon der zweite schwere Beinbruch innerhalb kurzer Zeit.«

»Kannst du das schienen?«, fragte Bernd.

»Das wird nicht reichen«, antwortete Haarberg. »Früher hatte man das mit Flaschenzügen gemacht. Aber ich kann ja nicht mal sehen, wo der Bruch verläuft. Mit viel Glück hat er am Ende nur eine kleine Fehlstellung. Aber dann muss es sehr gut laufen.«

Bernd wollte etwas dazu sagen, ihm fiel aber nichts ein.

»Er kann froh sein, dass er keinen offenen Bruch hat«, sagte Haarberg. »Dann wäre die Gefahr einer Infektion extrem groß und wir müssten amputieren.«

Der Arzt stand auf und schaute skeptisch auf Frank hinunter.

»Legt ihn auf die Trage und dann auf die Kutsche mit ihm. Ich habe vielleicht noch eine Beinschiene, die ihm passt. Falls nicht, muss ich improvisieren.«

Während die Helfer Frank erst auf die Trage und die dann auf die Ladefläche der Kutsche brachten, trat Markus vor den Arzt.

»Ich glaube, mein Unterkiefer ist gebrochen.«

»Bist du auch hingefallen?«, fragte Haarberg.

»Nein«, schüttelte Markus den Kopf. »Der Kaffer hat mich geschlagen. Ist einfach auf mich losgegangen.«

»MARKUS!«, erbebte die Stimme von Bernd.

»Soll dem das durchgehen gelassen werden?« Der junge Mann zeigte sich unbeeindruckt. »Wenn der sich nicht im Griff hat, gehört der eingesperrt. Vielleicht kühlt ihn das etwas ab!«

»Halt Ruhe, ich möchte das untersuchen.« Der Arzt schaute sich den Unterkiefer an, tastete an verschiedenen Stellen, was Markus mit schmerzverzerrtem Gesicht quittierte.

»Du wirst dich ein paar Tage ausruhen«, erklärte Haarberg. »Und nur Suppe, nichts Festes essen. Komm nächste Woche zu mir in die Praxis, dann schaue ich mir das noch mal an. Und jetzt gehst du am besten direkt nach Hause. Sofort.«

Bernd kochte, hätte Markus noch gerne zur Rede gestellt. Der Arzt schien das bemerkt zu haben und nahm ihn zur Seite.

»Nimm dir bis morgen Zeit«, sagte er. »Er hat ohnehin genug Schmerzen.«

»Und ich habe keine Schmerzmittel für ihn«, fügte er mit einem leichten Grinsen hinzu.

»Solltest du als Arzt nicht dem hippokratischen Eid folgen?«

»Ich helfe ihm ja. Nach meinen Möglichkeiten. Und das sind nicht viele. Ich muss los, schauen, was ich für Frank machen kann.« Er deutete auf die Kutsche.

»Das war beides so überflüssig«, sagte Bernd. »Ich komme so schnell wie möglich vorbei, um zu schauen, wie es ihm geht.«

Sie verabschiedeten sich und Bernd schaute noch lange der wegfahrenden Kutsche hinterher. Die Helfer arbeiteten wieder Bernd ging zur Straße, die im Westen Richtung Blasbach führte und nun leer war. Routiniert ging sein Griff zu seiner Waffe und im Gehen kontrollierte er, ob das Magazin vorhanden war. Zufrieden steckte er sie zurück in den Halfter und lief in Richtung des brennenden Nachbardorfes. Immer wieder blieb er stehen, spähte in den Wald, denn in einen Hinterhalt wie beim letzten Mal, wollte er nicht geraten.

Als die Straße den Wald verließ, sah er das brennende Dorf und vereinzelt Menschen, die in die in Flammen stehende Häuser rannten, um kurz darauf bepackt wieder heraus zu kommen. Andere Gestalten nahmen ihnen die Sachen ab und bewegten sich eilig in Richtung Westen. Dann verschwanden sie. Er schätzte dass er ungefähr zwanzig Leute sah, und seine Anwesenheit blieb nicht unbemerkt. Zwei zeigten in seine Richtung, andere drehten sich zu ihm um, verharrten wie die Maus vor der Katze und bewegten sich nicht.

Plünderer, schoss es Bernd durch den Kopf und sein erster Impuls war Kampf, den er aber unterdrückte. Die waren sich wohl einig, dass er keine Gefahr für sie darstellte, lösten sich aus der Starre, um teilweise wieder auf den Straßen zu verschwinden oder Sachen in den Wald zu tragen.

Bernd bewegte sich auf einem Feldweg, der in etwas Abstand um den Wald führte, bis er die Häuserreihe sah, die bis direkt an die ersten Bäume reichte.

Durch die Hanglage konnte sich der Brand auch gegen die Windrichtung nach oben vorarbeiten und mit Schrecken sah er, dass die ersten Baumkronen schon in Flammen standen. In einer Mischung aus Furcht und Faszination beobachtete er, wie sich das Feuer weiter ausbreitete, sich den nächsten Baum einverleibte und am Boden entlang kroch.

TAG 48

NADINE

Sie trieb die Pferde an, die mit viel Kraft den Stamm hinter sich her zogen. Langsam bewegte sich der am Vortag schon gefällte und entastete Baum und man sah den Tieren an, dass die Arbeit einfacher wurde, wenn der Baumstamm in Bewegung war.

Nadine hatte am Abend zuvor mit zwei anderen Pferden in der Schneise geholfen, bevor sie sich kurz nach Sonnenuntergang erschöpft nach Hause geschleppt hatte. Sie hatte die Tiere vom Geschirr befreit, trocken gerieben, um dann selbst total erledigt ins Bett zu fallen. Nach wenigen Stunden hatte sie das Klingeln des Weckers aus einem tiefen Schlaf gerissen und sie war mit zwei neuen Pferden wieder zur Schneise gekommen.

Seit der Major berichtet hatte, dass der Wald zwischen Blasbach und Umbach Feuer gefangen hatte, arbeitete das ganze Dorf, ja die komplette Gemeinde daran, die Brandschneise zu verbreitern. Gleichzeitig hofften alle, dass der Waldbrand sich nicht auch noch in Richtung des Hofguts ausbreiten würde, das nahezu von allen Seiten von Wald umgeben war.

Das Material, das man aus der Schneise geholt hatte, stapelte sich auf den Feldern auf beiden Seiten. Weitere Mannschaften waren damit beschäftigt, es auf andere Äcker zu verteilen, um zu verhindern, dass der kostbare Rohstoff Feuer fangen und komplett ungenutzt verbrennen würde.

»Den Stamm noch, dann machen wir eine Pause«, versprach sie den beiden Pferden, die sich erstaunlich schnell an ihre Arbeit gewöhnt hatten. Zumal sie vorher nur Kutschen gezogen hatten.

Die Helfer, an denen sie vorbeikam, waren alle schmutzig, wirkten erschöpft, und ihr ging auf, dass sie vermutlich in deren Augen genauso heruntergekommen und müde wirken musste. Aber die drohende Gefahr gab allen die nötige Kraft. Besonders den Umbachern, deren Zuhause bedroht waren.

»Es hat die Schneise erreicht«, hörte sie eine Stimme hinter sich und zuckte zusammen.

Johannes Orloff stand dort und wirkte bedrückt.

»Wo?«, fragte sie.

»An der Ostseite.« Er zeigte in die Richtung, jedoch konnte Nadine es von ihrem Standpunkt aus noch nicht sehen.

»Und warum tut dein Gott nichts dagegen?«, schnauzte sie ihn an. »Haben nicht alle schon genug gelitten?«

Während viele Mitglieder seiner Gemeinschaft Nadine wegen ihrer Sexualität offen anfeindeten, hielt er sich ihr gegenüber meistens bedeckt.

»Die Wege des Herren sind unergründlich«, sagte er. »Vielleicht werden wir nie erfahren, wofür er uns bestraft.«

»Wenn du meinst«, reagierte sie. »Ich kümmere mich jetzt erst mal um den Stamm und komme dann zu der Stelle hinüber.«

»Wir sehen uns«, verabschiedete sich Johannes und stolzierte in die andere Richtung davon.

Erneut trieb sie die Pferde an, die das schwere Gewicht wieder aus der Ruhe heraus bewegen mussten. Um die Tiere etwas zu schonen, musste sie solche Unterbrechungen vermeiden. Orloff hätte genauso gut neben ihnen herlaufen können, ärgerte sie sich. An der Abladestelle angelangt, wurde der Baumstamm von Helfern entgegengenommen, und obwohl Nadine wusste, dass alle ihr Bestes gaben, kam es ihr wie eine Ewigkeit vor.

Dann hörte ihr Herz für einen kurzen Moment zu schlagen auf. Bei der Gruppe, die abseits der abgelegten Stämme Äste, Zweige und kleineres Gehölz zu mehreren großen Haufen aufschichtete, sah sie Jutta. Seit Simones Rückkehr hatten sie sich nicht gesehen und sie hatten, seit Nadines Liebesgeständnis, nicht mehr länger miteinander gesprochen. Ihre Jugendfreundin war so sehr mit ihrer Aufgabe beschäftigt, dass sie sie gar nicht bemerkte.

»Jutta!«, rief sie. »Kannst du mir bitte helfen?«

Die Frau, die im Leben vor dem Stromausfall Pilotin war und neben dem Geständnis der besten Freundin noch das Fremdgehen und die Betrügereien ihres Mannes Florian zu verarbeiten hatte, drehte sich zu ihr. Sie warf die Zweige, die sie trug, auf einen der Haufen und beeilte sich, zu ihr zu kommen.

Herzlich umarmte sie Nadine und drückte sie intensiv und lange.

Freundschaftlich. Stellte Nadine mit einer Mischung aus Erleichterung und Enttäuschung fest.

»Ich glaube, wir haben uns die letzten Tage ständig verpasst«, sagte Jutta. »Aber du hast auch viel zu tun.«

»Das haben wir alle.« Die Frauen lösten sich aus der Umarmung und zufrieden genoss Nadine, dass Jutta ihre Hände festhielt. »Ich muss auch gleich weiter, das Feuer hat drüben beim anderen Tal die Schneise erreicht. Und ich wollte dich fragen, ob du mit dem Pferdegespann weitermachen könntest.«

Skeptisch schaute Jutta die beiden Pferde an, aber lächelte dann.

»Wann sollte ich die Pferde auswechseln?«, fragte sie. »Du bist doch bestimmt schon vor dem Sonnenaufgang mit ihnen hergekommen.«

Nadine suchte die Sonne und schätzte die Zeit. Vermutlich war es zehn Uhr und es wäre gut, die wertvollen Tiere zu schonen.

»Noch zwei Stämme, dann kannst du mit ihnen zum Hof gehen«, antwortete sie. »Nimm dir auf alle Fälle jemanden mit, das Feuer gibt anderen Gelegenheiten für Überfälle.«

»Ich passe schon auf mich auf.«

Die Sorge muss Nadines Gesicht klar anzusehen gewesen sein. Juttas Entführung durch die Leute von Frau Armsteiner, die sie im Forum, einem ehemaligen Einkaufszentrum in Wetzlar, gefangen gehalten hatten, und ihre anschließende Befreiung war ihr in Erinnerung. Genauso wie der Überfall auf den elterlichen Hof und den Tod ihrer Mutter.

»Ehrlich«, bekräftigte Jutta. Dann umarmte sie ihre Freundin wieder und kniff ihr in den Po, so wie sie es schon fast ihr ganzes Leben gemacht hatte. Diesmal fühlte es sich wie ein elektrischer Schlag an und nun war es Jutta, die sie skeptisch anschaute.

»Entschuldigung, ich wollte dich nicht …«

»Alles okay.« Nadine war froh, dass Jutta sich normal verhielt. Die letzten Tage hatte sie befürchtet, dass ihre Freundschaft nie mehr so sein würde wie früher. Vielleicht würde sie das auch wirklich nicht mehr. Aber solche kleinen Gesten machten sie zuversichtlich.

»Ich passe gut auf deine Pferde auf, geh du mal fein das Dorf retten«, neckte Jutta sie.

»Das machen wir alle«, sagte Nadine.

Im Laufschritt durchquerte sie die Schneise und wieder überkam sie eine Mischung aus Gefühlen. Einerseits die Angst, dass die Bemühungen vergeblich waren und sie das Feuer nicht aufhalten würden, andererseits der Stolz, wie engagiert Leute aus allen Ortsteilen beim Verbreitern der Schneise halfen. Gleichzeitig war sie erstaunt, wie reibungslos das Zusammenarbeiten funktionierte. Allein durch die Masse an Menschen wären Staus und Chaos nicht überraschend. Aber schnell hatten sich Wege von und zu den Abladestellen etabliert. Als sie den Punkt erreichte, wo sich die beiden Rundwege zu den Lichtungen im Osten und Westen trafen, sah sie auf der linken Seite die in Flammen stehenden Bäume. Das Knistern des Brandes war allgegenwärtig und das Feuer sog Luft an, den Nadine wie einen leichten Wind spürte.

Sie schätzte die Höhe der Bäume und die Breite der Schneise und stellte beruhigt fest, dass Letztere größer war. Damit würden umstürzende Stämme zumindest nicht direkt auf der gegenüberliegenden Seite einschlagen. Der Funkenflug und was auch immer da durch die Hitze am Aufsteigen war: Es brannte und durch die Luftverwirbelungen war nicht auszuschließen, dass es auf der anderen Seite der Schneise niederging. An einer Stelle hatten Laub und Zweige auf dem Boden Feuer gefangen und Helfer rannten hin, um mit ihren Jacken, Hemden und T-Shirts die Flammen zu bekämpfen. Die Helferkette, die den Waldboden von Ästen und Zweigen befreite, um sie in die Lichtung zu bringen, kam zum Erliegen. Während einige versuchten das Feuer zu löschen, stauten sich die anderen auf beiden Seiten, unschlüssig, was sie machen sollten.

Entschlossen stellte sich Nadine auf einen der Baumstümpfe und pfiff auf den Fingern, was ihr die Aufmerksamkeit der Umstehenden einbrachte.

»Alle auf dieser Seite vom Feuer gehen nach Westen.« Sie deutete in die Richtung. »Die auf der anderen Seite nur noch bis zum Brand.«

Erstaunlich schnell waren wieder alle in Bewegung und mit einem leichten Schmunzeln musste Nadine daran denken, dass es wie eine Ameisenstraße aussah.

»Was gibt es da zu lächeln?« Nadine schreckte auf. Ausgerechnet Johannes Orloff.

»Das Dorf ist in Gefahr und die Bürgermeisterin steht wie Luzifer vor dem Höllenfeuer und grinst?« Er schien das intensiv auszukosten und sprach so laut, dass sich die Umstehenden zu ihnen umdrehten. »Nicht genug, dass sie die Sünde duldet oder selbst widerlich unnatürlich lebt, scheint sie Gefallen daran zu finden, wie das Feuer die Rechtschaffenen bedroht!«

»Sünderin!« Nadine sah nicht, wer das gerufen hatte, und weitere Rufe brachten sie aus der Konzentration. »Sünde!« »Pfui!«

»Echt jetzt?« Sie wusste, dass sie schnell reagieren musste. »Das siehst du in einem Lächeln? Du musst ja ein Prophet sein!«

»Machst du dich über unseren Glauben lustig?«, konterte Orloff. »Das sieht dem Teufel ähnlich. Bekenne deine Sünden, bevor es zu spät für uns alle ist!«

»Ich weiß nicht, was bei dir nicht stimmt«, sagte Nadine, »aber wir haben keine Zeit für deine haltlosen Vorwürfe. Wir haben ein Dorf zu retten.«

»Wenn du es überhaupt retten möchtest!«

»Warum sollte ich es nicht retten wollen?« Nadine ärgerte sich, die Frage gestellt zu haben, denn sie war sich sicher, dass das Orloff eine neue Vorlage geben würde. Der war ohnehin nicht auf Dialog aus.

»Warum sollten Frauen bei Frauen liegen?«, fragte er. »Frage einen gottesfürchtigen Menschen nicht nach der Motivation von Sündern!«

»Johannes!« Nadine tat sich schwer, äußerlich Ruhe zu behalten. »Wir haben ein Dorf zu retten. Entweder du machst dabei mit oder du störst die, die helfen wollen, nicht!«

Mit kaltem Blick und eine gefühlte Ewigkeit musterte er sie.

»Ich bete für deine sündige Seele!«

Bevor Nadine reagieren konnte, drehte er ihr den Rücken zu, ging ein paar Meter weiter, hob etwas Gestrüpp auf und wurde Teil der Masse. Immer noch waren viele Augen auf sie gerichtet und sie verkniff sich einen letzten Kommentar in Richtung Orloff.

Ein Baum auf der brennenden Seite stürzte in die Schneise, verfehlte um Haaresbreite einige der Helfer, die sich schnell von dem Schrecken erholten und sofort versuchten, das Feuer mit ihrer Kleidung auszuschlagen. Beim Aufschlagen hatte der Stamm Blätter aufgewirbelt, die in Flammen aufgingen und auf die bisher nicht vom Brand betroffene Seite wirbelten. Nadine hielt die Luft an, befürchtete, dass das trockene Holz sofort aufflammen würde, doch die Blätter verglühten ohne weitere Folgen.

Immer mehr Leute kamen, gruben mit bloßen Händen in den Boden und warfen Erde auf den brennenden Stamm. Als ein zweiter Baum fast direkt daneben stürzte und sich die Helfer wieder gerade so in Sicherheit bringen konnten, ließen die Bemühungen nach.

»OH HERR!«, hörte Nadine Orloff rufen, um den sich etwa fünfzig Menschen versammelt hatten. »Wir beten für die armen Sünder, die sich nicht zu dir bekennen wollen. Bitte verschone deine Gläubigen, wir werden uns dann darum kümmern, dass sich alle zu dir wenden, oder aber vom Feuer gereinigt werden. Amen!«

»AMEN«, schallte es ihm entgegen und der eiskalte Blick, den er Nadine zuwarf, ließ sie trotz der Hitze des Feuers frösteln. Er war es, der wie der Teufel persönlich vor den Flammen stand, und sie musste ihn ausbremsen, so schnell wie möglich.

»Ihr Fünf auf die linke Seite, ihr auf die andere!«

Dirk war mit einer Gruppe angekommen, die alle Äxte und lange Stangen trugen.

»Ich weiß«, erklärte Dirk weiter, »dass das Feuer heiß ist! Seht zu, dass ihr nacheinander auf die gleiche Stelle im Stamm schlagt. Wenn er durch ist, rollen wir den Stamm mit den Stangen von unserer Seite weg.«

Während seine Leute sofort an die Arbeit gingen, näherte sich Nadine Dirk.

»Bringt das überhaupt noch etwas? Sollten wir nicht lieber die Kräfte an anderer Stelle einsetzen?«, fragte sie.

»Ich fühle mich, als ob wir versuchen, mit Tassen eine Sturmflut aufzuhalten«, antwortete Dirk. »Trotzdem sollten wir alles probieren.«

Er schaute stirnrunzelnd zu der Runde um Orloff, die gerade dabei war, sich wieder aufzulösen.

»Wie hat er so schnell so viele Leute zusammenbekommen?«

»Ein paar waren ohnehin in seiner kleinen Sekte«, sagte Nadine. »Bei den anderen bin ich mir nicht sicher. Erschreckenderweise sind da auch ein paar Blasbacher dabei. So, wie die Johannisten die vorgestern begrüßt hatten, hätte ich eher damit gerechnet, dass die sich von denen fernhalten..«

»Ein gemeinsamer Feind verbündet.«

»Wen meinst du mit gemeinsamer Feind?«

»Nadine«, begann Dirk, »die Leute suchen sich Feindbilder. Jemanden, dem sie die Schuld geben können. Sie bieten keine Lösungen, aber Ziele für die Wut und die Ängste der Leute. Und bei Orloff und seinen Anhängern sind das alle, die nicht deren Moralvorstellungen teilen.«

»Gerade Orloff. Der hat doch überhaupt nichts anbrennen lassen und ich bin mir sicher, dass der noch den ein oder anderen Kegel hat. Auch an mich hat er sich immer wieder rangemacht. Mit den üblichen Sprüchen: ›Du brauchst nur mal einen Mann, der es dir richtig besorgt‹.«

»Vom Saulus zum Paulus?«

»Irgendwie ja«, nickte Nadine, die nicht mehr über Orloff nachdenken mochte. »Was machen wir, wenn das Feuer übergreift?«

Außer den zwei Bäumen waren bisher keine weiteren in die Schneise gefallen und der kleine Trupp, den Dirk mitgebracht hatte, bearbeitete die beiden am Boden liegenden und brennenden Stämme.

»Dann wird es uns genauso gehen wie Blasbach.« Er klang desillusioniert und erschöpft. »Und dann müssen wir hoffen, dass uns die restlichen Lahnauer genauso helfen, wie wir alle jetzt den Blasbachern helfen.«

»Die Hilfsbereitschaft ist jetzt schon überstrapaziert«, sagte Nadine. »Das wird uns noch genug Probleme schaffen.«

Die Wand aus Flammen direkt an der Schneise wurde immer breiter und nach und nach zogen sich die Helfer zurück. Auch Dirk und Nadine suchten sich einen neuen Standort, aber was sie sahen, machte ihnen Angst.

»Es wird bald zu heiß und gefährlich sein«, erklärte Dirk.

»Wie viel Zeit bleibt uns, wenn das Feuer die Schneise überquert?«, fragte Nadine.

»Schwer zu sagen. Wenn der Wind weiter so bleibt, was ungewöhnlich wäre, vermutlich zwei Tage. Eher weniger. Wenn er dreht, dann kann es sehr schnell gehen.«

Eine Weile schwiegen beide.

»Ich werde die Hälfte rüberschicken, die sollen bei der Schneise beim Hofgut helfen«, sagte Dirk. »Alle anderen sollen sich mit Schaufeln und anderem Werkzeug eindecken, um das Übergreifen der Flammen zu verhindern. Oder zumindest zu verzögern.«

Sie teilten sich auf und Nadine ging von Gruppe zu Gruppe, um Dirks Befehle weiterzugeben. Dies führte wieder zu Bewegung unter den Helfern und schnell hatten die sich neu verteilt oder waren auf dem Weg zum Hofgut. Es wäre mehrfach bitter, wenn es ein Opfer der Flammen werden würde. Sie selbst ging bis zum Ende der Schneise und konnte von da das ehemalige ritterliche Gut sehen. Gut sichtbar war eine Lücke im Wald, die vor wenigen Wochen noch nicht dort gewesen war und deren Sinn es eigentlich war, näherkommende Angreifer besser zu erkennen. Nun erfüllte sie den Zweck einer Brandschneise, auch wenn sie dafür kaum breit genug war. Aber jedes Bisschen würde helfen.

Im Norden stand bereits eines der Felder an der Straße Richtung Blasbach in Flammen. Ein Maisfeld, wusste sie, und konnte sich wieder ein Lächeln nicht verkneifen, weil sie überlegte, ob der Mais sich durch die Hitze in Popcorn verwandeln würde. Das Bewusstsein, dass damit wichtige Kohlenhydrate für die Ernährung der Bewohner im Winter fehlen würden, vertrieben die Erheiterung.

Sie schaute nach dem Stand der Sonne, die hinter Wolken verborgen war, und schätzte die Zeit auf späten Vormittag. Die Bewölkung selbst ließ Hoffnung in ihr aufkeimen: Würde sie nicht nur Blitz und Donner, sondern auch den ersehnten Regen bringen, der den Waldbrand beenden und den Früchten auf den weder abgebrannten noch abgeernteten Feldern das nötige Wasser bringen könnte?

GORDON

»Wissen Sie, wie oft ich mir solche Sprüche schon anhören musste?« Gordon war außer sich vor Wut. »Das geht schon mein ganzes Leben so und immer wieder verstecken sich die Leute hinter ›Das war doch nicht so gemeint‹!«

Im Wohnzimmer der Kinzigs saß ihm der Major am Tisch gegenüber, alle anderen waren dabei, bei der Bekämpfung des Waldbrandes zu helfen.

»Gordon, ich weiß …«

»Was wissen Sie? Wie es ist, wenn Sie jemand Nigger nennt?«

»Nein, das nicht.«

»Oder wenn Sie ständig jemand fragt, woher Sie ursprünglich kommen, und wenn man ›Deutschland‹ sagt, gefragt wird, wo denn die Familie ursprünglich gelebt hat?«

Das Schweigen des Majors war Gordon Antwort genug.

»Ja, die meisten Menschen hier sehen mich einfach nur als jemanden, der hier lebt, der mit der Tochter eines im Dorf respektierten Mannes zusammen ist.«

Gordon nippte an dem Getreidekaffee, den er gerade über einem kleinen Feuer im Grill gekocht hatte, als der Major an der Tür geklopft hatte. Der nahm sein Angebot für eine Tasse an und nachdem Gordon den Geschmack im Mund hatte, fragte er sich, ob der Major denn wirklich dankbar über das seltsame Gebräu war. Vielleicht gewöhnte man sich ja daran.

»Ich werde mit Markus sprechen und dafür sorgen, dass er dich wegen der Körperverletzung nicht anzeigen wird.«

»Haben Sie mir zugehört?«

»Ja, das habe ich. Ich war dabei und ja, ich hatte die Situation nicht im Griff. Aber bevor ich etwas tun konnte, hattest du deine Faust schon in seinem Gesicht. Und du kannst nicht jeden verprügeln, der dich beleidigt.«

»Das war vielleicht früher so, aber …« Gordon wurde von den Erinnerungen an seine Eltern überwältigt, die wenige Tage, nachdem er nach Umbach gekommen war, von Plünderern umgebracht worden waren. Er hatte sich an den Tätern gerächt und gehofft, dass es ihm damit besser gehen würde. Stattdessen vergaß er die schrecklichen Momente in seinem Elternhaus nicht mehr, bei dem sein eigenes Leben auf dem Spiel gestanden hatte. »… aber wir haben nicht mehr früher.«

»Ich möchte, dass ihr euch beieinander entschuldigt. Es ist mir egal, ob du es ehrlich meinst oder nicht. Aber ich möchte einen Handschlag zwischen euch sehen. Ihr beide seid damit für mich auf Bewährung. Wenn von Markus etwas Rassistisches kommt, werde ich ihn dafür bestrafen.«

»Dürfen Sie das überhaupt?«

»Ihr seid beide bei der Miliz, das gibt mir Möglichkeiten. Und wenn nicht, werde ich da mit Bittler und Richter eine Einigung finden.«

»So wirklich demokratisch und durchsichtig ist das nicht.«

Auch der Major nippte an seiner Tasse und verzog leicht das Gesicht. Ihm schien der Getreidekaffee ebenfalls nicht so sehr zu schmecken.

»Nein, da hast du recht. Aber auch vor dem Stromausfall musste man ja nicht gleich mit jedem Streit zur Polizei gehen. Noch nicht einmal zum Ortsgericht.«

»Dann also so etwas wie ein islamischer Friedensrichter?«

Der Vergleich schien den Major etwas zu schockieren.

»Wenn es früher mal in einer Kneipe eine Schlägerei gegeben hat, konnte man das auch oft ohne Polizei lösen. Oder wenn sich Jungs in der Schule gekloppt haben.«

»Markus und ich sind keine Schüler mehr.«

»Nein, aber ihr seid im besten Kneipenschlägereialter.«

Gordon musste schmunzeln.

»Okay. Ich werde mich bei ihm entschuldigen, aber nur, wenn er das zuerst macht.«

Der Major holte tief Luft.

»Ich hatte gehofft, dass du der Klügere und Vernünftigere von euch beiden bist.«

»Sie wissen doch: Der Klügere gibt so lange nach, bis er der Dümmere ist.«

»Okay.« Der Major stand auf. »Hiermit hebe ich deinen Hausarrest auf und erwarte, dass du bei der Bekämpfung des Waldbrandes hilfst. Halte dich bitte aus Streitereien heraus. Ich gehe gleich zu Markus und werde mit ihm sprechen und dann zusehen, dass wir ein gemeinsames Treffen ansetzen. Danke dir für den …« Skeptisch beäugte er die Tasse. »… Kaffee. Danke für deine Zeit.«

Nach der Verabschiedung setzte sich Gordon zurück an den Tisch und ließ das Gespräch, aber auch die Erinnerung an seine Eltern Revue passieren. Tränen rollten über seine Wangen und die Wut in ihm wuchs wieder. Es waren Menschen wie Markus, die mit ihren

Sprüchen die Grundlage für Taten wie den Mord an seinen Eltern legten. Unabhängig davon, ob er es so gemeint hatte oder nicht.

Er kippte den letzten Schluck des Kaffees in sich, schüttelte sich und stand dann auf. Die Tasse stellte er in die Spüle, ließ Wasser aus dem Hahn in sie laufen und war froh, dass sie diesen Luxus hatten. Simone hatte davon berichtet, wie sie fast jeden Tag selbst Wasser suchen mussten. Und dass ihr Kollege Arne dabei wohl verdrecktes Wasser erwischt hatte, was dazu geführt hatte, dass er krank wurde und fast gestorben wäre, wenn er dann nicht von Plünderern getötet worden wäre. Ihr Bericht hatte allen erst bewusst gemacht, wie gut es die Menschen in Umbach im Vergleich zu vielen anderen Gegenden hatten.

Gordon verließ das Haus, schaute zum Himmel, an dem er die Rauchwolken des Waldbrandes, aber auch Regenwolken sah. Auf den Straßen war reger Betrieb. Verdreckte und erschöpfte Gestalten kamen aus der einen Richtung, in die ebenfalls müde, aber saubere Menschen gingen. Gordon kannte zwar einige der Gesichter ihm fielen aber keinen Namen ein. Er grüßte die einen mit einem Nicken, die anderen mit einem kurzen Hallo. Er registrierte, wie ein Mann einen anderen antippte, zu Gordon rüber nickte und etwas sagte, worauf der andere Mann in seine Richtung schaute. Kumpels von Markus, vielleicht aber auch einfach nur andere Idioten. Er beschloss, sie zu ignorieren und ließ die Straßen und Häuser auf sich wirken.

Alle Vorgärten waren mittlerweile in Beete umgewandelt worden und wie es aussah, würden Tomaten den Speiseplan vieler Familien ergänzen. Von jetzt auf gleich waren Kenntnisse über KPIs, Page Impressions, Return of Investments und vieles andere unwichtig und das Wissen der oft belächelten ›Alten‹ war extrem wertvoll. Welches Obst und Gemüse konnte wann angepflanzt werden? Wie konnte man das Geerntete haltbarer machen, und nicht nur bei Kinzigs im Vorratsraum füllten sich die Regale mit Einmachgläsern.

Als er um die nächste Ecke bog, sah er den Weg in Richtung Blasbach und wie die Flammen sich Stück für Stück den Wald geraubt hatten. Fasziniert und erschrocken schaute er in das gelb-rote, manchmal weiße Flimmern, wie sich rotglühende und scheinbar noch nicht brennende Baumstämme dunkel vor dem Hintergrund absetzten. Die Menschen davor wirkten wie Ameisen und Gordon konnte sich nicht vorstellen, dass sie überhaupt die Spur einer Chance hatten.

»Wir sollten packen und das Dorf verlassen.«

Die beiden Typen von eben standen weniger Meter vor Gordon und schienen sich ähnliche Gedanken wie er zu machen.

»Du hast recht. Besser wir gehen jetzt und suchen uns einen Unterschlupf. Wenn wir die Ersten sind, kommen wir noch bei meinem Bruder unter. Wenn auf einmal alle Blasbacher und Umbacher kommen, werden die keinen mehr aufnehmen«, sagte der zweite Kerl.

Sie drehten sich um, sahen Gordon und bemerkten da erst, dass er ihnen zuhören konnte.

»Wir sind es halt nicht gewohnt in einfachen Hütten zu wohnen.« Ein fettes, abfälliges Grinsen breitete sich auf dem Gesicht des einen aus. »Da sind manche Leute echt im Vorteil.«

Gordon spannte alle Muskeln an, kochte vor Wut, behielt aber die Kontrolle über sich.

»Sei vorsichtig, was du sagst«, sagte der Zweite. »Bei manch einem reicht die Zivilisation nicht so weit, die gehen sofort mit Keulen und Fäusten auf andere los.«

Gordon drehte sich um, niemand sonst schien das Gespräch mitzubekommen.

»Schau dir an, wie er die Fäuste ballt«, lachte der Erste. »Aber bestimmt hat der Major ihm gesagt, dass er sich nicht verteidigen darf. Schon schlimm, wenn man keinen eigenen Willen hat und sich darauf verlassen muss, dass der Papa der Freundin alles für einen regelt.«

Gordon hatte genug gehört. Er drehte sich von den zwei Kerlen weg und lief weiter.

»Zu feige, oder was? Gegen einen Einzelnen, der unvorbereitet ist, traust du dich aber? Mach dich weg, bevor wir uns vergessen.«

Er spürte ihre Blicke in seinem Rücken, ging aber weiter und versuchte, die Worte an sich abprallen zu lassen. Nach zwanzig Metern drehte er sich um und die beiden waren verschwunden. Er hatte überlegt, die Kerle zur Rede zu stellen, mit ihnen zu diskutieren, aber ihm ging die Analogie mit der schachspielenden Taube durch den Kopf: Egal wie gut man spielt, sie würde über das Spielbrett rumstolzieren, die Figuren umkippen und alles vollkacken.

Gerade als er den Anfang der Schneise erreichte, sah er, wie erst einer, dann weitere Bäume auf der gegenüberliegenden Seite umkippten. Dabei wirbelten sie Blätter und Zweige auf, die Feuer fingen, das dann hoch aufstieg. Der Wind und der Sog wehten das Meiste in Richtung der brennenden Seite. Das Meiste. Weniges erreichte die andere Seite der Lücke, verglühte aber zunächst wirkungslos.

Die Helfer hatten sich etwas zurückgezogen und schauten ängstlich und ehrfürchtig auf die brennende Baumreihe. Gordon sah, wie Dirk mit einigen anderen eifrig diskutierten, und ging auf die Gruppe zu.

»… können hier nichts mehr tun, ohne dabei gleichzeitig Leute in Gefahr zu bringen«, sagte der Mann neben Dirk.

»Und bis jetzt hat das ja gereicht, das Feuer ist noch nicht übergesprungen«, pflichtete ihm ein anderer bei.

»Selbst wenn das Feuer übergreifen würde«, sagte Dirk, »können wir nichts dagegen tun. Wir sollten die ersten Straßen evakuieren.«

Gordon fragte sich, wieso man sich nicht die Zeit genommen hatte, zumindest einen provisorischen Notfallplan zu erstellen. Die Antwort war ihm aber auch selbst klar. Seit der Waldbrand ausgebrochen war, wurde man ohnehin von den Ereignissen getrieben.

Dirk stellte sich auf einen der Baumstümpfe und hob den Arm, hatte aber bereits vorher die Aufmerksamkeit der Anwesenden.

»Alle, deren Wohnungen in Häusern sind, die direkt an den Wald grenzen, bis zu den Hauptstraßen herunter! Geht nach Hause, packt das Nötigste, aber auch nur so viel, wie ihr tragen könnt. Bereitet euch darauf vor, euer Heim zu verlassen.«

»Wohin denn?«, fragte eine Frau und viele nickten ihr zu.

Dirk brauchte eine Weile, bis er antwortete. Gordon war klar, dass die öffentlichen Gebäude bereits mit den Menschen aus Blasbach und deren Sachen belegt waren.

»Alle auf der Westseite gehen zum Schwimmbad. Da ist zwar nicht viel Platz, aber es ist weit genug vom Wald und vom Feuer entfernt. Alle von der Ostseite gehen bitte zur katholischen Kirche.« Er schaute in die Runde und fand wohl die Leute, die er suchte. »Manfred, du hast doch die Schlüssel für die Kirche, kümmerst du dich bitte darum? Babsi? Du hast doch sämtliche Schlüssel für die Gebäude beim Schwimmbad?«

Beide nickten und machten sich, gefolgt von etwa der Hälfte der Anwesenden, auf den Weg.

»Der Rest geht bitte …«

Was er sagte, ging im Krachen und Knacken unter. Mehrere Bäume kickten um, fielen gegen andere Bäume oder direkt in die Schneise. Weitere Stämme wurden umgerissen und Gordon nahm die Füße in die Hand und rannte aus der Schneise heraus. Neben ihm fiel ein Mann zu Boden, er drehte sich um, ergriff dessen Hand und half ihm auf die Füße. Gemeinsam legten sie die nächsten Meter zurück und Gordon bemerkte, dass jemand auf seiner anderen Seite zu Boden ging. Wieder blieb er stehen, wollte helfen, doch die Nachdrängenden überrannten die am Boden liegende Person.

»Stopp!!«, schrie Gordon, stemmte sich gegen die Menge, die sich vor ihm teilte. Er sah, wie jemand stehen blieb und der am Boden liegenden Person aufhalf, sie stützte und mit zur Lichtung führte.

Das Knacken hatte indes aufgehört, aber die Schneise war ein einziges Flammenmeer und nur noch ein schmaler Streifen bis zur anderen Seite blieb verschont. Über den Flammen tanzte das aufgewirbelte Material und immer mehr ging auf der anderen Seite herunter. Dirk erschien neben Gordon und zog ihn mit sich.

»Lass uns weitergehen. Beobachten können wir auch von dort.«

Er folgte dem Wehrführer und nach weiteren fünfzig Metern drehten sie sich wieder um. Das Feuer hatte übergegriffen und die ersten Bäume standen in Brand.

»Wir müssen das ganze Dorf evakuieren«, flüsterte Dirk.

»Ich dachte, nur die Straßen direkt am Wald?«, fragte Gordon.

»Die Flammen sind auch in Blasbach über die Straßenzüge gesprungen«, erklärte Dirk. »Das kann ich auch in Umbach nicht ausschließen. Am besten, wir verhandeln jetzt mit den Nachbardörfern. Und wer kann, versucht bei Freunden und Verwandten dort unterzukommen.«

Gordon erinnerte sich an das Gespräch der zwei Kerle, die Dirk mit ihren Fluchtplänen schon einige Schritte voraus waren.

»Wir müssen doch irgendetwas tun können?«

Dirk sah Gordon traurig an und wenig erinnerte ihn an den Mann, den der Bruder seiner Freundin so bewundert hatte.

»Uns kann jetzt nur noch ein Wunder helfen«, sagte Dirk und schaute erwartungsvoll zum Himmel. Dort waren die Wolken um einiges dunkler geworden und aus der Ferne konnten sie Donner hören.

Auf dem Feld hatte sich ein Ring aus Menschen um einen einzelnen Mann gebildet, der die Arme zur Seite ausstreckte und laut auf die Zuhörenden einredete. Johannes Orloff hatte sie alle in seinen Bann geschlagen und Gordon wollte wissen, was er mitzuteilen hatte.

»... haben wir alle vor den Sündigen gewarnt? Immer wieder? Ja! Das haben wir! Und nun seht, was passiert, wenn man nicht auf die Warnungen hört, wenn man die Worte des Herren ignoriert!« Zustimmendes Gemurmel, einzelne Amen-Rufe waren zu vernehmen. »Aber ist es zu spät? Ist es zu spät, frage ich euch?«

Die Umstehenden sahen sich unsicher an, niemand traute sich, zu antworten.

»Hört, was im Buch der Bücher steht, in dem Ersten Buch der Könige: ›Wenn der Himmel verschlossen ist und kein Regen fällt, weil sie gegen dich gesündigt haben, und wenn sie dann an diesem Ort beten, deinen Namen preisen und von ihrer Sünde lassen, weil du sie demütigst, so höre du sie im Himmel! Vergib deinen Knechten und deinem Volk Israel ihre Sünden; denn du führst sie den guten Weg, den sie gehen sollen. Spende Regen deinem Land, das du deinem Volk zum Erbbesitz gegeben hast!‹.«

Er legte eine dramatische Pause ein und in den Gesichtern der Menschen erkannte Gordon Hoffnung.

»Versteht ihr?«, schrie Orloff, »Der Herr wird seinem Volk den Regen spenden! Lasst uns beten! Für uns und für die Sündigen in unserem Dorf, auf dass der Herr Gnade mit uns hat!«

Gordon wurde das zu viel, er drehte sich um und stellte erschrocken fest, dass die Menge sich in kurzer Zeit mehr als verdoppelt hatte, und immer noch kamen neue Menschen hinzu. Während Orloff hinter ihm sein Gebet predigte, spürte Gordon einen Regentropfen auf seiner Nase. Zunächst dachte er, er hätte sich geirrt, aber bald spürte er Weitere auf seinen Armen und sah die ersten auf dem Boden aufschlagen.

Die Betenden, die vorher die Köpfe gesenkt hatten und schauten nach oben, breiteten ebenfalls die Arme aus.

»Amen!«, ertönte es aus vielen Mündern. »Lobet den Herren!«

Es blieb nicht bei den einzelnen Tropfen und bald entwickelte sich ein Regenschauer. Nicht so ein Platzregen wie wenige Tage zuvor, aber immer noch genug, dass Gordons T-Shirt schnell vollkommen durchnässt war. An seinen Armen konnte er Gänsehaut sehen und er freute sich. Die Hoffnung war wieder da.

»Siehst du, Dirk«, sagte er. »Manchmal braucht es nur ein wenig Glück.«

»Glück?«, fragte eine Frau, die neben ihm stand. »Das war kein Glück, unsere Gebete haben dieses Wunder ermöglicht. Gott hat den Gläubigen geholfen. Wehe den Sündigen!«

TAG 49

BERND

Seit es am Tag zuvor angefangen hatte zu regnen, hatte es nicht wieder aufgehört. Bernd stand, ohne zu wissen, genau dort, wo Johannes Orloff sein Gebet gehalten hatte, und verschaffte sich einen Eindruck, wie die Niederschläge den Waldbrand bekämpften. Die Schneise brannte nicht mehr, allerdings verdampfte viel Wasser. Das Beruhigendste war, dass der Wald auf ›ihrer‹ Seite der Schneise nicht mehr in Flammen stand. Umbach schien nicht das gleiche Schicksal wie Blasbach zu ereilen.

»Ich muss ein paar Tage weg«, sagte Bernd.

Nadine, Malte und Andreas, die neben ihm standen, schauten ihn erstaunt, wenn nicht sogar erschrocken an.

»Du wirst deinen Grund haben.« Nadine rang deutlich um Worte. »Aber muss es denn jetzt sein?«

»Der Waldbrand hat mich bestärkt, dass ich mich auf den Weg machen muss«, erklärte Bernd. »Ich will daraus auch kein Geheimnis machen. Ihr wisst, dass ich zwei Töchter aus meiner ersten Ehe habe.«

Die anderen nickten, die beiden blonden Frauen waren immer wieder zu Besuch im Dorf gewesen und da sie eineiige Zwillinge waren, fielen sie sofort überall auf, wo man sie gemeinsam sah.

»Ich hatte mit beiden die Abmachung, dass sie im Fall einer Krise zu mir kommen sollten. Bisher sind sie nicht angekommen, also setze ich meine Hoffnung auf den Ausweichplan.«

Fragende Blicke trafen ihn und er überlegte die Menschen, die seit dem Blackout seine Freunde geworden waren, noch etwas zappeln zu lassen.

»Ich habe eine Bug Out Location im Westerwald.«

»Was ist eine Bug Out Location?«, fragte Malte.

»Ein Zufluchtsort«, erklärte Bernd. »Es ist euch ja nicht entgangen, dass ich mich schon lange auf eine große Krise vorbereitet habe. Das ist ein wenig wie bei manchen Leuten mit Tattoos. Es fängt klein an und wird dann immer größer. Und im Laufe der Jahre habe ich das auch bei mir erweitert.«

»Deshalb auch dein Wohnmobil?«, fragte Andreas.

Bernd hätte sich auf die Lippen beißen können. Auch wenn er allen Menschen in diesem Kreis vertraute, zu viel wollte er auch nicht verraten.

»Ja, auch das Wohnmobil ist ein Teil davon.«

»Du hast eine Hütte im Westerwald, zu der deine Töchter kommen sollten?«, fragte Nadine.

»Exakt. Eine lebt in Aachen, die andere Recklinghausen«, antwortete Bernd. »Gerade nachdem Simone zurückgekehrt ist, wuchs in mir wieder die Hoffnung, dass sie dort sein könnten. Und ich möchte nachschauen.«

»Wenn sie nicht da sind, wirst du auch weiterhin mit der Ungewissheit leben müssen,nicht zu wissen, was mit ihnen ist«, sagte Andreas.

Erst bedachte Bernd das mit einem strengen Blick, ärgerte sich dann über sich selbst. Er hatte nicht unrecht und sich die Gedanken auch schon gemacht.

»Ja. Das stimmt. Aber ich kann ausschließen, dass sie dort auf mich warten. Oder wenn sie nicht dort sind, kann ich ihnen eine Nachricht hinterlassen.«

»Wen willst du mitnehmen?«, fragte Malte.

Bernd zog erstaunt die Augenbrauen hoch.

»Niemanden. Erstens will ich niemanden der Gefahr aussetzen und zweitens …« Er zögerte ein wenig.

»Du willst niemandem zeigen, wo dein Zufluchtsort ist?«, fragte Nadine.

Betreten schaute Bernd seine Freunde an.

»Ja.«

»Das ist verständlich.« Bernd war froh, dass Nadine die Anspannung aus dem Gespräch nahm. »Können wir dich trotzdem unterstützen?«

»Jemand könnte doch zumindest einen Teil des Weges mit dir gehen?«, schlug Andreas vor.

»Und den soll ich dann irgendwo allein stehen lassen? No way!«

»Dann halt eine kleine Gruppe.«

Bernd hob die Hände und winkte ab.

»Ich habe mir da schon verschiedene Gedanken dazu gemacht und verschiedene Szenarien durchgespielt. Da war auch die Begleitung einer Gruppe bis zur Autobahnabfahrt dabei, aber entweder ich nehme Leute mit, denen ich zutraue, bei der Verteidigung des Dorfes meine Vertretung zu übernehmen, dann entsteht hier eine Lücke. Oder ich nehme Leute mit, die nicht ganz so geeignet sind und bringe die in Gefahr.«

»Und wann willst du los?«, fragte Malte.

»So bald wie möglich«, antwortete Bernd. »Am besten schon gestern.«

»Was sagt deine Frau dazu?«

Malte wusste sehr genau, wie es war, wenn man nicht wusste, wo ein Mensch ist, den man liebt.

»Die ist nicht begeistert. Steht aber hinter mir.«

Es entstand eine lange Pause, in der niemand zu wissen schien, was man sagen konnte.

»Alex wird die Führung der Miliz übernehmen«, sagte Bernd. Eigentlich war das lange abgeklärt worden und auch der Angriff seines Adjutanten mit seinen Leuten auf das Hofgut der Freyristen hatte nichts daran geändert.

»Und ich gehe aktuell auch von keiner direkten Bedrohung von außen aus.«

Er hatte Kundschafter, die die Nachbargemeinden beobachteten, und je mehr Dörfer an den Pony-Express von Maltes Schwester Jutta angeschlossen waren, umso weiter konnte er ›sehen‹. Gleichzeitig hatte er die Spannungen im Dorf bemerkt und befürchtete, dass es durch die vielen Flüchtlinge zu Streitereien kommen würde.

»Nicht von außen«, pflichtete Nadine bei. »Wir haben genug hausgemachte Probleme.«

»Du hast nicht gesagt, wie viele Tage?«, fragte Andreas.

»Weil ich es nicht genau weiß«, antwortete Bernd. »Ich gehe von drei oder vier aus. Es könnten auch mehr sein. Oder weniger.«

»Je früher du dich auf den Weg machst, umso schneller bist du wieder zurück«, sagte Malte.

»Ich werde mich nicht bei jedem verabschieden«, kündigte er an. »Wundert euch einfach nicht, wenn ihr mich ein paar Tage nicht seht.«

»Können wir dich sonst irgendwie unterstützen?«, fragte Nadine.

»Ihr nicht.« Er schaute Malte an. »Aber ich glaube, Simone könnte mir vielleicht etwas über ihren Heimweg erzählen?«

Malte sah wenig begeistert aus.

»Ich bin mir nicht sicher, sie hat bisher noch nicht viel erzählt und dann kam direkt der Waldbrand. Ich frage nach und melde mich.«

Eine Stunde später stand Bernd in seinem Arbeitszimmer und überlegte, ob er sich einen Erdnussbutterriegel gönnen sollte, entschied sich aber dagegen. Das würde seine Belohnung sein, wenn er wieder zurück war.

Den Weg zu seiner Zufluchtshütte hatte er öfter und auf den verschiedensten Wegen zurückgelegt: zu Fuß mit großem Rucksack, mit seiner geländetauglichen Einzylinder-BMW oder mit dem Wohnmobil. Er war den Weg wiederholt mit dem Fahrrad gefahren, weshalb er wusste, dass er die Strecke innerhalb eines Tages schaffen konnte. Und zwar hin und zurück. Das war aber zu einer Zeit, in der es sicher und geordnet war. Auf der anderen Seite konnte er nun die Autobahnen und Bundesstraßen besser nutzen, als es vor dem Ausfall möglich gewesen war.

Sein Vorteil war, dass er für den Weg keine Karte brauchte. Er wusste, wie er die Ortschaften umgehen konnte, hatte sich bei Wanderungen die auffälligen Punkte in der Landschaft gemerkt. Trotzdem hatte er auf einer Wanderkarte seinen geplanten Weg eingezeichnet, der für mehr als die erste Hälfte die A 45 nutzte.

Neben der Karte lagen viele andere Gegenstände auf dem Boden und er überlegte, ob er etwas vergessen hatte oder ob er auf etwas verzichten konnte. Während der Regen für das Dorf ein Segen war, kam er ihm für die Aktion eher ungelegen. An Regenschutz denken und bei Regen auf Tour gehen waren zwei verschiedene Sachen.

Trockene Sachen und weitere Rationen hatte er in der Hütte, was sein Gepäck stark reduzierte. Vorausgesetzt, sie war intakt und nicht geplündert worden. Wobei es unwahrscheinlich war, dass jemand seinen Bunker dort entdecken würde. Er ging es noch mal durch: Zwei Paar Socken, verpackt in wasserfesten Beuteln, sollten dafür sorgen, dass er trockene Füße behielt. Ein kleiner Esbit-Kocher, zwei Dosen Tomatensuppe, die er notfalls auch kalt essen konnte. Ein einfaches Outdoorbesteck, ein Päckchen mit Feuchttüchern für die Hygiene, zwei 3 Liter Trinkblasen mit Trinkwasser und eine Feldflasche mit einem weiteren Liter. Daneben lagen seine AR-15 und drei Magazine. Dann die Kartenmappe, ein Kompass und sein Fernglas. Das würde genug wiegen, dazu seine Chestrig mit zusätzlichem Waffenholster für seine Pistole und genügend Taschen für die Magazine der beiden Waffen und ein Erste-Hilfe-Kit.

Alles außer der AR-15 verstaute er im Rucksack und hob ihn testweise hoch. Erinnerungenan die Schulranzen seiner Töchter kamen hoch, die scheinbar mehr gewogen hatten als die damaligen Grundschülerinnen, aber sein Gepäck war ertragbar. Im mehrfachen Sinne des Wortes. Er fügte noch drei Energieriegel hinzu, kontrollierte die Regenkleidung und den Regenschutz für den Rucksack und war zufrieden. In der Garage überprüfte er das Mountainbike und war froh, es nicht gegen ein E-Bike ausgetauscht zu haben. Das Modell hatte er in erster Linie wegen der Robustheit ausgesucht, dicke Reifen machten die Fahrt auf der Straße zwar schwerer, aber geeigneter fürs Gelände. Es war definitiv nicht für den Alltag gemacht, dazu nutzte er das andere.

Als er ins Arbeitszimmer zurückkam, stand Beate dort und musterte sein Gepäck.

»Willst du die Geiseln im Iran befreien?«

Zumindest lächelte sie.

»Dafür wäre ich wohl etwas spät und dafür ist es auch zu wenig Ausrüstung.«

»Es sieht schon so aus, als ob du mit viel Gefahr rechnest?«

»Ganz ehrlich? Ich glaube eher nicht, aber ich will auch nicht unvorbereitet sein. Ich werde versuchen alle Orte zu umgehen. Das wird mich zwar Zeit kosten, dürfte aber sicherer sein. Marodierende Banden dürfte es kaum noch geben. Die meisten dürften mit Überleben beschäftigt sein oder zu klein, um andere überfallen zu können.«

»Aber Einzelne wären gute Ziele?«

»Ja. Aber schon meine Waffe dürfte zeigen, dass ich kein leichtes Ziel bin.«

Es sah nicht so aus, als ob sie das beruhigte.

»Vielleicht macht sie dich auch erst zum interessanten Ziel?«

»Ich verspreche dir, dass ich vorsichtig bin. Hey, und bisher habe ich mein Versprochen gehalten und bin von jedem Einsatz wieder zurückgekommen!«

»Versprich es noch mal!«

»Liebe Beate, ich verspreche dir, dass ich nach der Mission Castor und Pollux wieder heil zu dir zurückkommen werde!«

»Castor und Pollux? Wenn deine Töchter erfahren, dass du ihre Rettungsmission nach Männern benannt hast, bin ich mir nicht sicher, ob die dich nicht verletzen!«

»Es sind Zwillinge. Und Sterne. Zwei meiner Sterne.«

»An dir ist ein Dichter verlorengegangen!«

»Das überlasse ich lieber anderen.«

Sie nahm ihn in den Arm und schmiegte ihren Kopf auf seine Brust.

»Was machst du, wenn sie nicht da sind? Oder wenn nur eine da ist?«

»Hatte ich das nicht schon gesagt? Eine Nachricht hinterlassen und dann zurückkommen.«

Es klopfte an der Haustür und Bernd löste sich - widerwillig - aus der Umarmung. Gordon stand vor dem Haus, nickte seiner Frau zu.

»Herr Major, Simone, Frau Kinzig ist bereit, Ihnen von ihrer Wanderschaft zu berichten. Allerdings legt sie Wert darauf, dass das Gespräch vertraulich behandelt wird.«

»Das versteht sich von selbst«, antwortete Bernd. »Soll ich mitkommen?«

»Als ich weg bin, hatte Malte gerade Abendessen zubereitet. Vielleicht gehen Sie noch einen kleinen Umweg?«

»Das passt mir gut, ich wollte mir ohnehin noch etwas anschauen. Bis gleich!«

Gordon verabschiedete sich und Beate und er schauten dem jungen Mann hinterher.

»Er hat es auch nicht leicht«, sagte sie.

»Nein. Aber dafür hat er jetzt eine Familie, auf die er sich verlassen kann. Leider gilt das nicht für die gesamte Gemeinschaft.«

»Was meinst du?«

»Er wurde von jemandem bei den Arbeiten in der Schneise ›Kaffer‹ genannt und hat dem dann mit einem ordentlichen Schlag den Kiefer gebrochen. Ich befürchte, dass es nicht der Einzige ist, der Gordon als Fremdkörper ansieht.«

»Ich dachte, wir hätten die Rassistenscheiße mit den Freyristen hinter uns?«, fragte Beate gereizt.

»Das hatte ich auch gehofft«, antwortete Bernd. »Aber der Stachel sitzt wohl tief.«

»Was willst du dir noch anschauen?«

»Was meinst du?«, fragte er.

»Du hast eben zu Gordon gesagt, dass du dir noch etwas anschauen möchtest?«

»Ah.« Seine Erinnerung kam wieder. »Ich will nur kurz mit dem Rad bis auf die Autobahn fahren und schauen, wo ich auffahren werde und wie es dort aussieht.«

»Du wirst heute Nacht aufbrechen?«

»Etwas, was ich total an dir schätze, ist dein brillanter Verstand!«

Er nahm sie in den Arm und drückte sie fest, vergrub seine Hand in ihren Haaren und massierte mit den Fingerspitzen ihre Kopfhaut.

»Du machst mein Haar unordentlich, außerdem habe ich das schon fast eine Woche nicht mehr gewaschen.«

»Deshalb riechst du auch so intensiv!«

Sie kniff ihn in die Seite.

»Als ob du nicht mögen würdest, wie ich rieche?«

»Ich habe ja auch nicht gesagt, dass du schlecht riechst.«

Er seufzte und schaute in den Regen.

»Ich muss los, wir sehen uns nachher.«

Er zog sich Regenhose und den Regenponcho über, schnappte sich das Fahrrad und fuhr los. Die Regentropfen klatschten ihm ins Gesicht und er ahnte, dass ihm in der Nacht schnell kalt werden würde. Nach wenigen Minuten war er bei der Naunheimer Pforte und wurde von den beiden Wachen begrüßt.

»Hallo Herr Major« Beide salutierten perfekt.

»Hallo Jungs. Ihr habt es trocken im Unterstand?«

»Jawohl, Herr Major.«

»Ich muss mir draußen was anschauen, bin aber in spätestens einer halben Stunde wieder zurück.«

»Soll Sie jemand begleiten?«

»Nicht nötig.«

Er ließ Wachposten und den Durchgang im Wall hinter sich, radelte den Weg am Autobahndamm entlang und an der Stelle, an der Weg und Schnellstraße auf einer Höhe waren. Dort wechselte er auf die einst so laute Sauerlandlinie. Sieben Wochen nach dem Stromausfall sah es speziell dort postapokalyptisch aus. Oder wie an einem dieser ›Lost Places‹, einem aufgegebenen Ort. Autos, Transporter, Busse und Lastkraftwagen standen immer noch an den Stellen, wo sie stehen geblieben waren. Alle waren aufgebrochen, das Interieur, die Fracht herausgerissen und auf der Straße verteilt. Menschen waren keine zu sehen. Es war nicht lange her, dass sich Massen dort bewegt hatten, und Bernd fragte sich, wo die Menschen nun alle waren? Er trat in die Pedale und fuhr nach Norden, seine Aufmerksamkeit auf jedes noch so kleine Detail gerichtet. Als er eine Bewegung wahrnahm, stoppte er, stieg vom Rad und stellte sich hinter einen weißen Ford Galaxy. Durch die Scheiben beobachtete er die Stelle und war erleichtert, als dort Raben aufstiegen. Kurz ging ihm durch den Kopf, ob er sehen wollte, was die Vögel angelockt hatte, entschied sich aber dagegen. Provisorische Gräber gab es mittlerweile zahllose und Wanderer, die alleine unterwegs waren, hatten niemanden, der sich um eine Bestattung kümmerten.

Während der elektronische Tacho seines Fahrrads ausgefallen war, konnte er die Strecke an den Kilometerschildern der Autobahn ablesen und war zufrieden. Wenn er in der Nacht ähnlich vorankam, wäre er vielleicht schon vor Mittag bei der Waldhütte. Er drehte um und fuhr den Weg zurück, wofür er nur am Anfang kurz in die Pedale treten musste. Den Rest der Strecke, bis er die Autobahn an der gleichen Stelle wieder verließ, konnte er sich einfach rollen lassen..

Am Haus der Kinzigs angekommen, klopfte er laut und fragte sich, warum noch nicht jedes Haus mit einem Türklopfer ausgestattet war, als die Tür geöffnet wurde.

»Hallo Bernd.«

»Hallo Malte, danke, dass ich kommen darf.«

Malte trat einen Schritt zur Seite und deutete ihm den Weg zum Wohnzimmer. Dort war die ganze Familie versammelt und Bernd konnte spüren, dass durch die Kombination der Menschen auch der wenige Tage zuvor beim schrecklichen Unfall getötete Sohn von Simone und Malte irgendwie im Raum war. Neben Malte und Simone waren ihre Tochter Laura, deren Freund Gordon, Maltes Schwester Jutta und Nadine, die beste Freundin von Jutta, anwesend.

Bernd begrüßte die Anwesenden mit Handschlag, überlegte, ob er Simone vielleicht umarmen sollte, entschied sich dagegen. Gordon deutete auf den freien Sessel beim Fenster und er setzte sich.

GORDON

Der Major hatte Platz genommen und alle Blicke richteten sich auf Simone, die mit ihrem Bericht anfing.

»Arne und ich waren auf einem Geschäftstermin in Hamburg, als der Strom ausfiel. Vom Büro unseres Kunden konnte man die Elb-Philharmonie und weite Teile des Hafens sehen und schnell wurde klar, dass es kein normaler Stromausfall war. Sogar eins dieser riesigen Kreuzfahrtschiffe krachte in das Ufer direkt bei der Philharmonie. In der ersten Nacht fanden wir Unterschlupf bei Helge, einem Mitarbeiter des Kunden, mit dem wir uns am nächsten Tag auf den Weg machten. Schon am Abend gab es dort die ersten Plünderungen und verzweifelte Feuerwehrleute, denen klar war, dass sie die brennenden Häuser nicht retten konnten. Ein paar Tage später sah man nachts Leuchten am Horizont, vermutlich hat die ganze Stadt gebrannt.«

Gordon schluckte. Ihm war zwar bewusst, dass man in Umbach gut weggekommen war, aber er hatte sich keine Gedanken darüber gemacht, wie dramatisch es in den Großstädten gewesen sein musste.

»Wir waren dann am Bahnhof, in der Hoffnung, dass doch vielleicht noch Züge fahren würden, aber da ging gar nichts mehr. Wir schlossen uns einer Gruppe an, die als Etappenziel Hannover hatte, und lernten Fabian kennen, dessen unverbesserlicher Optimismus uns sehr geholfen hatte. Für die erste Nacht organisierte er uns eine Unterkunft bei einem Wohnmobilverleih und man half uns mit Proviant und anderem dringend Benötigtem.«

Sie hielt kurz inne, schien eine Weile nachzudenken.

»Ich bekomme das vielleicht nicht alles in der richtigen zeitlichen Reihenfolge hin, nicht wundern, wenn euch da etwas seltsam vorkommt.«

Erwartungsvoll schaute sie in die Runde und bekam zustimmendes Nicken.

»Nachdem unsere Gruppe schon in der ersten Nacht kleiner wurde, erlebten wir nach der ersten selbstlosen Hilfe das exakte Gegenteil. Wir hatten Erdbeeren auf einem Feld gegessen und der Landwirt wollte einen Wucherpreis dafür haben. Wir haben teures Geld dafür bezahlt und ich habe mein Armkettchen für ein paar Wasserkästen hergegeben.«

Tränen stiegen ihr in die Augen, die sie zerdrückte. Malte legte seinen Arm um ihre Schulter, sie zuckte zusammen und lehnte sich von ihm weg. Gordon war die letzten Tage nicht entgangen, dass Simone nicht mehr die Fröhlichkeit und Unbeschwertheit hatte wie vor dem Stromausfall. Dass sie auch Distanz zu Malte zu wahren schien, schmerzte ihn selbst.

»In der nächsten Nacht fanden wir zunächst Unterschlupf in einem liegengebliebenen Reisebus, wurden dort aber von Mitgliedern eines Clans überfallen und ausgeraubt. Dabei haben sie einen von uns umgebracht. Keine drei Tage nach dem Stromausfall.«

Gordon musste schlucken, erwartete, dass Simone eine Pause einlegen würde, aber ihre Formulierungen hatten etwas Distanziertes. Als ob sie einen Finanzbericht vortrug.

»In der Folge kam es in der Gruppe zu mehr Streitigkeiten und man trennte sich, weil die einen nicht mit allen teilen wollten, andere der Ansicht waren, dass ihnen größere Rationen zustanden, oder sie machten Fabian den Vorwurf, nicht richtig zu führen.«

»Gab es denn nirgendwo Polizei oder Bundeswehr? Oder irgendein Anzeichen vom Staat?«, fragte Nadine.

»Da komme ich gleich dazu. Bis zu dem Punkt aber noch nicht. Nach dem Überfall war Fabian klar, dass wir uns selber bewaffnen mussten, und hat es geschafft über einen Bekannten in – ich weiß gar nicht mehr wo – Pistolen zu besorgen. Dort war es dem Bürgermeister zusammen mit der Polizei und wem auch immer gelungen die Ordnung aufrechtzuerhalten. Zumindest, als wir da gewesen sind.«

Gordon brannte die Frage auf der Lippe, wie sie zu der Waffe gekommen war, traute sich aber nicht, zu unterbrechen.

»Das mit den Waffen wusste nicht jeder in der Gruppe, wir hätten ohnehin nicht genug für alle gehabt. Und auch nur eine kurze Einweisung. Von den Menschen dort haben wir außerdem unseren Proviant aufgestockt bekommen und wir machten uns weiter auf den Weg.«

»Wasser.« Sie schaute nach dem Wasserglas auf dem Wohnzimmertisch. »Wasser war ein großes Problem, ich weiß nicht mehr, ab wann, aber irgendwann mussten wir uns jeden Tag neue Quellen suchen. Aus Bächen oder gar Flüssen trauten wir uns nichts zu nehmen. An einer Quelle trafen wir auf ein junges Paar, die gerade die eigenen Wasservorräte auffüllte und Arne drehte durch, zog die Waffe und wir raubten die beiden aus. Ich würde das alles gerne auf Arne schieben, aber niemand von uns hat wirklich versucht, ihn davon abzuhalten, und als wir deren Rationen aufgeteilt haben, hat sich jeder einen Teil genommen.«

Eher beiläufig nahm sie einen Schluck aus dem Glas.

»Danach hatten wir dann Kontakt mit der Bundeswehr, die vor Hannover ein Gebiet unter Kontrolle hatte. Der Weg der Gruppe teilte sich dort, wir mussten uns von Fabian verabschieden, der von da aus in eine andere Richtung musste, und bei Arne fingen die Magenprobleme an.«

»Magenprobleme?«, fragte der Major.

»Wir waren in einem Flüchtlingslager der Bundeswehr und er konnte nichts bei sich behalten. Wir hätten einfach ein paar Tage dort bleiben sollen, aber wir waren schon so lange unterwegs. Wenn wir allerdings länger geblieben wären …«

Sie überlegte lange, beendete den Satz aber nicht.

»Wir sind dann mit wenigen Leuten weiter gelaufen, aber nachdem denen klar war, dass Arne krank war, ließen sie uns allein. Keiner wollte sich bei ihm anstecken. Und gerade, als es ihm richtig schlecht ging, sind uns die Mutter mit ihrer Tochter und ihren Verfolgern begegnet.«

Ruckartig setzte sie sich auf.

»Die Atomkraftwerke!«

»Die Atomkraftwerke?«, fragte Malte. »Was ist mit denen?«

»Ohne Strom läuft die Kühlung nicht. Jedes verdammte Atomkraftwerk muss in die Luft geflogen sein.«

Als ob wir nicht genug Probleme haben, kommt noch Fallout hinzu?, dachte Gordon, traute sich aber nicht, es zu sagen.

»So viele aktive Kraftwerke gab es ja nicht mehr«, sagte der Major.

»Kann man Radioaktivität überhaupt ohne Strom messen?«, fragte Laura.

Niemand schien eine Antwort zu wissen.

»Die Mutter und ihre Tochter?«, fragte der Major.

»Ich habe den Anführer ihrer Verfolger erschossen«, sagte Simone vollkommen emotionslos. »Es gab danach noch einen Kampf mit dem Rest der Bande, keiner von denen hat überlebt.«

Gordon hätte nicht so über die Rache an den Mördern seiner Eltern sprechen können, es war, als ob man die Empathie aus Simone komplett entfernt hatte.

»Die Mutter hatte beim Stromausfall in einem AKW gearbeitet …«

»Hatte sie eine Idee, wieso der Strom ausgefallen ist?«, unterbrach sie Malte.

»Nein. Darüber haben wir nicht geredet. Sie hat erzählt, durch welche Hölle ihre Peiniger sie, ihre Tochter und ihren Mann haben gehen lassen.«

»Ihren Mann?«, fragte der Major.

»Den haben sie einfach umgebracht.«

Sie trank ihr Glas Wasser aus und Jutta kümmerte sich darum, es wieder aufzufüllen.

»Nachdem sich unsere Wege dann getrennt hatten, sind Arne und ich in diese Raststätte, wurden da von einem streunenden Hund angegriffen, der ihn verletzte. Als ob die Krankheit nicht schon genug gewesen wäre. Während er sich ausruhte, bin ich nach draußen, um unsere Wasservorräte aufzufüllen, und wurde dann von einer Gruppe verfolgt.«

Sie schien wieder über etwas nachzudenken.

»Ich bin mir nicht sicher, wir hatten einen Kampf mit denen bei der Raststätte, bei der zwei von ihnen erschossen wurden. Wir sind geflüchtet, irgendwann haben sie Arne erwischt, aber am Ende habe ich sie besiegt.«

Was Simone mit besiegt meinte, wollte Gordon nicht nachfragen. Die Mutter seiner Freundin hatte vermutlich mehr Leben auf dem Gewissen als alle anderen im Raum Anwesenden zusammen. Ausgenommen vermutlich vom Major.

»Was ich euch jetzt erzähle …« Simone richtete sich etwas auf. »… wird etwas härter.«

Die Warnung wunderte Gordon, denn bis dahin war ihr Bericht an Härte kaum zu überbieten.

»Ich verließ die Autobahn, um in einem Einkaufszentrum nach Sachen zu suchen. Frische Klamotte und anderes. Dabei wäre ich fast in die Hände von Kannibalen gefallen, ich konnte aber fliehen.«

»Das muss in der Nähe von Kassel gewesen sein. Danach bin ich den zwei Familien begegnet, habe die vor Räubern beschützt, bis sich unsere Wege wieder trennten. Danach war ich dann wieder allein unterwegs.«

Gordon schaute in die Gesichter der Anwesenden, alle schienen geschockt zu sein und wieder versuchte Malte erfolglos, seine Frau in den Arm zu nehmen, die ihn, wenn auch dezent, abwehrte.

»Marburg. Endlich war ich fast daheim, umso überraschter war ich, dass die Stadt und das Umland in den Händen grausamer Menschen war. Fünf Wochen ohne Strom und die Leute vergessen ihre moralischen Werte! Ich konnte durch das Gebiet fliehen, sah, wie sie einen Gefangenen erschossen haben, und wurde selbst verfolgt. Danach war es dann fast ein Spaziergang von Sabine bis Umbach.«

Die Worte hallten lange nach und keiner traute sich, etwas zu sagen. Zu viel Informationen, zu heftige Informationen in so kurzer Zeit.

»Es tut mir so leid«, sagte Malte. »Ich wünschte ich hätte dir irgendwie helfen können.«

Simone bedachte ihn eines kalten und langen Blickes.

»Es muss dir nicht leidtun, ich bin noch da. Arne nicht mehr.« Sie rückte ein Stück von ihm ab. »Und Lukas auch nicht mehr.«

Maltes Augen füllten sich mit Tränen, er bewegte den Mund, fand aber keine Worte. Stattdessen drehte er langsam den Kopf hin und her.

»Weißt du, ich werde mich darum kümmern, dass die beiden Männer, die für seinen Tod verantwortlich sind, ihren gerechten Lohn erhalten.«

»Mama!« Laura war aufgesprungen. »Das bringt Lukas nicht wieder zurück!«

Auch sie kämpfte gegen die Tränen an und Gordon stand auf, um den Arm um sie zu legen. Seine Angst, dass sie ihn auch zurückweisen könnte, erwies sich als unbegründet.

»Ich weiß, mein Schatz. Aber Holzer und Florian sollen dafür bezahlen.«

»Holzer ist für sein Leben entstellt«, sagte der Major. »Und er hat große Schmerzen. Und wir wissen nicht, wo Florian ist.«

»Man hätte ihn nie gehen lassen dürfen«, sagte Simone und schaute dabei Malte an.

Hatte Gordon ihr von Maltes Ultimatum erzählt? Er konnte sich nicht erinnern. Vielleicht war es auch jemand anders gewesen.

»Ich habe die Mörder meiner Eltern umgebracht und es hat mir nichts gebracht«, platzte es aus Gordon heraus. »Die sind einfach in unser Haus, haben sie umgebracht und dann so getan, als ob es ihres ist. Ich bin hin, habe ihnen aufgelauert und sie getötet. Und ich habe jetzt Albträume. Das sind Bilder, die ich nie wieder aus meinem Kopf bekomme!«

»Gordon«, sagte Simone, »dein Mitgefühl ehrt dich und ich bin froh, dass der Freund meiner Tochter so ist.«

Er war sich nicht sicher, ob das ein Kompliment war.

»Aber?«, fragte Laura, der die Absicht der Formulierung wohl auch nicht klar war.

»Manche verdienen kein Mitleid«, antwortete Simone.

»Es ist doch nicht an uns, einfach Auge um Auge, Zahn um Zahn andere zu bestrafen. Wo soll das hinführen?« Malte hatte zumindest ein wenig die Fassung zurückgewonnen.

»Wohin das führen soll?« Simones Stimme wurde lauter. »Dass man nicht herumgeschubst wird. Dass andere sehen, dass man mit Boshaftigkeit nicht weiterkommt.«

»Das bist nicht du, die da spricht«, sagte Malte.

»Oh doch«, antwortete sie kühl.

»Lukas würde dich so nicht erkennen.« Maltes Worte hallten nach und es war, als ob alle gleichzeitig den Atem anhielten, und keiner traute sich, Luft zu holen, sich zu bewegen oder gar etwas zu sagen.

»Weißt du was? Ich werde einfach in Lukas' Zimmer ziehen und du überlegst dir noch mal, was du gesagt hast.«

Sie stand auf, eilte die Treppe hoch, holte etwas aus dem Schlafzimmer, begab sich in Lukas' Raum und schlug die Tür zu.

»Sie hat Heftiges erlebt.«

»Du musst ihr etwas Zeit geben.«

»Warte ein paar Tage.«

Gordon fiel es schwer, die Worte zuzuordnen, wie musste es da Malte gehen, der selbst seinen Sohn verloren hatte und nun das Gefühl haben musste, die gerade wieder aufgetauchte Frau zu verlieren?

»Sollte jemand Holzer warnen?«, fragte Jutta.

»Nicht nötig«, antwortete Gordon. »Wir waren vor ein paar Tagen bei ihm und sie hat das mehr oder weniger angekündigt.«

»Und du hast es nicht für nötig gehalten, uns das zu sagen?« Lauras Stimme wurde lauter und fordernder.

»Ich hatte gedacht, es wäre der Schmerz, der aus ihr spricht«, verteidigte sich Gordon. »Und gerade ich kann es ihr nicht verdenken.«

»Leute«, rief Malte. »Wir reden hier über Selbstjustiz. Das kann es doch nicht sein.«

»Ich bin der Falsche, darüber zu urteilen«, sagte Gordon. »Ich kann nur sagen, dass es vielleicht nicht das bringt, was man erwartet.«

»Und du selbst hast Florian gedroht«, erinnerte ihn Laura.

»Ich hatte gehofft, dass er gehen würde«, gestand Malte.

»Und wenn er nicht gegangen wäre?«, fragte Laura.

»Ich weiß es nicht.« Maltes Augen füllten sich erneut mit Tränen. »Ich weiß es nicht.«

Laura sah ihn eine Weile unschlüssig an und nahm ihn dann in den Arm.

»Weißt du, was ich als Kind doof fand und erst später begriffen habe?«

Sie wartete keine Antwort ab.

»Du hast schon immer zugegeben, wenn du etwas nicht weißt. Das unterscheidet dich von so vielen anderen Erwachsenen.«

Nach einer Weile löste sie sich wieder aus der Umarmung.

»Wir geben Mama ein paar Tage und reden dann noch mal mit ihr. Ich glaube, es ist wichtig, ihr zu zeigen, dass wir für sie da sind. Dass sie bei uns in Sicherheit ist. Sie hatte nicht die gleiche Unterstützung, die wir uns gegenseitig geben konnten. Da muss sie sich auch erst wieder daran gewöhnen.«

»Sollte ich nicht jetzt zu ihr gehen?«, fragte Malte.

»Nein«, antworteten Laura und Jutta gleichzeitig.

»Das war eindeutig.« Ein leichtes Lächeln erschien auf Maltes Gesicht.

Gordon konnte ebenfalls ein Grinsen nicht unterdrücken. Die Ähnlichkeit seiner Freundin mit ihrer Tante war nicht nur äußerlich vorhanden.

Der Major nutzte die Chance, sich zu verabschieden.

»Es ist mir jetzt ein wenig unangenehm«, sagte er. »Nichts von dem, was hier besprochen wurde, wird diesen Raum verlassen.«

»Zumindest bleibt es unter uns«, bestätigte Malte. »Kannst du etwas mit den Informationen anfangen?«

»Ja und nein«, antwortete der Major, »im Grunde ist es da draußen schlimmer als erwartet. Aber auch besser. Ich hoffe, dass ich auf meinem Ausflug eher die bessere Variante erleben werde.«

»Ich drücke dir die Daumen!«, sagte Malte.

»Sein Ausflug?«, fragte Gordon, nachdem der Major gegangen war.

»Er wird ein paar Tage weg sein, seine Töchter suchen«, antwortete Malte.

»Wir haben ein anderes Problem«, sagte Laura. »Seit dem Regentanzgebet von Orloff hat seine Gemeinde noch mehr Zulauf. Sowohl von Umbachern als auch von Blasbachern. Unsere Idee, die einzudämmen, ist mit dem ›göttlichen Regen‹ weggespült worden.«

»Dann müssen wir uns etwas anderes einfallen lassen«, sagte Jutta. »Irgendwas, mit dem wir dem den Wind aus den Segeln nehmen können?«

»Das ist nicht so einfach«, erklärte Gordon. »Der Lebenswandel von Orloff ist allen bekannt und er spielt die Rolle vom bekehrten Sünder perfekt. Vermutlich glaubt er auch selbst, dass er so ist. Aber irgendwie muss man dem doch mit Vernunft entgegentreten können? Wir leben doch in einer aufgeklärten Gesellschaft.«

Er hatte die Worte noch nicht ausgesprochen, als ihm die Anfeindungen von Markus und den anderen beiden Kerlen durch den Kopf gingen.

»Okay«, fügte er geknickt hinzu, »so weit ist es damit wohl doch nicht her. Wir brauchen einen neuen Plan.«

»Bisher stand die Gemeinde hinter dem Rat«, sagte Nadine. »Wenn wir weiter liefern, wird das den Johannisten den Wind aus den Segeln nehmen.«

»Und wenn nicht?«, fragte Jutta. »Werden wir dann bald Hexenjagd haben?«

TAG 50

NADINE

Es regnete. Immer noch. Nadine schaute aus dem Küchenfenster und am Frühstückstisch saßen ihr Vater und die Familie, die sie aufgenommen hatten. Zufrieden sah sie die Unbekümmertheit der beiden Kinder, gerade Tom hatte sich seit seiner Ankunft gelockert. Aber sie wusste auch, dass es für die meisten Menschen aus Blasbach anders aussah. Entweder waren sie in einer der Sammelunterkünfte untergebracht oder in Schuppen und Garagen. Dabei gab es viel freien Wohnraum im Ort.

Ihr Vater kümmerte sich liebevoll um die Familie und sie war froh, dass er diese Beschäftigung hatte. Es würde ihn vom Tod seiner Frau ablenken.

»Du hast Gedankenfalten«, sagte Tom, der sich neben sie gestellt hatte.

»Gedankenfalten?«

»Ja. Deine Stirn liegt in Falten, als ob du ganz angestrengt nachdenkst«, erklärte der Junge.

Nadine griff sich an die Stirn, fand sie aber glatt vor.

»Da ist nichts«, grinste sie.

»Aber eben war es noch!«, protestierte Tom.

»Ja, du hast recht«, antwortete sie. »Ich mache mir sehr viele Gedanken.«

»Über unser Dorf?«

»Über die Menschen aus eurem Dorf. Ja.«

»Die wohnen jetzt bei Leuten aus deinem Dorf.«

»Manche ja. Viele sind aber noch in der Turnhalle oder in der Schule.«

»Aber sie haben einen Ort, an dem sie schlafen können. Papa hat erzählt, dass viele Menschen das heute nicht mehr haben.«

Sie bedachte Jochen mit einem vorwurfsvollen Blick, den dieser nicht mitbekam. Ihr war aber klar, dass es keinen Sinn macht, zu viel vor den Kindern zu verheimlichen.

»Ja, sie haben einen Ort, an dem sie schlafen können.«

»Und warum machst du dir Gedanken? Durch den Regen ist das Feuer doch ausgegangen?«

»Ich bin so etwas wie die Bürgermeisterin von Umbach und muss mir überlegen, wie wir das alles hinbekommen«, erklärte Nadine.

»Na, wenn alle teilen, ist es ganz einfach«, sagte Tom.

»Gebt den Kindern das Kommando«, zitierte sie eine Textzeile aus einem Lied von Herbert Grönemeyer.

Tom sah sie fragend an.

»Das ist aus einem Lied ›Kinder an die Macht‹«, sagte sie.

»Kenne ich nicht.«

»Ich kann es dir vorspiel …« Wieder wurde Nadine schmerzhaft bewusst, dass ihre CD-Sammlung in einer Welt ohne Strom nutzlos war.

»Tom! Bitte nerve Nadine nicht so«, meldete sich seine Mutter Miriam.

»Er nervt nicht. Im Gegenteil, er stellt tolle Fragen.«

Während sich die Frau zu ihr ans Fenster stellte, hatte Tom wohl das Interesse an dem Gespräch verloren. Er begab sich ohne ein Wort zu seiner Schwester an den Tisch und fing an, ihr etwas zu erklären.

»Wir sind dir zu Dank verpflichtet«, sagte Miriam.

»Nein«, wehrte Nadine ab. »Du würdest sicher das Gleiche für uns tun.«

»Wenn ich ehrlich bin, wäre ich mir da nicht so sicher. Klar, das sagt sich so einfach, und nachdem wir jetzt selbst Hilfe erfahren haben, mag das so sein. Aber wir haben bei unserer Ankunft im Dorf ja gemerkt, dass nicht jeder so selbstlos ist wie du.«

Sie schaute kurz nach Nadines Vater.

»Oder wie dein Vater.«

»Der ist ein großherziger Mensch«, sagte Nadine. »Aber es tut ihm auch gut, jemanden zu haben, für den er etwas tun kann. Der Tod meiner Mutter hat ihm zugesetzt.«

»Dir auch?«

»Ja. Aber viele haben Menschen verloren und … können wir das Thema bitte wechseln?«

»Entschuldigung«, sagte Miriam. »Ich wollte dir nicht zu nahetreten.«

»Bist du nicht. Ich habe nur akutere Probleme.«

»Können wir dir helfen?«, fragte Miriam.

»Wenn du weißt, wie man hilfsbereite Nachbarn zaubern kann, wäre das jetzt der Moment, mir den Spruch zu verraten.«

»Der ist mir leider gerade entfallen. Aber vielleicht solltest du dich nicht auf die konzentrieren, die Schwierigkeiten machen, sondern auf die, bei denen du mit Unterstützung rechnen kannst?«

»Das wird die anderen aber nicht umstimmen.«

»Vielleicht nicht, es wird aber Einfluss auf viele haben, die weder eindeutig auf der einen noch auf der anderen Seite sind. Und dann ist es wie bei der Erziehung: Man kann sie noch so gut erziehen, die Kinder machen einem doch alles nach.«

Nadine lächelte.

»Danke. Ich glaube, dass mir das beim Treffen heute helfen wird.«

»Gern«, sagte Miriam. »Wie kann ich mich nützlich machen?«

»Mein Vater hat da bestimmt eine Idee. Ich verabschiede mich dann mal und wir sehen uns Nachmittag wieder.«

Sie saßen in einem Sitzungsraum in der Bankfiliale von Andreas Pape. Malte sah sehr mitgenommen aus und Nadine sparte sich das Nachfragen, ob seit dem Abend zuvor die Wogen geglättet wurden. Er saß, Blick nach unten, an ihrer rechten Seite, ihr direkt gegenüber Pape und daneben Orloff.

»Hiermit eröffne ich die Sitzung des Dorfrates.«

»Ich schlage Neuwahlen vor«, platzte es aus Orloff heraus.

»Ja, keine Sekunde verlieren?« Andreas Pape runzelte die Stirn, »Haben wir nicht vielleicht wichtigere Sachen zu regeln?«

»Der gewählte Bürgermeister ist dienstunfähig, ein Platz im Gremium damit ungenutzt. Außerdem birgt es bei einer gerade Zahl von Mitgliedern viel öfter die Gefahr eines Patts. Wenn wir den Rat neu wählen ...«

»Johannes«, fiel ihm Malte ins Wort. »Wir haben erst gewählt, ich glaube nicht, dass wir komplett neu wählen müssen, und es würde reichen, wenn wir beim nächsten Thing einen Nachrücker wählen. Oder eine Nachrückerin. Außerdem kann Carl ja genesen und dann wären wir wieder vollzählig.«

Die Gesichter von Pape und Orloff sprachen Bände und Nadine ging davon aus, dass Malte nicht an eine Rückkehr von Holzer glaubte.

»Dann nehme ich das mit in die nächste Versammlung«, notierte Pape. »Nachrückerin wählen.«

»Danke, Andreas«, sagte Nadine. »Wichtiger ist, dass wir ...«

»Außerdem bin ich der Ansicht, dass wir jede Sitzung mit einem gemeinsamen Gebet anfangen sollten.«

»Religionsfreiheit beinhaltet auch die Freiheit von Religion«, erklärte Nadine. »Du kannst gerne beten, ich möchte das nicht und stelle es den anderen Ratsmitgliedern frei.«

Sie schaute zu Malte.

»Malte, willst du beten?«

Der schüttelte den Kopf, Nadine drehte sich zu Pape.

»Wie schaut es bei dir aus Andreas?«

Der hob abwehrend die Hände.

»Somit haben wir ein eindeutiges Votum drei gegen einen, der Antrag ist abgelehnt. Aber ich möchte gerne auf den nicht unbekannten Knigge verweisen, dass Unterbrechen unhöflich ist.«

Sie starrte Orloff an, der hielt ihrem Blick selbstsicher stand.

»Ich lasse mir nicht den Mund verbieten.«

»Behandle andere so, wie du selbst auch behandelt werden möchtest«, sagte Nadine. »Steht in Variationen mehrfach in der Bibel. Bitte halte dich daran.«

Dieses Mal gewann Nadine das Blickduell.

»Wir müssen mit den anderen Ortsteilen über die Hilfe für die Blasbacher reden und uns überlegen, wie wir uns in Zukunft gegenseitig bei solchen Notfällen helfen können.«

»Du meinst damit, wie wir die Flüchtlinge verteilen?«, fragte Pape.

»Wenn du es so nennen willst.«

»Jeder der vier Ortsteile könnte ein Viertel der Menschen aufnehmen«, schlug Malte vor. »Das sind etwa 250 pro Dorf und das sollte machbar sein.«

»Dorlar und Umbach sind kleiner, das sollte bei der Verteilung beachtet werden«, sagte Pape. »Aber das ist schon ziemlich viel, fast zehn Prozent der jeweiligen Bevölkerung! Man sollte sehen, ob man nicht einige in andere Kommunen schicken kann.«

»Wir haben das schon mal erlebt und es beschämt mich, das Menschen zu erklären, die alteingesessene Umbacher sind«, sagte Malte.

Pape sah ihn fragend an.

»Was meinst du?«

»Umbach ist durch die Vertriebenen nach dem Zweiten Weltkrieg erst so groß geworden wie es heute ist«, erklärte Malte.

»Aber du willst die Situation jetzt nicht mit der von damals vergleichen?«

»Doch, Andreas. Die Zahlen sind ähnlich. Also von den Verhältnissen. In den westlichen Besatzungszonen waren mehr als zehn Prozent Vertriebene, in der sowjetischen Besatzungszone machten sie bis zu 24 Prozent aus«, sagte Malte. »Das ist im Grunde sogar noch heftiger gewesen.«

»Aber wir haben nichts zum Abgeben«, protestierte Andreas.

»Das hatten die Menschen damals auch nicht.« Malte wirkte wie ausgewechselt. Vermutlich lenkte ihn die Diskussion vom Abend zuvor ab. »Ich denke, es wird eine Herausforderung, die anderen Gemeindeteile davon zu überzeugen. Aber wenn wir mit gutem

Beispiel voran- und geschlossen vorangehen, sehe ich da kein Problem.«

»Du bleibst der unverbesserliche Gutmensch«, sagte Andreas. »Mag ja sein, dass wir jetzt noch Vorräte haben, aber nach dem Herbst kommt der Winter. Und da werden wir so viel brauchen wie möglich. Für so Wenige, wie es geht. Da können wir nicht jeden aufnehmen.«

»Danke für deine Meinung, Andreas.« Nadine hatte genug gehört. »Johannes, wie sieht das denn die christliche Nächstenliebe?«

Er fixierte sie mit den Augen, ließ dann aber ein Lächeln über sein Gesicht huschen.

»Natürlich helfen wir unseren Nachbarn«, sagte er.

»Danke, das nehme ich so mit zur Gemeindeversammlung.«

»Vorausgesetzt, das wird angenommen? Wie machen wir das dann bei uns?«, fragte Malte. »Wie finden wir Unterkünfte für die Familien?«

»Wir haben einige freie Wohnungen«, berichtete Orloff. »Und wir finden bestimmt auch ein paar Leute, die freiwillig jemanden zu sich nehmen. Für den Rest müssen wir dann schauen.«

»Das mit den Freiwilligen finde ich gut«, sagte Andreas. »Die könnten dann auch etwas von ihrem Anteil abgeb…«

»Andreas, es reicht!« Nadine war aufgestanden. »Über achtzig Prozent der Felder werden von fünf Landwirten bestellt. Wenn wir uns genauso aufführen würden wie du, wärst du nur ein kleiner Bittsteller.«

»Du musst dich nicht so aufreg…«

»Nein, Andreas!«, platzte es aus Nadine heraus. »Ich weiß doch, wie es war, wenn mein Vater bei dir war und um einen günstigen Kredit gebettelt hat und wie ihr ihn habt zappeln lassen.«

»Eben, die Ernte gehört der Bank!« Andreas war aufgesprungen und hatte die Fäuste auf den Tisch gestemmt. »Du musst jetzt nicht so tun, als ob ihr Landwirte da großzügig seid.«

»Leute.« Malte lehnte sich zurück und verschränkte die Arme vor der Brust. »Das führt doch gerade zu nichts.«

»Der Kommunismus der letzten Wochen wird ein Ende haben«, kündigte Andreas an. »Und dann wird es eine Abrechnung geben.«

»Und wie soll die aussehen?«, fragte Nadine. »Auf die Bücher und Kontoauszüge kannst du ja nicht zugreifen.«

»Wir wissen doch beide, dass eure Ernte der Bank gehört! Und da ich momentan der höchste verfügbare Vertreter der Bank bin, habe ich da mitzuentscheiden.«

»Andreas.« Malte hielt sich mit der Hand die Stirn. »Wir sind das Gremium, das mehr oder weniger alle Ernten für die Bevölkerung des Dorfes beschlagnahmt hat. Dann willst du jetzt also dem Gremium, dem du angehörst, Vorschriften machen?«

Andreas Pape wirkte perplex, rang nach Fassung.

»Es gibt da eine ganze Menge von Leuten, die es begrüßen würden, wenn wir mit diesem ›Alles gehört allen‹ aufhören würden und diejenigen auch daran verdienen sollen, denen es gehört, oder die darin investiert haben.«

»Na, das wird spannend«, lachte Nadine. »Bist du dir sicher, dass du bei dieser Aufteilung als Gewinner herausgehen wirst?«

»Ich habe die Leute mit Kapital auf meiner Seite!« Die Selbstsicherheit des einstigen Bankers hatte Nadine schon früher oft geärgert, hier empfand sie diese als deplatziert.

»Butter bei die Fische, was schlägst du vor?«, fragte Malte.

»Wir müssen wieder zurück zu irgendeiner Form der Geldwirtschaft. Bezahlt werden darf nicht nur in Naturalien, die Leute sollen selbst auswählen können, was sie von ihrem Geld kaufen wollen.«

»›Die Leute‹ wollen erst mal überleben«, konterte Nadine. »Und spätestens im Winter, wenn es richtig, richtig eng wird. Und ich meine richtig eng. Dann wollen die also ihr Geld fressen?«

»Weißt du was?« Andreas packte seine Sachen zusammen. »Ich glaube, die Information muss sich erst mal bei dir setzen. Ihr Landwirte seid ja nicht unbekannt dafür, manchmal richtige Querköpfe zu sein. Kühl dich ein wenig ab und wir besprechen das wie Erwachsene.«

Nadine verspürte den Drang, Andreas an die Gurgel zu springen, blieb aber äußerlich ruhig.

»Ihr findet ja allein raus, ich komme nachher noch mal vorbei und schließe die Tür ab.«

Bevor die anderen reagieren konnten, war er zur Tür hinaus.

»Na, da hat er euch … uns ja ein Ei gelegt«, kommentierte Orloff. »Wenn die Sitzung dann beendet ist, kümmere ich mich um meine Gemeinde.«

»Wir sind gerade den totalen Zusammenbruch entkommen und stehen auf einmal zwischen Kapitalisten auf der einen und den Johannisten auf der anderen Seite«, sagte Nadine, nachdem sie die Haustür gehört hatte und sicher war, das Orloff die Bank verlassen hatte.

»Es war abzusehen, dass diese Fragen irgendwann auftauchen würden.« Malte war aufgestanden und rückte die Stühle zurecht. »So ganz verdenken kann man es ihm nicht. Vermutlich wollte er das schon vor dem Waldbrand loswerden.«

»Das wird ein Hauen und Stechen geben, weil wir auf irgendeinem Weg für jeden den Wert für die Gemeinschaft bestimmen müssen. Und viele werden da recht dumm aus der Wäsche schauen. Dann wird schnell in nützliche und unnütze Menschen eingeteilt.« Sie stand ebenfalls auf, ging ans Fenster und starrte nach draußen. »Verstehst du, Malte? Das wird massiven Neid und Streit geben.«

»Die Fragen sind doch ohnehin vorhanden«, sagte er. »Und sicherlich werden die auch an anderer Stelle schon diskutiert. Erinnere dich an die Versammlung, bei der einer der Älteren nach den Mieteinnahmen gefragt hatte.«

»Und in welcher Reihenfolge gehen wir die Probleme an?«, fragte Nadine.

»Die Verteilung der Menschen aus Blasbach ist am dringendsten und den Rest müssen wir parallel angehen. Und dann vertrauen wir einfach in die Vernunft der vielen.«

»Na deinen Optimismus hätte ich gerne.«

»Weißt du Nadine, die meisten Menschen sind gar nicht so schlimm und der Rest auch nicht andauernd. Wir müssen einfach etwas Vertrauen haben.«

Sie ging zu ihm und drückte ihn kurz.

»Danke dir. Ich weiß es zu schätzen, dass du mir gerade jetzt Kraft gibst.«

Malte zuckte merkbar zusammen.

»Darf ich fragen, ob es bei euch etwas Neues gibt?«

»Wir haben uns heute noch nicht gesprochen und weiß auch nicht, wie ich auf sie zugehen soll. Ich hatte geahnt, dass ihre Erlebnisse hart waren. Was mich aber geschockt hat, ist die Beiläufigkeit, mit der sie über das Töten gesprochen hat.«

Nadine dachte an den Moment in der Nacht des Überfalls auf den Hof ihrer Familie, bei dem ihre Mutter umgebracht wurde und sie im Anschluss einen der gefangenen Angreifer erschossen hatte.

»Sie wird erst richtig hier ankommen müssen. Und ihr beide habt das Schlimmste erlitten, was Eltern erleben können. Ihr habt ein Kind verloren. Da werdet ihr Zeit brauchen.«

»Sie hat sich von Laura die Waffen wiedergeben lassen«, berichtete Malte. »Und das macht mir schon ein wenig Angst. Also nicht vor ihr, sondern eher, dass sie im Affekt zu Holzer gehen könnte.«

»Ärgerst du dich, dass du Florian die Chance zur Flucht gegeben hast?«, fragte Nadine.

»Du sprichst einen für mich sehr wunden Punkt an«, antwortete Malte. »Klar, nachdem wir in seiner Wohnung die ganzen Indizien hatten, hätte ich ihn gerne zur Rede gestellt. Und mit etwas Abstand vielleicht auch zu dem Abend, an dem Lukas …«

Maltes Stimme brach weg, sein Oberkörper fing zu beben an und Tränen schossen in seine Augen. Er setzte sich auf den Boden, winkelte die Beine an, rieb sich mit den Ärmeln die Augen trocken und umfasste dann seine Knie. Aus rotgeweinten Augen schaute er Nadine an, öffnete den Mund, schloss ihn wieder. Mehrmals. Bis er Worte gefunden hatte.

»Er hat es nicht mit Absicht getan, aber er hatte die Waffe in der Hand und ohne ihn wäre das nicht passiert. Ich kann verstehen, dass Simone deshalb sauer auf mich ist. Ich bin selbst wütend auf mich und eigentlich müsste ich mich auf die Suche nach Florian machen.«

Er hatte den ganzen Nachmittag geschlafen und war dankbar dafür, fast überall schnell Schlaf zu finden. Als es noch Internet gab, hatte er sich diese Tipps durchgelesen, wie Soldaten der US-Streitkräfte nur 2 Minuten zum Einschlafen bräuchten. Die Technik hatte er nicht verstanden. Er brauchte aber auch nicht wesentlich länger.

Das Arbeitszimmer wurde von einer kleinen Gasleuchte erhellt und er hatte eine Cameo-Uniform angezogen. Dem ersten Impuls, Tarnschminke fürs Gesicht zu nutzen, gab er nicht nach. Er würde im besten Fall wenig Menschen auf dem Weg zur Hütte sehen. Und solange er mit dem Fahrrad auf der Autobahn unterwegs war, würde die Schminke ihn auch nicht weniger sichtbar machen.

Über den Kampfanzug kamen die Regenklamotten, dann legte er sich erst das Chestrig und den Rucksack an, über den er ebenfalls einen Regenschutz zog. Zuletzt befestigte er die AR-15 an die Chestrig und ging in die Garage, kontrollierte, ob Luftpumpe und das Reparaturset am Rad waren, abschließend prüfte er erneut den Luftdruck der Reifen.

Beate hatte die Geräusche in der Garage mitbekommen und stand neben ihm.

»Komm schnell wieder zurück.«

Sie legte die Arme um seinen Hals , küsste ihn, umarmte und drückte ihn fest und ging zurück in die Wohnung. Abschiede waren nicht ihr Ding. Seines auch nicht.

Bernd schob das Rad aus der Garage, schloss sie wieder und schwang sich auf den Sattel.

»Zur Unendlichkeit und noch weiter!«, feuerte er sich selbst an und fuhr los.

Einerseits war er stolz auf seine Milizionäre, dass sie ihn bei der Annäherung an ihren Wachposten bemerkt hatten, andererseits hatte er sich gewünscht, etwas unsichtbarer zu sein. Dann sah er Alex im Unterstand, der ihm salutierte.

»Alles Gute! Wenn ich doch mitkommen soll, kann ich in zwanzig Minuten abfahrbereit sein!«

»Danke, Alex«, sagte Bernd. »Du weißt, dass ich mich auf dich hier im Ort verlasse. Auch wenn Armsteiner und ihre Gegner genug miteinander zu tun haben, irgendwann wird sich das ändern.«

Die Gruppe um die Politikerin in Wetzlar hatte mehrfach versucht, das Dorf anzugreifen und Jutta und andere entführt. Sie war jedoch mit Widerstand in den eigenen Reihen beschäftigt.

»Deren Ressourcen werden immer knapper und irgendwann wird es auch nicht mehr für einen Angriff reichen«, sagte Sascha.

»Wir sehen uns in ein paar Tagen!«, verabschiedete sich Bernd und verließ Umbach.

Wie am Tag zuvor wechselte er an der gleichen Stelle auf die Autobahn und trotz der Wolken und des Regens erkannte er genug vor sich, sodass er mit flotter Geschwindigkeit vorankam. Während auf der Autobahn alles dunkel war, sah er in den umliegenden Dörfern und Häusern vereinzelt Licht. Auf der rechten Seite konnte er die Ausmaße des Waldbrandes erahnen. Vermutlich waren weitere Ortschaften betroffen und er sorgte sich um sein Versteck, denn die Waldhütte war, wie es der Name vermuten ließ, in einem kleinen Wald versteckt. Ihm gehörte nicht nur die Hütte, sondern ein Teil des Waldes um das Versteck. Damit hatte er Gelegenheit, unbeobachtet die nötigen Arbeiten für einen Bunker, unter die bestehende Hütte, zu bauen. Hilfe hatte er dabei von ehemaligen Kameraden bekommen, denen er im Austausch beim Auf- und Ausbau ihrer Zufluchtsorte geholfen hatte.

Während er bei der Hütte nicht damit rechnete, sie unbeschädigt vorzufinden, vermutlich sogar geplündert, hoffte er, dass niemand einen der beiden Eingänge zum Bunker entdeckt hatte. Denn während man vier Personen mit den Vorräten in der Hütte mindestens vier Wochen versorgen konnte, war das Lager im Bunker wesentlich größer. Beate würde da die Frage stellen, ob es nicht sinnvoll wäre, die sicherzustellen und mit dem Dorf zu teilen.

Zusätzlich zum Lager in der Hütte und im Bunker hatte er noch an verschiedenen Stellen Monatstonnen vergraben. Darin befanden sich zusätzliche Vorräte für eine Person für etwa einen Monat. Zwei Quellen auf dem Waldgrundstück lieferten frisches Wasser. Beim

Bau des Bunkers hatte er einen Brunnen mit angelegt. Bernd war definitiv auf eine Katastrophe vorbereitet.

An der Lemp Talbrücke bei Ehringshausen blieb er stehen, stieg vom Rad und holte das Fernglas aus seinem Rucksack. Er erwartete, nicht viel zu erkennen, wollte aber auch nicht komplett blind über die Brücke fahren. Die Prozedur hatte er bereits bei vier Brücken wiederholt. Auf der anderen Seite des Tales war vor dem Stromausfall eine Polizeistation, bei der er davon ausging, dass diese verlassen und vermutlich auch geplündert war. Da er nichts erkannte, steckte er das Fernglas wieder weg und schob das Fahrrad auf die Brücke.

Er war etwa bis zur Mitte gekommen, als er Geräusche hörte und sofort in seiner Stellung ausharrte.

»Das war dringend notwendig«, hörte er eine Männerstimme. »Was würde ich darum geben, mal wieder auf einer richtigen Toilette ordentlich einen abseilen zu können!«

»Du hast Probleme.«

Bernd hatte einen stehen gebliebenen Reisebus, dessen Türen und Gepäckklappen offen waren, als Quelle der Gespräche ausgemacht. Ein Doppeldecker, vermutlich unten mit Tischen und sicherlich auch Schlafkojen für Busfahrer.

»Könnt ihr beide mal still sein«, hörte Bernd jemanden auf der anderen Seite der Brücke, etwa auf seiner Höhe, sagen. »Ihr könntet genauso gut ein Feuer anzünden und man würde uns sofort entdecken.«

»Wir haben doch nichts zu verstecken«, sagte der Erste. »Und wir sind doch eindeutig die Guten!«

Aus dem Bus war Gelächter zu hören. Und Bernd erkannte weitere Stimmen.

»Trotzdem müssen wir vorsichtig sein«, mahnte der Dritte, der auf der Brücke stand. »Im letzten Ort sind wir nur knapp entkommen. Mittlerweile sind alle Dörfer auf Überfälle vorbereitet. Und nirgendwo ist man zimperlich. Ihr habt den Galgen vor dem Dorf bei Siegen noch in Erinnerung?«

Bernd stellte sein Fahrrad vorsichtig an einem Kombi ab und schob seinen Rucksack darunter. Den Poncho legte er ebenfalls dort hin und zog das Messer aus seiner Chestrig. Er brauchte mehr Informationen über seine Gegner, aber schon jetzt war ihm klar, dass sie aus der anderen Richtung gekommen waren und ihr Weg sie zumindest an Umbach vorbeiführen würde. Und sein Dorf wäre ein potenzielles Ziel für die Bande.

»Euch hört man bis in den Wald«, rief eine Stimme hinter Bernd.

Er fluchte leise, musste jemanden übersehen haben, als er die Brücke betreten hatte, und war nun umzingelt. Er versuchte zu erkennen, wo der mittlerweile vierte Mann war, und schlich hinter ein anderes Auto.

»Warum warst du überhaupt so lange unterwegs?«, fragte der Mann auf der anderen Brückenseite.

»Ich hatte genug von eurem Geschwätz und wollte einfach etwas Ruhe haben.«

Er kam weiter näher und war nur noch etwa zehn Meter von Bernd entfernt.

»Aber ich werde mir jetzt eine schöne Mütze Schlaf gönnen. Wir sollten morgen früh losgehen, damit wir den nächsten Ort auskundschaften können.«

Er war plötzlich stehen geblieben und Bernd befürchtete erst, dass er gesehen wurde, dann wurde ihm klar, dass der Mann sein Fahrrad entdeckt hatte.

»Das war vorhin noch nicht da«, sagte er.

»Was redest du da?«, fragte der Mann von der anderen Seite der Brücke, während aus dem Bus lautes Gelächter zu vernehmen war.

Bernd nutzte das, um die wenigen Meter zwischen sich und dem Mann zurückzulegen. Der war ein paar Schritte auf das Fahrrad zugegangen. Als er Bernd bemerkte und sich umdrehen wollte, hielt der ihm mit der Linken den Mund zu und versenkte sein Messer mit einem kräftigen Stoß in dessen Hals.

Mehr als ein stumpfes und gluckerndes »Hmm« war nicht zu hören, Bernd drehte das Messer, sah, wie die Augen des Mannes größer wurden, und spürte, wie dessen Blut auf seine Jacke floss. Aber auch den nachlassenden Widerstand. Bernd wurde übel. Das war ihm bei seinem ersten Toten so gegangen und hatte sich seitdem nicht verändert.

»Bernd? Ist alles okay bei dir?«, fragte der Mann auf der anderen Seite.

Bernd legte seinen Namensvetter vorsichtig auf den Boden, suchte die Silhouette des anderen Mannes, der ihn nun scheinbar auch sah.

»Halt!«, rief er. »Keine Bewegung.«

Seine hektischen Gesten waren für Bernd ein Hinweis, dass er dabei war eine Waffe zu ziehen. Er nutzte den Moment, rannte die wenigen Meter, sprang über Mittelleitplanken und warf sich mit vollem Gewicht gegen den Mann. Ächzend lag der unter ihm und versuchte, sich zu befreien, während Bernd seinen Mund zuhielt.

Diesmal wurde es ihm nicht so einfach gemacht. Der Mann biss ihm in die Hand, was auch durch den Handschuh schmerzte und dazu führte, dass er ihn kurz losließ.

»HILFE!«

Bernd rammte das Messer in das rechte Auge seines Opfers, dessen Körper darauf kurz zuckte und dann bewegungslos liegen blieb.

»Was ist denn los, Mädels?«

Das war die erste Stimme, nur war die Person nicht mehr im Bus. Die Zurückhaltung war vorbei. Bernd wischte das Blut am Messer an der Kleidung seines Opfers ab und steckte es zurück in seine Chestrig. Während er die AR-15 vom Clip löste und entsicherte, beruhigte er seinen Atem, zielte auf den Mann, der ihn noch nicht gesehen hatte, und zog den Abzug.

Die Explosion drückte das Projektil durch den Lauf traf den Mann an der rechten Schulter und warf ihn gegen den Bus. Ein zweiter Schuss erwischte ihn direkt im Kopf und er sackte vor dem Bus zusammen.

Bernd schlich einige Schritte weiter, hockte sich hin und zielte auf die Türen des Busses, aber niemand kam heraus. Er war sich sicher, dass das Blech seine Kugeln nicht aufhalten würde, trotzdem wollte er keine Munition vergeuden, denn er wusste nicht, wo seine Gegner waren und auch nicht, wie viele.

Das Klirren von Glas ließ ihn aufhorchen, sie versuchten also, den Bus auf der anderen Seite zu verlassen.

»Was soll das? Wir haben dir nichts getan!«, rief eine Stimme hinter dem Bus.

Bernd entschied sich dagegen, ihm zu antworten, denn damit hätte er seinen Standort offenbart. Langsam ging er weiter, hoffte, ein neues Ziel zu erkennen.

»Wir können unsere Beute auch mit dir teilen.«

Entweder er war allein oder sie hatten sich darauf verständigt, dass nur einer spricht. Bernd war so weit gegangen, dass er die ganze Rückseite des Busses sehen konnte, aber von seinem Gegner war nichts zu erkennen.

»Verdammt! Wer bist du? Rambo? Was hast du mit Bernd gemacht?«

Also hatte der Mann ebenfalls den Bus umrundet, jedoch in die andere Richtung und dabei die Leiche von Bernds Namensvetter gefunden.

Eine Bewegung zu seiner Rechten warnte Bernd, er warf sich auf den Boden, zielte, aber bevor er selbst schießen konnte, hörte er, wie eine Kugel über ihn hinwegfegte. Das Mündungsfeuer kam aus einem der zerstörten Busfenster und er schoss zweimal an die Stelle.

»Er hat meine Hand getroffen«, schrie jemand im Bus.

Weiteres Mündungsfeuer war an der Ecke des Busses zu sehen, der Mann, der draußen war, schien zurückzukommen, zielte aber blind.

»Ich gebe dir Deckung, du musst ihn erwischen!«

»Ich kann mit der Hand nicht schießen!«, schrie der Mann aus dem Bus.

»Dann nimm die andere!«

Wieder pfiffen ungezielte Schüsse an Bernd vorbei, er konzentrierte sich auf den Bus und gerade, als er in einem der Fenster einen Kopf erkannte, drückte er ab. Der Kopf hielt kurz in der Bewegung inne und verschwand dann aus der Sicht.

»Hast du ihn?«

Es folgte keine Antwort, was Bernd die Hoffnung gab, dass damit nur ein Gegner übrig blieb.

»Hast du ihn erwischt?« Die Frage kam zaghafter. Ihm musste aufgegangen sein, dass er dem Gegner allein gegenüberstand.

Es folgte ein Schluchzen und Heulen.

»Ich ergebe mich!«

Etwas schlitterte über den Boden und Bernd erkannte eine Pistole. Mit erhobenen Händen kam der Mann hinter dem Bus hervor und brauchte eine Weile, bis er Bernd in der Dunkelheit erkannte.

»Warum hast du meine Freunde umgebracht?«, stammelte er.

»Ich konnte nicht zulassen, dass ihr mein Dorf überfallt.«

»Ich kenne dein Dorf überhaupt nicht.«

»Ihr wärt daran vorbeigekommen. Bald.«

Bernd stand immer noch unter Hochspannung.

»Wir haben nur versucht zu überleben. Und nur das geklaut, was wir brauchen.«

»Ihr nehmt es anderen ab, die es genauso oder mehr brauchen, die hart dafür gearbeitet haben.«

»Hast du eine Ahnung, wie es in den Großstädten aussieht?«, fragte der Mann.

»Ich kann es mir vorstellen«, antwortete Bernd, der selbst nicht wusste, was er mit dem Mann anfangen sollte. In seinem Rücken wäre er eine Gefahr für ihn. Erneut das Gefangenendilemma, ging es ihm durch den Kopf.

»Nur zusammen hatten wir eine Chance und wir haben uns seit dem Stromausfall durchgekämpft.«

Bernd wollte nichts mehr wissen und zog den Abzug durch. Das erschrockene Gesicht des Mannes würde er, trotz der Dunkelheit, nie vergessen. Die Übelkeit überkam ihn und er erbrach sich.

»Es tut mir leid«, sagte er, als er an seinem letzten Opfer vorbeiging Vorsichtig kontrollierte er den Bus, um nicht doch jemanden zu übersehen, aber außer dem erschossenen Mann war der Bus leer. Die wenigen Vorräte, die die Männer hatten, hätten ihnen nur wenige Tage gereicht.

»Arme Schweine«, sagte Bernd.

Er verließ den Bus, holte seine Sachen und setzte seinen Weg ohne weiteren Zwischenfall fort. Bei der Abfahrt Herborn wechselte er auf die Bundesstraße nach Westen. Da die Straße ohnehin die Ortschaften umging, brauchte er fast keinen Umweg zu nehmen. Nach einer Stunde gönnte er sich eine Pause und einen Energieriegel. Bernd hatte mit wesentlich mehr Hindernissen gerechnet und fing an, sich zu ärgern, den Weg nicht früher auf sich genommen zu haben.

Selbst im Dunkeln war der Waldwirtschaftsweg gut zu erkennen. Er hob das Fahrrad über die Leitplanke, kletterte ebenfalls darüber und saß kurz darauf wieder im Sattel. Nur diesmal nicht mit der geteerten Straße unter sich, sondern mit einem Feldweg, der in den letzten Wochen kaum oder überhaupt nicht verwendet wurde.

Ihm war immer noch übel, aber die Hoffnung, eine oder beide Töchter wiedersehen zu können, motivierte ihn. Der Veteran in ihm riet zur Ruhe, auch wenn es nur wenige hundert Meter bis zur Hütte waren. Das Fahrrad stellte er zwischen zwei Bäume, den Rucksack daneben, holte sein Fernglas heraus und robbte langsam bis zum nächsten Erdwall, von dem aus er die Hütte sehen konnte. Seine Hände zitterten, als er seinen Zufluchtsort erkannte. Noch mehr, als er darin ein Licht sah. Erst keimte Hoffnung in ihm auf, dann erinnerte er sich daran, dass er seinen Töchtern beigebracht hatte, Licht abzudecken, um die Gefahr der Entdeckung zu verringern.

Die Möglichkeit, dass jemand seine Hütte entdeckte, war ihm bewusst gewesen. Nun galt es herauszufinden, mit wem er es zu tun hatte. Er suchte sich einen Beobachtungspunkt aus, von dem er gleichzeitig den Eingang der Hütte wie auch den zweiten Ausgang des Bunkers im Blick hatte. Seine Armbanduhr und die Morgendämmerung zeigten ihm, dass es fünf Uhr war, und er versuchte etwas Schlaf zu bekommen.

TAG 51

GORDON

Gordon schaute aus dem Wohnzimmerfenster in den Garten. Auf den Terrassenmöbeln schwammen dicke Wassertropfen, neue kamen hinzu, denn der Regen hatte nicht aufgehört.

»Das Zeug von ganz vielen Leuten, dass noch auf den Straßen stand, ist total durchnässt«, sagte er.

»Die großen Unterkünfte sind voll und bei vielen Umbachern hörte die Hilfsbereitschaft kurz nach dem Ortsschild auf.« Malte hatte sich neben ihn gestellt. »Und wir müssen uns noch überlegen, wo wir das Thing abhalten, sowohl das Bürgerhaus als auch die Turnhalle sind belegt.«

»Das wird die Stimmung nicht verbessern.« Gordon fuhr sich mit den Fingern durch die dichten dunklen Locken. »Auch wenn uns der Regen gefehlt hat, dürfte das für die Ernte momentan eher schlecht sein, oder?«

»Das fragst du mich? Da kann dir Nadine sicher eine Antwort geben. Oder ihr Vater. Frag ihn, ich glaube er hält ohnehin schon viel von dir.«

»Du nicht?« Gordon grinste so übertrieben, wie es ging.

»Ach, die Auswahl an potenziellen Schwiegersöhnen ist immer zu klein und keiner ist je gut genug für die eigene Tochter.« Er lachte laut. »Nimm das nicht persönlich.«

Trotzdem fühlte sich Gordon besser, als Malte ihn in den Arm nahm. Ein Geräusch auf der Treppe ließ sie umdrehen. Simone kam herunter und lächelte beide an.

»Guten Morgen.«

Zu Gordons Überraschung ging sie zu Malte und gab ihm einen Kuss auf die Wange und eine Umarmung.

»Guten Morgen«, sagte Malte.

Ihm brannte die Frage auf den Lippen, ob alles wieder gut sei, traute sich aber nicht, sie zu stellen.

»Wo ist Laura?«, fragte Simone und schaute Gordon an.

»Die ist früh mit Jutta los. Was sie genau geplant haben, weiß ich gar nicht.«

Die Haustür ging auf und Laura kam herein. Sie trug eine Regenjacke, trotzdem waren ihre Haare komplett nass, die Kapuze musste heruntergerutscht sein.

»Wir brauchen jeden Mann bei der Turnhalle.« Sie war total außer Atem.

»Warum?«, fragte Malte.

»Sie schlagen sich wie zwei Gruppen Hooligans.«

Scheinbar hatte sie eine Reaktion auf die Information erwartet.

»Wir müssen los, kommt bitte mit!«, drängte Laura.

»Wer schlägt sich?«, fragte Malte.

»Umbacher und Blasbacher.«

Gemeinsam rannten sie zu der kleinen Turnhalle, die neben der Grundschule und dem Kindergarten stand und die aktuelle Unterkunft für zahllose Familien aus Blasbach war.

Auf dem Parkplatz war eine große Schlägerei im Gange und es dauerte eine Weile, bis Gordon darin mehr als ein Durcheinander sehen konnte. Soweit er erkannte, gingen die Gegner, es waren ausnahmslos junge Männer, nur mit Fäusten und Tritten aufeinander los. Trotzdem bluteten viele aus den Nasen oder hatten blaue Augen.

»Und was sollen wir tun?«, fragte Gordon.

»Die Streithähne trennen«, sagte Laura.

»Vielleicht müssen die sich auch einfach mal die Hörner abstoßen.« Gordon hatte keinen Bock, beim Versuch, die Leute zu trennen, selbst eins auf die Fresse zu bekommen.

Malte versuchte, einen jungen Mann aus der Menge herauszuziehen, wurde zurückgestoßen und fing sich mit Mühe ab. Gordon wollte ihm zu Hilfe kommen, Malte winkte ab.

Ein Knall ertönte und plötzlich hielten alle inne, sahen an sich herab, als ob jeder Angst hatte, getroffen worden zu sein.

»Seid ihr bekloppt?«, schrie Bittler, der Polizeichef von Umbach. »Was soll das?«

»Das faule Lumpenpack wollte sich nicht die Finger schmutzig machen und uns Umbacher allein arbeiten lassen.« Gordon fiel der Name des Dunkelhaarigen nicht mehr ein. Aber er war sich sicher, dass es der Vorsitzende der Burschenschaft des Dorfes war.

»Wir waren mit ein paar Leuten unterwegs, um beim Hofgut zu helfen, als der feine Herr sich uns in den Weg gestellt hat und versucht hat uns vorzuschreiben, etwas anderes zu machen. Als wir weitergehen wollten, hat er den Ersten von uns geschlagen.«

Möglicherweise war das der Blasbacher Pendant, aus deren Burschenschaft dort. Gordon war sich sicher, dass beiden nicht bewusst war, wie ähnlich sie sich waren und verhielten.

»Und dann fangt ihr gleich eine große Schlägerei an?«

»Die Familie, die bei uns untergebracht ist, hat Brot geklaut!«

Es war nicht auszumachen, wer das gesagt hatte.

»Man muss aufpassen, wenn man denen den Rücken zudreht!«, rief jemand anderes und erhielt dafür viel Nicken. Von beiden Seiten.

»Okay.« Bittler hatte seine Waffe wieder in das Holster gepackt. »Stellt euch auf. Alle Umbacher nach dort, die Blasbacher nach dort.«

Nach anfänglichem Zögern standen bald zwei Gruppen junger Männer zwischen 15 und 25 Jahren vor ihnen.

»Ist jemand ernsthaft verletzt?«, fragte Bittler.

Niemand meldete sich.

»Ihr zwei …« Bittler deutete auf die beiden von eben. »… kommt zu mir.«

Unsicher näherten sie sich dem Polizisten und bildeten mit ihm ein Dreieck.

»Eigentlich würde ich euch beiden gerne eine scheuern, aber das könnt ihr selbst machen.«

Hasserfüllt schauten sich die beiden Männer an, angespannt, auf die Bewegung des anderen wartend.

»Nein, ich meinte nicht gegenseitig. Ihr sollt euch selbst Ohrfeigen geben.«

Alle schauten Bittler irritiert an.

»Na los, ich warte.«

Keiner reagierte.

»Okay, das wird wohl nichts, dabei habe ich mir das so lustig vorgestellt.« Bittler lachte. »Wir machen das anders. Ihr werdet ab jetzt die nächsten Tage paarweise arbeiten. Einer aus jedem Dorf. Und ihr seid auch gleich das erste Paar. Herzlichen Glückwunsch!«

Keiner der beiden ließ sich von Bittlers Lächeln anstecken.

»Seht zu, dass jeder einen Partner bekommt, die ersten zehn Paare kommen mit Malte zum Hofgut, die nächsten zehn« Bittler sah sich um, »gehen mit Dirk zur Schneise, das ist doch okay für dich, oder?«

Dirk nickte. »Ja.«

Bittler zählte kurz weiter.

»Die restlichen Paare gehen mit Sebastian.« Es war ein geschickter Zug, den Wehrführer von Blasbach als Aufsichtsperson zu nehmen. »Danke, Dirk und Sebastian, und seid bitte so gut und achtet darauf, dass die Paare zusammenbleiben und sich nicht mischen. Notfalls bindet sie zusammen.«

»Na, das kann ja was werden«, flüsterte Laura Gordon zu. »Da gibt es doch bestimmt weitere Schlägereien.«

»Zumindest schlagen sie sich im Moment nicht mehr«, sagte Gordon. »Aber der Plan erinnert mich an diesen einen Film, ›Flucht in Ketten‹. Vielleicht funktioniert es ja doch.«

Sie beobachteten, wie sich die Gruppen in Zweierreihen wie Grundschüler auf den Weg machten.

»Deine Eltern? Ist da wieder alles okay?«

»Als ich heute Morgen aus dem Haus bin, gab es noch nichts Neues. Wieso?«

»Deine Mutter hat deinen Vater herzlich gegrüßt. Als ob das vorgestern Abend gar nicht passiert wäre.«

»Alle sind sehr aufgewühlt. Und schon vor dem Stromausfall war Papa oft zu zaghaft, Mama hat eher durchgegriffen. Nach dem, was sie erlebt hat, werden sie da jetzt wohl noch unterschiedlicher sein.«

»Wie läuft es bei dir? Finden wir mehr Leute, die uns gegen die Johannisten unterstützen?«

Dem Erstarken der seltsamen religiösen Gruppe wollte man einen Widerstand aus jungen Menschen entgegensetzen. Allerdings ließen sich Leute dafür nicht so einfach animieren, wie sich Laura und Gordon gedacht hatten.

»Wir hatten für morgen ein Treffen im Bürgerhaus geplant. Das ist jetzt belegt und ich glaube, dass viele gerade ein neues Feindbild haben.«

»Oder ein altes. Dorffeindschaften sind doch in Mittelhessen, vermutlich überall auf der Welt, nicht unüblich«, sagte Gordon. »Und wenn man vom Teufel spricht, kommt er schon.«

Orloff schritt an den beiden vorbei und musterte sie lange.

»Ihr habt nun schon eine Weile Zeit gehabt, euch von der Sünde loszusagen.« Den Tonfall empfand Gordon als belehrend. »Und wie wir jetzt gesehen haben, hilft Gott denen, die ihm vertrauen. Hast du denn gestern mitgebetet?«

»Ihr Gott, ihr Glaube«, antwortete Gordon.

»Es mag mein Glaube sein, aber auch wenn du es nicht willst, ist es ebenso dein Gott. Und er hat unsere Gebete erhört und uns vor dem Regen gerettet.«

Eine Explosion ließ alle zusammenzucken.

»Was war das?«, fragte Laura.

Hinter der Schule stieg eine Rauchsäule nach oben und sofort rannten sie über den Schulhof. Als sie den Durchgang hinter sich hatten, sahen sie, dass eines der Nachbargebäude brannte. Das Dach und Tor der Scheune war teilweise zerstört und Teile des Fachwerkes waren herausgebrochen.

»FEURIO«, ertönte der Ruf und schnell waren die ersten Helfer aus der Nachbarschaft, Schule und Turnhalle dort. Neben den Flammen stieg massenhaft Dampf aus der Scheune.

Die Löscheimerkette hatte sich schnell gebildet, die drei Gruppen, die eben erst von Bittler für andere Einsätze weggeschickt worden waren, kamen wieder zurück und schütteten eimerweise Wasser in den Brand. Nur am Rande bekam Gordon mit, dass die Feuerspritze ebenfalls aufgestellt wurde, und drei Feuerwehrleute in voller Montur sich das Scheunentor vornahmen. Sie schafften es, dieses innerhalb weniger Minuten aus den Angeln zu heben, und mit einem lauten Knall landete es auf dem Boden. Durch das Tor konnte man ins Innere sehen.

Neben einem zerfetzten Kessel lag ein Mann mit dem Gesicht nach unten. Blut sammelte sich in einer Pfütze unter seinem Kopf. Um den Kessel herum lagen brennende Holzscheite, im Kessel kochte das restliche Wasser.

»Der hat eine Dampfmaschine gebaut!«, rief jemand.

Gordon war nah genug an der Scheune, um weitere Details zu erkennen. Es gab ein großes Metallrad, das über ein Band mit einem kleineren verbunden war, und ihm kam die Erinnerung wieder. Vermutlich wurde das große Rad durch eine Turbine zur Drehung gebracht, und die wurde mit dem Band auf das kleiner Rad übertragen und dann – und da hörten Gordons Kenntnisse auf. Er hatte keine Ahnung, was man danach damit machte.

»Der Kessel war bestimmt ungeeignet.«

Trotz der anstrengenden Arbeit in der Eimerkette wurde jedes neue bekannte Detail sofort diskutiert und gleich mit weiterem Wissen oder Halbwissen gefüllt.

Neben den wenigen vorhandenen, selbst zündenden Dieselfahrzeugen hatten Leute angefangen, Dampfmaschinen aufzubauen. Eine war zur Freude der Kinder laut schnaufend durch das Dorf gefahren.

»Wir können froh sein, dass es regnet«, sagte Laura. »So haben wir wahrscheinlich eine gute Chance, das Feuer soweit zu löschen, dass es nicht auf die Nachbarhäuser übergreift.«

Der Brand schien sich tatsächlich nicht weiter auszubreiten und auch das Tempo, in dem die Eimer vom Löschteich über die Eimerkette an die Brandstelle kamen, ließ nicht nach. Zwei Feuerwehrleute waren dabei, zusätzlich Sand von einem Haufen im Hof auf den Brand zu werfen, bis sie die Schaufeln wegwarfen, sich zum Feuer vorarbeiteten und den Verletzten bargen. Der bewegte sich hustete Als sie auf der Straße waren, ließen sie ihn los und die Veterinärin Anna Liebenroth verarztete den Mann.

Gordons Arme wurden immer schwerer, die Eimer kamen langsamer und die ersten ließen sich in der Kette ablösen.

»Kannst du noch?«, fragte er Laura.

»Natürlich.« Sie grinste ihn an. »Du nicht mehr? Brauchst du eine Pause? Ich wusste, dass wir Frauen härter sind als ihr Männer!«

»Ein paar Minuten wird es noch gehen, aber nicht in diesem Tempo.«

»Das Feuer ist doch schon aus.« Mit einem Kopfnicken deutete Laura in Richtung der Scheune. »Ich glaube, jetzt kippen wir nur noch etwas Wasser nach, um sicher zu sein, dass es auch wirklich aus ist.«

Nach einer Weile kam das Stoppsignal und die Menschen jubelten. Der Verletzte stand mittlerweile neben Frau Liebenroth, sein Kopf war bandagiert und jemand hatte ihm eine Decke umgehängt.

»Wie viele Experimente wird es wohl noch in den Werkstätten und Scheunen geben?«, fragte Gordon.

»Ich denke, wir haben einige Leute, die Schnaps brennen, das ist richtig gefährlich, weil giftige Dämpfe entstehen können, und natürlich besteht auch dort die Gefahr von Bränden und Explosionen.«

Laura überlegte weiter.

»Andere versuchen, ihren Diesel so umzubauen, dass er ohne Strom funktioniert, das dürfte aber weniger gefährlich sein.«

»Diesel ohne Strom?« Gordon streckte und beugte seine Arme, um sie zu lockern. Die Eimer wurden weitergereicht, diesmal leer, damit jeder wieder seinen zurückbekam. »Wie soll das funktionieren?«

»Man könnte ihn anrollen lassen und dann würde er selbst zünden«, erklärte Laura. »Der alte Traktor von Nadines Vater kann sogar angekurbelt werden.«

»Scheinbar hatte da bisher aber noch niemand Erfolg, sonst wäre die Straße ja voller Autos«, sagte Gordon. »Aber ich habe bisher kein einziges gesehen.«

»Rom wurde auch nicht an einem Tag gebaut. Und die Leute versuchen es zumindest.«

»So weitermachen wie davor? Anstatt mal zu überlegen, was man anders machen könnte?«

Neugierige drängten sich vor dem Hof und versuchten einen Blick auf die Dampfmaschine, oder das, was von ihr übrig geblieben war, zu erhaschen, als ein Mann wie ein Pflug durch die Menge auf den Verletzten zuging.

»BIST DU VON ALLEN GUTEN GEISTERN VERLASSEN?«, schrie er ihn an. »ES IST MIR EGAL, WENN DU DICH SELBST IN DIE LUFT SPRENGST, ABER DAS KANNST DU AUCH WOANDERS MACHEN. NICHT IN UNSERER NACHBARSCHAFT.«

Anna Liebenroth trat dem Mann, der sie weit überragte, entgegen.

»Da wird man sicherlich darüber zu reden haben, aber nicht jetzt.«

»Das passt ja, dass die Tierärztin dich behandelt. Du bist ein Esel und hast riskiert, dass die ganze Nachbarschaft abbrennt.«

Während der Verletzte betreten nach unten schaute, trotzte die Veterinärin dem Mann.

»Falls ich jemals die erste Ärztin sein sollte, die Sie erreicht, werde ich vorher fragen, ob Sie lieber behandelt oder auf einen anderen Arzt warten wollen.«

»Das war nicht gegen Sie gerichtet, sondern gegen …«

»Ich bin überzeugt, dass hier jetzt alle Ihre Wut und Ihre Argumente mitbekommen haben. Sie hatten Gelegenheit, das zu sagen, und ich stimme Ihnen zu, dass man das noch aufarbeiten muss.

Aber damit soll es jetzt auch gut sein. Gehen Sie nach Hause oder helfen Sie beim Aufräumen.«

Der Mann schnappte nach Luft, drehte sich dann um und ging, etwas rücksichtsvoller, durch die Menge zurück zu seinem Haus.

»Sie hat recht, da müssen Regeln her, denn gerade im alten Dorfkern kann so etwas eine Katastrophe werden«, sagte Laura.

»Sie hat doch gar nichts von Regeln gesagt?« Gordon sah sie fragend an.

»Nicht direkt, aber wenn du zwischen den Zeilen liest, dann hat der Mann mit seinem Vorwurf recht.«

Gordon nickte. »Und die Streithähne haben sich wohl auch ein wenig vertragen.«

Er deutete die Löschkette herunter zu einer Stelle, an der sich einige der Gegner von kurz zuvor in den Armen lagen.

»Es braucht einfach nur einen gemeinsamen Feind und das mit der Zusammenarbeit läuft.«

»Und wieder hat der Regen des Herren die Rechtschaffenen gerettet.«

Gordon hatte nicht gemerkt, dass sich vor der Schule Orloff mit einigen seiner Anhänger versammelt hatte.

»Aber die Sünder, die haben nicht begriffen, dass der Herr uns ein Zeichen gegeben hat, von der teuflischen Technik abzulassen. Wenn du das Werkzeug des Teufels nutzt, wirst du selbst zum Teufel werden.«

Er ging auf den Verletzten zu, der immer noch neben Liebenroth stand.

»Lasse ab von …«

»Halt deine Fresse, Johannes«, fiel ihm die Tierärztin ins Wort. »Du und ich wissen genau, wie gläubig du bist. Geh woanders spielen.«

»Der Herr ist mit denen, die ihre Sünden bekennen! Auch du hast noch die Gelegenheit dazu!«

»Na, da haben wir doch den gemeinsamen Feind«, sagte Laura.

Er hatte nicht lange geschlafen und auch wenn die Kleidung ihn gut vor dem Regen schützte, so schwitzte er darunter. Es war mittlerweile hell genug und Bernd konnte durch eines der kleinen Fenster Bewegungen in der Hütte sehen. Dann ging die Tür auf und ein Mann, Mitte dreißig, kam heraus. Wie die meisten trug auch er einen Bart, der Haarschopf war kaum zu bändigen und ließ keinen Rückschluss zu, wie er vor dem Stromausfall ausgesehen haben könnte.

Der Mann schaute in alle Richtungen, übersah Bernd dabei, richtete den Blick nach oben und rief etwas in die Hütte herein, was Bernd nicht hören konnte. Er war also nicht allein, und nachdem der Beobachtete wieder in der Hütte verschwunden war, nahm Bernd das Fernglas und versuchte, durch die Fenster etwas zu erkennen. Nach einer Weile sah er eine zweite Person durch den Raum laufen. Ein Kind. Aber auch nach einer gefühlten Ewigkeit konnte er nicht mehr als zwei Personen ausmachen. Hatten sie den Zugang zum Bunker entdeckt? Bestand sogar die Möglichkeit, dass sich eine seiner Töchter dort versteckt hielt?

Er legte die AR-15 und das Fernglas in eine Kuhle unter einem Baum und bedeckte sie mit Laub. Dann robbte er zum Ausgang des Bunkers, der sich unter einem umgestürzten massiven Baumstamm befand. Die Tür, oder besser die Klappe, maß etwa einmal einen Meter und war unter etwas Erde vergraben, die er mit den Händen zur Seite schob. Dabei hielt er immer wieder an, um auf Geräusche zu hören, beispielsweise, ob jemand die Hütte verlassen hatte.

Ein mechanisches Zahlenschloss wurde durch eine zusätzliche Klappe geschützt. Er stellte den sechsstelligen Code ein und zog an der Luke. Die ließ sich öffnen und Erde rieselte in den dunklen Gang. Leise stieg er hinein, die kurze Treppe herunter, und ging zur Tür, an der sich ein weiteres Codeschloss befand. Bernd tat sich etwas schwerer, die Rädchen an die richtige Stelle zu drehen, da nur wenig Licht bis dorthin gelangte. Er öffnete die Tür und war sich sofort sicher, dass die letzten Wochen kein Mensch dort gewesen war. Hinter der Tür stand auf einem Regal eine Gaslampe, die er mit einem danebenliegenden Feuerzeug entzündete. Der Raum wurde erhellt und er sah eine kleine Kopie des Versteckes hinter seinem Arbeitszimmer. Sämtliche Regale waren unangetastet. Er öffnete die nächste Tür, hinter der sich drei weitere Türen befanden. Links und rechts je eine Toilette und die Dusche, gegenüber der Durchgang zum Aufenthaltsraum inklusive einer kleinen Küche. Er trat auch durch die Tür und sah gegenüber eine weitere, die zu einem Aufgang zur Hütte führte. Vom Aufenthaltsraum aus konnte man auf beiden Seiten je einen Raum erreichen, in dem sich Schlafkojen für insgesamt vier Personen befanden.

Nein, seine Töchter waren nicht hier gewesen und man hatte auch nicht den Zugang zum Bunker gefunden. Er ging zurück, machte die Lampe aus und stellte sie ins Regal. Traurig schloss er die Tür, verriegelte sie, kletterte aus der Luke und brachte wieder alles in den alten Zustand. Als Nächstes würde er sich den ungebetenen Gästen zeigen.

Er ließ seine Waffe und das Fernglas im Versteck liegen, machte einen weiten Bogen um die Hütte und ging dann direkt darauf zu.

»Hallo«, rief er und zeigte seine Hände.

Nichts geschah.

»Hallo, ihr in der Hütte!«, wurde er eindeutiger.

Er stellte sich an eine Stelle vor der Tür, von der er wusste, dass man sie aus den Fenstern gut beobachten konnte und er registrierte, dass sogar zwei kleine Köpfe dort aufgetaucht waren.

»Gehen Sie weg«, rief der Mann, ohne die Hütte zu verlassen.

»Ich möchte mit Ihnen reden«, sagte Bernd.

»Gehen Sie einfach weiter, lassen Sie uns in Ruhe.«

»Es ist meine Hütte.«

Nach einer kurzen Weile ging die Tür auf und der Mann kam mit einer Pistole im Anschlag heraus. Auch wenn die Handhabung Bernd vermuten ließ, dass sein Gegenüber wusste, wie man mit Waffen umging, war ihm dennoch unwohl.

»Könnten Sie die Waffe wegnehmen?«, bat er.

»Woher soll ich wissen, dass Sie die Wahrheit sagen?«

Hinter dem Mann erschienen die beiden Kinder in der Tür. Mädchen. Zwillinge. Was für ein seltsamer Zufall, ging es Bernd durch den Kopf.

»Hallo ihr beiden!«, sagte er, auch in der Hoffnung, den Mädchen die Angst zu nehmen. Vielleicht waren sie auch nur neugierig.

Der Mann sicherte die Waffe und steckte sie sich hinten in die Hose. Bernd verkniff sich ein Augenrollen.

»Woher weiß ich, dass das Ihre Hütte ist?«

Nun hörte Bernd Unsicherheit in der Stimme oder vielleicht sogar Angst.

»Direkt neben der Tür hängt ein Bild. Ich mit meinen beiden Töchtern, ebenfalls Zwillinge und auf dem Bild etwa so alt wie ihre beiden.«

Der Mann trat einen Schritt zurück, musterte das Bild und dann Bernd.

»Es ist schon einige Jahre her. Meine Töchter sind mittlerweile erwachsen.«

»Müssen wir jetzt weitergehen?«, fragte eines der Mädchen.

»Nein«, nahm Bernd der kleinen Familie die Angst. »Ich bin nur auf der Suche nach meinen eigenen Töchtern.«

»Wollen Sie hereinkommen?«, fragte der Mann. »Aber es ist Ihre Hütte, was frage ich überhaupt.«

»Bernd«, sagte er. »Mein Name ist Bernd und ja, ich komme hinein.«

Der Mann ging als Erstes wieder hinein, die Mädchen beäugten Bernd interessiert, der zog sich die Stiefel am Eingang aus, auch wenn ihm klar war, dass seine Füße nicht gut rochen. Er ging zu einem der Regale, öffnete die Tür, hinter der Klamotten von ihm lagen. Unangetastet. Er gönnte sich ein frisches Paar Socken und legte die nassen in eine Tüte, die er verschloss.

»Oliver.« Stellte sich der Mann vor.

»Und wie heißt ihr beiden Engel?«, fragte Bernd.

»Angelina«, sagte die eine.

Die andere stellte sich als »Janine« vor.

»Wir sind vor Wochen durch Zufall hier vorbeigekommen«, erklärte Oliver, »und waren verwundert, dass niemand hier war, speziell nicht, nachdem ich … also ich weiß, wie man Türen aufbekommt. Aber Sie müssen sich keine Sorgen machen, ich bin Polizist und habe das mit meinen Kollegen gelernt.«

»Wo kommt ihr her?«

»Ich wohne in Köln und die Mädels waren gerade bei mir, als der Blackout kam«, berichtete Oliver. »Ohne sie wäre ich direkt zum Revier gegangen, aber ich konnte sie ja auch nicht allein lassen. Bei uns im Vorort ging es dann auch zunächst, es dauerte aber nicht lange, bis die Menschen aus der Stadt wie die Heuschrecken durch die Vorstädte wuselten. Wir haben uns mit einigen Nachbarn zusammengeschlossen und eine Bürgerwehr gebildet, aber als die Stadt dann in Flammen stand, kamen zu viele. Wir warteten eine günstige Gelegenheit ab und machten uns auf den Weg. Eigentlich wollten wir in Richtung Frankfurt, zur Mutter der beiden, aber ich bin mir nicht mehr sicher, ob das noch eine gute Idee ist.«

»Vermutlich nicht«, sagte Bernd. »Nach allem, was wir gehört haben, hat es dort auch viele Brände gegeben.«

»Sie wohnt in einem der nobleren Orte nördlich davon. Ehrlich gesagt …« Er warf seinen Töchtern einen Blick zu. »Wollt ihr beide nicht in euer Zimmer gehen?«

Die Hütte hatte neben dem Badezimmer und einem Vorratsraum ein kleines Zimmer mit Etagenbett. Angelina und Janine gingen ohne Widerworte in den anderen Raum und schlossen die Tür.

»Wann sollen wir gehen?«

Okay, der Mann kam ohne Umschweife zum Punkt.

»Ihr könnt in der Hütte bleiben, allerdings werden euch die Vorräte ausgehen«, sagte Bernd.

»Ich bezahle die dir.« Oliver hob das Shirt hoch, ein breiter Gürtel war zu sehen, den er öffnete. Er kramte eine Münze heraus, die in Plastik eingeschweißt war und hielt sie Bernd entgegen. »Sie ist echt.«

Bernd wehrte ab. »Es ist okay. Sie werden das sicherlich noch woanders gebrauchen können.«

»Wo ist der Haken?« Er schaute sich fragend um und dann erschrocken Bernd an. »Meine Mädchen bekommst du nicht!«

Er griff nach der Pistole und Bernd versuchte ihn zu beschwichtigen.

»Bleib ruhig, Mann. Ich will nichts von deinen Töchtern und nichts von dir.«

»Entschuldige, ich habe so viel schlimme Sachen auf dem Weg gesehen und habe niemanden, der mir mit den beiden hilft. Da wird man ein wenig paranoid.«

Der Mann war Polizist und als Familienvater besonders motiviert. Bernds Gedanken überholten sich. Jemanden wie ihn könnte man gut gebrauchen, und den Mädchen würde es im Dorf auch besser gehen.

»Vollkommen verständlich. Folgender Vorschlag: Ich würde mich gerne ein oder zwei Nächte erholen, bevor ich wieder aufbreche.«

Oliver musste ja nicht wissen, dass er keinen Tag bis nach Hause brauchte.

»Und danach gehört die Hütte wieder eure.«

»Klingt gut für mich. Wie weit ist es denn bis zu deinem Ort?«

»Früher wäre man ganz schnell da gewesen, heute dauert ja alles etwas länger.«

Hoffentlich fiel Oliver nicht auf, dass Bernd die Antwort schuldig geblieben ist.

»Ich nehme an, dass ihr schon einiges vom Wasservorrat verbraucht habt?«

»Ja. Ich versuche schon, Wasser vom Dach aufzufangen«, sagte Oliver. »Aber das reicht bisher noch nicht aus. Vermutlich muss ich irgendwann an den Weiher und dort Wasser holen.«

»Ich zeige dir, wo du Wasser hohlen kannst«, erklärte Bernd. »Wir nehmen jeder zwei große Kanister mit.«

»Und die Mädchen?«

»Die können hier bleiben, wir sind in zwei oder drei Stunden wieder da.«

Skeptisch sah Oliver zur Tür des Schlafzimmers und zu Bernd.

»Wenn ich dir etwas hätte tun wollen, hätte ich dich heute Morgen direkt vor der Hütte erschießen können, als du ohne jede

Vorsicht einfach herausgekommen bist. Wir können sie aber auch mitnehmen. Es wäre ja nicht verkehrt, wenn sie wissen, wo es frisches Wasser gibt.«

»Mädels!« Seine Stimme klang gleich wieder fröhlicher und zuversichtlicher. »Kommt heraus. Bernd und ich gehen Wasser holen, ihr seid dann eine Weile allein.«

»Okay, Papa.«

Im Lagerraum waren oben auf den Regalen große Kanister. Bernd stieg hoch, entfernte vier aus dem verwirrenden System von Schläuchen und Rohren, fand die passenden Deckel und reichte sie Oliver hinunter.

»Beim nächsten Mal nehmen wir sie mit«, sagte Bernd. »Vielleicht können wir noch ein paar Sachen austauschen, die die Kinder nicht mitbekommen müssen.«

Bepackt mit den Kanistern verließen sie die Hütte und Oliver rief zurück: »Denkt daran, was ich euch gesagt habe!«

Bernd sah ihn fragend an.

»Nicht die Tür aufmachen«, erklärte Oliver. »Und auch wenn du es falsch finden wirst, hat jede eine Gaspistole. In der Hoffnung, dass sie damit jemanden abschrecken können.«

»Hattet ihr bisher keinen Besuch?«, fragte Bernd. »Und wie viele Tage seid ihr schon hier?«

»Wir haben acht Tage bei mir in der Wohnung ausgehalten und waren dann etwa zwei Wochen unterwegs. Damit dürften wir jetzt etwa 30 Tage hier sein. Ich wollte ursprünglich schneller weiter, dachte mir aber, dass wir es schlechter haben könnten. Und dann habe ich den Aufbruch immer wieder verschoben.«

»Wieso seid ihr überhaupt hier vorbeigekommen? Es liegt ja nicht nur abseits irgendwelcher Wege, ich hätte vermutet, dass man von Köln aus eher der A 3 nach Frankfurt folgen würde?«

Oliver nickte. »Das war auch mein erster Plan, aber die Autobahnen waren bei unserem Aufbruch immer noch überfüllt. Ich hatte gehofft, dass wir bessere Chancen haben, wenn wir auf den eher weniger genutzten Strecken unterwegs sind. Und das wir hier durch den Wald sind, das war wirklich Zufall. Aber wieso bist du nicht sofort hierher aufgebrochen, als es losging?«

»In meinem Ort hat sich schnell eine gute Gemeinschaft gebildet. Es war einfach nicht notwendig.«

»Das ist der Vorteil der ländlichen Gebiete, die Gemeinschaften haben da schnell zusammengehalten. In den Städten war es sofort ein jeder gegen jeden.«

»Hattet ihr vor mir schon anderen Besuch gehabt?«, fragte Bernd.

»Nein. Als ich unterwegs war, habe ich mal Stimmen gehört, aber bis zur Hütte kam niemand. Zumindest haben wir niemanden bemerkt.« Erkenntnis huschte über sein Gesicht. »Du erwartest deine Töchter?«

»Ich hatte mit ihnen abgemacht, in einer Krise herzukommen. Sie haben sich immer lustig darüber gemacht, aber ich hatte gehofft, dass sie mich zumindest ein wenig ernst genommen hätten.«

»Wo leben sie? Oder wo haben sie gelebt?«

»Eine in Aachen, die andere in Recklingshausen«, antwortete Bernd. »Und bevor du dich fragst, wieso ich nicht schon früher hergekommen bin: Vor ein paar Tagen ist eine Frau bei uns im Dorf angekommen, die seit dem Stromausfall von Hamburg aus unterwegs war.«

»Verstehe.« Wieder versank Oliver in seinen Gedanken. »Meinst du, ihr könntet einen Polizisten in eurem Ort gebrauchen?«

Er rannte damit offene Türen bei Bernd ein, trotzdem wollte er sich etwas mehr als einen ersten Eindruck von Oliver machen.

»Man hat gerade viele Menschen aus einem abgebrannten Nachbardorf aufgenommen. Zu viel Hoffnung will ich dir nicht machen, gerade weil man sich zwischendurch gegen die Aufnahme weiterer Flüchtlinge entschieden hatte, aber vielleicht findet sich ein Weg.«

In Olivers Gesicht war eindeutig Hoffnung zu erkennen und als Vater von Zwillingen konnte er das gut nachvollziehen.

»Da vorne ist die eine Quelle.« Bernd deutete mit dem Kanister auf eine eigentlich unauffällige Stelle. Je näher man jedoch kam, desto lauter war ein Gluckern zu hören, das das Rauschen des Regens und des Waldes übertönte.

»Wir können die Kanister dort direkt darunterhalten und es wird auch nicht so lange dauern, bis sie voll sind.«

»Das ist definitiv besser als das Wasser vom Dach!«, sagte Oliver.

»Und man könnte es auch direkt trinken«, erklärte Bernd. »Es schadet aber nicht, wenn man es noch etwas abkocht.«

»Deshalb auch der große Topf in der Hütte?«, fragte Oliver.

»Ja. Der ist vor allem dazu da, Wasser abzukochen.«

»Du hast dich echt lange auf so eine Krise vorbereitet?«

»Du hast ja keine Ahnung.«

Der erste Kanister war voll und sie tauschten ihn gegen den zweiten aus.

»Der Rückweg wird etwas schwieriger werden« Bernd grinste. »Dafür sparen wir uns das Krafttraining für heute.«

»Du hättest die Hütte direkt neben der Quelle bauen sollen.«

»Ich habe sie gekauft und nicht gebaut. Aber ja, der Standort hier wäre auch nicht schlecht …« Er horchte auf. »Da ist jemand.«

Ohne abzuwarten, rannte Oliver direkt los, zog die Waffe, die immer noch hinten in seiner Hose saß. Bernd fluchte, dass seine AR-15 noch im Versteck lag und folgte ihm.

»Da ist jemand«, hörte er eine Frau sagen, deren Versuch zu flüstern fast wie eine Parodie wirkte.

»Dann gehen wir wieder zurück und versuchen einen anderen Weg«, sagte ein Mann.

»Ich habe dir gesagt, dass es eine dumme Idee ist, mitten durch den Wald zu laufen.«

Zumindest solche Sachen haben sich seit dem Stromausfall nicht verändert, grinste Bernd.

Aus Richtung der Hütte hörte er, dass die Tür geknallt wurde. Offensichtlich benötigte Oliver da noch ein paar Tipps zum Thema Unauffälligsein.

»War das ein Schuss?« Wieder die Stimme der Frau, diesmal sehr ängstlich.

»Ich weiß es nicht, wir drehen um«, sagte der Mann.

Bernd konnte die beiden nun sehen. Zwei heruntergekommene und ausgemergelte Gestalten, mit je einem großen Rucksack, der schwerer aussah als die Träger. Er hatte ein wenig Mitleid.

Nachdem sie weit weg waren, ging Bernd zurück zur Quelle. Der zweite Kanister war mittlerweile gefüllt und er stellte den dritten darunter. Er wartete, bis er den gegen den Vierten austauschen konnte, nahm dann zwei und machte sich auf den Weg zur Hütte.

TAG 52

BERND

Die Mädels waren als Erste aufgewacht und Bernd, der auf dem Sofa schlief, wurde durch ihre Bemühungen, Frühstück anzurichten, geweckt.

»Guten Morgen«, sagte er und bekam dasselbe unisono von den beiden zurück.

»Wir machen Frühstück«, sagte Janine.

Jedenfalls glaubte er, dass es Janine war.

»Das ist gut, ich habe einen Bärenhunger!«

Er stand auf und begab sich ins Bad.

Nachdem er die Kanister zurück zur Hütte gebracht hatte, hatte er sowohl sein Fahrrad als auch seine Waffe geholt, letztere aber in einer Nische neben dem Haus versteckt.

Oliver hatte Einsicht gezeigt, dass sein unüberlegter Aufbruch von der Quelle und das Zuschlagen der Tür eher eine Gefahr als eine Hilfe für das Nichtentdecktwerden war.

Als Bernd aus dem Bad kam, saß Oliver am Tisch. Die Mädchen hatten jedem ein Brot mit Marmelade gemacht und daneben stand je ein Glas Milch.

Am Abend hatte Bernd eines der ›kleinen‹ Verstecke offenbart, in dem er ein paar Flaschen Wein deponiert hatte, und die beiden Männer hatten sich einen Merlot gegönnt. Dabei war Bernd klargeworden, dass Oliver ohne die Vorräte in der Hütte aufgeschmissen wäre, das aber noch nicht erkannte und nicht daran gedacht hatte, für Nachschub zu sorgen. Bernds Entschluss, die Drei mit nach Umbach zu nehmen, hatte schon am Ende des Abends festgestanden. Weniger für Oliver, mehr für die Kinder.

»Wie vertreibt ihr euch denn die Zeit?«, fragte Bernd die Mädchen.

Er hatte Oliver gefragt, wie der die beiden unterscheiden konnte, aber vermutlich wäre die Mutter da die bessere Ansprechpartnerin gewesen.

»Wir lesen«, sagte Angelina. »Und wir haben Brettspiele. Ich zeichne gerne, aber leider geht uns das Papier bald aus.«

»Ich bastle gerne«, sagte Janine. »Und früher haben wir beide Handball gespielt, da, wo Mama wohnt. Bei Papa ging das nicht. Da durften wir dann öfter mit der Switch spielen.«

»Wir waren auch oft draußen!« Es klang, als ob Oliver sich verteidigte.

»Da ist jemand draußen«, sagte Janine so beiläufig, dass Bernd es erst überhört hatte.

Er lehnte sich zu ihr rüber, um aus ihrem Winkel aus dem Fenster sehen zu können, und tatsächlich sah er drei oder vier Leute, die sich der Hütte näherten. Nun ärgerte er sich, dass die AR-15 draußen war und er sie nicht griffbereit hatte.

»Okay, räumt bitte den Boden im Schlafzimmer frei. Sofort. Bringt die Sachen hierher«, befahl er den Mädels. »Oliver, du beobachtest die Leute.«

Kurze Zeit später war die Couch voll und der Boden in dem kleinen Schlafzimmer frei.

»Mädels, nehmt euer Kuscheltier und packt es in einem kleinen Rucksack und ein paar Sachen, die euch wichtig sind. Oliver, hast du noch weitere Waffen hier?«

»Nur meine Pistole und die beiden Gaspistolen der Mädchen.«

»Die packt ihr auch ein«, sagte Bernd.

»Was hast du vor?«, fragte Oliver.

»Das zeig ich euch gleich«, antwortete Bernd. »Was passiert draußen?«

»Sie sind unschlüssig, bewegen sich kaum«, berichtete Oliver.

»Verriegelt die Tür!«, befahl Bernd. »Und dann hinter mir aufstellen.«

Er ging ins Schlafzimmer, griff in das Gestell des Etagenbettes und fand den Hebel. Es knackte kurz und das Bett ließ sich, komplett mit der Wand dahinter, drehen. Der Blick in einen betonierten Raum wurde frei.

»Ein Geheimraum!« Die Faszination in Janines Stimme war nicht zu überhören.

»Mehr als das.« Auf einem Regal stand eine weitere Gaslampe wie am anderen Eingang, Bernd entzündete sie und gab sie Oliver. »Du gehst als Erster die Leiter herunter, dann durch die Tür und dort wartet ihr auf mich.«

Er beobachtete, wie Oliver und danach die beiden Mädchen nach unten verschwanden, schaute von der Schlafzimmertür noch mal durch das Fenster und war froh, dort niemanden zu sehen. Dann nahm er seinen eigenen Rucksack, ging in den Geheimraum und zog die Wand zu sich. Zufrieden hörte er, dass die Verrieglung wieder zugeschnappt hatte. Wenn man nicht genau wusste, wo man hinfassen müsste, würde man sie nicht finden. Die Wand selbst bestand aus verschiedenen Schichten, war aber so konzipiert, dass kein Spalt den Raum dahinter verriet. Es gab einen Mechanismus, mit dem die Verriegelung so blockierte, dass man sie aus der Hütte heraus nicht öffnen konnte, und Bernd legte den Hebel um.

»Das ist ja noch größer als oben?«, sagte Angelina. »Es gibt sogar einen Fernseher!«

»Der funktioniert bestimmt auch nicht«, sagte Janine.

»Okay, Mädels, ihr seid hier unten sicher. Euer Papa und ich werden uns unsere Gäste mal näher anschauen.«

»Wäre es nicht besser, wenn wir einfach hierbleiben?«, fragte Oliver.

»Draußen ist noch mein Fahrrad«, erklärte Bernd. »Was nicht so schlimm wäre. Aber ich habe noch mein Sturmgewehr und das soll niemandem in die Hände fallen.«

Oliver schaute unschlüssig. »Es ist deine Waffe.«

»Wenn die sich da oben festsetzen, werden sie wissen, dass wir eben noch in der Hütte waren und werden nach uns suchen.«

Oliver schaute nach seinen Töchtern.

»Wie ist dein Plan?«

»Wir nehmen den anderen Ausgang und nähern uns ihnen von hinten. So erfahren wir, wie viele es sind. Und wenn es geht, nehmen wir uns einen nach dem anderen vor.«

Sie verließen den Bunker durch den anderen Ausgang und wieder ging Bernd einen weiten Bogen um die Hütte, diesmal mit Oliver.

»Es hat sich angehört wie ein Schuss«, hörte Bernd die Frauenstimme vom Tag zuvor und erkannte die Gestalt wieder. »Wir haben uns dann aus dem Staub gemacht, denn die Hütte hatten wir schon vorher gesehen. Aber besser wir greifen mit einer Übermacht an.«

»Unterschätze nie deinen Gegner«, sagte Bernd mehr zu sich selbst als zu Oliver. »Okay, ich sehe sechs Leute. Hast du schon mal jemanden erschossen?«

Oliver zögerte mit der Antwort. »Ja.«

»Gut. Also nicht gut, aber für das, was wir machen, ist es wichtig, dass du keine Skrupel hast. Denk einfach an deine Töchter. Wir werden uns noch etwas nähern, warten einen günstigen Moment ab und schlagen dann zu.«

»Willst du nicht verhandeln?«, fragte Oliver.

»Nein. Irgendwas sagt mir, dass das nichts bringen würde.«

Sie legten sich an der gleichen Stelle auf Lauer, von der aus Bernd zwei Tage zuvor das Haus beobachtet hatte. Die Gruppe aus sechs Personen stand unschlüssig vor der Hütte, einer versuchte sich am Türschloss und zuckte mit den Schultern.

»Wir schießen erst und fragen dann.«

Einer der Männer zielte mit der Waffe auf das Türschloss und Bernd nickte Oliver zu.

»Jetzt!«

Er zielte, drückte ab und der Mann vor der Tür brach zusammen. Bevor die anderen den Kopf gedreht hatten, fiel schon der zweite Schuss, der die Frau vom Tag vorher in der Stirn traf. Neben sich hörte er einen Schuss von Oliver, der das Bein eines der Männer traf. Der drehte sich um und humpelte weg von der Hütte.

Drei gegen zwei, dachte Bernd, als er den nächsten Schuss abgab, aber die Gegner bewegten sich, entfernten sich von der Hütte, zogen sich zurück. Oliver schoss erneut, traf einen Mann in den Rücken. Ohne nennenswerte Gegenwehr stand Bernd auf, rannte zur Hütte, schob seine Pistole in den Halfter am Chestrig und griff in die Nische, in der seine AR-15 war.

Neben ihn schlug eine Kugel ein und er drehte sich um, ärgerte sich über seine Leichtsinnigkeit, sah aber, wie Oliver jemanden erwischt hatte. Er nahm das Gewehr in den Anschlag, entsicherte und suchte ein Ziel. Der im Rücken getroffene Mann lag am Boden, bewegte sich nicht mehr und seine leblosen Augen starrten an Bernd vorbei.

Oliver erschien neben ihm.

»Was machen wir mit den zwei anderen?«

»Verfolgen«, entschied Bernd. »Wir sollten zumindest herausfinden, wie groß deren Gruppe ist und ob wir mit noch mehr Leuten rechnen müssen.«

»In die Richtung?« Oliver zögerte, als ob er Angst hatte.

»Ja, sie gehen in die Richtung und wir auch.«

Bernd pirschte voraus, versicherte sich immer wieder, ob Oliver ihm folgte. Der Verletzte legte ein ordentliches Tempo vor, wurde von seinem Kumpanen eingeholt. Der drehte sich um, sah seine Verfolger näher kommen und zielte auf Bernd.

Der war schneller und das Projektil des Sturmgewehrs fand sein Ziel. Bernd erreichte den Verletzten und drückte ihn auf den Boden.

»Ich habe Fragen«, kündigte er an.

»Ich weiß nichts, bin nur ein kleines Licht«, wimmerte der Mann, dessen Stimme Bernd am Tag zuvor schon gehört hatte.

»Wie viele Leute seid ihr?«

»Wir waren dreißig.« Der Mann zitterte vor Angst.

»Wo sind die anderen?«

»Welche anderen?«

»Ihr wart mit sechs Leuten hier. Wo sind die anderen 24?«, fragte Bernd.

»Das war der Rest. Wir haben bei jedem Überfall Leute verloren.«

Oliver hatte zu ihnen aufgeschlossen.

»Die anderen sind alle tot«, sagte er. »Was machen wir mit dem?«

»Ich sag niemandem, wo ihr seid. Und schon gar nichts von deinen Töchtern!«

Bernd war erstaunt, der Mann musste das Haus besser beobachtet haben, als er dachte. Olivers Gesicht arbeitete. Ihm schien die gleiche Erkenntnis zu treffen, die Bernd hatte, und er zielte und schoss.

»Glaubst du, er hat die Wahrheit gesagt? Dass sie die Letzten waren?«, fragte Oliver.

»Ich denke ja. Lass uns die Leichen beseitigen. Es gibt da vorne einen Graben.«

»Wollen wir sie nicht einfach liegen lassen?«

Bernd hatte die AR-15 an seinem Chestrig befestigt und angefangen den Toten in die Richtung zu ziehen. Er überlegte, ob Oliver recht hatte und sie sich die Zeit sparen konnten. Er richtete sich auf und bemerkte etwas Blaues in dem Graben. Oliver sah ihn mit einem seltsamen Gesichtsausdruck an, den er nicht deuten konnte. Was war los mit dem Mann? War er zu lange mit seinen Töchtern allein gewesen? Er ging zum Graben, der teilweise mit Laub gefüllt war und erkannte, dass das Blaue ein Mantel war, den eine blonde Frau trug.

»Nein«, stammelte er.

Er sprang in den Graben, drehte die Leiche um und hatte Gewissheit, sah, was er nicht hatte sehen wollen. Er hatte eine seiner Töchter gefunden. Bernd nahm Kathrins kalten Körper in den Arm und wiegte sie vor und zurück. Ein großer roter Fleck war auf ihrer Brust zu sehen.

»Bernd«, hörte er in weiter Ferne die Stimme von Oliver. »Es war ein Unfall.«

»Was meinst du?«

»Sie tauchte vor zwei Wochen auf und ich war überrascht, hatte Angst um meine Töchter. Als sie die Tür öffnete, habe ich geschossen.«

Bernd hatte das Gefühl, dass sein Herz aussetzte. Er hatte dem Mann vertraut, der seine Tochter umgebracht hatte. Hatte sich von ihm Rückendeckung geben lassen.

Er sprang auf und warf sich gegen Oliver. Der wurde von den Füßen gerissen und fiel nach vorn. Bernd rappelte sich auf, drehte sich um, aber auch sein Gegner war wieder auf den Beinen. Er zog seine Pistole und richtete sie auf Oliver.

»Bernd, du musst doch verstehen, ich wollte meine Töchter schützen. Du hättest das auch gemacht!«

»Du hast meine Tochter umgebracht!«, schrie Bernd. »Und sie einfach in den Graben geworfen!«

»Es war ein Unfall.«

»Und was soll ich jetzt tun? Ich wollte die Mädchen und dich mit in mein Dorf nehmen. Das geht nicht mehr. Ich kann das nicht mehr.«

»Wenn du mich umbringst, nimmst du meinen Töchtern die Familie.«

»Sie haben noch die Mutter!«

Bernd ließ die Waffe sinken und war überrascht, als Oliver sich gegen ihn warf. So träge er bei dem Angriff gewesen war, so schnell bewegte er sich. Er richtete sich auf, zog Bernd an der Chestrig zu sich und verpasste ihm einen Haken. Ihm wurde rot vor den Augen und der Schmerz war im ganzen Kopf zu spüren.

»Ich will, dass du meinen Kindern und mir eine Chance gibst!«

Mit der Rückhand verpasste er Bernd eine Ohrfeige und holte zum nächsten Schlag aus.

»Hör au…«

Bernd spürte die Faust auf seiner Nase, meinte, es knacken zu hören. Das war das zweite Mal, das ihm jemand die Nase brach.

»Wo ist dein Dorf?«

»Das geht dich nichts an!«

Ein weiterer Schlag traf Bernd an der Schläfe.

»Wo ist dein Dorf?«

»Von mir erfährst du nichts mehr«, sagte Bernd.

Er schmeckte Blut, was ihn nicht sonderlich wunderte.

Oliver ruckelte wieder an seiner Chestrig und plötzlich sah Bernd in den Lauf der eigenen Pistole.

»Also gut. Es ist ganz einfach. Ich zähle jetzt bis zehn und du sagst mir, wo dein Dorf liegt.«

Er wartete kurz auf eine Reaktion von Bernd.

»Eins«

»Du musst sie entsichern, du Supercop!«

Oliver schaute nach der Waffe und Bernd nutzte die Chance. Mit der linken Hand hatte er einen Stein gegriffen und schlug diesen an die Schläfe von Oliver. Der kippte nach hinten und im Fallen löste sich ein Schuss aus Bernds Waffe, gefolgt von einem Schrei von Oliver.

»Scheiße!« Er rollte zur Seite und hielt sich den Bauch fest.

Benommen stand Bernd auf, nahm seine Waffe zurück und vorsichtshalber auch Olivers Pistole, die er wieder hinten im Hosenbund trug. Er überprüfte die Waffe, entnahm das Magazin und steckte es in eine Tasche, kontrollierte kurz, ob eine Kugel im Lauf war und verstaute sie in einer anderen Tasche seiner Chestrig.

»Es tut mir leid. Ich wollte nicht auf deine Tochter schießen und ich wollte dir nichts tun. Meine Töchter …«

Bernd kniete sich neben Oliver und versuchte, einen Blick auf die Wunde zu bekommen. Er hatte sich selbst in den Bauch geschossen und blutete stark.

»Du verlierst zu schnell Blut und vielleicht hast du Organe verletzt.«

»Kümmerst du dich um meine Töchter? Hilf ihnen, ihre Mutter zu finden!«

Mitleid und Hass gegen diesen Mann hielten sich die Waage, aber der Gedanke an die beiden Mädchen besänftigte Bernd. Er stand auf und zog Oliver hoch und stützte ihn.

»Wir gehen jetzt in den Bunker. Dort wirst du mit deinen Töchtern sprechen. Die Version wird sein, dass du im Kampf gegen unsere Gegner verletzt wurdest, und du sagst ihnen, dass sie mit mir kommen sollen.«

Gemeinsam humpelten sie an der Hütte vorbei zum Hintereingang des Bunkers. Die kurze Leiter herunter war eine Herausforderung, die Oliver viele Schmerzen bereitete, und Bernd erwischte sich bei dem Gedanken, dass er ihm diese Schmerzen gönnte. Im Bunker wurden sie von den beiden Mädchen in Empfang genommen und beide brachen in Tränen aus, als sie ihren verletzten Vater sahen.

Bernd holte einen Verbandskoffer, schnitt Olivers T-Shirt auf und versorgte die Wunde, so gut er konnte. Die Wundkompresse war aber schnell durchblutet und Oliver beklagte sich, dass ihm kalt war.

»Hört mir bitte zu.« Oliver hustete und verzog dabei das Gesicht vor Schmerzen. »Bernd wird euch mitnehmen und euch helfen, eure Mutter zu suchen.«

»Papa«, weinte Janine. »Du kommst doch mit?«

»Bitte!«, stimmte Angelina in das Weinen ein. »Wir benehmen uns auch.«

»Versprecht mir, dass ihr auf Bernd hört und grüßt Mama von mir.«

»Papa!«

»Bitte versprecht es mir.«

»Ich verspreche es«, sagte Angelina.

»Ich auch«, folgte Janine.

Olivers nächste Worte gingen in einem Hustenanfall unter und er fing an, Blut zu spucken.

»Passt gut aufeinander auf …« Bernd kam sich wie ein Voyeur vor, überlegte den Raum zu verlassen, wollte die Mädchen aber nicht mit dem sterbenden Mann allein lassen. Er hörte Oliver zu, bis der verstummte. Er gab den Mädchen etwas Zeit für die erste Trauer und nahm sie dann zur Seite.

»Wir gehen jetzt nach oben in die Hütte und ihr sucht alles, was ihr mitnehmen wollt, zusammen. Und dann schauen wir, was wir mitnehmen können. Ich kümmere mich um ein Grab für euren Vater. «

»Weder werde ich einen dieser Kartoffelkäfer auf meinem Hof dulden, noch werde ich akzeptieren, dass ihr weiter einfach so meine Ernte nehmt!« Roland Klein war, anders als sein Name, alles andere als klein.

Seine 1,95 Meter, Schultern wie ein Rugbyspieler, aber auch der Bauchumfang beachtlicher Größe standen im krassen Gegensatz zur Flüssigkeit seiner Bewegung. Tatsächlich war er in seiner Jugend ein guter Fußballspieler und hatte sich gegen eine weitere Fußballkarriere und für den elterlichen Hof, der nahe des Geflügelhofes des verstorbenen Grosslitz lag, entschieden.

»Roland!« Nadine war persönlich erschienen, nachdem sie gehört hatte, dass es Probleme mit dem Landwirt gab, und hatte die Hoffnung, dass er sie zumindest akzeptieren würde. »Fast alle müssen sich ein wenig einschränken und es ist ja nicht so, als ob ihr keinen Platz habt!«

»Erinnerst du dich nicht mehr daran«, sagte Roland. »Wie die anderen uns früher geschnitten haben? Wie wir denen nicht gut genug waren? Und gerade du hast doch den Spießrutenlauf hinter dir. Schon am Gymnasium. Beruf der Eltern ›Landwirt‹ – für die warst du das Bauernmädchen!«

»Das ist lange her.« Trotzdem waren die Erinnerungen für Nadine immer noch da und man hatte ihr oft das Gefühl gegeben, nicht dazuzugehören.

Nicht gut genug zu sein für die feine Welt. »Und da können die Blasbacher gerade mal gar nichts dafür!«

»Es ist doch nicht nur das Flüchtlingspack! Schick die einfach weiter, irgendjemand wird sich schon darum kümmern.« Er steigerte sich so in den Ärger hinein, dass sein Gesicht rot wurde. »Es sind doch die feinen Leute aus unserem Dorf, die uns verarschen wollen. Und ich lasse das nicht mehr mit mir machen. Gestern war dieser Lackaffe da und hatte die Frechheit, mich auf die ›Verbindlichkeiten‹ für die Bank aufmerksam zu machen.«

Nadine hatte nicht gewusst, dass Pape bereits angefangen hatte, die ›Ich bin die Bank‹-Karte auszuspielen.

»Weißt du, was ich ihm gesagt habe? Dem feinen Herren? Er soll sich den großen Schlepper mitnehmen, der dürfte meine VERBINDLICHKEITEN decken.«

Man konnte Roland viel vorwerfen, aber schlagfertig war er.

»Der funktioniere ja nicht und er würde es vorziehen, eine vernünftige Bezahlung zu erhalten. Ich habe ihn gefragt, was er denn genau will, und nur der guten Erziehung meiner Mutter verdankt er, dass ich ihn nicht vom Hof geprügelt habe! Der wollte quasi die ganze Ernte. Inklusive dessen, was noch auf den Feldern steht.«

»Ich werde Pape zurückpfeifen.«

»Ich bin gespannt. Bis dahin habe ich meine eigenen Leute angeworben.«

»Du hast was?«, fragte Nadine.

»Wir wissen beide, dass wir ohne die Maschinen unsere Felder nicht allein bestellen können. Also brauchen wir Hilfe.«

Auch wenn der Waldbrand die Helfer gebunden hatte und nun der Regen die meisten landwirtschaftlichen Arbeiten nicht zuließ, hatte man doch gemeinsam mit den Landwirten Arbeitseinsätze organisiert.

»Roland, das Dorf hilft doch. Du selbst hast mitgeholfen, die Freiwilligen einzuteilen.«

»Ich habe nun ein paar Pächter. Die packen ganz anders an als die Freiwilligen.«

»Pächter?« Nadine sollte nicht überrascht sein. Dass die Solidarität nachlassen würde, war abzusehen gewesen. »Und was sollen die anderen machen?«

»Arbeiten«, antwortete Roland. »Das ist doch offensichtlich. Nur wer arbeitet, bekommt etwas zu essen.«

»Aber das hat doch bisher auch funktioniert, wieso willst du das ändern?«

»Bevor dieser Kredithai mir den Hof wegnimmt, werde ich mein eigener Herr. Und das kann ich nicht, wenn ich meine Helfer von der Genossenschaft bekomme und meine Ernte dort abgeben muss.

Jahrzehnte hat man auf uns herabgeschaut und auf einmal wollen alle unsere besten Freunden sein? Nein, Nadine, ich habe genug davon.«

»Wir haben das Recht, deine Ernte zu beschlagnahmen.«

»Du und welcher Staat?«

»Bitte, Roland! Du zwingst mich dazu, härtere Maßnahmen zu ergreifen.«

»Es sollte im Interesse deiner Familie sein. Ich hatte auch schon Gespräche mit den Müllers und den Schmitkes. Die sind dabei . Wir werden uns zudem um die Höfe von Grosslitz und Pinn kümmern. Die sind zu wertvoll, um brachzuliegen. Oder dass man sie Laien überlässt.«

»Was du hier anzettelst, ist nicht weniger als eine Revolution. Der Grundstein zu einem Bürgerkrieg.«

»Wir haben das Essen, Nadine. Und deswegen werden wir als Gewinner aus dem Konflikt herausgehen.« Selbstsicher steckte er die Hände in die Tasche seiner Jeans.

»Und warum unterscheidest du zwischen Umbachern und Blasbachern?«

»Malte und du meint, dass ihr die ganze Welt retten müsst«, antwortete Roland. »Ich finde, dass wir erst mal für uns selbst sorgen müssen, bevor wir anderen Hilfe anbieten.«

»Roland!«

»Euch hindert ja keiner daran, eure Ernte mit dem Rest der Welt zu teilen. Ich muss mich jetzt um meine Pächter und Wachen kümmern.« Er drehte ihr den Rücken zu und ließ sie einfach stehen. Nadine war zum Schreien zumute.

Im Gehen fiel ihr erst auf, dass Roland ›Wachen‹ gesagt hatte. Sie verließ den Hof, ritt zum Schützenhaus und war froh, dort Bittler, zuständig für die Dorfpolizei, sowie Alex, den Adjutanten des Majors zu treffen. Kurz schilderte sie den beiden das Meeting mit Pape und die Reaktion der Landwirte.

»Wirklich überraschend kommt das nicht. Auch das mit den Wachen hatte ich schon gehört, ich habe nur keine Ahnung, wer sie sind und ob sie Teil der Miliz sind«, sagte Bittler.

Alex stand an die Wand gelehnt und hatte die Arme vor der Brust verschränkt. »Wenn es Mitglieder der Miliz sind, können wir ihnen die Teilnahme verbieten.«

»Wir können das den Leuten nicht verbieten. Und selbst wenn: Was macht du, wenn sie dann drohen, aus der Miliz auszusteigen?«, fragte sie.

»Wir können da nicht einfach nachgeben. Aber als Erstes sollten wir Pape zurückrufen«, schlug Bittler vor.

»Selbst wenn wir das machen«, sagte Nadine, »Roland verhandelt schon mit Pächtern. Die Frage nach dem »Wem gehört es« und »Wer bezahlt es« steht nun zur Diskussion und ich vermute, dass derjenige, der Zugang zu Nahrung hat, dabei auch die besseren Karten hat.«

»Trotzdem müssen wir verhindern, dass sich Umbacher bewaffnet gegenüberstehen.« Die Sorgenfalten auf Bittlers Stirn waren tief. »Du solltest alle zu Verhandlungen einladen.«

»Alle? Wen meinst du mit alle?«

»Zumindest die Landwirte und den Dorfrat. Und frage Pape, ob er noch jemanden mitbringen möchte.« Bittler biss sich auf die Lippen. »Macht es hier, nicht in Papes Büro. Das hier ist neutraler.«

»Und wann?«

»Ey, du bist die Bürgermeisterin!« Bittler lachte. »Aber ich würde das sofort machen. Wir können Leute ausschicken, die alle einladen.«

»Dann bitte ich um eure Unterstützung, die Landwirte, den Dorfrat und ein paar von Papes Hintermännern in zwei Stunden hierher zu bitten.«

Nadine war sich nicht sicher gewesen, wie man auf ihre Einladung reagieren würde, sie war erfreut, dass ihr alle gefolgt waren. Nun saßen sie mit Malte an der Stirnseite des Tisches, ihr gegenüber an der anderen schmalen Seite Orloff und Pape. Zu ihrer rechten Seite saßen Klein, Müller und Schmitke, auf der anderen Seite die Geschwister Renner, beide über 60 Jahre und vermutlich Besitzer der Hälfte der Immobilien im Dorf, und Sauer. Wie viel er im Dorf besaß, wusste Nadine nicht, erinnerte sich aber, dass er verschiedene Immobilien und Geschäfte in Gießen und Wetzlar hatte, vermutlich auch einiges Kapital in der Bank.

»Guten Tag, die Herren!« Nadine fand es erstaunlich, dass sie tatsächlich die einzige Frau in dieser Runde war und im Begriff war, die weitere Zukunft von Umbach zu klären. »Ich bedanke mich, dass ihr alle meiner kurzfristigen Bitte gefolgt und zu dieser Notsitzung gekommen seid.«

Hatte sie gehofft, ein wenig das Eis zu brechen, wurde sie enttäuscht. Sie blickte in lauter versteinerte Gesichter.

»Als ob die letzten Tage nicht schwer genug durch den Waldbrand und die Herausforderung, 800 Menschen zu unterstützen, waren, eskalierte die Frage nach Eigentum ebenfalls.«

»Und was ist mit dem religiösen Idioten?« Klein schaute unumwunden Orloff an, der den Blick an sich abprallen ließ.

»Eine Sache nach der anderen«, ermahnte Nadine. »Bei Gesprächen mit einzelnen von euch wurde mir dargelegt, dass ihr nicht zufrieden seid, wie in Umbach momentan verteilt wird.«

»Nicht zufrieden?« Kleins Stimme wurde lauter. »Wir werden ausgeraubt und müssen zusehen, wie ihr unsere harte Arbeit einfach weiterverschenkt.«

»Wir rauben nicht aus, wir haben beschlagnahmt«, erklärte Malte.

»Okay. Dann würde ich gerne wissen, wie ihr plant, uns zu entschädigen?«, forderte Müller.

Alle Augen richteten sich auf Malte.

»Alle helfen euch auf den Höfen und beschützen die Felder.«

»Na, sag das mal den Pinns. Die haben sich bestimmt riesig über den Schutz gefreut«, giftete Klein.

Die Pinns waren beim Überfall auf ihren Hof von Angreifern erschossen worden. Nadine dachte an den Tod der eigenen Mutter und verkniff sich die Tränen. Diese Blöße wollte sie sich vor dieser Männerrunde nicht geben.

»Wie ich selbst erfahren musste, werden wir niemals vollkommenen Schutz anbieten können. Wenn jemand meint, er wüsste, wie das geht, dann kann er das gerne hier vor der Runde ausbreiten. Oder vor dem nächsten Thing. Ich bin sicher, wenn das Konzept fehlerlos ist, wird man dafür eine erdrutschartige Mehrheit erhalten. Wir alle freuen uns, wenn wir unser Dorf sicherer machen können. Also einfach raus damit und nicht warten, bis etwas passiert, und dann erzählen, dass man das besser machen kann.«

Der ältere Renner schmunzelte.

»Mädchen, gehen mit dir vielleicht gerade die Hormone durch? Ist vielleicht diese Zeit im Monat …«

»Hat jemand einen konkreten Plan, wie wir zukünftig Überfälle im oder auf das Dorf mit Todesfällen verhindern?« Nadine war aufgesprungen. »Ja oder nein?«

Sie wartete. Sehr lange. Und sie genoss es, dass außer Husten nichts zu hören war.

»Zurück zum eigentlichen Grund dieses Treffens. Während die einen Angst um ihr Kapital haben, wollen die andere ihre Ernte für sich behalten und beide Gruppen zusammen den Solidarpakt, den wir seit dem Stromausfall haben, aufkündigen. Habe ich das richtig zusammengefasst?«

»Du stellst das als etwas Negatives dar!«, sagte Klein. »Aber wir wollen einfach nur unsere eigenen Rechte schützen.«

»Und dafür seid ihr bereit, andere verhungern zu lassen?«, fragte Nadine provokativ.

»Nadine«, meldete sich Schmitke, »du kennst dich mit Landwirtschaft aus und wir müssen uns nichts vormachen. Die Felder um Umbach reichen nicht aus, um alle Einwohner zu versorgen. Und da sind die Schmarot... die Menschen aus Blasbach noch gar nicht eingerechnet.«

»Was ist mit den Vorräten, die wir schon haben? Und das, was wir noch ernten? Damit kommen wir zumindest durch den Winter.« Sie war selbst nicht von den Worten überzeugt und wusste, dass er recht hat.

Schmitke schüttelte traurig den Kopf.

»Selbst wenn wir noch etwas Wild fangen und Zentner an Pilzen in den Wäldern finden: Uns werden im Winter, spätestens gegen Ende, die Vorräte ausgehen.«

»Und das kann man umgehen, wenn ihr den Boden verpachtet?«, fragte Malte.

»Nein, man kann es nicht umgehen«, antwortete Schmitke. »Aber die Ernte wird jemanden gehören und derjenige kann entscheiden, was er damit macht.«

»Indem er euch den Zehnten gibt?« Orloffs Stimme schien den Raum zu zerschneiden. »Habt ihr denn keine Nächstenliebe?«

»Von Nächstenliebe wird niemand satt«, konterte Klein.

»Der Herr hat wenig gebraucht, um Massen von Menschen zu versorgen.« Orloff faltete die Hände.

»Dann wird es Zeit für dein nächstes Wunder«, sagte Pape. »Nachdem du Regen geschaffen hast, kannst du ja jetzt Getreide und Brot vermehren. Oder Strom zaubern!«

Der Kommentar schien an Orloff abzuprallen, die anderen Männer lachten fast alle.

»Ach, und wenn du schon dabei bist, kannst du auch noch Wasser in Wein verwandeln. Für mich bitte Spätburgunder.«

Pape lachte über sich selbst.

»Andreas, du kannst dich über den Glauben lustig machen. Du kannst darüber spotten und du kannst dich weiterhin blasphemisch benehmen. Aber dereinst wird deine Seele vom Herren gewogen werden. Und wenn du so weitermachst, wird es für dich im Fegefeuer enden.«

»Da gibt es sicherlich auch die besseren Partys«, sagte Pape.

Ein lauter Pfiff ließ alle Köpfe in Richtung Nadine drehen.

»Danke für eure Aufmerksamkeit. Bei mir bleibt hängen, dass wir ab sofort anfangen müssen zu rationieren. Und uns überlegen müssen, welche weiteren Felder wir noch bestellen können.«

»Ohne die richtigen Maschinen wird es schwer«, erklärte Schmitke. »Und Saatgut müssen wir auch noch aufheben.«

»Nadine!« Klein war aufgestanden. »Du fängst an, Ressourcen zu verplanen, die nicht dir gehören!«

Wäre dies eine Fantasy-Geschichte, dachte Nadine, wäre nun der Moment, in dem ihre Leute aus den Verstecken kommen und die habgierigen Bösewichter umbringen würde. Und den religiösen

Fanatiker gleich mit dazu. Aber es war das echte Leben und sie brauchte eine andere Lösung.

»Ich erwarte von euch allen, dass ihr euch eurer Verantwortung für die vielen Menschen in diesem Dorf bewusst seid. Sie verlassen sich auf uns. Die Gesetzeslage hierzu ist auch klar …«

»Welches Gesetz denn?«, provozierte Klein.

»Wir haben immer noch Gesetze«, sagte Nadine.

»Und wer setzt die durch?« Klein grinste sie wieder an.

»Ich … wir …«

»Nadine, du hast keine Leute, um Druck auf uns auszuüben. Und bevor jemand vom ›Kapital‹ kommt: Ihr habt die auch nicht. Was wollt ihr denen bieten? Geld? Gold? Habt ihr nicht. Im Interesse meiner Familie werde ich nicht weiter zuschauen, wie uns unser Besitz abgenommen wird, ohne dass wir etwas davon haben. Ich denke, die Machtverhältnisse sind recht eindeutig geklärt.«

Er stellte seinen Stuhl zurück an den Tisch.

»Ihr könnte gerne weiter Dorfrat spielen, ich bin raus aus dem kommunistischen Experiment.«

Klein machte drei Schritte auf die Tür zu und griff nach der Türklinke

»Roland Klein, im Namen der Bürger von Umbach verhafte ich dich«, hörte Nadine sich selbst sagen.

Klein drehte sich um, sah sie an und lachte los.

»Du machst was?«

»Ich verhafte dich.«

»Wofür willst du mich verhaften?«

In Nadines Kopf ratterten die Gedanken und sie suchte nach etwas Greifbarem.

»Ich verhafte dich, weil du dich der Beschlagnahme der für die Bevölkerung wichtigen Lebensmittel entgegenstellst.«

Die anderen Männer verfolgten das Ganze mit offenen Mündern.

»Herr Bittler, kommen Sie bitte mit Ihren Leuten herein?«, bat Nadine.

Die Tür ging auf und der Polizist und hatte vier seiner Hilfspolizisten im Schlepptau.

»Du hast das geplant? Du hast echt Eier.«

Das anerkennende Nicken von Klein war ihr unangenehm.

»Sagen wir es so: Ich habe damit gerechnet, dass wir keine Einigung in meinem Sinne finden werden. Herr Bittler, verhaften Sie bitte Herrn Roland Klein, der sich der weiteren Beschlagnahme seiner Lebensmittel entgegenstellt und somit das Überleben seiner Mitmenschen gefährdet und ihren Hungertod billigend hinnimmt.«

Während die anderen Polizisten unschlüssig zwischen Nadine und Klein hin- und herschauten, trat Bittler vor.

»Mach keine große Szene und komm einfach mit.«

»So haben es die Kommunisten schon immer gemacht: Wer unangenehm wird, wird mit einer Alibibegründung einfach weggesperrt. Und ihr solltet nicht einfach nur zuschauen. Glaubt ihr, dass ich der Einzige bleiben werde? Euch wird sie sich als Nächstes vorknöpfen!«

Bitter und seine Polizisten führten Klein ab, alle noch anwesenden Männer außer Orloff und Malte schauten Nadine feindselig an.

»Das ist nur vorübergehend«, sagte sie.

»Das ist nicht gut«, reagierte Pape. »Das wird dir die Bevölkerung nicht durchgehen lassen.«

»Dass ich sie nicht verhungern lassen möchte? Ich glaube, dass ich das riskiere.«

»Okay, damit dürfte sich diese Sitzung erledigt haben.« Pape stand auf. »Wir werden das Thema Besitz in das Thing bringen und schauen, wo die Mehrheiten sind.«

Bis auf Orloff und Malte verließen alle das Schützenhaus und Nadine setzte sich erschöpft hin.

»Nicht mal eine Woche Bürgermeisterin und es ist mir komplett entglitten.«

TAG 53

BERND

Er hatte den Nachmittag gebraucht, um zwei Gräber zu schaufeln. Eines für seine Kathrin, das andere für Oliver. Die getöteten Gegner hatte er in den Graben gelegt und nur eilig mit Erde bedeckt. Gemeinsam mit Angelina und Janine hatte er ein Gebet an den Gräbern gehalten und danach deren und seinen Rucksack gepackt. Er fand ein paar Unterlagen der Mädchen, die ihm überflüssig vorkamen, wie deren Krankenkassenkarten, nahm sie aber trotzdem mit. Die wirkliche Herausforderung stand ihm nun bevor: Knappe 50 Kilometer zu Fuß mit zwei Neunjährigen zurückzulegen. Versuche, herauszufinden, wie weit sie an einem Tag laufen konnten, waren erfolglos. Ein Kind hätte er auf die Stange des Fahrrades vor sich setzen können, aber beide zusammen waren dazu zu groß.

»Seid ihr bereit, zu gehen?«, fragte Bernd.

Beide nickten. Sie hatten seit dem Tod ihres Vaters wenig gesprochen, schienen ihm aber zu vertrauen. Interessiert hatten sie zugeschaut, wie er seine Chestrig angezogen hatte.

»So etwas bräuchten wir für unsere Pistolen auch«, hatte Janine gesagt. »Dann hätten wir sie griffbereit, wenn böse Leute kommen.«

»Ich passe schon auf euch auf«, hatte Bernd versucht, ihnen die Angst zu nehmen.

»Vielleicht brauchst du ja auch mal Hilfe?«, kam Angelina ihrer Schwester zur Hilfe. »Und Papa hast du ja auch nicht helfen können.«

Der Vorwurf hatte Bernd unvorbereitet getroffen und mit dem Wissen, was wirklich passiert war, fühlte er sich ungerecht behandelt, schluckte das aber herunter.

Olivers Gürtel mit den Goldmünzen hatte Bernd in seinen Rucksack verpackt. Er würde ihn der Mutter der Mädchen geben, wenn sie sie finden sollten.

»Lasst uns losgehen«, sagte Bernd und ging voran, schob das Fahrrad über den Waldboden. Die Mädchen trotteten mit ihren Rucksäcken hinter ihm her, fanden ihn dann zu langsam, überholten ihn und erreichten als Erste den Waldweg. Als er dort ankam, waren sie bereits zwanzig Meter weiter.

»Bleibt ihr bitte mal kurz stehen!«, rief er ihnen hinterher.

Gelangweilt drehten sich die Mädchen um und verschränkten demonstrativ die Hände vor ihren Körpern. Wieder flammten Erinnerungen an seine Töchter in dem Alter auf. Zumindest kam ihm das Verhalten nicht unbekannt vor, es war aber gefühlt eine Ewigkeit her.

»Ich weiß, dass ihr große Mädchen seid, aber bleibt bitte in meiner Nähe und wenn wir wieder mal irgendwo einen Wald verlassen, oder an eine schlecht einsehbare Stelle kommen, lasst ihr mich bitte vorgehen.«

»Damit du die bösen Menschen erschießt?«, fragte Angelina und deutete auf sein Gewehr.

»Wenn es sein muss, ja.«

»Okay«, hörte er von beiden, die sich sofort umdrehten und weiterliefen

Bernd beschloss, die Energie und den Bewegungsdrang der Mädchen zu nutzen, um möglichst viel Strecke zurückzulegen. Ausruhen konnte man immer noch und Kinder in dem Alter hatten eine kurze Regenerationsphase.

Als sie an einem Stapel Holz vorbeikamen, fielen ihm dort versteckte Rucksäcke auf und er vermutete, das Gepäck der Gruppe gefunden zu haben, die die Hütte überfallen hatten. Er war versucht deren Sachen nach Nützlichem zu durchsuchen, allerdings würde das wertvolle Zeit kosten. Außerdem standen die Mädchen mit verschränkten Armen zehn Meter weiter und forderten Bernd mit Gesten auf, ihnen zu folgen.

»Wenn wir alle Fahrräder hätten, kämen wir schneller voran«, sagte Janine.

»Ja, das wäre praktisch. Wenn ich welche sehe, sage ich euch Bescheid.«

Der Regen hatte aufgehört und als sie an die Bundesstraße kamen, sahen sie, wie der Morgennebel die Landschaft mit weißen Bändern schmückte. Die Mädchen hatten einander am Morgen ihre schulterlangen Haare zu Zöpfen geflochten und Bernd war froh, dass sie sich dabei – und hoffentlich bei ganz vielen anderen Sachen auch – gegenseitig helfen konnten. Denn manche Kenntnisse waren entweder eingerostet oder wegen Auslandseinsätzen gar nicht von ihm erlernt worden.

Gegen 10 Uhr begegneten sie den ersten Menschen. Vier Erwachsene, vielleicht zwei Paare, die ihnen mit Rucksäcken entgegenkamen und sehr skeptisch Bernd beobachteten. Man nickte sich gegenseitig zu, beließ es dabei. Auch hier hätte sich Bernd gerne Zeit genommen, ein paar Infos auszutauschen, aber mit den Mädchen nach Umbach zu kommen, hatte für ihn oberste Priorität.

»Ich muss mal«, kündigte Angelina an, gab den Rucksack ihrer Schwester, schwang sich über die Leitplanke und ging in den Wald.

»Willst du nicht mitgehen?«, fragte er Janine.

»Wieso? Das kann die schon allein!«

»Ich dachte eher so als gegenseitigen Schutz«, sagte Bernd.

»Sie ist doch nur pinkeln gegangen!«

»Schon gut.« Bernd ahnte, dass das Gespräch zu nichts führen würde. »War nur eine Idee.«

Kurz darauf kam Angelina aus dem Wald.

»Bin wieder da.«

»Das sehen wir.« Janine klang eindeutig genervt und Bernd überlegte, ob sie da die Mutter oder den Vater imitierte.

»Musst du auch mal?«, fragte er Janine.
Die sah ihn mit einem Augenrollen an.
»Nein. Du vielleicht?«
Bernd war etwas perplex, grinste kurz.
»Dann lasst uns weitergehen.«
Eine zweispännige Kutsche kam ihnen entgegen und sie wurden freundlich vom Kutscher gegrüßt.
»Wäre der in unsere Richtung gefahren, hätte der uns mitnehmen können«, sagte Angelina.
»Ist er aber nicht«, reagierte Janine. »Aber wir können bald mal Pause machen.«
»Wir haben gerade erst angehalten.«
»Angelina war pinkeln, das war keine Pause«, konterte Janine. »Ich glaube, ich habe Hunger. Und Durst.«
»Lasst uns bis da vorne zu den Bäumen gehen.« Er deutete auf eine Baumgruppe in 400 Meter Entfernung.
»Hier sind überall Bäume«, sagte Angelina. »Ich habe auch Hunger.«
»Da vorne, die vier Bäume?«
»Können wir nicht jetzt schon Pause machen?«, jammerte Janine.
»Es ist doch nicht mehr weit.«
»Jetzt muss ich mal.« Diesmal gab Janine den Rucksack ihrer Schwester und ging hinter ein Gebüsch.
»Na, da können wir ja jetzt Pause machen!«
Angelina stellte beide Rucksäcke ab und löste die Blechbecher, die daran hingen. Beide hatten auch eine Feldflasche im Rucksack und sie goss sich und ihrer Schwester Wasser in die Becher. Bernd stellte das Rad und seinen Rucksack ab, kramte darin herum und holte eingeschweißten Rührkuchen heraus. Das mochte nicht das Gesündeste sein, gab aber etwas Zucker und damit schnell Energie.
»Wie lange brauchen wir bis in dein Dorf?«, fragte Angelina, die ein großes Stück von ihrem Kuchenstück abbiss.
»Da bin ich wieder«, kündigte Janine ihre Rückkehr an und freute sich über den Kuchen. »Danke.«

»Wenn wir gut vorankommen, können wir vielleicht noch heute Abend dort sein«, sagte Bernd, im besten Wissen, dass das übermäßig optimistisch war. »Ansonsten sollten wir spätestens morgen da sein.«

»Ist deine andere Tochter auch tot?«

Mit der Frage überraschte Angelina Bernd, denn dass ihr etwas passiert sein könnte, hatte er bisher verdrängt.

»Ich habe von ihr seit dem Stromausfall nichts mehr gehört. Mehr weiß ich da nicht.«

»Bist du sauer auf unseren Papa, weil er deine Tochter erschossen hat?«

Erstaunt sah er Angelina an und ihm war klar, dass es meistens keinen Sinn hatte, etwas vor Kindern zu verbergen. Irgendwie bekamen sie doch genug mit.

»Ja. Aber vor allem bin ich traurig. Es war ein Unfall und so etwas passiert. Seit dem Stromausfall leider viel öfter als vorher.«

»Papa wollte uns nur beschützen.«

Tränen füllten die Augen von Angelina. Bernd war sich unschlüssig, was er tun sollte.

Er kniete sich vor sie und bot ihr eine Umarmung an, die sie annahm. Er streichelte ihren Kopf und sie drückte ihn gegen seine Schulter.

»Und genau deswegen bin ich auch nicht richtig böse auf euren Vater. Vermutlich wäre mir so etwas auch passiert.«

»Wirst du unsere Mama finden?«, fragte Janine.

»Ich werde alles tun, was ich kann«, sagte Bernd. »Bis wir sie gefunden haben, könnt ihr bei mir und meiner Frau leben.«

»Mir geht es wieder besser.« Angelina löste sich aus der Umarmung. »Wollen wir weitergehen?«

Leider wurden sie die nächsten Stunden von keiner Kutsche überholt, trotzdem wuchs die Zuversicht in Bernd, als sie kurz vor Mittag die A 45 bei Herborn betraten. Vereinzelt waren Menschengruppen zu sehen, die in beide Richtungen unterwegs waren.

Auf den herausgerissenen Sitzen eines Vans machten sie die nächste Pause. Bernds Hoffnung, vielleicht auf einem Gepäckträger ein Fahrrad zu finden, erfüllte sich nicht. Schon gar nicht zwei. Wenn sie das Tempo durchhalten würden, wären sie am Abend in Umbach.

»Können wir weiter?«, fragte Bernd.

»Können wir nicht noch ein wenig ausruhen?«, fragte Janine zurück. Ihre Schwester nickte.

»Ich weiß, dass es anstrengend ist und dass wir schon den ganzen Tag laufen, aber unterwegs sind wir eher in Gefahr. Und es ist ja nicht mehr weit.«

»Haben wir schon die Hälfte geschafft?« Hoffnung war in der Stimme von Angelina zu hören.

»Nein.« Bernd konnte die Enttäuschung in beiden Gesichtern deutlich sehen. »Aber fast.«

Widerstrebend gingen sie wieder los und auch Bernd brauchte einige Meter, bis er wieder richtig ›in Tritt‹ kam, dann machten sie gute Fortschritte und kamen schnell voran.

Bei jeder Begegnung bemerkte Bernd, wie Männer die beiden Mädchen anschauten, und jedes Mal wanderte seine Hand zur AR-15. Ob das gesehen wurde, oder er schon vorher abschreckend genug war, wusste er nicht. Außer einem kurzen ›Hallo‹ war von niemandem mehr zu hören.

Am späten Nachmittag erreichten sie die Talbrücke, auf der Bernd auf dem Hinweg die Auseinandersetzung hatte. Vorausschauend ging er auf rechten Seite der Brücke, in der Hoffnung, dass man die Toten auf der anderen Seite und sein Opfer auf dieser Seite der Straße nicht sehen würde. Janine entdeckte den Mann als Erste.

»Da liegt ein Toter!«

»Lasst uns weitergehen«, sagte Bernd.

»Aber ist es hier nicht vielleicht gefährlich? Da läuft jemand herum, der Menschen umbringt!«

Er wusste nicht, ob er Janine sagen sollte, dass er dieser ›jemand‹ war.

»Und genau deshalb gehen wir weiter und sehen zu, dass wir weiterkommen. Wir haben schon mehr als zwei Drittel hinter uns! Den Rest schaffen wir heute auch noch.«

»Ich kann nicht mehr«, jammerte Janine. »Und ich bin müde.«

»Ich bin auch müde«, stimmte Angelina ein. »Wo sollen wir schlafen.«

»Nicht auf dieser Brücke«, sagte Bernd. »Wir gehen noch ein wenig weiter und suchen dann einen Unterschlupf.«

Er ging verschiedene Optionen im Kopf durch. Ein Mädchen konnte er mit dem Fahrrad transportieren. Wenn er für das andere ein sicheres Versteck finden würde, könnte er erst die eine nach Umbach bringen und dann zurückkommen, um die andere zu holen. Aber die Idee gefiel ihm nicht, denn dabei konnte zu viel schief gehen.

»Wie hättest du deine Töchter nach Hause bekommen?«, fragte Angelina. »Die hättest du auch nicht auf deinem Fahrrad transportieren können!«

»Nein, aber die sind – waren größer als ihr und als Offizier hätte ich Sie ein wenig antreiben können.«

Das schien ihr Antwort genug zu sein und sie hatten fast einen weiteren Kilometer zurückgelegt, als Janine sich demonstrativ auf die Straße setzte.

»Ich laufe heute keinen Meter mehr.«

Ihre Schwester setzte sich solidarisch daneben und beide schauten Bernd erwartungsvoll an.

In der Nähe waren einige Fahrzeuge. Bei allen waren die Fenster beschädigt, aber ein großer VW Passat erregte Bernds Aufmerksamkeit.

»Ich bin gleich wieder da«, sagte er und ging bis zu dem Fahrzeug.

Nach einer kurzen Begutachtung kam er zu dem Entschluss, dass er für die Mädchen hinten eine Liegefläche machen konnte und ihnen mit seinem Schlafsack etwas zum Zudecken geben konnte. Als Kopfkissen würden ihre Rucksäcke herhalten müssen. Er selbst konnte sich auf dem Beifahrersitz ausruhen.

Als er sich zu den Mädchen umdrehte, traf ihn der Schlag. Zwei Männer standen daneben und unterhielten sich mit ihnen. Mit schnellem Schritt legte er die 100 Meter zurück und seine Alarmglocken klingelten so laut, dass er fast Kopfschmerzen hatte. Die

Männer hatten sich zwischen ihm und die Zwillinge gestellt. Er löste die AR-15 vom Clip und setzte die Waffe an.

»Ihr geht jetzt sofort von den Mädchen weg!«

Langsam drehten die Männer sich um. Waffen sah Bernd nicht, aber die konnten auch unter der Kleidung versteckt sein. Wenn er sie nicht bemerkt hatte, konnte er nicht ausschließen, dass nicht weitere Männer in der Nähe sind.

»Alles gut«, sagte der Ältere, den Bernd auf etwa 60 schätzte. »Wir haben uns nur mit deinen Töchtern unterhalten. Hübsche Prinzessinnen hast du da.«

»Er ist nicht unser Vater«, meldete sich Janine und Bernd wünschte, dass sie ihren Mund gehalten hätte.

»Du bist nicht ihr Vater? Vielleicht der Großvater?«

»Nein. Wir waren nur mit ihm in seiner Hütte und gehen jetzt zu ihm nach Hause.«

»Interessant«, sagte der Ältere. »Also bist du gar nicht mit ihnen verwandt? Als guter Bürger frage ich mich natürlich, welche Absichten du verfolgst?«

Dafür, dass jemand ein Sturmgewehr auf ihn richtete, war der Kerl ziemlich abgebrüht.

»Der Vater hat mich gebeten, sie zu ihrer Mutter zu bringen und bis dahin auf sie aufzupassen«, erklärte Bernd. »Also geht bitte weg von ihnen.«

Er ärgerte sich, denn er war den Männern keine Erklärung schuldig.

»Vielleicht nimmst du erst mal die Waffe herunter? Wir wollen doch nicht, dass die aus Versehen losgeht!«

»Ich habe die Waffe und ich entscheide«, sagte Bernd. Dann senkte er die AR-15 und zielte auf den Schritt des Mannes. »Hast du eine Ahnung, wie es unter deinem Gürtel aussehen wird, wenn ich dich dort treffe?«

»Vielleicht ist auch eine Waffe auf dich gerichtet. Bist du dir sicher, dass wir allein sind?«

Er drehte den Kopf ein wenig in beide Richtungen, sah aber niemanden.

»Ach komm, du hast uns auch nicht gesehen, als du vorhin an uns vorbeigekommen bist. Tu nicht so, als ob du alles siehst.«

»Ich senke die Waffe, wenn ihr euch von den Mädchen entfernt«, sagte Bernd.

»Wir gehen von den Mädchen weg, SOBALD du die Waffe gesenkt hast«, konterte der Ältere.

Geräusche in seinem Rücken lenkten Bernd ab und nach einer Weile erkannte er Hufgetrappel.

»Da kommt noch mehr Verstärkung.« Der Mann grinste. »Du solltest jetzt deine Waffe senken. Er nickte jemandem links hinter ihm zu.«

Bernd drehte sich und sah in den Lauf einer Pistole, hatte beim Drehen aber seine Waffe auf den Mann gerichtet. Die Pferdegeräusche änderten sich, Bernd konnte aber nicht nach ihnen sehen, ohne den Blick von seinem Gegner zu nehmen. Ein Knall donnerte, etwas traf den Mann vor ihm in die Brust und er sackte zur Seite. Seine Waffe fiel auf den Boden, er hörte ein Klicken, aber nichts geschah. Dann drehte er sich wieder zurück zu den beiden Männern.

»Wir sind es, Herr Major«, hörte er die Stimme von Alex hinter sich.

Auf der anderen Seite sah er ›Kleine Tante‹. Jutta schwang sich aus dem Sattel, zog die Pistole, deren Bedienung Bernd ihr und Nadine beigebracht hatte und zielte auf die beiden Männer. Etwas später erschien Alex neben ihm, ebenfalls eine AR-15 in der Hand.

»Das läuft jetzt ganz einfach. Ihr seht zu, dass ihr in diese Richtung abhaut, oder euch geht es wie eurem Kumpel!«

»Du hast meinen Befehl missachtet«, begrüßte Bernd Alex. »Aber ich bin dir so dankbar dafür.«

»War nur so ein Gefühl«, sagte Alex. »Also, was ist, die Herren?«

»Wir gehen. Passt gut auf eure Prinzessinnen auf!«

Bernd juckte der Zeigefinger, da die Männer sich aber entfernten, senkte er seine Waffe.

»Ich bin so froh, euch zu sehen!«

Die Zwillinge kamen auf ihn zugeraunt und umarmten Bernd.

»Willst du uns nicht vorstellen?«, fragte Jutta.

»Angelina, Janine, das sind Jutta, die Chefin des Pony-Express von Umbach und Alex mein Adjutant. Alex, Jutta, das sind Angelina und Janine, sie werden bei Beate und mir leben, bis wir ihre Mutter gefunden haben.«

GORDON

»Es ist schlimm«, sagte Laura. »Auch viele der Kinder wollen nicht miteinander spielen. Zumindest halten aber alle Erzieherinnen und Lehrerinnen zusammen.«

»Ist es nicht erstaunlich, dass ihr nicht einen Mann in der Belegschaft habt?«, fragte Gordon.

»Was ist mit Norbert?«, konterte Laura. »Der ist echt wichtig. Der hat das Herz am rechten Fleck und ist hat Rückgrat.«

»Ich meinte, niemand aus dem Erziehungsbereich«, sagte er. »Das war aber schon in meiner Grundschule so.«

»Ja, erst an den weiterführenden Schulen tauchen auf einmal mehr Männer auf. Das Problem ist bekannt, aber im Moment ist das so vollkommen egal. Gerade haben wir Erwachsene, die sich scheiße verhalten und es ihren Kindern dann auch so vorleben.«

»Sorry, Laura, da habe ich keine Idee. Und wenn ich eine hätte, hättest du die schon längst gehört«, sagte Gordon. »Ich bin gespannt, wie es gleich auf dem Feld sein wird.«

Er nahm sie in den Arm und drückte sie lange und ausgiebig, bevor er das Haus verließ. Der Weg zum Bodnerhof war er mittlerweile so oft gelaufen, dass er jeden Riss in der Teerdecke kannte. Schlamm, der durch den Regen auf die Straße gespült worden war, hatte Muster gezeichnet und als er an der Pforte angekommen war, ging ihm auf, wie exponiert der Hof immer noch lag.

»Hallo Gordon«, grüßte ihn die Wache und Gordon winkte zurück.

Früher oder später würde man entweder die Wallanlage erweitern müssen oder Nadine und ihr Vater müssten sich eine Bleibe im

Dorf suchen. Durch die Flüchtlinge stand das momentan nicht zur Diskussion.

Vor der Scheune des Hofes warteten vierzig Menschen und er stellte sich dazu. Herr Bodner war noch nicht zu sehen und Gordon versuchte, die Gesichter zuzuordnen und ein wenig den Gesprächen zuzuhören.

»… habe mit seiner Frau gesprochen. Die wird das nicht auf sich sitzen lassen und entweder er kommt wieder heraus oder sie werden ihn befreien.«

»Dabei war seine Frage doch gerechtfertigt. Es ist seltsam, dass gerade sie das Verschenken unserer Lebensmittel nicht infrage stellt. Wir haben ja schon genügend Nichtsnutze im Dorf, die wir durchfüttern, aber die Kartoffelkäfer müssen wir wirklich nicht auch noch ernähren.«

Herr Bodner kam aus seinem Wohnhaus und lächelte, als er die Menge sah.

»Guten Morgen, Leute! Ich hoffe, ihr hattet alle eine gute Nacht.«

»Guten Morgen«, sagte ein etwa vierzigjähriger Mann, dessen Kleidung viel zu weit war. »So gut halt, wie sie auf dem Sporthallenboden sein kann.«

»Auch noch Ansprüche stellen?«, fragte einer der Männer, denen Gordon eben zugehört hatte. »Sei doch froh, dass du nicht in deinem verbrannten Dorf schlafen musst.«

Schockiert sah der andere Mann ihn an.

»Ich bin doch nicht undankbar, ich habe nur gesagt …«

»Dass du eine Erbse unter deiner Matratze hattest?«

Die Hälfte der Anwesenden lachte, der Mann erhielt Schulterklopfer für den Kommentar.

»Auf meinem Hof behandeln wir uns gegenseitig mit Respekt«, sagte Herr Bodner. »Ich wollte auch nicht auf dem Hallenboden schlafen und bin froh, dass nicht ich es bin, der auf Hilfe angewiesen ist, sondern dass ich in der Lage bin, anderen zu helfen.«

»Ihrer Tochter haben sie das mit dem Respekt aber nicht gut beigebracht«, sagte der Mann. »Die kann es nämlich nicht ab, wenn jemand eine andere Meinung vertritt als ihre eigene?«

»Meine Tochter ist eine erwachsene Frau und viele könnten sich bei ihr eine Scheibe abschneiden«, erwiderte Herr Bodner. »Aber wir sind hier, um weiter zu ernten.«

»Wie viel zahlen Sie den Helfern?«, fragte der Mann.

»Die Ernte wird eingesammelt und vom Dorf verteilt«, erklärte Herr Bodner. »Ich kann das nicht beantworten.«

»Bevor Ihre Tochter Roland Keil hat verhaften lassen, hatte der den Leuten versprochen, dass sie das meiste selbst behalten dürfen und nur einen kleinen Teil abgeben müssen.«

»Und wie viel soll abgegeben werden?«

Herr Bodner war nicht aus der Ruhe zu bekommen.

»Irgendwas mit 10 oder 15 Prozent.«

»Wovon?«, fragte Herr Bodner.

»Na, von der Ernte.« Unsicher lachte der Mann. »Aber das sollten Sie doch wissen.«

»Und wer mahlt Ihr Getreide dann? Und was machen Sie, wenn Sie zum Arzt müssen?«

Eine Weile schaute der Mann ihn mit offenem Mund an, dann schien er einen Einfall zu haben.

»Ich kann ja einen Teil meiner Ernte dafür verkaufen.«

»Es mag sein, dass man damit besser steht als jetzt«, sagte Herr Bodner. »Vielleicht aber auch nicht. Auf alle Fälle sind wir nicht zum Reden hier.«

Der Mann und etwa ein Viertel der Anwesenden drehte sich um und ging. Herr Bodner schaute ihnen hinterher und wartete, bis sie etwas Abstand gewonnen hatten.

»Müssen wir mit denen zusammenarbeiten?«, fragte eine Frau und zeigte auf andere Leute. Gordon vermutete, dass sie Blasbacher meinte. »Vielleicht könnten Sie uns auf verschiedene Felder einteilen?«

»Aber gerne doch.« Erst war Gordon von Herrn Bodners Antwort schockiert. »Ich werde mich auch darum kümmern, dass es getrennte Toiletten und Wasserhähne für alle gibt. Und falls jemals wieder Busse fahren sollten, kümmere ich mich darum, dass die nur hinten sitzen dürfen. Hat sonst noch jemand Wünsche?«

»Also klappt das mit den verschiedenen Feldern?« Die Frau hatte den Sarkasmus offensichtlich nicht begriffen.

»Wir arbeiten gemeinsam, werden gemeinsam Pause machen«, erklärte Herr Bodner. »Wer das nicht möchte, muss nicht hier helfen.«

»Und dann werden Sie uns bei Ihrer Tochter verpetzen?«, fragte die Frau. »Was ist aus unserem schönen Dorf nur geworden! Auf welches Feld sollen wir denn jetzt?«

Kopfschüttelnd führte der Landwirt die mit Sensen und Rechen ausgerüsteten Helfer zum Feld, erklärte den einen die Handhabung des Werkzeuges, während Gordon und andere schon geübt waren und gleich loslegten.

»Gordon«, stellte er sich dem Mann vor, der neben ihm die Sense schwang.

»Jochen«, antwortete der. »Du machst das auch nicht das erste Mal?«

Gordon grinste. »Nein. Ich habe schon ein paar Erneeinsätze hinter mir. Bei Ihnen sieht es aber auch geübt aus?«

»Herr Bodner hatte es mir heute Morgen nach dem Aufstehen schon gezeigt, bevor die Leute auf dem Hof waren.«

Gordon zählte eins und eins zusammen und wusste, dass er den Vater der Familie vor sich hatte, die bei Bodners untergekommen war.

»Es tut mir leid, dass Sie Ihr Zuhause verloren haben.«

Jochen sah ihn mit einem Blick an, den Gordon nicht deuten konnte.

»Und ich entschuldige mich für das Verhalten der Umbacher.«

»Du bist der Freund von Juttas Nichte?«, fragte Jochen.

»Was hat mich verraten? Der Sixpack?«

Nun war es an Jochen, etwas betreten aus der Wäsche zu schauen.

»War ein Witz. Ich glaube, wenn man der einzige Mensch seiner Hautfarbe ist, ist man automatisch so etwas wie ein bunter Hund.«

Gordon hielt Jochen die Ghettofaust entgegen, der drückte seine dagegen und lächelte, sichtlich erleichtert.

»Es gibt noch Felder um Blasbach, die abgeerntet werden müssen«, berichtete Jochen. »Allerdings sind da die Wege wesentlich weiter. Und man muss das Zeug auch noch hertransportieren.«

»Wir werden so viel brauchen, wie es nur geht«, sagte Gordon. »Aber wahrscheinlich macht es mehr Sinn, erst die näheren Felder abzuernten.«

»Dein Schwiegervater ist auch im Dorfrat?«, fragte Jochen.

»Ja. Aber momentan weiß ich nicht, wo die gerade stehen. Es gibt so viel Gegenwind und so viele Quertreiber.«

»Das war vor dem Feuer in Blasbach auch nicht viel anders«, erzählte Jochen. »Es ist fast erstaunlich, dass die sich bisher noch nicht gefunden haben und gemeinsam Stress machen.«

»Beschreie es nicht!«

»Was hast du vor dem Stromausfall gemacht?«, fragte Jochen.

»An der THM studiert. Das scheint jetzt eine Ewigkeit entfernt«, antwortete Gordon. »Und du?«

»Gehobene Beamtenlaufbahn in der Verwaltung des Landkreises. Eben noch standen wir ziemlich gut da – meine Frau habe ich im Büro kennengelernt – auf einmal sind wir vollkommen überflüssig. Die Diskussion über Umverteilung war in Blasbach schon in vollem Gange. Und sie hatte mir nicht gefallen.«

»Aber es muss doch immer noch Leute geben, die … verwalten können?«

»Wenn es denn so einfach wäre. Hast du mal was vom Sektorenwandel gehört?«

»Nein. Müsste ich?«

»In Geschichte oder im Wirtschaftsunterricht. Vereinfacht wird eine Volkswirtschaft in drei Sektoren eingeteilt. Der erste dient der Rohstoffgewinnung, der zweite der Verarbeitung und im dritten sind Dienstleistungen. Eine Gesellschaft macht nun im Laufe der Zeit einen Wandel durch. Zunächst sind fast alle im ersten Sektor tätig. Als Landwirte, Jäger, Fischer oder Bergleute. Im Laufe der Arbeitsteilung konnten die Arbeiten immer effektiver durchgeführt werden und es brauchte weniger Menschen, die Nahrung für alle herstellten. Außerdem erforderten viele Arbeiten in der

Verarbeitung Spezialisierungen. Handwerk, Manufakturen und Industrie zählen dazu und gerade zur Zeit der Industrialisierung waren dort die meisten Menschen beschäftigt. Gleichzeitig wurden aber Dienstleistungen verschiedener Art notwendig. Finanzgeschäfte, Verwaltung, Bildung, aber auch Reinigung oder Postboten. Vor dem Stromausfall waren dort die meisten Menschen beschäftigt.«

»Verstehe. Und wir haben jetzt zwei Rückwärtsrollen gemacht?«

»Ja«, sagte Jochen. »So kann man das beschreiben. Durch den Wegfall der ganzen landwirtschaftlichen Maschinen brauchen wir wieder viel mehr Arbeitskräfte in der Landwirtschaft. Und da uns die Kunstdünger fehlen, braucht es noch mal mehr, weil die Ernten nicht mehr so ertragreich sind.«

»Nadine hatte gesagt, dass das Hybridsaatgut auch weniger ertragreich sein wird«, erinnerte sich Gordon.

»Wir werden uns darauf einstellen müssen, dass viele von uns nur noch Hilfsarbeiter sein werden. Bei den Leuten, die in der Industrie gearbeitet haben, wird es ein wenig darauf ankommen, was sie dort gemacht haben«, erklärte Jochen. »Handwerker und Landwirte? Die haben die Kenntnisse, die man braucht.«

»Das wird vielen Leuten nicht gefallen.«

»Mir gefällt es definitiv nicht. Es wird aber Leute geben, die sich damit nicht einfach abfinden werden.«

»Was hast du seit dem Stromausfall gemacht?«

»Das Gleiche wie hier: Ich habe als Helfer gearbeitet. Ich hatte gehofft, ein wenig den Schreiner zu unterstützen, hatte eine eigene kleine Werkstatt. Mit vielen Elektrogeräten, aber auch vieles, was ich aus dem Nachlass einer Schreinerei übernehmen konnte. Aber auch der hatte ein Überangebot an Helfern. Man muss nehmen, was man bekommt!«

»Herr Bodner hat doch sicherlich auch eine Werkstatt, vielleicht ergibt sich da etwas?«

»Ich möchte ihm nicht noch weiter zur Last fallen«, sagte Jochen. »Und wie sieht es bei dir aus? Hast du noch andere Fertigkeiten?«

»Ich bin gut mit der Sense.« Gordon lachte und machte einen Schwung, von dem er glaubte, dass er besonders graziös aussah.

»Aber Handwerken war nicht so meins. Ich habe viel Sport gemacht, aber an eine Karriere als Profisportler war schon vor dem Stromausfall kaum zu denken.«

»Was wäre es denn geworden?«

»Volleyball«, antwortete Gordon. »Und davor auch noch Fußball. Aber jetzt? Wie du gesagt hast: Erst mal muss ich nehmen, was ich bekomme. Und dann schaue ich, welche Möglichkeiten sich anbieten werden.«

»Heizungsbau dürfte in den nächsten Wochen ein wachsender Markt werden«, sagte Jochen. »Also Öfen.«

»Man hat damit schon angefangen. Bei einigen Häusern wurde bereits etwas eingebaut. In erstaunlich vielen Kellern waren noch so alte Kanonenöfen. Problematisch ist, dass oft die Kamine fehlen, weil sie stillgelegt wurden.«

»Wir müssen uns ein wenig beeilen.« Herr Bodner war zu den beiden gekommen. »Es wird bald regnen.«

»Wir haben keine schweren Maschinen, da sollte das doch weniger problematisch sein?«, fragte Gordon.

Herr Bodner nickte anerkennend. »Jochen, wissen Sie, was ich an Gordon so schätze? Er hört zu, wenn man ihm etwas erzählt, und ich bin mir sicher, dass ich ihm das Problem mit den großen Maschinen und dem nassen Boden an jenem Apfelweinabend erzählt hatte. Aber zu deiner Frage: Ich würde ein Gewitter nicht ausschließen und da muss keiner offen auf dem Feld stehen.«

»Und wann machen wir weiter?«, fragte Jochen. »Ewig Zeit haben wir doch auch nicht.«

»Vielleicht können wir schon heute Nachmittag weitermachen«, erklärte Herr Bodner. »Vielleicht zieht es ja komplett vorbei oder regnet auch nur kurz. Da schau, da fallen schon die ersten Tropfen!«

Gordon und Jochen legten ihre Sensen zur Seite und halfen den anderen, die Halme einzusammeln und zu Garben zu binden. Wie schon so oft diesen Sommer wurden die zu Diemen aufgeschichtet. Der Regen wurde stärker, Blitz und Donner blieben aber aus und die Helfer erreichten durchnässt die offene Scheune auf dem Bodnerhof.

»Zumindest ist alles so feucht, dass man keinen Blitzeinschlag mehr befürchten muss«, sagte Jochen.

»Einschlagen kann der schon noch«, erklärte Herr Bodner. »Allerdings ist die Wahrscheinlichkeit, dass es zu einem Brand kommt, tatsächlich um einiges geringer.«

»Wir brauchen keine Blitze, um das Dorf abzufackeln«, meldete sich einer der Helfer. »Wir haben ja genug Idioten im Dorf, die meinen, mit Dampfmaschinen experimentieren zu müssen!«

Gordon erkannte den erbosten Nachbarn, der zwei Tage zuvor kurz davor war, den Mann zu verprügeln, dessen Konstruktion in der Scheune explodiert war.

»Mir machen die ganzen Schwarzbrenner mehr Sorgen«, sagte Herr Bodner. »Einmal wegen der Explosionsgefahr, aber auch, dass sich die Leute vergiften können.«

»Wenn man das alles in einem Haus macht, das abgelegen ist«, sagte der Mann, »dann brennt das halt ab. Das muss jeder selbst wissen. Aber im Dorfkern darf das nicht sein.«

Der Regen wurde stärker und das Gesicht von Herrn Bodner ernster.

»Ja, Sie haben recht. Das muss man allen Leuten noch mal mitteilen. Es wird nur schwierig sein, alle zu erreichen, die Schnaps brennen.«

Er schaute nach den Wolken und schüttelte den Kopf.

»Das wird heute nichts mehr. Ihr könnt nach Hause gehen, vermutlich haben alle daheim auch genug zu tun.«

Die Leute schauten skeptisch in den Regen und Herr Bodner lächelte.

»Ihr könnt auch noch eine Weile hierbleiben, ich glaube aber nicht, dass es bald aufhören wird zu regnen. Nass werdet ihr ohnehin.«

Einige machten sich sofort auf den Weg, Jochen verabschiedete sich und eilte in das Haus.

»Meinst du nicht, dass Laura sich freuen wird, dich zu sehen?«, fragte Herr Bodner.

»Doch bestimmt. Auf der anderen Seite sehen wir uns so oft, wie wir uns noch nie gesehen haben.«

»Und da tut eine Pause gut?«

Herr Bodner lächelte.

»Vielleicht, aber ich glaube, wir sind momentan mehr mit anderen Sachen beschäftigt als mit uns«, erklärte Gordon. »Ich wollte fragen, wieso sie mit Nadine nicht ins Dorf ziehen.«

»Ist das nicht offensichtlich?«

»Nein. Sonst würde ich nicht fragen. Der Hof liegt etwas Abseits, wird nicht durch die Wallanlage gesichert. Wenn Sie noch mal überfallen …«

Gordon wusste nicht, wie er über den Tod von Frau Bodner reden sollte.

»Das hier ist mein Zuhause, ich kann das nicht einfach verlassen.«

»Ich habe mein Zuhause auch zurückgelassen.«

»Du hast recht«, sagte Herr Bodner. »Aber du hast bei Kinzigs ein neues Zuhause. Hast es schon vor dem Stromausfall gehabt.«

»Sie könnten auch ein Neues finden!«

»Nadine vielleicht. Jochen und seine Familie mussten eines finden und vielleicht finden wir auch etwas für die im Dorf. Aber ich? Einem alten Hund bringt man keine neuen Kunststücke mehr bei.«

»Sie sind kein alter Hund!«

»Wir beide wissen, dass das nicht stimmt.« Herr Bodner legte den Arm um Gordon, was ihn überraschte, denn er wusste, dass er Berührung vermied. »Beruhigt es dich, wenn ich dir verspreche, darüber nachzudenken, wenn es die Situation erfordert?«

»Und wenn es dann zu spät ist?«

»Dann ist dem so«, sagte Herr Bodner. »Aber lass uns bei einem Glas Apfelwein weiterreden.«

TAG 54

NADINE

Nadine öffnete die Tür und war nicht überrascht, Hilde Klein, Rolands Frau, dort zu sehen.

»Hallo Hilde, kommt bitte herein.«

Der Blick der anderen Frau war kaum zu deuten und Nadine überlegte, wie sie an ihrer Stelle wohl reagiert hätte. Mit einem Kopfnicken ging sie den ihr bekannten Weg zur Küche. Dort musterte sie die für sie wohl unerwartete Familie.

»Hallo«, grüßte sie.

Die Kinder und ihre Eltern grüßten zurück und umsichtig verließ Jochen mit seiner Familie die Küche.

»Wie lange wollt ihr die noch hier leben lassen?«, fragte Hilde.

»So lange es nötig sein wird«, antwortete Herr Bodner. »Wir haben genug Platz, ich sehe da also kein Problem.«

»Wieso hast du das getan?«

Man brauchte keine Hellseherin sein, um zu wissen, was sie meinte.

»Ich habe auf Roland reagiert«, antwortete Nadine. »Es wäre mir lieber, wenn ich das nicht hätte tun müssen.«

»Es hat dich doch keiner dazu gezwungen, ihn zu verhaften?« Hilde schien das mehr als Feststellung, denn als Frage zu sehen. »Du bist doch eine von uns und solltest ihn verstehen.«

»Ich bin die Bürgermeisterin aller Umbacher und versuche, einen guten Weg für alle zu finden.«

»Trotzdem kommst du aus einer Bauernfamilie und solltest deinen Leuten nicht in den Rücken fallen. Schlimmstenfalls stehst du ohne Unterstützung da und wer weiß, vielleicht bist du dann die, die festgenommen wird?«

»Drohst du mir?«, fragte Nadine.

»Wie könnte ich das? Nein, Nadine, wir suchen nach Lösungen und wir haben uns entschieden, dass wir unsere Ernte nicht mehr an alle verschenken werden. Den Leuten muss vor dem Winter klar werden, dass man sich das Brot erarbeiten muss. Und auch, dass es nicht für alle reichen wird.«

Sie hätte gerne widersprochen, wusste aber, dass die Frau, genau wie ihr Mann, nicht unrecht hatte.

»Wann wirst du ihn wieder freilassen?«, fragte Hilde.

»Das ist nicht an mir«, sagte Nadine. »Das muss der Richter entscheiden.«

»Der Mann, der dieses Fehlurteil gesprochen hatte?«

Mit Grauen erinnerte sich Nadine an den Prozess gegen Rickschitz, der für schuldig befunden wurde und heute am Galgen baumeln würde, wenn Malte nicht die Beweise für seine Unschuld in Florians Wohnung gefunden hätte.

»Ja. Genau der. Die Ausgangslage ist diesmal eine komplett andere.« Nadine wusste nicht mal, ob es eine reale Grundlage für seine Verhaftung gegeben hatte. Allein die Tatsache, dass sie sich gut mit Bittler verstand und er es nicht für abwegig gehalten hatte, hatten sie mutig werden lassen.

»Wenn Roland bis morgen Abend nicht bei uns auf dem Hof ist, werden wir uns selbst darum kümmern.« Hilde stand auf und verließ die Küche ohne weiteren Kommentar. Kurze Zeit später knallte die Haustür.

»Das war nicht sehr besonnen gewesen.« Ihr Vater hatte die Verhaftung bisher nicht erwähnt. »Du hast dir damit Feinde gemacht.«

»Hätte ich das nicht gemacht, hätte ich gar keine Handhabe mehr gehabt«, erklärte sie. »Und wenn alle gesehen hätten, dass er mit seinem Pächterding durchgekommen wäre, wären ihm alle anderen Landwirte gefolgt. Und dann würden nur noch die zu essen bekommen, die den Landwirten genehm sind.«

»Vielleicht findet sich ein Kompromiss? Irgendeine Perspektive für die Landwirte?«

»Papa, wenn es nicht die Landwirte sind, wären es Pape und seine Bande, die uns erklären würden, dass die Ernte ihre ist. Mein Problem hätte sich dadurch nur verschoben.«

»Ich sehe das Problem«, sagte ihr Vater. »Wir brauchen so etwas wie eine Landreform.«

»Ja.« Nadine nickte. »Und noch dazu haben wir die Flüchtlinge aus Blasbach da.«

Zwei Stunden später saß Nadine erneut im Sitzungsraum der Bank, zusammen mit den drei Herren des Dorfrates. Noch schwieg man sich an.

»Du bringst uns echt in Schwierigkeiten«, brach Pape die Stille. »Es war doch klar, dass wir nicht ewig so weitermachen können.«

»Erinnert ihr euch an die erste Sitzung? Robert hatte verschiedene Pläne vorgeschlagen.« Jutta dachte gar nicht daran, sich die Initiative von Pape nehmen zu lassen.

Malte nickte. »Ja. Einen Plan dafür, dass der Strom schnell wieder da ist und einen, falls es länger dauern sollte. Und vielleicht noch irgendeinen für etwas dazwischen?«

»Das meinte ich«, sagte Nadine. »Ich denke, es ist offensichtlich, dass es nicht kurz dauern wird, und nach acht Wochen ist von mittelfristig wohl nicht zu reden. Selbst wenn jetzt gleich der Strom wieder gehen würde, ein Zurück zu der Zeit davor wird es nicht geben.

»Und was soll das für uns bedeuteten?«, fragte Pape.

»Wir werden die nächsten Monate keine Hilfe von außen erwarten können. Es liegt an uns, Versorgung und Sicherheit zu gewährleisten.«

Sie stand auf und ging ein paar Schritte hinter dem Tisch hin und her.

»Andreas, du hast recht, so wie bisher können wir nicht weitermachen. Und auch Roland Klein hat nicht unrecht. Früher oder später müssen wir das ändern.«

Sie sah Maltes erschrockenes Gesicht. Andreas grinste erst, bemerkte dann aber, dass er noch nichts gewonnen hatte. Orloff war überhaupt nicht zu deuten.

»Bisher hat es doch mit Nahrung gegen Arbeitskraft geklappt?« Malte sah sie fragend an. »Und wenn jemand mal nicht mitgemacht hat, wurde mit dem gesprochen.«

»Ich sage ja nicht, dass wir das sofort ändern müssen«, erklärte Nadine. »Aber wir dürfen nicht einfach über andere bestimmen. Wir brauchen Kompromisse, die für alle, auch für Andreas und Roland, gangbar sind!«

»Was willst du ihnen anbieten?«, fragte Orloff und fixierte mit seinem Blick Pape.

»Eine Landreform?«

»Und wie soll die aussehen?« Pape lehnte sich nach vorn und sah sie erwartungsvoll an.

»Jede Familie sollte Land bekommen, um sich selbst eine Grundlage für die eigene Versorgung zu schaffen.« Sie hatte das nicht fertig gedacht.

»Reicht das zur Verfügung stehende Land denn für alle aus?«, fragte Orloff.

»Nein«, gab Nadine zu. »Wir bräuchten mehr. Viel mehr.«

»Ich sehe noch nicht, wo meine Kunden davon profitieren?«

»Andreas, dann mache du einen Vorschlag.«

»Außerdem werden die Landwirte das auch nicht so mitmachen«, fügte er hinzu.

»Es gab nach dem Zweiten Weltkrieg ein Programm, bei dem die Flüchtlingsfamilie einen Ausgleich für die verlorenen Güter bekommen hatten. Daran könnten wir uns orientieren«, schlug Malte vor.

»Ja, tolle Idee.« Andreas tat so, als ob er sein Smartphone aus der Tasche zog, um darauf etwas zu tippen. »Lass mich nur schnell danach googeln!«

»Sehr lustig«, konterte Malte. »In irgendeinem Geschichtsbuch wird schon etwas Passendes stehen.«

»Und wir müssen auch nicht wissen, wie genau sie es gemacht haben, wir müssen sehen, was wir selbst hinbekommen«, sagte Nadine.

»Sprechen wir jetzt davon, die Sachen unter den Umbachern neu zu verteilen«, fragte Orloff, »oder geht es auch um die Blasbacher?«

»Beides«, antwortete Nadine.

»Das wird es mit mir nicht geben.« Andreas schlug mit der Faust auf den Tisch. »Schon die Verteilung von Hab und Gut unter den Umbachern ist nicht richtig. Jetzt aber auch noch Externen etwas in den Rachen zu werfen, da mache ich nicht mit.«

Nadine bedachte ihn mit einem Blick und erst schien Pape Angst vor ihr zu haben, dann wandelte sich sein Gesichtsausdruck.

»Und du kannst auch androhen, mich ebenfalls zu verhaften! Ich werde meine Meinung nicht ändern.«

»Warum glaubt hier jeder, dass ich ihn verhaften will?«

»Roland Klein hast du direkt bei der ersten Meinungsverschiedenheit verhaften lassen«, antwortete Orloff. »Man kann niemanden verdenken zu glauben, dass du – wie soll ich das sagen – überreagiert hast und möglicherweise gleich den Nächsten wegzerrst, der nicht deiner Meinung ist.«

Nadine schaute in die Runde, zuletzt zu Malte. Der nickte leicht.

»Also siehst du das auch so?«

»Es ist für Außenstehende schwer oder gar nicht nachvollziehbar.«

Erschöpft setzte sie sich auf den Stuhl. Sie hatte das Gefühl, dass die Last sie erdrückte.

»Dann habe ich mich selbst in eine Zwickmühle manövriert.«

»So kann man das sagen.« Orloff sagte das ziemlich neutral, als ob er tatsächlich keine Freude daran hatte. »Die Frage ist nur, wie wir da jetzt wieder herauskommen?«

Nadine war überrascht, dass er es als ein gemeinsames Problem auffasste.

»Bekommen wir denn die verschiedenen Interessen irgendwie zusammen?«, fragte Pape.

»Nicht, ohne dass alle auf Forderungen verzichten«, sagte Malte. »Aber zumindest müssen wir einen Weg finden, sodass jeder das Gefühl hat, ein wenig zu gewinnen.«

»Oder zumindest ein Ziel, das man erreichen kann«, schlug Andreas vor.

»Versprechungen machen, die wir dann vielleicht nicht halten können?«, fragte Nadine.

»Nein.« Andreas tippte mit dem Finger auf die Tischplatte. »Da muss schon etwas Handfestes her.«

»Wir verwalten aktuell den Mangel. Wie sollen wir da etwas Handfestes versprechen?«

»Beten«, sagte Orloff. »Beten hilft. Und sich zu seinen Sünden bekennen.«

»Wir haben reale Probleme«, reagierte Andreas. »Die lassen sich nicht mit deinem imaginären Freund lösen.«

Orloff hob die Augenbrauen, sagte nichts und auch die anderen schwiegen sich eine Weile an.

»Wenn wir dann noch nicht genug schlechte Nachrichten haben: Es gibt Rückmeldungen aus den anderen Ortsteilen zur Aufteilung«, sagte Andreas. »Die knappe Hälfte werden sie uns abnehmen.«

Für Nadine fühlte es sich wie ein weiterer Schlag an. Damit hätte Umbach eine Bleibe für 400 Menschen zu finden.

»Ich muss an die frische Luft«, sagte sie und verließ den Raum.

Die kurze Fahrt bis zum Hof reichte nicht aus, ihren Kopf freizubekommen, und kurz entschlossen sattelte sie ihr Pferd und ritt los. Die Erinnerungen an Juttas Entführungen kamen kurz zurück, Nadine überging sie aber und ihr Pferd galoppierte die Straße nach Blasbach entlang. Sie würde sich viele Vorwürfe anhören müssen, wie unverantwortlich das war, aber das interessierte sie im Moment nicht.

Als der Blick auf das Nachbardorf frei wurde, lief es ihr eiskalt den Rücken herunter. Sie sah Gestalten, die sich verstohlen über die Felder bewegten, von Baum zu Gebüsch und dann in den Straßen von Blasbach verschwanden. Andere kamen mit vollgepackten Händen heraus und sie wunderte sich, welche Schätze sie da geborgen hatten, die nicht vom Brand gefressen worden waren. Vielleicht war es Zeit, ein paar Leute dorthin zu schicken, um in den Überresten nach privaten und nützlichen Sachen suchen zu lassen?

Der Wald auf allen Seiten bestand nur noch aus verkohlten Stämmen, viele waren umgekippt und sie überlegte sich, den Förster zu fragen, was von dem Holz man noch sinnvoll verwenden könnte.

Das Kleckern von Hufen auf der Straße lenkte sie ab und sie drehte sich um. Jutta kam ihr auf ›Kleine Tante‹ hinterher.

»Du bist leichtsinnig.«

»Ich brauche jetzt keine Vorwürfe«, sagte Nadine. »Außerdem bist du mir gefolgt und auch allein unterwegs.«

Jutta grinste. »Du hast ein wenig recht.«

»Das wird mir alles zu viel«, gestand Nadine. »So viele Probleme und kaum Lösungen in Sicht.«

»Du musst sie nicht alle allein lösen. Lass dir helfen.«

»Von wem? Pape drückt seine Interessen durch, Orloff löst seine Probleme mit Beten und dein Bruder ist mir gerade keine große Hilfe.«

Sie hatten sich in Bewegung gesetzt und Nadine fiel auf, dass Jutta sie zurück zum Dorf führte.

»Das Thing morgen?«

»Wenn das Wetter mitspielt. Wenn es regnen sollte, haben wir keinen Versammlungsort«, sagte Nadine. »Wir haben ohnehin keinen Ort, an den alle Einwohner passen.«

»Das wird schon klappen und auch bei ein wenig Nieselregen wird sich die Liegewiese des Schwimmbads nicht gleich in ein zweites Woodstock verwandeln.«

Als sie zum Dorf zurückkamen, empfing sie einer der Hilfspolizisten.

»Ich soll Ihnen von Bittler mitteilen, dass wir den zweiten Mordfall haben.«

Nadines Herz blieb einen Augenblick stehen. Immer wenn man der Ansicht war, dass es nicht schlimmer kommen konnte, kam die nächste Hiobsbotschaft.

»Ich verstehe nicht, warum ich das unbedingt wissen muss?«

»Es kam vor einer Sammelunterkunft zu einem Streit und dabei wurde jemand erschossen.«

Auch wenn nicht alle Informationen gesagt wurden, ahnte Nadine, in welche Richtung es ging.

»Mehr Details«, bat sie.

»Ein Mann aus Blasbach hat jemanden aus Umbach erschossen. Wir haben den Mann verhaften können und Herr Bittler hat die Wachen vor dem Gefängnis verstärkt.«

Damit hatte Roland Klein dann ja gerade die richtige Begleitung im Gefängnis, dachte Nadine. Daraus würde sich ein weiterer Mordprozess ergeben, nur diesmal gab es vermutlich genug Zeugen.

»Jedenfalls befürchtet Herr Bittler, dass wir nicht genug sind, um dort für Sicherheit zu sorgen.«

»Hat er mit dem Major gesprochen?«, fragte Nadine.

»Herr Bittler hat gleichzeitig jemanden dorthin geschickt.«

»Ich komme zum Gefängnis«, sagte sie.

»Ich reite zu Malte. Also nach Hause«, verabschiedete sich Jutta. »Komm später einfach vorbei, wenn du reden magst.«

»Nimm bitte mein Pferd mit, ich weiß noch nicht, was mich erwartet.« Nadine stieg ab und gab Jutta die Zügel. Dann sah sie ihrer Jugendfreundin hinterher und ging zum Gefängnis, das eines von vielen Provisorien war. Im Keller des Verwaltungsgebäudes, in dem auch das Pony-Express-Büro war, hatte man notdürftig drei Zellen eingerichtet, und mit Grauen dachte Nadine an die wenigen Menschen, die dort bereits Zeit verbracht hatten. Vor dem Gebäude standen Hilfspolizisten Wache, ihnen gegenüber eine nicht kleine Gruppe. Erst beim Näherkommen ging ihr auf, dass es zwei Gruppen waren.

»Klein ist nicht so ein Verbrecher wie der Mörder! Lasst ihn endlich heraus!«

»Gebt uns den Mörder, wir kümmern uns um ihn.«

»Leute«, rief Bittler. »Geht nach Hause oder an die Arbeit und lasst uns unsere machen!«

Nadine ging an der Menge vorbei und wurde erkannt.

»Da ist sie! Lass Roland frei!«

Pfiffe und Buh-Rufe schallten ihr entgegen und sie war froh, neben Bittler und hinter der Reihe der Polizisten zu stehen.

»Ich nehme an, diesmal gibt es Zeugen?«, fragte sie.

Bittler nickte. »Ja. An der Tat selbst gibt es wenig zu deuten. Wir haben auch schon ein Geständnis.«

Nadine lief es kalt den Rücken herunter. Sie sah schon, wie der Galgen ein weiteres Mal genutzt werden würde.

»Aber?«

»Die Waffe gehörte dem Opfer. Der Mann hatte die Waffe gezogen und auf den Täter gerichtet.«

»Also Notwehr?«, fragte Nadine.

»Roland! Roland! Roland!«, skandierte ein Teil der Menge.

»Lassen Sie uns hineingehen«, schlug Bittler vor.

Die Tür dämpfte den Lärm etwas.

»Es ist ja eindeutig, dass wir massive Streitigkeiten zwischen Umbachern und den Flüchtlingen haben«, erklärte Bittler. »Im Grunde war es nur eine Frage der Zeit, bis so etwas passiert.«

Draußen wurde es ruhiger und kurz darauf öffnete sich die Tür und der Major trat herein.

»Gut, dass Sie zurück sind!« Nadine hatte ihn seit seiner Rückkehr nicht gesehen. »Und mein Beileid.«

»Danke. Ich habe fünf Leute mitgebracht und den Leuten vorgeschlagen, nach Hause zu gehen.«

»Und sie haben gehört?«, wunderte sich Bittler.

»Drei Viertel«, sagte der Major. »Aber ich weiß nicht, ob wir dauerhaft das Gebäude mit so vielen Leuten schützen können.«

»Klein beschwert sich, dass er nicht mit so einem Verbrecher zusammen gefangen gehalten werden möchte«, berichtete Bittler. »Vielleicht sollten wir überlegen, ihn unter Auflagen gehen zu lassen?«

»Der Gedanke war mir auch schon gekommen«, sagte Nadine. »Abhauen wird er sowieso nicht und selbst wenn, dann wäre es keine Verlust.«

»Lasst den ruhig noch ein wenig schmoren«, schlug der Major vor. »Das tut ihm nicht wirklich weh und draußen würde er auch nur für Unruhe sorgen.«

»So machen es andere Leute, vorneweg seine Frau«, erklärte Nadine. »Und ich kann es ihr nicht wirklich verdenken.«

»Soll unter den Voraussetzungen morgen wirklich das Thing abgehalten werden?«, fragte Bittler. »Bei der aufgeheizten Stimmung kann viel passieren.«

»Wenn ich das absagen würde, wäre das Wasser auf den Mühlen meiner Gegner«, antwortete Nadine. »Nein, das ziehen wir durch. Aber ich würde noch gerne mit Klein reden.«

GORDON

Die von Orloff geführte Prozession war am Haus der Kinzigs vorbeigezogen und hatte etwas Seltsames. Eigentlich hätte nur noch gefehlt, dass sie sich die Oberkörper entblößten und wie Flagellanten selbst geißelten. Aber das monotone »Bekennt eure Sünden« aus den Mündern von vermutlich 200 erwachsenen Menschen hatte etwas Angsteinflößendes. Fasziniert hatte Gordon vom Fenster aus zugeschaut und die Neugier trieb ihn hinterher. Am Löschteich hatten sie sich versammelt und jemand hatte Orloff auf einem Boot in die Mitte des Teiches gerudert.

»Amen!«, rief er und ein »Amen« schallte ihm von seiner Gemeinde, die das Ufer des Gewässers säumte, zurück.

»Oh Herr, wir verneigen uns vor dir und deinem Wort! Wir bekennen unsere Sünden und übergeben uns deinem gerechten Urteil!«

»Amen!«

»Wir teilen dein Wort auch mit denen, die sich lustig über dich machen. Wir bieten allen Sünderinnen an sich zu bekennen und um Vergebung zu beten! Oh Herr, öffne ihre Ohren und ihre Augen, auf dass sie zu dir finden und nicht mehr sündigen!«

»Amen!«

»Bekennt eure Sünden!«

Orloff stand auf dem wackligen Boot, das sich langsam drehte.

»Aber Herr, das ist noch nicht genug. Wir werden die Sünderinnen und Sünder aus ihren Häusern holen! Wir werden sie vor dir niederknien lassen, auf dass sie um Vergebung bei dir betteln!«

»Holt die Sünder aus ihren Lasterhöhlen!«

»Amen!«

»Herr! Hilf uns in unserer Not!«

Orloff wartete, bis sich die Menge wieder beruhigt hatte, breitete die Arme aus und stand in der Kreuzpose auf dem Boot. Gordon hoffte, dass er die Balance verlieren und ins Wasser fallen würde.

»Oh Herr, schicke uns ein Zeichen deiner Unterstützung.«

Gordon fragte sich, ob er etwas vorbereitet hatte, als die Sonne durch die Wolken brach und den Teich in ein feierlich anmutendes Licht tauchte. Die kleinen Wellen des Gewässers glitzerten wie eine Discokugel und verwunderte »Ahs« und »Ohs« bestätigten, dass es Wirkung zeigte.

»Ein Wunder! Er hat ein weiteres Wunder erschaffen!«

»Der Herr ist mit ihm!«

»Amen!«

»Show kann er«, sagte Malte, der neben ihm aufgetaucht war, ohne dass Gordon es bemerkt hatte.

»Du hast ja keine Ahnung. Aber während das mit dem Regen noch einigermaßen nachvollziehbar war, hätte das hier auch anders ausgehen können.«

»Ja. Das war beeindruckend und beängstigend zugleich«, sagte Malte.

»Wir werden das Dorf von der Sünde reinigen«, geiferte Orloff. »In Umbach ist kein Platz mehr für das Laster.«

»Nadine hat den falschen Mann verhaftet«, flüsterte Gordon Malte zu. »Die Menge ist unberechenbar.«

»Wir werden keine Sodomie mehr dulden!« Orloff redete sich weiter in Rage. »Keine Unzucht mehr und wer seine Sünden nicht bekennt, soll durch den Herren erlöst werden!«

»Johannes, du bist ein Spinner!«, rief ein Mann vom gegenüberliegenden Ufer.

Die Menge wurde still, alle Köpfe drehten sich in seine Richtung und zwei Anhänger Orloffs hatten ihn schon ergriffen. Einer der Polizisten hatte ihn in einer flüssigen Bewegung beide Arme auf den Rücken gedreht. Gordon meinte zu erkennen, dass er ihn mit Kabelbindern fesselte und dann in die Kniekehlen trat, sodass der Mann nun zwischen ihnen kniete.

Orloff wartete, bis sich das Boot etwas weiter gedreht hatte.

»Du sollst nicht falsch Zeugnis reden wider deinen Nächsten«, zitierte er die Bibel.

»Es ist wenige Wochen her, da hast du selbst jedem Rock hinterhergeschaut.« Der Mann schien nicht eingeschüchtert zu sein und keine Angst zu haben. »Dir war es egal, ob sie verheiratet waren oder nicht. Du hast alles angebaggert, was nicht bei drei auf den Bäumen war.«

Der Polizist versetzte ihm einen Tritt in die Hüfte, was den Mann aufstöhnen und ihn zur Seite fallen ließ. Da seine Hände auf dem Rücken gefesselt waren, hatte er Mühe, sich wieder aufzurichten.

»Lass ihn ausreden«, forderte Orloff.

»Die ›Unzucht‹, die du hier anprangerst, das warst vor wenigen Wochen noch du. Wer bist du, dass du dich jetzt als Richter aufspielst?«

»Als der Strom ausfiel«, sagte Orloff. »Habe ich viel darüber nachgedacht, wie das passiert ist. Das Wenige, was ich an Physik kenne, reichte nicht aus, es zu erklären, und ich fragte mich herum. Sprach mit Lehrern, Menschen, die in Physik promoviert haben. Und weißt du was?«

Er ließ die Worte sacken, bevor er weitersprach.

»Die Wissenschaftler hatten keine Antworten. Und wenn ich mal eine Antwort bekam, gab es gleich zwei neue Fragen!«

Wieder wartete er, bis sich die Information bei der Menge gesetzt hatte.

»Dann erinnerte ich mich an meine Kindheit, wie meine Großmutter versucht hatte mir die Bibel näher bringen. Zunächst war ich von der Kinderbibel, die sie hatte, begeistert und ich freute mich auf jeden Besuch bei ihr, weil sie mir weitere Geschichten daraus vorlas. Als Teenager veränderte sich dann mein Körper und ich spürte die Versuchung durch die Mädchen und Frauen. Evas Reize zogen mich genauso im Bann, so wie es einst Adam erging, und als eines Tags meine Großmutter wieder die Bibel mit mir lesen wollte, es war mittlerweile eine richtige Übersetzung, da habe ich sie ausgelacht. Sie solle mich mit den Fantasiegeschichten in Ruhe lassen, die heute niemanden mehr interessieren würden.«

Das Boot schaukelte auf und Gordon hatte wieder den Funken einer Hoffnung, dass Orloff ins Wasser fallen könnte. Der konnte sich jedoch ausbalancieren.

»Und ja, so begann mein Pfad als Sünder. Ich habe Unzucht begangen und ich habe Ehen gebrochen.«

»Da seht ihr, wer euer Messias ist!«, rief der kniende Mann.

»Aber nachdem mir die Wissenschaftler keine Antworten geben konnten, habe ich mich selbst auf die Suche gemacht und ich habe Antworten und Zuversicht im Buch der Bücher gefunden.«

Er hielt ein kleines schwarzes Buch in die Höhe.

»Dies ist die Bibel meiner Großmutter und ich bin mir sicher, dass mir ihre unsterbliche Seele meine Sünden vergeben hat!«

Er blätterte in der Bibel und hielt das offene Buch den Menschen entgegen.

»Im Johannes-Evangelium steht, dass Jesus der Weg und die Wahrheit und das Leben ist und dass niemand zum Vater kommt, denn durch ihn! Das hatte mir die Augen geöffnet. Ich habe der Sünde entsagt, bat den Herren um Vergebung. Ich betete Tage und Nächte und dann wurde mir klar: Die Menschen hatten sich vom Herren abgewandt, lebten eitel, in Völlerei und Maßlosigkeit, zelebrieren die Sünde. Überall sah man fast nackte Frauen, dabei ist der Herr mit seinen Geboten eindeutig, denn du sollst nicht begehren deines nächsten Weib und Magd!«

»Hast du denn die um Vergebung gebeten, deren Ehen du gebrochen hast?«

Gordon musste den Mut des Mannes anerkennen. Mitten in einer ihm feindlich gesinnten Menge ließ er sich nicht den Mund verbieten.

»Niemand kann mir vergeben außer der Herr selbst!«, antwortete Orloff. »Und so wartete ich auf ein Zeichen. Ich wartete auf sein Zeichen. Ich suchte das Gespräch mit anderen. Menschen, die wie Schafe in die Kirche gezogen waren ohne wirklich zu glauben. Und mit Menschen, die, genau wie ich, den Glauben aus ihrem Leben verbannt hatten. Und da wurde mir klar, dass die Kirchen nicht der Ort sind, an denen man den Herren findet. Es sind leere Häuser, gefüllt mit Popanz und Reichtümern. Weltliches. Die Menschen waren dem goldenen Kalb gefolgt und dachten, dass sie wie dereinst beim Ablasshandel sich einfach von ihren Sünden freikaufen konnten.«

Während Gordon vom offenen Angriff gegen die Kirchen überrascht war, schienen die meisten in der Menge es schon gehört zu haben.

»Im Matthäus-Evangelium heißt es, dass dort, wo sich zwei oder mehr in seinem Namen versammeln, der Herr mitten unter ihnen sei. Und so begann ich mit Menschen den wahren Glauben zu beten. In meinem Wohnzimmer, in den Küchen von dir, dir und dir.«

Dabei zeigte er auf verschiedene Leute.

»Und ich spürte, wie ich meinen inneren Frieden wiedergefunden hatte. Und den Menschen, mit denen ich gesprochen hatte, ging es genauso.«

»Und glaubst du jetzt, dass der Strom wiederkommt, wenn alle Menschen gottgefällig leben?«, fragte der gefesselte Mann. Der Spott war nicht zu überhören.

»Der Herr wird die Erde von den Sündigen reinigen«, antwortete Orloff. »Dazu muss man aber nicht die Sünder beseitigen, sondern die Sünde. Aber der Herr ist gnädig und jeder kann sich von der Sünde abkehren und um Vergebung beten. Auch du kannst das.«

»Wofür sollte ich um Vergebung bitten?«

»Deine Seele ist voller Neid und Hass, aber ich spüre, dass der Herr dir vergibt. Nehmt ihm die Fesseln ab und helft ihm aufzustehen.«

Die beiden Männer neben dem Gefesselten sahen Orloff fragend an.

»Der Herr predigt Vergebung und nicht Rache. Nehmt ihm nun die Fessel ab und helft ihm aufzustehen. Der Herr hat ihm vergeben. Er hatte eine Aufgabe, ähnlich wie Judas Iscariot, der den Herren verraten musste, damit dieser seinen Leidensweg gehen konnte.«

Mit einem Messer wurde der Kabelbinder durchgeschnitten und der Polizist gab dem Mann die Hand, um ihm beim Aufstehen zu helfen. Während er sich die Handgelenke rieb, schaute er zu Orloff.

»Gehe nun hin und sündige nicht mehr. Du und jeder andere ist jederzeit bei unseren Versammlungen willkommen. Wenn du über den Herren und Vergebung reden möchtest, kannst du immer zu mir kommen. Ich habe ein offenes Ohr für dich und wir werden gemeinsam beten.«

Der Mann nickte Orloff kurz zu und drückte sich dann durch die Menge.

»Was war das?«, flüsterte Malte.

»Ich habe das Gefühl, dass wir ein Schauspiel gesehen haben«, vermutete Gordon.

»Amen!« Der Ruf kam immer wieder aus der Menge. »Der Herr ist gnädig!«

»Gordon? Papa?«, hörte er seine Freundin rufen.

Sehen konnte er sie noch nicht, aber eine Bewegung in der Menge hinter ihnen ließ ihn ahnen, wo sie gerade war.

»Orloff und seine Gruppe sind als Gegner mittlerweile zu mächtig. Ihm mit ein paar jungen Menschen die Stirn zu bieten, wird nichts bringen, außer dass man sich selbst zur Zielscheibe macht«, sagte Malte. »Geht auf keinen Fall in die offene Konfrontation.«

Laura hatte die beiden erreicht und war etwas außer Atem.

»Mama ist weg«, sagte sie.

»Sie ist eine erwachsene Frau und 400 Kilometer durch dieses Land gelaufen. Die kommt schon ein paar Stunden allein zurecht.«

»Gordon, sie hat vorhin über Holzer geschimpft, dass es Zeit für ihn zum Bezahlen wäre. Können wir zusammen hingehen?« Sie sah ihn mit diesem Blick an, dem er nicht widerstehen konnte.

»Und was soll ich da tun?«

»Sie davon abhalten, etwas Dummes zu tun? Oder zumindest mir dabei helfen.«

»Dann lass uns rüberfahren«, sagte Gordon.

Mit dem Fahrrad waren sie in wenigen Augenblicken vor dem Haus von Holzer und Iris kam ihnen aufgeregt entgegen.

»Sie ist bei ihm.«

Ihr Gesicht war verheult und wenig ließ die Schönheit erahnen, die diese Frau mal war.

»Was ist mit dir?«, fragte Laura.

»Ich habe mich mit ihm gestritten und er will mich rauswerfen.« Schluchzen unterbrach ihre Sätze. »Aber ich kann doch nirgendwo hingehen. Er braucht meine Hilfe.«

»Ich rede mit ihm«, versprach Gordon und betrat das Haus, in dem es nach Alkohol stank. Er war sich nicht sicher, ob das beim letzten Mal so gewesen war, aber es ekelte ihn an.

Im Wohnzimmer standen unzählige Flaschen neben der Couch, auf dem Tisch, im Grunde auf jeder freien Fläche. Holzer saß auf dem Sofa, sein offenes Auge starrte Simone an, der Verband hing von seinem Gesicht herunter und gab den Blick auf seine Verletzung frei. Das Geschwür aus Blut und Eiter ließ Gordon würgen und nur mit Mühe konnte er verhindern sich zu übergeben. Simone stand von Holzer aus gesehen hinter dem Couchtisch und hatte die Waffe auf ihn gerichtet. Unter dem Gestank nach Alkohol konnte man Ammoniak riechen und ein Blick auf Holzers Jogginghose und dem Teppich offenbarten den Ursprung.

»Bidde Schimone, du haschd reschd, isch habe den dod verdiend.«

Jedes Wort schien ihm Schmerzen zu bereiten und Gordon wunderte sich, dass Holzer keine Angst zu haben schien.

»Mama, tu es nicht!«, sagte Laura.

Simone sah ihre Tochter an und lächelte.

»Geh raus mein Kind, du musst dir das nicht mit anschauen.«

»Mama! Bitte! Lukas hätte das nicht gewollt!«

»Lukas hätte lieber gelebt«, sagte Simone. »Geh jetzt raus, ich möchte das nicht noch einmal wiederholen.«

»Versuche du es bitte«, flehte Laura Gordon an, verließ aber den Raum.

»Simone«, fing Gordon an. »Er ist ein Schwein, aber du wirst dadurch nicht glücklich.«

»Sei schdill«, reagierte Holzer. »Ich will schderben. Wenn isch keinen Alkohol mehr habe, werden die Schmersen unerdräglisch.«

»Simone, er soll selbst einen Weg finden! Das musst du nicht machen.«

Sie senkte die Waffe, sicherte sie, und stecke sie sich hinten in den Hosenbund.

»Denkst du an meinen Sohn?«

»Jeden Dag. Wenn isch die Augen schließe, sehe isch ihn. Ess dud mir so schreglisch leid.«

»Ich wünschte, ich könnte dir das andere Auge herausreissen. Dir Schmerzen zufügen. Immer und immer wieder.«

Sie fing an zu heulen.

»Aber Gordon hat recht! All das würde mir meinen Sohn nicht wieder zurückbringen. Neun Monate habe ich ihn unter meinem Herzen getragen, ihn bei jeder Krankheit gepflegt, seine Wunden mit Pflastern und Pusten behandelt, mir seinen ersten Liebeskummer angehört. Ich habe so gerne mit ihm gelacht und ich werde dieses Lachen nie wieder hören. Nie wieder! Und ich habe ihn nicht mehr sehen können. Die Aussicht, meine Kinder wiederzusehen, hat mir die Kraft für meine Wanderung gegeben. Und dann komme ich nach Hause und erfahre, dass mein Junge tot ist. Tot!«

Mit Schwung räumte sie alle Flaschen vom Tisch. Keine blieb heil und der Raum stank noch mehr nach Bier, Wein und Schnäpsen. Simone ging durch das Wohnzimmer und schmiss jede Flasche, die sie fand, auf den Boden.

»Du hast bestimmt den Keller voller Reserven?«

Holzer nickte und Simone verließ das Wohnzimmer. Gordon hörte, wie sie die Kellertreppe hinunterging und kurz darauf das

Klirren von zu Boden fallenden Flaschen. Gordon war versucht, der Mutter seiner Freundin zu erklären, dass Alkohol eine Krisenwährung war, vermutete aber nicht, dass sie das von ihrem Plan abhalten würde. Als sie wieder hochkam, hörte Gordon, wie sie in einen weiteren Raum ging und nach kurzer Zeit war von dort das Zerbrechen von Glas zu hören. Als sie zurück in das Wohnzimmer kam, stank sie selbst intensiv nach Alkohol.

»Du wirst immer noch irgendwo etwas haben, aber ich möchte, dass du deine Schmerzen bewusst erlebst. Du sollst so lange leiden wie möglich!«

Holzer hatte sich mühsam auf die Couch gehievt und starrte Simone an, sagte nichts. Die verließ das Wohnzimmer. Als Gordon die Haustür hörte, folgte er ihr. Vor dem Haus sah er, wie sie eiligen Schrittes in Richtung ihrer Straße lief und er ging zu Iris.

»Es tut mir leid.« Dabei wusste er nicht, was ihm leid tat. Ohne die Frau könnte Lukas noch leben, aber es waren Florian und Holzer, die um die Waffe gerungen hatten. »Du musst nicht bei ihm bleiben.«

»Wo soll ich denn hin?« Die Frau, die vor dem Stromausfall den Ruf hatte, hochmütig zu sein, war nur noch ein Schatten ihrer selbst. »Ich habe hier keine Freunde, Orloff und seine Jünger beschimpfen mich als Hure und spucken mich an. Mein Leben ist so traurig, dass ich wirklich dachte, Florian hätte mein Ritter auf dem weißen Hengst sein können. Nein, mir geht es nicht gut bei Carl, aber ich habe keinen besseren Ort, an den ich gehen kann.«

TAG 55

BERND

»Hallo ihr Zwei! Ich bin Laura!«

Die Zwillinge gaben ihr nacheinander die Hand.

»Ich bin Angelina!«

»Ich bin Janine!«

Laura musterte die beiden eine Weile und lächelte dann.

»Seid ihr sicher, dass es nicht umgekehrt ist? Ich könnte euch nicht auseinanderhalten!«

Die Mädchen kicherten.

»Mama kann uns auseinanderhalten. Sonst niemand«, sagte Janine.

»Und wie hat sie das gemacht?«

»Das wissen wir nicht«, erklärte Angelina. »Wir haben sie immer wieder gefragt, weil, wenn wir das gewusst hätten, hätten wir vielleicht auch Mama täuschen können. Aber sie hat nur gesagt, dass sie das einfach weiß. Und sie hat sich nie getäuscht. Nicht ein einziges Mal.«

»Bernd hat euch erzählt, was ich mit euch vorhabe?«

Beide nickten.

»Wollt ihr denn überhaupt andere Kinder kennenlernen? Oder seid ihr euch gegenseitig genug?«

»Wir waren lange mit Papa im Wald«, sagte Janine. »Andere Kinder zu sehen wäre toll.«

»Okay, dann lasst uns mal losgehen!«

»Danke, Laura«, sagte Beate. »Und euch wünsche ich viel Spaß!«

»Macht es gut, Mädchen.« Bernd hatte sich neben Beate gestellt und winkte den Mädchen hinterher.

Als sie nicht mehr zu sehen waren, gingen sie zurück in die Küche. Seit seiner Rückkehr war Bernd das erste Mal allein mit Beate. Sie setzten sich an den Küchentisch und er vergrub den Kopf in den Händen. Seine Ellenbogen waren auf den Tisch gestützt. Sein ganzer Körper bebte, Tränen rollten über sein Gesicht. Ein gelegentliches Schluchzen unterbrach die Stille. Beate hatte sich neben ihn gesetzt, streichelte ihm über den Rücken.

»Wäre ich nur früher los«, warf er sich vor. »Das werde ich mir mein Leben lang nicht verzeihen können.«

»Wir wissen beide, dass du den Mann nicht aus der Hütte geworfen hättest.«

»Aber vielleicht wäre er nicht so panisch gewesen.«

»Du hättest genau im richtigen Moment da sein müssen und sie hätte auch vorsichtig sein müssen.«

Wie konnte sie das nur sagen?, ging es ihm durch den Kopf. Als ob Kathrin selbst schuld wäre!

»Dass sie überhaupt bis dorthin gekommen war, ist nicht selbstverständlich gewesen. Ihr hätte schon auf dem Weg so viel passieren können.«

»Das macht ihren Tod umso tragischer«, sagte Bernd. »Vollkommen überflüssig.«

»Es hilft niemandem, wenn du dir Vorwürfe machst. Trauern, ja, das ist okay. Aber ich brauche dich, und Janine und Angelina auch.«

Sie hatte seine zweite Tochter Hanna nicht erwähnt und er war dankbar. Immerhin bestand die Möglichkeit, dass sie noch lebte. Er hatte im Bunker und in der Hütte an vereinbarten Stellen Nachrichten hinterlassen, dass sie nach Umbach kommen sollte.

»Aber auch mir darf mal die Kraft ausgehen?«

»Bernd, seit ich dich kenne, hast du mich behutsam mit Krisenvorsorge vorbereitet. Erklärt, dass man auch damit rechnen muss, dass Menschen, an denen einem etwas liegt, es nicht schaffen, und du hast dabei auch oft genug deine Töchter erwähnt. Mir ist bewusst, dass ich keine Kinder habe und deinen Schmerz nicht im Ansatz selbst nachvollziehen kann, aber ich weiß, was Verlust ist, und ich leide mit dir. Und ja, dir darf die Kraft ausgehen und ich bin da, um dich zu stützen.«

Bernd nahm sie in den Arm und ließ sich von ihr drücken.

»Was machen wir, wenn wir ihre Mutter nicht finden?«

»Ist das nicht klar? Du hattest immer wieder angekündigt, dass bei einer Krise deine Töchter zu uns kommen würden, und ich habe mich seit dem Stromausfall darauf eingestellt, mit Zwillingen in einem Haus zu leben. Dass die jetzt etwas jünger sind, als ich gedacht habe, wird es abenteuerlicher machen. Aber wir bekommen das hin.«

»Die beiden haben die Pubertät noch vor sich. Du hast keine Ahnung, worauf du dich da einlässt.«

»Schwieriger als mit dir zusammenzuleben kann das auch nicht sein.« Sie lächelte ihn an und kniff ihm in die Wange.

»Ich bin froh, dass du da bist«, sagte er.

»Wollen wir uns auf den Weg machen?«, fragte sie. »Das Thing geht bald los und ich glaube, dass Nadine froh wäre, dich dort zu sehen.«

Beate hatte ihm eine Zusammenfassung der Ereignisse, die geschehen waren, während er auf seiner Rettungsmission war, gegeben, und er konnte kaum glauben, wie schnell es eskaliert war.

»Vorausgesetzt, du hast die Kraft dazu?«

»Solange du bei mir bist, habe ich die. Aber ich brauche noch einen Moment.«

Bernd stieg die Treppen ins Obergeschoß. Neben ihrem Schlafzimmer befand sich dort ein Badezimmer, eine separate Toilette und zwei Zimmer, die eigentlich nie genutzt wurden. Vor der Tür des ersten hielt er an und streichelte das Namensschild, das an Kathrins erstem Kinderzimmer gehangen hatte und das für seine Töchter das Zeichen sein sollte, dass sie immer ein Zuhause bei ihm hatten. Dann nahm er es ab, verschluckte den Frosch in seinem Hals und betrat den Raum. Das Zimmer war eher zweckmäßig eingerichtet, und als Kathrin das letzte Mal zu Besuch war, hatte sie sich wieder über das Twilight-Plakat lustig gemacht.

»Papa, ich war ein Teenager, als ich für Robert Pattinson geschwärmt habe!«

Und sie hatte ihn in den Arm genommen.

»Als du noch ein Kind warst, hast du für mich geschwärmt«, hatte er gesagt. »Es war ganz schön schwer für mich, nicht mehr deine Nummer eins zu sein.«

Sie hatte gelacht, ihm einen Kuss auf die Backe gedrückt – etwas, dass sie nur sehr selten gemacht hatte, schon als Kind nicht – und dann ins Ohr geflüstert.:

»Papa, du wirst der Mann sein, den ich mein ganzes Leben lieben werde.«

Schon damals war er zu Tränen gerührt, jetzt überrollte ihn der Schmerz und er musste sich auf das Bett setzen. Er schluchzte, hatte das Gefühl, dass ihm der Atem zwischendurch wegblieb.

Er bemerkte erst, dass Beate im Türrahmen stand, als sie ihn ansprach.

»Warum tust du dir das an? Gib dir etwas Zeit.«

»Ich möchte das Zimmer den Zwillingen geben«, erklärte er. »Kathrin braucht es nicht mehr.«

»Den Mädchen geht es auch im Arbeitszimmer gut. Die können da noch einige Nächte, wenn nicht sogar Wochen schlafen.«

»Aber ich muss etwas machen!«

»Bernd, du kannst etwas machen, du musst es nicht. Wir Vier kommen so zurecht, wie es gerade ist.«

»Der Schmerz wird nicht weniger, wenn ich es hinauszögere«, sagte er.

»Du entscheidest selbst. Aber tu es nicht, weil du glaubst, dass du es tun musst.«

»Versprochen«, flüsterte er. »Ich brauche nur etwas Zeit dazu. Allein.«

Beate nickte und verschwand aus dem Türrahmen. Er entfernte das Twilight-Plakat, rollte es zusammen und legte es auf den kleinen Schreibtisch. Dann nahm er die gerahmten Fotos von den

Wänden und legte sie dazu. Das Bett wäre zunächst groß genug für beide Mädchen zusammen, aber wenn sie länger blieben, würde er mit ihnen ein Etagenbett bauen. Er hatte auch überlegt, jedem einen eigenen Raum zu geben, aber er hatte die Hoffnung nicht aufgegeben, dass zumindest Hanna auftauchen würde. Der andere Grund war das Heizen. Durch ein Schachtsystem konnte man die Wärme des Kachelofens in der Mitte des Hauses in fast alle Räume verteilen. Man konnte auch Klappen schließen und manche Zimmer kalt lassen. Das würde wichtige Energie sparen.

Er leerte den Schrank und die Schubladen, ging in den Keller, um zwei Kisten zu holen, in denen er Kathrins Sachen verstaute. Dann brachte er sie in ein Regal im Keller, ging ins Arbeitszimmer, um dort das Bettzeug von Angelina und Janine zu nehmen, und trug es in Kathrins Zimmer. Ihre anderen Sachen sollten die Zwillinge selbst hochräumen. Dann hatte er einen Einfall, ging in seine Werkstatt und fand eine passende Holzscheibe. Mit dem Lötkolben brannte er die Namen der Zwillinge darauf, befestigte ein Lederband und ging zurück zum Zimmer, um es an die Tür zu hängen. Er trat einen Schritt zurück und bewunderte das Schild, das fast genau die Stelle abdeckte, an der vorher das von Kathrin gehangen hatte.

Beate war hochgekommen, stellte sich neben ihn und nahm ihn in den Arm.

»Es ist nicht deine beste Handwerksarbeit«, urteilte sie. »Aber es ist schön geworden. Ich glaube, die Mädchen werden es mögen.«

Wieder überkam ihn ein Heulkrampf und er hielt sich an Beate fest, die ihm den Kopf streichelte. Wortlos standen sie im Treppenhaus, bis Bernd wieder ruhiger atmen konnte.

»Lass uns zur Versammlung gehen«, sagte er. »Ich bin so gespannt, was dabei herauskommen wird.«

Das halbe Dorf war auf den Beinen und es würde eine Herausforderung sein, sich überhaupt Gehör zu verschaffen. Auf einem Podest standen Tische, an denen die aktiven Mitglieder des Rates saßen: Orloff, Pape, Nadine und Malte. Vor Nadine stand eine

Flüstertüte und eine große Handglocke. Bernd meinte ein Lächeln auf Nadines Gesicht zu erkennen, als sie ihn sah, und sie kam direkt zu ihm.

»Hallo Bernd, gut, dass du wieder da bist, und du hast uns ja was Zauberhaftes mitgebracht.«

Erst in dem Moment schien sie sich an seine Tochter zu erinnern.

»Dein Verlust tut mir sehr leid. Wenn du jemanden zum Reden suchst, kannst du dich gern bei mir melden.«

»Ich danke dir«, sagte Bernd. »Und ja, Janine und Angelina sind zauberhaft. Ich hoffe, dass wir ihre Mutter finden werden.«

Nadine kletterte wieder auf die Bühne, dafür hatte sich Bittler neben ihn gestellt.

»Hallo Bernd, mein Beileid.«

»Danke.« Er ließ sich vom anderen Mann drücken. »Ich habe gehört, du hast mit Nadine für etwas Aufruhr im Dorf gesorgt?«

»Das ist die Untertreibung des Jahrhunderts. Ich hätte es ahnen können, fand es in dem Moment aber richtig.«

Mit dem Läuten der Glocke eröffnete Nadine das Thing und langsam wurde es still. Bernd schätzte die Menge auf etwa 500 Menschen und man spürte, wie angespannt die Stimmung war.

»Hallo, ich danke euch, dass ihr zum Thing gekommen seid. Wir haben schwierige Tage hinter uns und ich möchte euch allen danken. Für die Hilfe, die ihr unseren Nachbarn gegeben habt, dafür, dass ihr ihnen Tür und Tisch anbietet. Mir ist bewusst, was für eine Herausforderung das ist, aber gemeinsam werden wir das hinbekommen.«

Sie applaudierte in Richtung der Menge, die anderen Ratsmitglieder taten es ihr nach und sehr verhalten griff der Applaus auf die Menge über.

»Wann gehen die Kartoffelkäfer wieder?«, rief jemand und bekam dafür Beifall und Pfiffe.

»Jeder kann sich mit einer kleinen Wanderung ein Bild vom Zustand unseres Nachbardorfes machen. Dort wird so schnell niemand wohnen«, erklärte Nadine.

»Dann sollen sie in ein anderes Dorf weiterziehen«, rief ein anderer.

»Stell dir vor, unser Dorf wäre abgebrannt. Wärst du dann nicht auch froh, wenn du in der Nähe eine neue Bleibe finden würdest?«, reagierte eine Frau.

Nadine läutete die Glocke und wartete wieder auf Stille.

»Die anderen Ortsteile werden einem Teil der Menschen eine Unterkunft anbieten, sodass wir das nicht allein stemmen müssen. Ich bitte jeden, der eine freie Wohnung hat oder freien Wohnraum, diesen zur Verfügung zu stellen, damit wir die Menschen aus den Sammelunterkünften verteilen können.«

»Von denen kommt mir keiner ins Haus! Die klauen doch!«

»Du kannst ja selbst jemanden bei dir aufnehmen!«

Nadine wartete kurz, bis es ruhiger wurde.

»Wir haben jemanden bei uns aufgenommen.«

»Kunststück, ihr habt ja auch den großen Hof und die Felder. «Malte war aufgestanden:

»Leute! Wer keinen Platz hat, muss niemanden aufnehmen. Wir versuchen erst mal, die Leute so unterzubekommen. Bitte nach der Versammlung bei mir melden. Ich bin zuversichtlich, dass wir das schaffen.«

Zustimmung und Ablehnung schienen sich die Waage zu halten, fand Bernd. Dieses Thema würde noch für Aufregung sorgen.

Orloff stand auf und »Amen«-Rufe waren aus verschiedenen Richtungen zu hören.

Er lächelte und es sah aus, als ob er die Menge von der Bühne aus segnen würde.

»Amen! Danket dem Herren. Liebe Gemeinde, nach dem schrecklichen Unfall von Carl Holzer kann dieser sein Amt im Rat momentan nicht ausführen und wir wollen einen Ersatz für ihn wählen.«

»Das Dorf wird von Flüchtlingen überflutet und ihr wollt weiter Posten vergeben?«, brüllte jemand.

»Reden statt machen! Typisch!«

Die Lautstärke schwoll an und es dauerte Minuten, bis es wieder stiller wurde. Orloff stand die ganze Zeit ruhig am Bühnenrand und beobachtete die Menge.

»Ich bitte um Vorschläge! Es geht um einen Nachrücker, bis Holzer wieder sein Amt übernehmen kann. Oder bis er komplett davon zurücktritt.«

Er drehte sich zum restlichen Rat um.

»Ich möchte übrigens anmerken, dass ich eine komplette Neuwahl vorgeschlagen hatte, bin aber vom restlichen Rat überstimmt worden. Es möge sich jeder selbst ein Urteil daraus bilden.«

Die Gesichtsausdrücke von Malte, Nadine und Pape änderten sich nicht. Zumindest mussten sie mit diesem Zug gerechnet haben.

Wieder gab es Zwischenrufe und Diskussionen in der Menge, aber niemand auf der Bühne machte Anzeichen, die Glocke zu läuten. Nach einer Weile wurde es wieder stiller und Orloff nickte der Menge zu.

»Vorschläge?«

»Der Major!«, rief jemand. Bernd erkannte ein Mitglied der Miliz und freute sich über den Applaus. Der Rückhalt tat ihm gut.

Orloff sah ihn fragend an und Bernd schüttelte den Kopf.

»Ich bitte um weitere Vorschläge!«

»Guido Stettner!«

Bittler lehnte sich zu Bernd: »Du solltest dir das mit der Kandidatur überlegen. Stettner ist bei der Feuerwehr, allerdings ist er mittlerweile ein Anhänger von Orloff.«

»Wir haben schon einen religiösen Spinner im Rat«, rief jemand. »Da braucht es nicht noch einen!«

»Die Menge stimmt ab und nicht du!« Kam ein Ruf aus einer ganz anderen Richtung.

»Ich bin ja überzeugt«, flüsterte Bernd Bittler zu, »dass die Mehrheit Lösungen finden wird, mit denen die meisten leben können. Aber praktikabel ist so eine Versammlung nicht.«

»Du hast recht. Man sollte kleinere Versammlungen machen und dann Vertreter zum großen Thing schicken.« Er überlegte kurz.

»Na toll. Jetzt habe ich gerade das Rätesystem der Sowjetunion beschrieben.«

Im Hintergrund tobte die Diskussion über Guido weiter und Bittler versuchte es erneut.

»Ich meine das mit deiner Kandidatur ernst. Du wärst dafür bestens geeignet.«

»Dein Vertrauen ehrt mich. Ich stehe dem Rat gerne beratend zur Seite. Aber du und ich haben mit der Polizei und der Miliz eine gewisse Macht im Dorf. Wenn wir dann noch im Rat sind – so etwas geht nie gut aus.«

»Jetzt bist du ein wenig dramatisch. Wir haben zwei schwierige Krisen in ohnehin schon schwierigen Zeiten. Da kann es nicht schaden, wenn es starke Hände gibt, die die Initiative in die Hand nehmen.«

»Mit der Verhaftung von Klein wurde schon zu viel Macht von einer Hand ausgeübt. Ich denke, es macht da keinen Unterschied, ob Nadine die Verantwortung übernimmt. Oder du. Oder ich.«

Es wurden weitere Namen in die Runde geworfen und Bernd fand, dass es sinnvoller gewesen wäre, vorher Kandidaten zu sammeln. Er hatte auch keine Vorstellung, wie die Wahl ablaufen sollte. Durch einfaches Handzeichen war das bei der Menge nicht zu machen.

»Hast du die Vorschläge?« Orloff hatte die Namen an Pape weitergegeben, der sie notierte.

An einer Stelle etwa, zehn Meter vor der Bühne, entstand Bewegung und eine Frau stieg auf eine Kiste oder ein kleines Podest. Wie die Wellen sich in einem Teich ausbreiteten, wenn man einen Stein hereinwarf, wurde es in konzentrischen Kreisen leiser, bis die ganze Menge still war und auf die Frau starrte.

»Ich schlage Roland Klein vor«, sagte Hilde Klein und schaute triumphierend und provozierend in Richtung Nadine.

Applaus brandete auf und ›Roland‹-Rufe wurden laut. Erst vereinzelt, dann wurde ein Chor daraus.

»Roland! Roland! Roland!«

Nadines Kopf war rot angelaufen.

»Das geht nicht gegen dich persönlich«, flüsterte ihr Malte zu.

»Na, da hast du aber wirklich die Büchse der Pandora geöffnet«, sagte Pape von der anderen Seite. »Die bekommen wir jetzt nicht mehr zu.«

Immer noch skandierte ein großer Teil der Menge »Roland! Roland! Roland!«

Nadine stand auf und ging zum Bühnenrand.

»Herr Bittler, könnten Sie ihn bitte herholen.«

Er sah sie fragend an. »Ist das so eine gute Idee?«

»Schauen Sie vor sich und sagen Sie es mir.«

Bittler ließ den Blick über die Menge schweifen.

»Und möglichst so, dass er nicht wie ein Gefangener aussieht.«

»Sicher?«, fragte Bittler. »Das Gespräch mit ihm verlief nicht gut. Kooperationsbereitschaft sieht anders aus.«

»Wir waren auch nicht wirklich auf Augenhöhe«, sagte Nadine. »Und irgendwie habe ich ihn gar nicht erreicht.«

»Ganz sicher?«, fragte Bittler.

»Ja«, antwortete Nadine. »Alles andere wäre Irrsinn und würde einen noch größeren Keil zwischen die Bewohner treiben.«

»Ich begleite dich«, sagte der Major und die beiden Männer verschwanden in Richtung Ausgang.

Neben ihr hatte Orloff auf etwas Ruhe gewartet.

»Gibt es noch weitere Vorschläge?«

Wieder schallten ihm »Roland!«-Rufe entgegen. Als Nadine an ihm vorbeiging, flüsterte er ihr zu.

»Ist dir aufgefallen, dass nicht eine Frau vorgeschlagen wurde? Es scheint, als ob das mit der Emanzipation in schweren Zeiten nicht funktioniert. Aber keine Sorge, die Männer machen das schon und werden sich nicht von den sündigen Evas ablenken lassen.«

Sie hätte ihn jetzt einfach von der Bühne schieben können, er wäre dann einen Meter heruntergefallen und hätte sich vielleicht den Knöchel gebrochen. Aber das würde sich nicht lohnen, beschloss sie und setzte sich wieder hin.

»Was hat er dir gesagt?« Malte schien nicht entgangen zu sein, dass sie sich über den Kommentar aufgeregt hatte.

»Was über Emanzipation und keine Frauenkandidaten«, zischte sie zurück. »Sorry, das regt mich so extrem auf.«

»Lass dich nicht provozieren«, sagte Malte.

»Das ist einfacher gesagt als getan.«

Orloff wartete ab, bis wieder etwas Ruhe in die Menge eingekehrt war.

»Wie ich eben mitbekommen habe, wird gerade Roland Klein hergeholt.«

Applaus brannte auf und wieder skandierte ein Teil der Leute »Roland!«

»Ich würde die Zeit gerne überbrücken und gemeinsam mit euch beten.«

Nadine bereitete sich auf etwas Anklagendes vor, aber Orloff senkte den Kopf und faltete seine Hände.

»Vater unser im Himmel.«

Fast alle Köpfe senkten sich und sprachen das ›Vater unser‹ mit. Nadine spürte Gänsehaut und nach dem gemeinsamen »Amen!« blieb es eine Weile ruhig. Orloff hob den Kopf und lächelte.

»Im Namen des Vaters, des Sohnes und des Heiligen Geistes segne ich euch! Ein jeder ist willkommen, regelmäßig mit uns zu beten, und wer sich zu seinen Sünden bekennen möchte, kann zu uns kommen und beim Herren um Vergebung bitten.«

Gab es bei solchen Gelegenheiten sonst immer mindestens eine Person, die ihm seinen eigenen Lebenswandel vorgeworfen hatte, blieb es diesmal vollkommen still.

»Da ist er!«, rief jemand und nacheinander drehten sich die Köpfe in Richtung des Eingangs.

Dort hatte soeben Roland Klein das Freibad betreten, winkte grinsend der Menge zu und bahnte sich den Weg zur Bühne. Unter »Roland«-Sprechchören kletterte er auf die Bühne, hob die Arme wie ein Boxer, der gerade einen Kampf gewonnen hatte, in die

Höhe und genoss den Rückhalt. Als er sich zu Nadine umdrehte, wurde aus dem Lächeln ein Grinsen, das aber wieder verschwand, als er erneut nach vorn schaute.

»Danke Leute!«, rief er. »Ich danke euch für euer Vertrauen und verspreche euch, die Interessen aller im Rat zu vertreten.«

Jubel brandete auf und Nadine fürchtete, dass sie die Kontrolle über die Situation verloren hatten. Orloff griff nach der Glocke und läutete sie, bis es wieder ruhig wurde.

»Bisher hatten wir nur Vorschläge gesammelt, gewählt wurde noch nicht.«

»Das ist doch eindeutig!«, rief Hilde Klein. »Da muss nicht mehr gewählt werden.«

Nadine befürchtete, dass die Frau recht hatte.

»Wir werden trotzdem sehen, vielleicht genießt ja auch ein anderer Kandidat das Vertrauen der Einwohner.«

Erneut wurde es unruhig und Orloff wartete eine Weile, bis er wieder die Glocke läutete.

»Gehen wir die Kandidaten durch und ich würde bitten, dass ihr auf die Bühne kommt. Bernd Schmidt?«

Der Major war mit Bittler wieder vor der Bühne aufgetaucht, schüttelte erst den Kopf, schwang sich dann doch auf die Bühne und nahm einen Platz neben Klein ein, der ihn argwöhnisch anschaute.

»Guido Stettner«, rief Orloff. Auch der kam auf die Bühne und stellte sich auf die andere Seite von Klein.

Orloff rief die Namen der weiteren Vorgeschlagenen, allerdings lehnten alle ab.

»Wir haben keinen offiziellen Wahlmodus und ich würde vorschlagen, dass wir es mit einfachen Handzeichen versuchen.«

Das war überflüssig, fand Nadine. Es war eindeutig, dass Klein den Rückhalt der Versammlung hatte. Orloff schien es ähnlich zu sehen und rief um Handzeichen für den Major. Die ersten Handzeichen kamen langsam, dann schnellten viele Arme in die Höhe. Der Gesichtsausdruck von Hilde Klein wurde finster, sie schubste jemand neben sich, der den Arm gehoben hatte, sich aber nicht von ihr beeinflussen ließ.

»Bitte Handzeichen für Stettner«, bat Orloff.

Das Ergebnis war eindeutig. Nicht ein Zehntel der Leute, die sich für den Major gemeldet hatten, hoben nun ihre Hände.

»Danke«, sagte Orloff. »Und nun bitte Meldungen für Roland Klein.«

Nadine wusste nicht, ob sie erleichtert war, dass es nicht eine eindeutige Mehrheit für Klein gab, oder ob sie sich ärgerte, dass er überhaupt so viel Rückhalt hatte.

»Das wird jetzt nicht einfach«, kündigte Orloff an. »Ich schlage eine Stichwahl zwischen dem Major, entschuldige, Bernd Schmidt, und Roland Klein vor. Wir zählen jede Stimme. Ich bitte alle, sich gleich vor das Schwimmbad zu bewegen. Roland Klein stellt sich auf die linke Bühnenseite, Bernd Schmidt auf die rechte. Ihr kommt dann von hinter der Bühne und geht links oder rechts von der Bühne an eurem Kandidaten vorbei. Wir vom Rat zählen die Stimmen.«

»Und wenn man euch nicht vertrauen kann?«, rief Hilde Klein.

»Hilde Klein unterstützt den Rat beim Zählen«, sagte Orloff und nahm der Frau damit den Wind aus den Segeln. »Braucht es noch weitere?«

Hilde Klein stieß jemand neben sich mit dem Ellenbogen an und Orloff nickte.

»Damit hätten die Unterstützer von Roland Klein auf jeder Seite jemanden, der mitzählt. Herr Schmidt, wollen Sie auch jemanden haben?«

Bernd schüttelte den Kopf.

»Dann bitte ich alle, die für einen der Kandidaten abstimmen möchten, das Bad zu verlassen. Wer sich enthält, kann hier bleiben. Und die Helfer dürfen als Letzte abstimmen.«

Interessiert beobachtete Nadine wie die Menge durch das offene Tor das Schwimmbad verließ und musste Orloff Respekt zollen.

»Ein Hammelsprung im Schwimmbad«, sagte Malte. »Gute Idee!«

»Danke«, sagte Orloff, der sich mit Hilde Klein und Malte auf die Seite der Bühne stellte, auf der Roland Klein stand. Nadine, Pape und die andere Helferin stellten sich auf die Seite des Majors.

»Jetzt bitte hereinkommen«, rief Orloff. »Bitte nicht drängeln, damit wir auch Zeit zum Notieren haben.«

Nadine hatte kein Gefühl für die verstrichene Zeit und schaute auf den Zettel in ihrer Hand, auf dem sich Striche in Fünfergruppen angesammelt hatten. Irgendwann kam niemand mehr und Orloff bat die Helfer, ebenfalls abzustimmen. Dann versammelten sich die Helfer und die beiden Kandidaten um den Tisch und schauten auf die beiden Zettel. Auf den ersten Blick sah es nach einem Unentschieden auf, dann bemerkte Nadine, dass auf dem Zettel von Klein ein Block mehr pro Reihe war und das Nachzählen bestätigte das. Bernd gratulierte Roland Klein als Erster, Nadine zögerte eine Weile bevor sie ihm die Hand entgegenhielt.

Roland zögerte ebenfalls, nahm dann aber an.

Die Gratulation war nicht verborgen geblieben und wieder ertönten »Roland«-Rufe.

Orloff hob beschwichtigend die Hände.

»Roland Klein hat die Wahl mit einem komfortablen Vorsprung gewonnen. Nimmst du die Wahl an?«

»Natürlich nehme ich sie an und verspreche euch, dass ich frischen Wind in den Rat bringen werde!«

»Und als Erstes schlage ich vor, dass wir den Prozess gegen den Meuchelmörder anfangen, damit wir den endlich aufknüpfen können!«

Applaus brandete durch die Versammlung und wieder wurden »Roland«-Rufe laut.

Triumphierend drehte er sich um und fixierte mit seinem Blick Nadine.

»Und dir verspreche ich, dass du es noch merken wirst, wie es ist, wenn man in dem Loch sitzt!«

Er sprach dabei leise, aber deutlich genug, dass alle auf der Bühne es hörten. Bittler war auf die Bühne geklettert und hob beschwichtigend die Hände, bis es ruhiger wurde.

»Bevor der Mordprozess verhandelt wird, ist noch in der Sache gegen Roland Klein zu verhandeln. Es wird also noch eine Weile dauern.«

Überrascht schaute Klein Bittler an.

»Was erlaubst du dir?«

»Du stehst nicht über dem Gesetz«, sagte Bittler. »Und deine Verhandlung steht als Nächstes an.«

»Ich bin nicht mehr im Gefängnis!«

»Das ändert an der Anklage nichts.«

»Ich bin jetzt Mitglied des Rates!«

»Im Grunde bist du nur ein Ersatzmann«, sagte Bittler. »Aber selbst, wenn du Bürgermeister wärst, gibt dir das keine Immunität.«

Lange musterte Klein Bittler.

»Genauso wie es eine Zeit vor und seit dem Stromausfall gibt, so wird es eine Zeit des Ringelpietz mit Anfassen und die Zeit danach geben. Jeder kann sich gut überlegen, auf welche Seit er sich jetzt schlägt, denn danach werden die Rechnungen präsentiert. Und wir werden definitiv nicht vergessen, wer für uns und wer gegen uns war.«

»Willst du mir drohen?«, fragte Bittler.

»Das ist keine Drohung«, antwortete Klein. »Es ist ein Versprechen. Und nun entschuldigt mich, ich werde jetzt zu meiner Familie gehen, die ein paar Tage auf mich verzichten musste.«

Orloff schaute ihm hinterher und zuckte mit den Schultern.

»Vielleicht hat er recht und es ist Zeit, sich für die richtige Seite zu entscheiden?«

Er drehte sich zur Versammlung.

»Vielen Dank, dass ihr alle gekommen seid. Wir werden bald die erste Sitzung mit dem neuen Ratsmitglied haben und werden dann auch das nächste Thing einberufen.«

Dann sprang er von der Bühne, schaute kurz hoch.

»Die Dame, die Herren! Ich empfehle mich. Meine Gemeinschaft ist offen für jeden! Und ich merke noch mal an, dass es möglicherweise Zeit wird, sich für eine Seite zu entscheiden.«

Die Liegewiese leerte sich und das Erste, was Nadine durch den Kopf ging, war die Freude darüber, dass sie nicht so sehr in Mitleidenschaft gezogen worden war. Dankbar sah sie Bittler an.

»Sie hätten sich nicht auf meine Seite stellen müssen.«

»Frau Bodner, so sehr ich Sie schätze: Ich bin nicht auf ›Ihrer‹ Seite, sondern auf der gleichen Seite.«

»Das weiß ich auch zu schätzen«, sagte sie.

Bittler und der Major verabschiedeten sich ebenfalls. Pape hatte sich ohne Verabschiedung aus dem Staub gemacht.

»Wie ist das alles so schnell passiert?«, fragte Nadine.

»Ich weiß es nicht«, antwortete Malte. »Ich weiß es nicht.«

Jutta kam auf die Bühne und umarmte Nadine.

»Ich habe das Gefühl, dass du das gerade brauchst.«

Du ahnst gar nicht, wie sehr, dachte Nadine.

»Ja.«

»Ich lass euch mal allein«, verabschiedete sich Malte.

»Ich habe nachgedacht«, eröffnete Jutta plötzlich. »Über dich, mich und uns.«

Nadine fing an zu zittern.

»Aber ich habe irgendwie keine Antwort gefunden«, sagte sie. »Ich möchte dich nicht als eine Freundin verlieren und ich mache mir Gedanken um das Baby und wäre froh, wenn du mich unterstützen würdest.«

»Natürlich unterstütze ich dich! Da regt mich ja schon die Frage auf.«

»Ich hätte dich auch gerne in meiner Nähe.«

»Und was bedeutet das? Wie stellst du dir das vor?«

»Du könntest mit zu uns ziehen, wir würden uns ein Bett teilen. Ich habe schon mit Malte darüber gesprochen.«

»Was sagt Simone dazu? Und was bedeutet ›Bett teilen‹?«

»Wir haben schon öfter zusammen in einem Bett geschlafen. Nicht mehr, aber auch nicht weniger. Und Simone findet die Idee auch gut. Sie findet ohnehin, dass dein Vater und du nicht allein draußen auf dem Hof leben solltet.«

»Wir sind nicht mehr allein«, sagte Nadine. »Da wohnt jetzt noch eine Familie.«

»Die sollte da auch nicht leben, es ist außerhalb und nicht zu beschützen.«

Jutta nahm Nadines Hand und zog sie hinter sich her. Sie verließen das Gelände des Schwimmbads und spazierten in Richtung des Hauses der Kinzigs.

»Ich hätte eine Idee für deinen Vater und glaube auch, dass die Bonners da hinpassen würden.«

»Mein Vater wird den Hof nicht verlassen«, sagte Nadine.

»Dann müssen wir ihn überreden. Ich habe mit Birgit Kempf gesprochen, die hätte Platz in ihrem Haus.«

»Die beiden Verwitweten zusammen?«, fragte Nadine. »Ich weiß nicht, die haben wenig miteinander zu tun gehabt.«

»Deine Mutter war auch bei den Landfrauen. Es ist also nicht so, als ob die sich überhaupt nicht kennen würden.«

»Ich werde mit ihm sprechen«, versprach Nadine.

»Und was ist mit uns?«

»Ich mag die Idee. Sehr sogar. Du machst dich damit aber zum Ziel der Johannisten, auch wenn wir kein Paar sind.«

»Das riskiere ich.« Jutta lachte und umarmte Nadine.

»Ihr scheint Johannes nicht zugehört zu haben?«, unterbrach sie eine Frauenstimme von der Seite. »Sodomie hat in unserem Dorf nichts zu suchen.«

Sie spuckte vor den beiden aus.

»Wir sind Freundinnen, nicht mehr und nicht weniger«, erklärte Nadine. »Und selbst wenn wir ein Paar wären, würde Sie das nichts angehen.«

»Eure Taten haben Auswirkungen auf alle! Wegen eurer Sünden müssen alle leiden! Ihr solltet um Vergebung bitten!«

»Wir gehen jetzt nach Hause, werden da einen Schluck Wein trinken«, erklärte Nadine. »Oh, zumindest ich werde das tun. Du darfst ja gar nicht!«

»Herr hilf! Die Sodomisten bekommen ein Kind! Wenn das nicht die verkörperte Sünde ist! Ich bete für die Seele des armen Wesens! Hoffentlich wird es gute Eltern finden!«

»Lass uns einfach weitergehen«, drängte Jutta. »Wir müssen nicht mit allen Spinnern reden. Ich glaube, da haben wir heute schon genug erlebt.«

»Ich bete für eure sündigen Seelen! Bekennt euch und betet um Vergebung, bevor es zu spät ist!«

Am Hause angekommen, holte Jutta eine Flasche Wein aus dem Vorratsraum. Am Wohnzimmertisch saß die ganze Familie und Malte übernahm es, jedem einen Schluck Wein einzuschenken.

»Viel haben wir leider nicht mehr«, sagte er mit etwas trauriger Stimme. Jutta goss er ein Glas Wasser ein.

»Ich möchte hiermit ankündigen,« Jutta schaute Nadine an, »dass Nadine bei uns einziehen wird.«

»Wie schön!«, sagte Laura. »Seid ihr dann jetzt ein Paar?«

Unsicher schaute Jutta Nadine an.

»Wir sind gute Freundinnen«, erklärte sie. »Und ich werde meine Freundin bei der Schwangerschaft und mit dem Baby unterstützen, so gut ich kann.«

»Das war keine Antwort auf meine Frage«, sagte Laura.

»Wir sind kein Paar wie du und Gordon«, sagte Nadine.

»Im Moment noch nicht«.

Malte hob sein Glas und alle stießen miteinander an.

TAG 56

BERND

Bernd?« Janine saß links von ihm, ihre Schwester rechts, ihm gegenüber Beate. Auf dem Küchentisch war ein Mensch-ärgere-dich-nicht-Spielbrett aufgebaut und er war froh über jede Unterbrechung, da die Frauen sich scheinbar gegen ihn verschworen hatten. »Was sind Kartoffelkäfer?«

»Das ist Ungezie…« Ihm ging auf, dass die Bezeichnung die letzten Tage inflationär im Dorf verwendet wurde und damit die Menschen aus Blasbach gemeint waren. »Wie kommst du darauf?«

Die beiden Mädchen schauten sich kurz an, dann antwortete Angelina.

»Die anderen Kinder haben uns so genannt.«

Bernd spürte, wie sein Puls sich beschleunigte, und er ballte die Hände zu Fäusten.

»Was haben die Erwachsenen dazu gesagt?«, fragte Beate.

»Wenn Erwachsene dabei sind, dann sagen die das nicht«, berichtete Janine. Jedenfalls war Bernd sich sicher, dass es Janine war.

»Die nennen auch andere Kinder so«, ergänzte Angelina. »Die mögen das aber auch nicht.«

»Der eine Junge war besonderes gemein. Der hat uns und den anderen Kindern gesagt, dass wir dahin zurückgehen sollen, wo wir hergekommen sind.«

»Den Tim haben die sogar geboxt!«, sagte Angelina. »Aber wir haben es dem, der ihn geboxt hat, gezeigt.«

»Was habt ihr getan?«, fragte Bernd.

»Ich habe ihm eine Ohrfeige gegeben.« In der Stimme von Angelina klang kein Stolz, sie erwähnte das eher beiläufig. »Und dann hat der Junge geweint.«

»Na, da werde ich ja nicht lange auf ein Elterngespräch warten müssen.« Bernd hatte Mühe, sich ein Lächeln zu verkneifen.

»Du bist nicht unser Papa!« Janine verschränkte die Arme vor der Brust. »Und du nicht unsere Mama.«

Aber im Moment sind wir das, was dem am Nächsten kommt, dachte Bernd.

»Nein, das sind wir nicht und wir werden die auch nie ersetzen können. Aber solange ihr bei uns wohnt, übernehmen wir Aufgaben, die normalerweise eure Eltern erledigen.«

»Mama macht da ganz viel, Papa hat nicht mal das hinbekommen, was Mama ihm gesagt hat«, sagte Angelina. »Bekomme ich jetzt Ärger?«

»Warum solltest du Ärger bekommen?«, fragte Bernd.

»Weil ich den Jungen gehauen habe.«

»Nein. Du hast jemanden verteidigt. Das ist nicht falsch.«

»Bernd! Richtig ist es aber auch nicht!«, sagte Beate.

»Aber sie müssen sich auch wehren. Die Klügere gibt so lange nach, bis sie die Dümmere ist!«

Nicht schlecht, dachte Bernd. Nach wenigen Tagen waren sie sich bei der Erziehung nicht einig. Es war Zeit, das Thema zu wechseln.

»Ich habe gestern dem Pony-Express einen Brief gegeben. Ich hoffe so, eure Mutter erreichen zu können.«

»Was ist der Pony-Express?«, fragte Janine.

»Wir haben Leute, die mit einem Pferd von Ort zu Ort reiten. Oder mit dem Fahrrad fahren. Und dabei Nachrichten weitergeben. Und manchmal schicken wir auch Briefe los und wissen gar nicht, ob sie ankommen werden.«

»Und so können wir Mama finden?« Bernd hörte die Hoffnung in Angelinas Stimme, die er nicht dämpfen, aber auch nicht zu euphorisch werden lassen wollte.

»Vielleicht. Es ist ein Versuch«, erklärte Bernd.

»Und wenn wir nichts von ihr hören? Gehen wir sie dann suchen?«, fragte Janine.

»Das weiß nicht noch nicht. Das mit dem Brief kann eine Weile dauern, wir warten jetzt erst mal ein paar Wochen ab und sehen dann weiter.« Traurig sah er, wie die Zuversicht aus den Gesichtern der Kinder wieder verschwand.

Es klopfte an die Tür und Beate stand auf, um sie zu öffnen.

»... ihre Kartoffelkäfergören nicht unter Kontrolle haben, werde ich mich darum kümmern!«, hörte Bernd jemanden schimpfen.

Er stand auf und marschierte zur Tür. Beate legte ihm eine Hand auf die Schulter und er wusste, dass sie ihn beruhigen wollte.

»Wer sind sie?«, blaffte er den Mann vor der Tür im Kasernenton an.

»Ich bin der Vater des Jungen, den ihre Kartoffelkä...«

Bernds Handfläche hinterließ eine rote Fläche im Gesicht des Mannes. Selten hatte ihn eine Ohrfeige so befriedigt.

»Sind Sie verrückt?«, jammerte der Mann. »Sie haben sich ja nicht unter Kontrolle.«

»Es ist offensichtlich, woher Ihr Kind das Arschlochverhalten hat. Menschen werden bei uns nicht Kartoffelkäfer genannt. Und wenn ihr Junior der Meinung ist, dass er andere Kinder schlagen muss, dann muss er auch mit einer Reaktion klarkommen.«

»Mein Sohn hat das nicht gemacht«, verteidigte sich der Mann. »Ihre mitgebrachte Göre ist einfach wie eine Furie auf ihn losgegangen!«

»Ich gebe Iihnen jetzt 30 Sekunden Zeit, sich für die unglückliche Formulierung zu entschuldigen.« Demonstrativ schaute Bernd auf seinen Chronometer.

»Sonst was?«, fragte der Mann.

»Noch 26 Sekunden«, antwortete Bernd.

»Sonst geben Sie mir noch eine Ohrfeige?«

Bernd sagte nichts.

»Dann gehe ich einfach.«

Er war dabei, sich wegzudrehen.

»Ich habe nicht gesagt, dass Sie gehen sollen, sondern dass Sie sich entschuldigen sollen.«

»Sie haben doch einen Knall!«

Der Mann ging los, Bernd folgte ihm.

»Lassen Sie mich in Ruhe!«

»Sie haben noch zehn Sekunden.«

»Für was soll ich mich denn bitte entschuldigen! Ich kann sagen, was ich möchte!«

Bernd schaute weiter auf seine Armbanduhr.

»Fünf Sekunden.«

Der Mann fing an loszulaufen. Bernd folgte ihm lockeren Schrittes. Als die Zeit abgelaufen war, trat er ihm von hinten in die Beine, der Mann stolperte, konnte sich abfangen und war dabei wieder aufzustehen, als Bernd ihn umdrehte und auf den Boden drückte. Seine Faust traf das Gesicht des Mannes und er hörte ein Knacken. Plötzlich ließ er ihn los, erinnerte sich an Gordons Aussetzer. Sein Gegner rappelte sich auf, holte zu einem Gegenschlag aus, aber etwas hielt ihn ab.

»Gehen Sie, bevor ich mich komplett vergesse. Sorgen Sie dafür, dass Sie oder Ihr Sohn nie wieder einen Menschen als Ungeziefer bezeichnen!«

Voller Adrenalin und zitternd ging er zum Haus zurück und Schuldgefühle überrannten ihn, als er die Gesichter der Mädchen im Küchenfenster sah. Sie hatten zugeschaut.

»Ich hätte das nicht tun sollen«, sagte er. »Ich hätte das nicht tun sollen.«

»Niemand kann perfekt sein.« Beate nahm seine Hand und schaute danach. »Aber immerhin hast du dich selbst nicht verletzt.«

»Was sollen die Mädchen jetzt denken?«

»Du hast jemanden verteidigt, das ist nicht falsch«, wiederholte sie seine Worte.

»Du bist mir keine Hilfe!«

»Das musst du mit dir selbst ausmachen.« Es war kein Tadel, einfach nur eine Feststellung.

Ein Trompetensignal war zu hören und Bernd versuchte, die Richtung zu bestimmen.

»Was ist denn heute los?«, fragte er. »Ich fahre zum Schützenhaus.«

Er holte seine Ausrüstung, setzte sich aufs Rad und gerade, als er losfahren wollte, erschien ein Fahrradkurier der Miliz.

»Herr Major, wir haben einen Angriff.«

»Auf welche Pforte?«

Irritiert schaute ihn der Mann an.

»Auf keine Pforte. Auf das Gefängnis!«

Auch wenn er die Antwort kannte, stellte Bernd die Frage.

»Wer ist der Angreifer?«

Lange zögerte der Milizionär.

»Es sind Umbacher.«

»Wie viele?«

»Ich weiß es nicht genau.«

»Ungefähr?«

»Es könnten 150 sein. Vielleicht auch ein paar mehr oder weniger.«

»Wer führt sie an?«

»Roland Klein.«

Bernd rannte zurück ins Haus, holte seine AR-15 und folgte dem Milizionär bis zum Verwaltungsgebäude, gerade rechtzeitig, um zu sehen, wie der Täter vom Mob aus der Tür geführt wurde. Die Hilfspolizisten und wenigen Milizionäre standen in Unterzahl neben der Menge. Mit und nach Bernd kam Verstärkung, aber auch der Mob bekam weitere Unterstützung. Bernd versuchte Roland Klein in der Menge auszumachen.

»Wo ist Bittler?«, fragte er den Milizionär.

»Der wurde auch gerufen.«

Bernd entsicherte seine Waffe und gab einen Warnschuss in die Luft. Die Menge blieb stehen, Köpfe drehten sich zunächst in seine und dann wieder in eine andere Richtung. Im Zentrum der Blicke sah er Roland Klein, der mittlerweile neben dem Gefangenen stand und ihn unsanft vor sich her schob.

»Roland Klein«, rief Bernd. »Nehmen Sie die Hände von dem Gefangenen.!«

»Wer fordert das von mir?«, fragte Klein.

Will der mich verarschen?, dachte Bernd.

»Das Projektil in meiner AR-15. Und ich möchte darauf hinweisen, dass die Kugel auch jemanden hinter Ihnen treffen könnte.«

»Sie sind also bereit, ihre eigenen Leute zu erschießen, um den Mörder eines Umbachers zu beschützen?«

»Ich schütze nicht den Mörder, sondern den Rest der rechtlichen Ordnung, den wir noch haben.«

»Und Sie sind bereit, dafür mehrere rechtschaffene Umbacher umzubringen? Für das, was sie ›rechtliche Ordnung‹ nennen?«

»Haben Sie den Eindruck, dass wir keine haben?«

»Jetzt, wo Sie fragen, nein. Ich war unschuldig in diesem Gefängnis eingesperrt. Diese rechtliche Ordnung funktioniert nicht mehr und es ist Zeit, dass die Bürger das Recht selbst in die Hand nehmen.«

»Stellen Sie sich vor, ein Mob wäre gekommen und hätte Sie aus dem Gefängnis gezerrt, um das Recht selbst in die Hand zu nehmen.«

Das schien gesessen zu haben, die Sicherheit in der Fresse von Klein verschwand, erschien dann aber wieder.

»Sehen Sie, das ist der Unterschied: Bei mir standen die Leute vor dem Gefängnis, um mich zu befreien. Für das Schwein kommen die Leute, um es seiner gerechten Strafe zuzuführen.«

Zu viele Ziele und viel zu wenig Leute, um die ganze Meute unter Kontrolle zu halten. Erleichtert sah Bernd, wie Bittler mit drei seiner Leute ankam.

»Ah, die Polizei schickt auch ihr schwerstes Geschütz«, höhnte Klein.

»Wir beruhigen uns jetzt alle«, sagte Bittler. »Und bringen den Gefangenen zurück in die Zelle.«

»Nein«, sagte Klein. »Wir werden den Mann zum Galgen führen und ihn daran baumeln lassen.«

Der Gefangene wirkte apathisch, wie im Schock.

»Es wird eine Gerichtsverhandlung geben«, erklärte Bittler, der seine Waffe nun auch auf Klein gerichtet hatte. »Und der Richter wird das Urteil sprechen.«

»So wie bei Rickschitz? Wo dann irgendeine seltsame Entlastung kommt?«

»Es gab neue Beweise«, sagte Bittler. »Das ist nicht unüblich.«

Die Menge wuchs weiter und zu seiner Sorge sah Bernd die ersten Feuerwaffen in deren Händen.

»Ich sage jetzt, wie das läuft.« Klein schob den Gefangenen wie einen Schutzschild vor sich her. »Wir gehen nun zum Galgen, werden einen kurzen Prozess machen und den Mörder dann hängen.«

»Wäre das ein Prozess, wie Sie ihn für sich selbst haben möchten?«, fragte Bittler.

»Der Mann hat gestanden!«, rief Klein. »Ich habe nichts Falsches gemacht.«

Er schob den Gefangenen einige Meter weiter, die Menge bewegte sich mit ihnen.

»Leute, zielt auf den Major!«, befahl Klein und die Waffen in der Menge richteten sich auf ihn.

Zufrieden grinste er Bernd an.

»Vielleicht treffen sie mich, aber Sie erwischt es dann auch.«

Bernd behielt die AR-15 im Anschlag, wusste aber, wenn er in einer Patt-Situation war.

»Herr Bittler, gehen Sie zur Seite«, forderte Klein.

»Das kann und werde ich nicht tun.«

»Wir haben genauso viele Waffen auf unserer Seite wie Sie auf Ihrer, sind aber mindestens fünfmal so viele Leute. Und es mag ja sein, dass Sie beide über mehr Erfahrung im Kampf verfügen als alle anderen zusammen. Aber die Zahlen sprechen für uns.«

Hätten seine Leute und die von Bittler entsprechende Erfahrung, hätten sie den Kampf schnell gewonnen. So war der Ausgang offen.

»Was glauben Sie, was danach passieren wird?«, fragte Bernd. »Glauben Sie wirklich, dass sie damit durchkommen werden?«

»Wen juckt denn schon ein Kartoffelkäfer? Die müssen zertreten werden, bevor die eigenen Leute verhungern! Ich habe die Umbacher auf meiner Seite. Ich beschütze Umbach!«

Bittler ging nicht zur Seite, aber die Menge ging einfach an ihm vorbei. Als er wieder allein stand und sich umgedreht hatte, begab sich Bernd neben ihn, die Hilfspolizisten und Milizionäre sahen sie fragend an.

»Zumindest sind gerade keine Waffen auf uns gerichtet«, sagte Bittler. »Aber wir müssen ihn aufhalten.«

»Ohne uns selbst dabei zu gefährden?«, fragte Bernd. »Ich sehe das im Moment nicht.«

»Das heißt, wir lassen ihm das durchgehen?«

»Ihn können wir nicht erreichen, aber vielleicht seine Leute?«

Sie folgten dem Mob zum Galgen. Dort machte sich Klein tatsächlich die Mühe, so etwas wie einen Prozess abzuhalten. Der Gefangene war jedoch vollkommen eingeschüchtert und brachte kein Wort heraus.

»Im Namen der Bürger von Umbach erkläre ich dich des Mordes schuldig und verurteile dich zum Tode durch den Strang«, triumphierte Klein.

Der Mob jubelte und Bernd spürte die Wut in sich aufsteigen.

»Roland Klein«, rief er. »Sie haben nicht das Recht, im Namen der Bürger von Umbach zu sprechen!. Auch wenn der Mann ein Mörder sein mag, begehen Sie hier selbst Mord. Und wenn Sie ihn nun aufknüpfen, wer, glauben Sie hängt als Nächstes an dem Galgen?«

»Es ist mutig von Ihnen, herzukommen.« Klein befand sich mit dem Gefangenen auf der Plattform des Galgens und war dabei, eine der Schlaufen über dessen Kopf zu ziehen. »Ich habe Sie gewarnt.«

»In diesem Moment sind mehrere Waffen auf Sie gerichtet«, drohte Bernd. »Wir werden einen richtigen Prozess gegen den Gefangenen durchführen. Keiner hier muss sich der Beihilfe zum Mord schuldig machen.«

»Meine Leute haben Sie im Visier.« Klein war dabei, den Galgen zu verlassen. »Ihre Drohungen gegen Ihre eigenen Mitbürger können Sie unterlassen. Ich kann Ihnen aber versprechen, dass die sich daran erinnern werden, wer hinter ihnen stand und wer sie bedroht hatte.«

Klein bewegte sich auf den Hebel zu, der die Klappe auslösen und den Gefangen stürzen lassen würde.

»Bleiben Sie weg von dem Hebel«, forderte Bittler.

Klein legte die Hand an den Hebel, Bernds Finger war am Abzug. Er konzentrierte sich auf seine Atmung und zielte.

»Tun Sie nichts, was Sie nicht wieder rückgängig machen können!« Bittler hielt seine Waffe mit beiden Händen.

Klein bewegte den Hebel, der Gefangene stürzte und fing an zu zappeln. Dann hörte Bernd ein Röcheln und es wurde klar, dass sein Genick nicht gebrochen war. Es bestand noch Hoffnung, ihn zu retten, als jemand aus dem Mob nach vorn sprintete und sich an den Gefangenen hing. Das Knacken war deutlich zu hören und es wurde still.

Dann folgte der Applaus, die Menge tobte und Klein ließ sich feiern. Bernd war schlecht, kämpfte dagegen, sich zu übergeben.

»Roland! Roland! Roland!«, rief die Menge, der ließ sich auf den Schultern der Leute tragen und ohnmächtig schaute Bernd zu.

»Und nun?«, fragte Bittler, der sich neben Bernd gestellt hatte. »Wir haben einen Mord und einen Mörder, aber wir können ihn im Moment nicht verhaften.«

Der Hingerichtete schaukelte wie ein Pendel, die Meute zog vorbei und machte sich einen Spaß daraus, die Leiche anzustoßen, damit sie weiter schaukelte.

Roland Klein bewegte sich mit ein paar seiner Leute auf die beiden zu.

»Ich wusste, dass ihr im Interesse des Dorfes entscheidet.« Zufrieden klopfte er erst Bittler und dann Bernd auf die Schulter. »Glaubt mir, dass Dorf wird das nicht vergessen. Wir wissen, wer auf unserer Seite ist.«

»Fass mich nie wieder an«, sagte Bernd. »Was du gemacht hast, war falsch. Und noch schlimmer: Es ist unumkehrbar. Du hast etwas losgetreten, was du nicht beherrschen kannst.«

»Sind wir jetzt per du?« Klein grinste überlegen. »Von mir aus, gerne doch. Gerade du solltest doch wissen, dass nichts mehr so wird wie früher und es wird sich ändern. Ich habe entschieden, zu den Leuten zu gehören, die die Veränderung in die Hand nehmen und nicht einfach abzuwarten, was mit ihnen passiert. Nadine und«, er schaute auf Bittler, »ihr Polizeihund hatten mich überrascht. Das passiert nicht noch einmal. Aber ich bin gar nicht so nachtragend und weiß, was das Dorf an euch beiden hat. Von daher baue ich auf eure Unterstützung. Und wenn nicht: Jeder ist ersetzbar.«

Er ließ Bernd und Bittler stehen und kehrte zu seinen Anhängern zurück, die ihn wieder feierten.

»Den Riss im Dorf werden wir nie wieder zubekommen«, sagte Bernd.

»Vielleicht wenn wir Klein beseitigen?«, fragte Bittler.

GORDON

Gordon trat seine Wache an der Südpforte an, als ihm die Menge entgegenkam. Schon von Weitem waren die »Roland!«-Rufe zu hören und amüsiert sah er, wie der von der Menge auf den Schultern getragen wurde. Für ihn interessierte sich keiner und so erfuhr Gordon nicht den Grund für deren Freude. Am Wachposten angekommen, sah er, wie Bittler, der Major und ein paar ihrer Leute von draußen kamen.

»Eine gemeinsame Erkundung?«, fragte er die Wache. Carsten hieß er, erinnerte sich Gordon.

»Nein. Hast du nicht mitbekommen? Sie haben dem Mörder den Prozess gemacht und ihn gehängt!«

»Bittler und der Major?«

»Nein, die waren zu zögerlich.« Carsten lachte. »Roland Klein mit seinen Leuten haben den Dreckskerl aus der Zelle geholt und ihn gehängt.«

»Oh Mist!«

»Wieso Mist? Endlich greift jemand durch! Das wird den anderen Kartoffelkäfern eine Lehre sein«, sagte die Wache.

»Nenn sie nicht so«, sagte Gordon.

»Wie soll ich sie nicht nennen? Kartoffelkäfer? Aber es ist das, was sie sind. Ungeziefer!«

»Es sind Menschen!«

»Ich finde, wir waren schon viel zu großzügig mit denen.«

»Wie kannst du so etwas sagen?«

»Wenn ich mir das recht überlege, sind wir auch zu dir sehr großzügig. Und dann hast du einen von uns verprügelt.«

»Ich bin einer von euch!« Im Moment war sich Gordon nicht sicher, ob er das sein wollte.

»Hast du mal in den Spiegel geschaut? Aber egal, meine Wache ist vorbei. Mach's gut und denk mal darüber nach. Dankbarkeit und so!«

Der Milizionär verließ den Wachposten, auf dem Gordon die nächsten Stunden allein die Umgebung überwachen würde. Seit der Befreiung von Jutta war von außen nicht viel passiert. Man wusste zwar, dass es Kämpfe in Wetzlar zwischen den Anhängern und Gegnern von Frau Armsteiner gab, das reduzierte aber ihre Kräfte und vermutlich fehlten ihnen nun die Leute für einen Angriff. Selbst zu kleinen Raubüberfällen war es nicht mehr gekommen und die Autobahn wurde immer leerer. Die Wanderer hatten entweder ihre Ziele erreicht, vielleicht auch neue gefunden, oder hatten nicht überlebt.

Wortlos gingen der Major, Bittler und ihre Männer am Wachposten vorbei und allen stand der Schock ins Gesicht geschrieben.

Gordon sah ihnen hinterher und machte es sich dann auf dem hochsitzartigen Posten gemütlich. Er konnte die Umgebung des Dorfes gut beobachten. Ins Dorf hinein verdeckten einige Häuser die Sicht. Umso überraschter war er, als eine Gruppe von zehn Personen erschien. Erwachsene mit Kindern und vollgepackten Bollerwagen.

Er kletterte vom Hochsitz und wartete, bis die Leute bei ihm waren.

»Was ist das hier?«, fragte er.

»Wir gehen«, sagte einer der beiden Männer. Gordon versuchte, die Familien einander zuzuordnen und das verheulte Gesicht der einen Frau und dass es ein Mann zu wenig war, ließ ihn eins und eins zusammenzählen.

»Wollt ihr nicht vorher mit dem Dorfrat ...«

»Nein danke. Jemand aus dem Dorfrat hat ihren Mann umgebracht. Bevor es uns genauso geht, versuchen wir bei Freunden in Garbenheim unterzukommen.«

Gordon konnte es ihnen nicht verdenken.

»Ich weiß nicht, was ich sagen soll.«

»Leb wohl«, sagte der Mann und die Gruppe ging langsam an ihm vorbei.

Gordon wollte sie noch vorwarnen, dass sie am Galgen vorbeigehen würden, da waren sie aber schon zu weit weg.

Erinnerungen an seine Eltern kehrten wieder zurück und er konnte den Schmerz der Frau nachvollziehen. Die Wut wuchs in ihm und es erschrak ihn, wie einfach Menschen andere abwertend behandelten, obwohl er das schon sein ganzes Leben kannte. Als kleines Kind hatte er es erst gar nicht gemerkt,. Je älter er wurde, desto mehr fielen ihm die kleinen Spitzen auf. Ja, er war nicht wie die anderen.

»Was machst du denn auf der Straße? Ich dachte, du wärst Wache und sollst oben auf dem Hochsitz sein?«, hörte er eine Stimme hinter sich, die ihm bekannt vorkam.

Er drehte sich um und sah die beiden Typen, die letztens das Dorf verlassen wollten und ihn bedroht hatten. Sie kamen auf ihn zu und standen nun eine Armeslänge vor ihm.

»Hast du gesehen, was wir mit Kartoffelkäfern machen?«, fragte der Größere. »Mit Leuten, die nicht dazugehören und die sich nicht benehmen können?«

Der andere schubste ihn gegen die Schulter.

»Zeig doch mal, wie schnell Affen die Leiter hochklettern können!«

Gordons Wut stieg an, er atmete schnell und sein Brustkorb hob und senkte sich.

»Schau dir mal die Nasenflügel an! Wie witzig!«

»Wolltet ihr euch nicht verdrücken?« Gordon versuchte ruhiger zu werden und einen klaren Kopf zu behalten.

»Das hättest du wohl gerne. Weglaufen, wenn es ein paar Pro-bleme gibt? So wie deine ganzen Brüder und Schwestern aus Afrika? Keine Ernte? Dann gehen wir halt nach Deutschland, wo Milch und Honig fließen und wir nicht arbeiten müssen!«

»Ich komme nicht aus Afrika, ich bin hier geboren.«

»Ganz ehrlich, du siehst nicht so aus, als ob du von hier kommst. Und egal wie sehr du dich verstellst, wirst du nie einer von uns werden.«

»Wer will denn schon wie ihr sein?«, fragte Gordon.

Carsten kam mit fünf weiteren jungen Männern dazu und in Gordon klingelten die Alarmglocken.

»Der wollte mir eben vorschreiben, wie ich Menschen nicht zu nennen habe!«, beschwerte er sich.

Langsam fingen sie an, Gordon einzukreisen und jeder Versuch, dem zu entgehen, scheiterte.

»Mal schauen, ob wir dem Affen neue Kunststücke beibringen können!«, sagte der größere Kerl. »Packt ihn!«

Er wurde gleichzeitig von links und rechts angegriffen, der Schritt nach hinten half nicht, dort hatte sich noch jemand angeschlichen und ihm einen Knebel in den Mund gestopft. Ein anderer klebte seinen Mund mit Gaffa zu und eine Kapuze wurde über seinen Kopf gezogen. Schläge trafen seinen Bauch, seine Brust und jemand trat ihm in die Kniekehlen, sodass er den Stand verlor. Er hörte das Geräusch von Kabelbindern und spürte, wie der Kunststoff in seine Handgelenke schnitt. Er versuchte um sich zu treten, mehrere Körper hatten sich auf ihn geworfen und er spürte einen weiteren Kabelbinder um seine Knöchel. Dann wurde er hochgehoben und jemand verpasste ihm eine Kopfnuss.

»Schnell«, sagte jemand.

Sie trugen ihn mit dem Kopf voran. Durch die Kapuze konnte er nichts erkennen, bis er eine Tür hörte und sie in einem Haus waren. Er hörte eine weitere Tür und vermutete aufgrund des Geräusches eine alte Kellertür. Er bemerkte, wie er hinunter getragen wurde. Dann ließen sie ihn auf den Boden fallen und lachten los.

»Das war ja einfach!« Gordon erkannte die Stimme von Markus. »Macht ihn fest.«

Ruckartig wurde er hochgezogen, jemand durchschnitt den Kabelbinder um seine Hände und sofort versuchte er, sich zu befreien, wurde aber von mehreren Händen festgehalten. Er spürte etwas Kaltes um die Handgelenke und das ratschende Geräusch deutete auf Handschellen hin. Er hörte das Scheppern von Ketten und seine Arme wurden hochgezogen. Ohne Vorsicht wurde ihm die Kapuze vom Kopf gerissen und er schaute direkt in Markus' Gesicht.

»Zieht ihn noch höher.«

Er hörte ein Klackern und seine Füße verloren den Kontakt zum Boden. Die Handschellen drückten in seine Gelenke und er griff nach der Kette, um sich etwas zu entlasten.

»Weißt du«, sagte Markus, »ich hatte überlegt, dir auch einfach den Unterkiefer zu brechen. Fand das aber wenig kreativ.«

Er boxte Gordon so in den Bauch, dass der etwas pendelte.

»Weg mit den Klamotten«, befahl Markus und seine Schergen zerrissen und zerschnitten seine Kleidung, bis Gordon vollkommen nackt war.

»Na, da schau an«, kommentierte Markus. »Es scheint also zu stimmen, was man über die Schwänze von schwarzen Männern sagt. Deine Laura muss ja total ausgeleiert sein!«

Bei der Erwähnung seiner Freundin stieg die Wut in Gordon und er schaute Markus herausfordernd an. Der hatte eine Gerte in der Hand und schlug damit Gordon in die Seite. Der Knebel dämpfte seinen Schrei und Markus wartete, bis er ruhiger wurde, bevor er erneut zuschlug.

Angst übermannte Gordon. Weniger vor den Schmerzen, die konnte er aushalten. Er hatte Angst, diesen Keller nicht mehr lebend zu verlassen. Durch die Schläge fing er an, sich langsam zu drehen, konnte die Gesichter seine Peiniger sehen und spürte weitere Schläge auf seinem Rücken und seinem Hintern. Als er die erste Drehung fertig hatte, schmerzte sein ganzer Körper und die Striemen auf seinem Rücken brannten.

»Hast du Schmerzen?«, fragte Markus.

Gordon nickte und seine Augen weiteten sich, als er sah, dass Markus sich einen Schlagring anlegte. Bevor er sich darauf einstellen konnte, wurde zugeschlagen und Gordon spürte, wie Blut seine Wange herunterlief. Alles vor ihm wurde unscharf, ihm war schwindelig und er verlor das Bewusstsein verlor.

Eiskalt.

Sie hatten ihn mit eiskaltem Wasser geweckt. Zwei Eimer voll hatten sie ihm ins Gesicht geschüttet und er fror.

»Ich war noch nicht fertig mit dir«, sagte Markus. »Unser Spaß hat gerade erst angefangen!«

Es klopfte es an die Tür und alle schauten gespannt nach oben.

»Geh hoch«, befahl Markus Carsten, der den Raum verließ, die Treppe hochging und die Haustür öffnete.

»Hallo Herr Major«, sagte er.

»Hallo«, antwortete der Major. »Gordon hatte dich abgelöst, oder? Ich bin zwar vorhin am Wachposten vorbeigekommen, kann mich aber nicht erinnern, ob ich ihn da gesehen habe.«

Gordon versuchte zu schreien, wurde aber durch den Knebel in seinem Mund abgedämpft.

»Das solltest du nicht tun«, flüsterte Markus. »Wenn du das noch mal machst, nehme ich die Heckenschere und werde dir dein bestes Stück abschneiden.«

Panisch riss Gordon die Augen auf, Markus grinste.

»Gut, ich denke wir verstehen uns.«

»Ja, der Kerl hatte mich abgelöst«, hörte Gordon den Milizionär sagen. »Ich hatte schon geahnt, dass auf den kein Verlass ist.«

»Du hast ihn auch nicht irgendwo hingehen sehen?«, fragte der Major.

»Der ist bestimmt zu seiner Freundin. Es wundert mich, dass Sie nicht erst da geschaut haben?«

»Du wohnst in der direkten Nachbarschaft. Das war einfach praktisch«, erklärte der Major. »Melde dich bitte, falls du ihn siehst.«

»Wenn der Wachposten unbesetzt ist, kann ich die Schicht übernehmen.«

»Zumindest, bis ich dir jemand anderen schicke. Das wäre großartig, danke«, sagte der Major und verabschiedete sich.

Gordon hörte Carsten die Treppen herunterkommen.

»Es war der Major.«

»Das haben wir gehört.« Markus klang genervt.

»Ich werde jetzt erst mal zum Wachposten gehen und später wiederkommen.«

»Okay. Sieh zu, dass du dich nicht verplapperst!«

Gordons Kräfte ließen wieder nach und nur mühsam konnte er sich an den Ketten festhalten.

»Keine Angst. Ich würde dem Klugscheißer ja auch noch gerne eine verpassen.«

Er verließ den Keller, ging nach oben und man hörte, wie er das Gebäude verließ.

»Ich glaube, es hat den Major gar nicht überrascht, dass du einfach deinen Dienst geschwänzt hast«, sagte Markus, während er Gordon mit der Gerte so anstupste, dass er sich wieder um seine Achse drehte.

Mit Markus standen sechs Leute um ihn herum und grinsten ihn zufrieden an. Die Hälfte der Gesichter kam ihm unbekannt vor und er wunderte sich, warum auch sie ihn quälten. Ein weiterer Schlag mit der Gerte traf seinen Rücken, einer seinen Hintern und dann drehte Markus auf, schlug ihn schnell links und rechts auf die Hüften. Wieder merkte er, wie ihm schwindelig wurde.

»Ich glaube, er wird wieder ohnmächtig«, hörte Gordon jemanden sagen und kurz darauf wurde ein weiterer Wassereimer über ihm ausgeleert.

Als das Wasser über seine offenen Wunden lief, brannte es und er biss auf den Knebel. Als er Markus wieder sah, hatte er den

Eindruck, dass dessen Grinsen noch diabolischer geworden war, und im nächsten Moment traf ihn die Faust mit dem Schlagring an der Schläfe und er verlor erneut das Bewusstsein.

Jemand riss ihm das Panzerband aus dem Gesicht, der Knebel fiel heraus und er schrie auf.

»Ich wusste, dass du davon wieder wach werden wirst.« Die Zufriedenheit stand Markus ins Gesicht geschrieben.

»Warum tust du das?«, fragte Gordon.

»Du hast mir den Unterkiefer gebrochen. Allein das wäre doch schon ein nachvollziehbarer Grund.«

Er verpasste Gordon einen Schlag mit der Gerte direkt in seine Männlichkeit und ihm blieb die Luft weg. Seine Handgelenke schmerzten von den Handschellen, seine Arme von der Haltung.

»Aber dass man dir den Hintern pudert und ich mich bei dir entschuldigen musste, das hat mich so richtig aufgeregt. Damit du es weißt: Ich habe mich nur entschuldigt, damit ich meine Ruhe hatte.«

Die Faust mit dem Schlagring traf diesmal Gordons Rippen und er spürte, wie Blut aus einer weiteren Wunde lief.

»Ich möchte, dass du mich um Gnade anflehst. Dass du vor mir niederkniest und meine Schuhe ableckst. Und wenn ich zufrieden bin, dann werde ich es dir leicht machen.«

Gordon wagte nicht zu fragen, was Markus mit ›es leicht machen‹ meinte. Panisch sah er sich im Raum um. Könnte einer der Männer vielleicht sein Verbündeter sein? Hätte er die Chance, jemanden aus der Gruppe für sich zu gewinnen?

Erneut klopfte es an die Haustür und alle sahen gespannt nach oben.

Markus ergriff Gordons Unterkiefer, drückte Daumen und Zeigefinger tief in seine Wangen und drückte sie zwischen seine Zähne.

»Wenn du einen Laut machst, kümmert sich die Schere um deine Eier und deinen Schwanz!«

Die Tür wurde geöffnet und Carsten kam zurück.

»Das war flott!«, sagte Markus.

»Keine Ahnung, woher der Major so schnell jemanden hatte. Aber was wichtiger ist, ist, dass Klein zu einer Versammlung auf seinem Hof gerufen hat.«

»Eine Versammlung? Wir hatten doch erst das Thing gehabt.«

»Er hat nicht das ganze Dorf eingeladen. Nur Leute, die den Kommunismus satthaben und sich dagegen wehren wollen. Und durch die Auseinandersetzung mit dem Major und Bittler wäre jetzt der Moment, Fakten zu schaffen.«

Markus verpasste Gordon einen Ellenbogenstoß genau an der Stelle, an der er ihn kurz zuvor mit dem Schlagring getroffen hatte. Gordon jaulte vor Schmerz.

»Ich wette, du hattest gehofft, dass der Major und Bittler dich retten? Wie es ausschaut, brauchen die selbst jemanden, der sie rettet. Und soweit ich weiß, können die sich nicht auf all ihre Leute verlassen. Das wird eine böse Überraschung für die beiden werden. Sie können einem fast leidtun.«

»Warum meinen Bösewichte immer, erzählen zu müssen, was passieren wird?« Gordon Stimme zitterte.

»Wir sind nicht die Bösewichte, wir sind die Guten. Und du? Du wirst keine Gelegenheit haben, es irgendjemanden zu erzählen.«

»Wir müssen los«, sagte der Milizionär. »Du solltest ihn jetzt erledigen.«

»Bring mir den alten Lappen«, forderte Markus. »Und das Gaffa.«

Jemand gab ihm beides, er stopfte den Lappen in Gordons Mund und klebte einen Streifen Panzerband darüber.

»Lass ihn ein wenig ab, ich will nicht riskieren, dass er krepiert, bevor ich mit ihm fertig bin.«

»Das ist echt keine gute Idee«, sagte Carsten. »Wenn irgendwas schiefgeht …«

»Keiner weiß, wo er ist. Er bleibt hier und wir nehmen ihn uns später vor.«

Er wurde so weit heruntergelassen, dass er knien konnte und war erleichtert, dass seine Handgelenke entlastet wurden. Seine Peiniger verließen den Keller, schlossen die Kellertür, und er hörte, wie sie aus dem Haus gingen.

Verzweifelt schaute er sich um, überlegte, wie er sich aus den Handschellen befreien konnte oder ob er irgendeine Möglichkeit hatte, andere auf sich aufmerksam zu machen. So fest er konnte, zog er an der Kette, aber nichts passierte. Er stand auf und versuchte erfolglos, mit seinem Fuß eines der Regale zu treffen, es war aber zu weit weg.

Als ob seine Lage nicht schon ausweglos genug war, spürte er, wie seine Blase drückte.

TAG 57

NADINE

»Das war falsch!« Nadine stand vor dem Meetingtisch in der Bank. Am Tisch saß der komplette Dorfrat und Klein thronte breitbeinig und vor Selbstbewusstsein strotzend auf seinem Stuhl.

»Es gibt viele Umbacher, die nicht deiner Meinung sind. Es war Zeit, dass man den Kartoffelkäfern ein klares Zeichen gibt. Wer sich hier nicht benimmt, der hat sein Gastrecht verwirkt«, sagte er.

»Wir haben dafür ein ordentliches Gericht!« Nadines Stimme wurde lauter, dabei hielt sie sich noch unter Kontrolle. »Du kannst dich nicht einfach zum Richter aufspielen!«

»Wieso? Das hast du bei meiner Verhaftung auch gemacht!«

»Nein. Ich habe dich angeklagt und verhaften lassen. Das Verfahren vor dem Gericht steht noch aus.«

»Wenn du meinst«, konterte Klein. »Ich habe damit ein deutliches Zeichen gesetzt. Die Zeit der Kuscheljustiz ist vorbei und ich werde dafür sorgen, dass der Prozess gegen Rickschitz auch noch mal aufgerollt wird.«

»Warum?«, fragte Nadine. »Die Beweislage spricht gegen seine Schuld.«

»Weil die Leute endlich Taten sehen wollen«, erklärte Klein. »Aber jetzt, wo ich Teil des Rates bin, möchte ich erneut die Frage des Eigentums auf den Tisch bringen.«

Nadine war bewusst, dass sein schnelles Handeln ihr die Initiative genommen hatte, dass sie nur noch reagieren konnte.

»Wir müssen uns erst mal darum kümmern, für die Menschen aus den Sammelunterkünften neue Bleiben zu finden«, sagte sie.

»Du bist ja ein kleiner Engel«, spottete Klein. »Aber wir haben uns erst mal um die Umbacher zu kümmern. Die gehen vor.«

»Und da gibt es auch genügend, die der Gemeinschaft helfen und von ihr leben«, sagte Malte.

»Euer Gutmenschentum nervt mich.« Klein war aufgestanden und ging hinter dem Tisch hin und her. »Überall auf der Welt, wo der Sozialismus regierte, mussten die Menschen hungern. Ich werde dafür sorgen, dass das in Umbach nicht passieren wird. Ihr könnt dabei gerne helfen oder ihr müsst damit rechnen, dass sich die Menschen gegen euch wenden.«

»Drohst du uns?«, fragte Nadine.

»Ich?«, betonte Klein total übertrieben. »Nein. Ich habe nur erklärt, was passieren wird. Hättet ihr den Leuten zugehört, hättet ihr das schon längst mitbekommen.«

»Uns stehen noch einige Ernten bevor, wir müssen aussäen«, erklärte Nadine. »Wir haben keine Zeit für solche Spielchen.«

»Siehst du, Nadine«, sagte Klein. »Es ist unser Kapital, unsere Arbeit, die das Überleben der Menschen ermöglicht hat. Alles, was ich fordere, ist, dass das honoriert wird. Und dass wir nichts einfach nur verschenken. Nur wer arbeitet, soll auch essen.«

»Wir müssen einen Weg finden, wie auch meine Partner von ihrer Arbeit profitieren können. Immerhin haben die das erst ermöglicht«, meldete sich Pape.

Nadine rechnete mit Widerworten von Klein, der nickte aber lediglich Pape zu.

»Zusammen vertreten wir die Menschen, denen fast die ganzen Ernten und die meisten Häuser in Umbach gehören«, sagte Klein. »Es wird keine Lösung ohne uns geben.«

Sie fühlte sich, als ob sich der Boden unter ihren Füßen öffnen und sie verschlingen würde. Waren sich die Streithähne beim letzten gemeinsamen Treffen noch spinnefeind, arbeiteten sie nun zusammen.

»Wie stellt ihr euch das vor?«, fragte sie.

»Das hatte ich schon mal erklärt«, antwortete Klein. »Wir verpachten die Felder und die Leute geben einen Teil ihrer Ernte ab. Wer mag, kann auch Leute einstellen, muss die aber von der eigenen Ernte bezahlen.«

»Und was ist mit den – Partnern von Pape?«, fragte Malte.

»Die bekommen auch einen Anteil der Ernten«, sagte Pape. »Zumindest die, die ihr Kapital investiert hatten. Die Hausbesitzer bekommen wieder Miete von den Leuten.«

»Dann wird sich ein Großteil der Ernten schnell im Besitz Weniger befinden«, sagte Malte. »Das wird zu Unfrieden führen.«

»Nur bei denen, die nicht arbeiten wollen.« Klein setzte sich wieder hin. »Nur so schaffen wir den Übergang in eine neue Gesellschaft.«

»Mir kommt das vor wie die Wiederholung des alten Systems«, sagte Nadine. »Wie sollen gemeinschaftliche Aufgaben finanziert werden? Und Ärzte und Medikamente?«

»Die können auch mit Anteilen aus der Ernte bezahlt werden.« Klein schien total begeistert von seiner Idee zu sein. »Und der Markt regelt die Preise wie von selbst.«

»Und wie stellt ihr euch den Übergang vor?«, fragte Malte.

»Den Übergang?«, wunderte sich Pape. »Wir können sofort damit anfangen. Und wenn da was nicht funktioniert, können wir dann noch nachjustieren.«

»Sofort?«, fragte Nadine. »Nein, das mache ich nicht mit. Der Winter wird schnell kommen und dann müssen wir alle zusammenhalten.«

»Am Arsch müssen wir das!«, brach es aus Klein heraus. »Wir wissen alle, dass es vorne und hinten nicht reichen wird. Besser wir trennen jetzt die Spreu vom Weizen.«

»Da mache ich nicht mit«, sagte Nadine. »Da habt ihr keine Mehrheit.«

»Dann lasst uns jetzt darüber abstimmen«, forderte Klein.

»Worüber sollen wir denn genau abstimmen?«, fragte Malte. »Das steht doch gar nicht fest.«

»Ab sofort gehört die Ernte dem Landwirt, dem das Feld gehört. Er kann es verpachten und den Preis für die Pacht festlegen. Dabei ist zu beachten, dass davon Kapitalgeber ebenfalls einen Anteil erhalten«, erklärte Klein. »Mieten sind festzulegen und auch andere Dienstleistungen sind in Naturalien zu bezahlen. Wir gehen also in den Warentausch zurück. Es hat sich ja schon ein Schwarzmarkt für Alkohol, Zigaretten und Schokolade gebildet.«

»Klingt gut und verständlich.« Pape klopfte mit den Knöcheln auf den Tisch.

»Andreas!«, flehte Nadine, »Das kann nicht dein Ernst sein!«

»Ich hatte versucht, die Interessen meiner Partner durchzusetzen und du hast uns einfach abgekanzelt.«

»Können wir dann abstimmen?«, forderte Klein.

»Ich mache da nicht mit«, kündigte Nadine an.

»Weißt du, Nadine, es ist unerheblich, ob du da mitmachst oder nicht. Die Mehrheit wird entscheiden«, sagte Klein.

»Die Entscheidung ist so weitreichend, die muss durch das Thing gefällt werden«, schlug Malte vor.

»Wer ist für den Vorschlag?«, fragte Klein. »Und meinetwegen können wir das auch noch beim Thing abstimmen lassen. Allerdings sollten wir da mit einer Empfehlung des Rates reingehen.«

Papes Hand hob sich und auch Klein stimmte für den eigenen Vorschlag. Alle Augen ruhten auf Orloff, der erstaunlich still bei der Diskussion war. Nach kurzem Zögern hob sich auch seine Hand.

»Gegenprobe.« Klein grinste von Ohr zu Ohr.

Nadine und Malte hoben die Hand.

»Damit haben wir wohl eine eindeutige Mehrheit.« Klein freute sich, schien aber nicht überrascht zu sein. »Ich kümmere mich um einen Aushang. Beim nächsten Thing werden wir alle darüber abstimmen lassen.«

Er blinzelte Pape zu, der zurücknickte.

»Was bedeutet das bezüglich der Zusammenarbeit mit den anderen Ortsteilen?«, fragte Nadine.

»Wie du sicherlich bemerkt hast, gab es keine neuen Angriffe mehr. Wir gehen mittlerweile davon aus, dass es kaum noch Banden gibt, die groß genug sind, ein Dorf wie das unsere anzugreifen«, erklärte Klein.

»Wie kommst du darauf?«, fragte Malte. »Und was hat das mit der Zusammenarbeit zu tun?«

»Ist das nicht offensichtlich?«, reagierte Klein. »Wir haben Nahrung gegen Sicherheit gegeben. Wenn wir nicht angegriffen werden, brauchen wir die Unterstützung nicht mehr. Und ansonsten kann man davon ausgehen, dass große Banden nicht mehr genug erbeuten können, um sich durchzuschlagen. Außerdem ziehen sie das Interesse anderer auf sich, wenn sie Beute haben.«

Nadine dachte über die Erklärung nach und konnte sie nachvollziehen.

»Ich halte es aber trotzdem für falsch, die Zusammenarbeit mit den anderen Ortsteilen aufzukündigen«, sagte sie.

»Wir kündigen nicht auf«, erklärte Pape. »Wir verändern sie. Und wir wissen, dass es auch dort Veränderungen geben wird.«

»Sei es, wie es ist!« Klein stand auf. »Ich verabschiede mich für heute und habe noch ein paar Termine mit meinen potenziellen Pächtern.«

Orloff stand ebenfalls auf.

»Ich empfehle mich auch!«

Nachdem er gegangen war, saßen Pape, Malte und Nadine gemeinsam am Tisch.

»Was springt für Orloff dabei heraus?«, fragte Nadine.

»Ich weiß es nicht«, antworte Pape. »Aber ja, er hatte Gespräche mit Klein. Es ist davon auszugehen, dass ihm etwas versprochen wurde.«

»Und du bist dir sicher, dass du und deine Leute bei dem Deal nicht hinten runterfallen werden?«, fragte Malte.

»Ich sehe eine Perspektive.« Er stand auf. »Und ich hatte ja Änderungen vorgeschlagen, nur hat niemand auf mich gehört.«

Er verabschiedete sich und Malte und Nadine saßen eine Weile wortlos zusammen.

»Wir werden nicht mal die Chance haben Klein für die Hinrichtung zur Verantwortung zu ziehen?«, vermutete Malte.

»Das kommt darauf an, wie viel Rückhalt er wirklich hat«, sagte Nadine. »Und wie viel Unterstützung wir noch haben.«

Sie verließen ebenfalls das Gebäude und schoben ihre Fahrräder nebeneinander her.

»Wie früher nach der Schule.« Malte lächelte. »Statt zu fahren, haben mein bester Freund und ich getrödelt und uns über alles Mögliche unterhalten.«

»Hoffentlich nicht über zu ernste Themen.«

»Filme, Bücher, Comics und später Mädchen. Das war dann teilweise dramatisch.«

»Was ist denn hier los?«

Sie kamen an der Schule vorbei, vor der sich eine kleine Menschenmenge angesammelt hatte. Soweit Nadine sehen konnte, waren auf der einen Seite fast ausschließlich Leute aus Blasbach und die vielen bepackten Bollerwagen ließen sie ahnen, was los war. Skeptisch wurden Malte und Nadine von den Menschen beobachtet.

»Was ist los?«, fragte Nadine in die Menge.

»Man hat uns sehr deutlich gemacht, dass man uns hier nicht möchte. Dann kam der Streit, der Schuss, und danach wurde es schlimmer. Als gestern die Hinrichtung kam, war das der Tropfen, der das Fass zum Überlaufen gebracht hatte«, antwortete eine Frau.

»Und jetzt?«

»Wir werden versuchen bei Bekannten in anderen Orten unterzukommen.«

»Aber wir sind doch gerade dabei, Wohnungen für alle zu finden.«

»Wir wissen zu schätzen, was Sie und andere für uns getan haben, aber hier ist die Stimmung gekippt.«

Wütend verfolgte Nadine, wie sich der kleine Flüchtlingstreck in Bewegung setzte, und es brach ihr das Herz.

»Bemerken wir echt selbst nicht, wie schlimm es ist?«, fragte Malte, nachdem sie wieder weitergegangen waren.

»Dein Schwiegersohn wird vermisst«, antwortete Nadine. »Sag du es mir!«

»Du hattest gestern doch noch mit Bittler und dem Major gesprochen. Welchen Eindruck haben die?«

»Klein sei unberechenbar und hat breite Unterstützung. Im Grunde wissen wir nichts Genaues.«

»Sollten wir auch bei den anderen Sammelunterkünften nachschauen?«, fragte Malte.

Nadine blieb stehen und dachte an ihren Vater und die Bonners.

»Ich muss zum Hof«, sagte sie und schwang sich auf ihr Fahrrad.

»Soll ich mitkommen?«, hörte sie Malte fragen, antwortete aber nicht mehr.

Der Hof lag friedlich vor ihr, aber sie traute dem friedlichen Eindruck nicht. Hastig stieg sie vom Rad ab, ließ es auf den Boden fallen und stürmte ins Haus. In der Küche schälten ihr Vater und Miriam, Kartoffeln.

»Wo sind Jochen und die Kinder?«, fragte Nadine.

»Hallo Nadine«, begrüßte sie ihr Vater. »Die sind oben. Jochen steckt die Feldarbeit in den Knochen und die Kinder sind am Spielen.«

Nadine setzte sich an den Tisch, vergrub das Gesicht in ihren Händen und heule los. Ihr Vater legte die Kartoffel und das Messer weg, setzte sich neben sie und nahm sie in den Arm.

»Ihr müsst hier weg«, sagte sie zwischen zwei Schluchzern. »Es ist nicht mehr sicher.«

»Und wo ist es sicher?«, fragte ihr Vater.

»Sie machen den Menschen Angst. Einige Familien aus Blasbach sind ins Ungewisse aufgebrochen. Gordon ist verschwunden, Klein wird seine Sache mit den Pächtern durchziehen. Er hat gestern den Gefangenen hingerichtet. Und wir konnten nichts tun, um ihn aufzuhalten.«

»Ich habe mit Birgit gesprochen, die hat Platz für uns alle«, sagte ihr Vater. »Trotzdem stellt sich mir die Frage, ob wir da sicherer sind.«

»Ihr wärt näher bei den anderen. Und näher bei uns.«

»Und die Pferde?«

Nadine fühlte sich schuldig. An die Pferde hatte sie gar nicht gedacht und sie hatte keine Idee, wo man die im Dorf unterbringen konnte.

»Wir müssten Wachen dafür abstellen.«

Es musste doch für irgendein Problem eine einfache Antwort geben.

»Das Hofgut!«

»Was ist mit dem Hofgut?«, fragte ihr Vater.

»Wir bringen die Pferde zum Hofgut. Dort gibt es Stallungen und auch ein paar Koppeln«, erklärte sie. »Da sind sie gut untergebracht und wir haben Leute zum Bewachen dort. Wenn es nötig wird, könnten wir auch selbst dort einziehen.«

»Da ist man genauso weit vom Dorf weg wie hier.«

»Ich weiß, aber es wäre sicherer.«

»Das haben die Freyristen auch gedacht«, sagte ihr Vater. »Gebracht hatte es ihnen trotzdem nichts.«

»Du willst hier auf keinen Fall weg?«

»Nadine, ich habe mit Birgit gesprochen und ziehe es in Erwägung. Aber vielleicht solltest du versuchen, mit den anderen Landwirten zu reden.«

»Würdest du mitkommen?«, bat sie. »Dir vertrauen sie.«

»Natürlich«, sagte er. »Mach doch schon mal die Wagonette fertig.«

Nadine ging zur Scheune und bereitete die Kutsche vor. Sie holte dann zwei Pferde von der Koppel, um sie davor zu spannen. Sie war gerade fertig geworden, als ihr Vater kam.

»Schmidtkes oder Müllers?«, fragte sie.

»Schmidtkes.«

Nadine ließ das Gespann loslaufen und beobachtete die Wolken.

»Wir brauchen den Regen für die Felder, aber auch wieder ein paar trockene Tage für die Ernte«, überlegte sie.

»Ja«, sagte ihr Vater. »Als Landwirt hat man es oft nicht leicht. Mit Maschinen war die Ernte schneller zu schaffen.«

»Was ist mit dem Traktor?«, fragte sie. »Wäre es nicht Zeit, den einzusetzen?«

»Vor der Aussaat, wenn wir den Boden pflügen müssen«, erklärte er. »Da brauchen wir besonders viel Kraft und da lohnt sich der Einsatz.«

Der erste Hof war nach kurzer Fahrt erreicht und sie stiegen von der Kutsche ab.

»Welch hoher Besuch«, wurden sie von Herrn Schmidtke begrüßt. »Wenn das ein Versuch sein soll, mich umzustimmen, dann hättet ihr euch den Weg sparen können.«

»Du stehst also hinter Klein und willst auch verpachten?«, fragte ihr Vater.

»Auch wenn deine Tochter dir was anderes einredet«, antwortete Schmidtke, »solltest du das auch tun.«

Enttäuscht fuhren sie um das halbe Dorf, um zum Hof der Müllers zu kommen.

Auf den Wegen waren weitere Menschen mit Bollerwagen unterwegs und Nadine fühlte sich erneut hilflos. Beim Hof angekommen, wurden sie von Frau Müller begrüßt.

»Hallo ihr beiden! Es ist ja schon Ewigkeiten her, dass ihr hier zu Besuch wart!«

»Hallo«, grüßte Nadine. »Ehrlich gesagt, ist das auch kein Höflichkeitsbesuch und ich komme direkt zur Sache. Ich würde das mit dem Verpachten in das nächste Jahr legen, wenn wir alle durch den Winter gebracht haben.«

Die Frau lächelte Nadine an.

»Es spricht für dich, dass du versuchst an alle zu denken. Allerdings müssen wir auch an unsere Familien denken. Du solltest aber auch wissen, dass Pape und Klein auf uns zugekommen sind und Teile des Großlitz- und des Pinn-Hofes angeboten haben.«

»Bei Pinns gibt es Kinder, denen das gehört!« Nadine regte sich über die Rücksichtslosigkeit der beiden Männer auf. Wie konnten die anfangen, etwas zu verteilen, was nicht ihnen gehört.

»Pape hat erklärt, dass beide tief in der Kreide sind …«

»So viel zum Bankgeheimnis«, kommentierte ihr Vater.

»… und Klein sagte, dass die Kinder zu jung sind, um sich jetzt um die Felder zu kümmern.«

»Und wie sollen die Kinder beteiligt werden?«, fragte Nadine.

»Pape hat versprochen, dass man sich darum kümmern würde, dass es den Kindern der Pinns an nichts fehlt.«

»Was ist mit den Kindern von Großlitz?«, fragte Nadines Vater.

»Die sind mit der Mutter weg und im Moment nicht auffindbar. Da würde man sich darum kümmern, wenn die ins Dorf kommen und ihre Ansprüche stellen«, sagte Frau Müller. »Ehrlich gesagt, glaube ich nicht, dass wir die so schnell sehen werden.«

»Ihr wollt euch das auch nicht noch einmal überlegen?« Nadine war sich sicher die Antwort zu kennen, wagte aber trotzdem noch einen Versuch.

»Mein Mann hat gezögert«, antwortete Frau Müller. »Ich habe dann die Entscheidung für uns und unsere Familie getroffen.«

Lange schwiegen sie sich auf dem Heimweg an, bis Nadine die Stille brach.

»Wessen Brot ich esse, dessen Lied ich singe. Ich bin sauer, auch weil sie uns gar nicht erst ein Angebot gemacht haben.«

»Sie wusste, dass wir abgelehnt hätten«, sagte ihr Vater.

»Und ich ärgere mich, dass ich gar nichts mitbekommen habe.«

BERND

Bernd fuhr auf seinem Rad zum Bodnerhof. Er konnte sich nicht vorstellen, dass Gordon einfach abgehauen war, dazu hatte er keinen Grund. Aus den Gesprächen mit dem jungen Mann wusste er, dass er sich recht gut mit Herrn Bodner verstand.

»Welch seltener Gast«, begrüßte ihn der Landwirt. »Darf es ein Gläschen Schnaps sein?«

Bernd grinste. »Gerne!«

Nadines Vater führte ihn in die Küche, kramte aus der Speisekammer eine Flasche ohne Etikett und stellte zwei Schnapsgläser auf den Tisch. Nachdem er sie gefüllt hatte, schob er eines Bernd zu.

»Zum Wohl!«, sagte er.

Sie stießen an und Bernd genoss das leichte Brennen im Hals.

»Es ist lange her, dass ich einen Schnaps hatte.«

»Kommen Sie einfach immer mal wieder zu Besuch. Ich denke, da lässt sich bestimmt was finden. Aber das ist nicht der Grund, wieso Sie hier sind?«

»Ich suche Gordon«, sagte er. »Und mir wurde von verschiedener Seite angetragen, dass er abgehauen wäre. Ich mag das nicht glauben. Zumal es eigentlich kein Ziel gibt, wo er hingehen könnte. Zumindest keines, das besser als die Familie von Laura ist.«

»Da gebe ich Ihnen recht. Er wird seit gestern vermisst?«

»Ja. Nachdem er seine Wache angetreten hatte, ist er verschwunden.«

»Er hat allein Wache gehalten?«, fragte Bodner.

»Tagsüber haben wir die Wachposten nur noch einfach besetzt«, erklärte Bernd.

»Gordon hat Feinde im Dorf«, sagte Herr Bodner. »Jemand wird die Gelegenheit genutzt oder vorher gekannt haben.«

Bernd dachte an die Auseinandersetzung zwischen Gordon und Markus.

»Dass ich da nicht selbst drauf gekommen bin! Ich muss los!«

»Kann ich Ihnen helfen?«

»Dabei nicht. Aber vielen Dank!«

Schnell fuhr er zu Markus' Haus und klopfte an die Tür. Er musste sich etwas gedulden, bis die Tür geöffnet wurde.

»Du hast doch sicher nichts dagegen, wenn ich mich bei dir umsehe?«

Ohne eine Antwort abzuwarten, drückte er die Tür weiter auf und ging an Markus vorbei. Im Wohnzimmer saßen mehrere junge Männer, unter anderem Carsten.

»Hallo Herr Major«, grüßten ihn alle nacheinander.

»Hallo die Herren.«

Er ärgerte sich, ohne Unterstützung hergekommen zu sein.

»Wieso wollen Sie sich umsehen?«, fragte Markus und stellte sich zwischen den Major und die Kellertür.

Der schob Markus zur Seite, öffnete die Tür und versuchte, im Dunkeln etwas zu erkennen.

»Kann ich eine Laterne haben?«

Markus zuckte mit den Schultern, ging in die Küche und kam mit einer Kerze in einer Laterne wieder zurück. Stufe für Stufe kletterte Bernd nach unten, durchsuchte den Keller und kontrollierte Regale und Schränke auf verborgene Türen, fand aber nichts. Enttäuscht ging er wieder nach oben.

»Es wäre vielleicht einfacher, wenn Ssie mir sagen, was Sie suchen?«, fragte Markus.

Bernd linste in die Küche, in die kleine Abstellkammer und ging zurück in den Flur. Nein, dahinter war auch kein Platz für einen geheimen Raum. Ohne Markus' Frage zu beantworten, stieg er die Treppen ins Obergeschoss hoch, öffnete jede Tür, aber seine Suche blieb erfolglos. Die Klappe zum Dachboden erregte seine Aufmerksamkeit, er suchte die Stange, zog die Klappe auf und kletterte die Leiter hoch. Aber auch dort fand er nur Staub.

»Herr Major, Sie schauen sich im Haus meiner Eltern um, ohne mir zu sagen warum. Sie sollten mir zumindest erklären, was Sie wollen. Vielleicht kann ich Ihnen helfen?«

»Seit gestern wird Gordon vermisst«, sagte Bernd. »Du hast ihn nicht zufällig irgendwo gesehen?«

»Vermisst?«, frage Markus. »Vielleicht ist er einfach abgehauen. Die haben es ja nicht so mit der Zuverlässigkeit.«

Bernd spürte, dass der Mann ihn hinters Licht führen wollte.

»Du hast also keine Idee, wo ich ihn finden könnte?«

»Herr Major, Sie wissen, dass er und ich nicht die besten Freunde sind. Wieso sollte er ausgerechnet zu mir kommen oder wieso sollte ich ihm helfen? Aber ich verspreche Ihnen, dass ich den Deserteur ausliefere, wenn ich ihn finde.«

Bernds Hand juckte und wollte unbedingt in das Gesicht des jungen Mannes, aber er hatte nichts Konkretes in der Hand. Dann fiel ihm auf, dass bei der Gruppe im Wohnzimmer jemand fehlte und er wusste, dass er schnell handeln musste.

»Ich fahre jetzt zum Schützenhaus«, kündigte er an. »Falls dir doch etwas einfallen sollte, kannst du dort vorbeikommen.«

Er verabschiedete sich, verließ das Haus und fuhr zu seinem Adjutanten Alex.

»Keine Zeit für große Erklärungen«, sagte er, als der ihm die Tür öffnete. »Nimm dir dein Sturmgewehr und komme mit.«

Gemeinsam fuhren sie zu Bittler und auf dem Weg erklärte Bernd seinen Plan.

»Gordon ist gestern während seiner Wache verschwunden. Er hatte bei den Arbeiten an der Schneise einen Streit mit jemandem, das hatte ich aber vergessen. Der Trip zu meiner Hütte hat da ganz viel überlagert. Vorhin war ich dort und einer der Gäste war der Milizionär, den Gordon bei der Wache abgelöst hatte. Der wohnt in der Nähe des Wachposten und in der Zeit, in der ich das Haus des einen Typen durchsucht habe, hatte er sich aus dem Staub gemacht. Ich bin mir sicher, dass er dort im Haus ist, denn gestern hatte er zugesehen, dass ich schnell weiterziehe.«

»Und dein Plan?«, fragte Alex.

»Reingehen und Gordon herausholen.«

»Das ist kein Plan«, sagte Bittler. »Zumal wir nicht mal sicher sein können, dass Gordon dort ist.«

»Wir haben die Überraschung auf unserer Seite. Sie gehen davon aus, dass ich beim Schützenhaus bin.«

»Trotzdem sind sie vorgewarnt«, sagte Bittler. »Und nach der Aktion mit Klein bin ich mir nicht sicher, wie viel Rückhalt und Respekt wir noch haben.«

Als sie in die Straße einbogen, sahen sie gerade noch, wie Markus in dem Haus von Carsten verschwand.

»Okay. Das sieht schon verdächtig aus«, bemerkte Alex. »Ich versuche über die Rückseite ins Haus zu kommen. Nur falls man euch die Tür nicht aufmacht.«

Er bog in eine Seitenstraße ab, während Bittler und Bernd bis zum Haus fuhren und ihre Räder abstellten. Bemüht normal klopfte er an die Haustür, aber niemand reagierte. Bernd klopfte erneut, meinte Bewegung im Haus zu hören, die Tür blieb trotzdem verschlossen.

»Ich würde auch nicht öffnen«, kommentierte Bittler.

Bernd versuchte durch ein Fenster in das Haus hineinzusehen, als sich die Tür öffnete und Alex herausschaute. Flink drückten sich Bittler und Bernd durch die Tür und lauschten. Alex hielt den gestreckten Zeigefinger vor den Mund und deutete auf die Kellertür.

»Im Garten gibt es einen zweiten Zugang zum Keller«, flüsterte er.

»Ich gehe und versuche es von dort.« Bittler verließ lauten Schrittes das Haus und schloss gut hörbar die Tür hinter sich.

Alex grinste. »Vermutlich will er sie glauben lassen, dass niemand mehr im Haus ist.«

Sie versuchten, auf Geräusche aus dem Keller zu achten, hörten aber nichts. Angespannt warteten sie und Bernd fragte sich, ob Bittler schon bei der Tür war.

»POLIZEI! VERLASST SOFORT DEN KELLER!«

Im Keller waren Schritte zu hören und dann stieß jemand die Kellertür auf und versuchte zur Haustür zu kommen. Alex stellte ihm ein Bein und der Mann flog mit dem Kopf zuerst gegen die Wand.

»Scheiße!«, hörte man jemanden auf der Kellertreppe, der wieder hinunter eilte.

»Das ist der andere Kerl«, sagte Bernd. »Markus muss noch im Keller sein.«

Alex war vorbereitet und fesselte seinem Opfer die Arme und Beine mit je einem Kabelbinder. Dann warteten sie auf Reaktion aus dem Keller.

»HIER IST DIE POLIZEI«, hörten sie Bittler. »KOMMT SOFORT HERAUS!«

Nichts passierte.

»Markus«, rief Bernd in den Keller. »Wir wissen, dass du da bist. Mach es uns und dir einfacher und komm hoch.«

Wieder nur Stille.

»Komm bitte einfach hoch, dir wird nichts passieren.«

»Vielleicht gehen Sie besser und dem Nigger wird nichts passieren«, rief Markus zurück.

»Du weißt, dass du so richtig in der Patsche sitzt, wenn du Gordon etwas antust«, sagte Bernd. »Wenn du jetzt aufgibst, werde ich mich für dich einsetzen.«

»So wie Sie schon mal eine Entschuldigung aus mir herausgepresst haben? Nein, danke. Und Sie liegen falsch, wenn Sie glauben, dass Sie das Oberwasser hätten. Ihre Zeit ist vorbei, das ist doch gestern ganz deutlich gewesen.«

Ein Krachen ertönte, kurz darauf hörten sie Kampfgeräusche aus dem Keller. Bernd eilte die Kellertreppe herunter und sah, wie Markus auf dem Boden lag und Bittler auf ihm kniete.

»Euch werden wir noch bekommen. Alle beide!«, brüllte Markus.

Neben den beiden hing Gordon nackt an einer Kette, sein Körper war mit Wunden übersäht.

»Meine Güte«, rief Bernd. Er versuchte, die Konstruktion zu verstehen, an der Gordon hing und ließ die Kette ganz ab, Gordon zitterte, konnte sich kaum auf den Beinen halten.

»Wo sind die Schlüssel der Handschellen?«, fragte Bernd.

»Von mir erfahrt ihr nichts!« Auch wenn Bittler seinen Kopf auf den Boden drückte, spuckte er zur Seite aus.

Alex war heruntergekommen und befreite Gordon von der Kette. Bernd durchsuchte erfolglos die Regale nach dem Schlüssel der Handschellen und wütend stürmte er zum am Boden liegenden Markus.

»Du Stück Scheiße sagst mir jetzt, wo der Schlüssel ist oder ich zeige dir, wie man jeden Finger einzeln bricht!«

Erst wurden Markus' Augen groß, dann gewann er wieder an Sicherheit.

»Ihr seid nicht die Typen dafür, ihr haltet euch an die Regeln!«

Bernd nahm einen Hammer von der Werkbank und schlug damit auf den kleinen Finger von Markus' linker Hand. Der schrie laut auf.

»Du Wichser! Das ist Folter! Das ist nicht erlaubt.!«

Bernd ergriff Markus am Haarschopf und drehte ihn so, dass er Gordon sehen konnte.

»Du willst wissen, was Folter ist? Dann schau dir dein Opfer an! Und du hast jetzt zehn Sekunden Zeit, mir zu sagen, wo ich die Schlüssel finde, sonst wird es dem nächsten Finger so gehen wie deinem kleinen!«

Markus zögerte.

»Da vorne im Regal, das alte Marmeladeglas, da ist er drinnen.«

»Alex, schaust du bitte nach?«, bat Bernd.

Der schüttete das Glas aus, fand den Schlüssel und befreite Gordon.

»Sorry, Kumpel, das wird jetzt wehtun.« Mit einem Ruck entfernte er das Panzerband aus Gordon Gesicht, der stöhnte und spuckte dann seinen Knebel aus.

»Kannst du allein laufen?«, fragte Bernd.

Gordon versuchte einen Schritt und schüttelte den Kopf.

»Ich suche dir was zum Überziehen«, sagte Bernd.

»Was machen wir mit dem?«, fragte Bittler und deutete auf Markus.

Alex warf ihm die Handschellen zu und im Nu waren dessen Hände auf dem Rücken gefesselt. Bernd ging nach oben, fand einen Bademantel und kam damit wieder in den Keller.

»Wir bringen dich nach Hause und kümmern uns dann um die beiden«, sagte Bernd.

»Ich finde, wir sollten sie direkt mitnehmen«, schlug Alex vor. »Wenn wir sie unbewacht hier lassen, kommt vielleicht jemand und befreit sie.«

»Du hast recht«, stimmte Bernd zu. »Dann heben wir den Dreckskerl mal auf und gehen nach oben.«

Alex ging mit Gordon vor, befreite den wieder zu Bewusstsein gekommenen Mann von der Fußfessel und zog ihn auf die Beine. Bittler führte Markus die Treppe hoch und Bernd kam als Letzter in den Flur und übernahm Gordon von Alex. Als sie die Tür öffneten, standen ihnen die vier jungen Männer gegenüber, die Bernd alle bei Markus im Wohnzimmer gesehen hatte.

»Die haben mir den kleinen Finger gebrochen!«, brüllte Markus. »Und jetzt wollen sie mich verschwinden lassen! Sagt Klein Bescheid!«

»Da war ich schon, der ist auf dem Weg«, sagte einer der Männer.

»Geht uns aus dem Weg«, forderte Alex und winkte kurz mit seinem Gewehr.

»Machen wir, sobald ihr unsere Leute gehen lasst.«

In einer flüssigen Bewegung hatte Alex seinem Gefangenen die Beine weggetreten und seine Waffe auf den Mann gerichtet.

»Ihr seid nicht in der Lage, hier Bedingungen zu stellen«, erklärte er. »Geht. Uns. Aus. Dem. Weg.«

Sie schauten kurz Markus an und gingen dann zur Seite, allerdings so, dass sie ein Spalier bildeten.

»Auf eine Seite.« Wieder winkte Alex mit seinem Gewehr und widerstrebend befolgten die Männer seine Anweisung. Er hob seinen Gefangen auf und sie gingen an den Männern vorbei.

Die Fahrräder würden sie später abholen müssen, dachte Bernd.

Der Weg zum Haus der Kinzigs blieb nicht unbemerkt, Leute blieben stehen und sahen ihnen hinterher. Bernd war in Erinnerung wieder in Afghanistan und kannte diese Blicke. Die Menschen sahen nicht die Übeltäter, die sie abführten, sie sahen, dass man ihre Leute verhaftet hatte. Es dauerte eine gefühlte Ewigkeit, bis sie vor Maltes Haus standen und an die Tür klopften.

Laura öffnete die Tür und ihr verheultes Gesicht zeigte die Angst, die sie durchgestanden haben musste.

»GORDON!«

Sie nahm ihn in den Arm, er zuckte und sie sah trotz des Bademantels einige seiner Wunden.

»Wir bringen die beiden noch ins Gefängnis«, sagte Bernd. »Wir versuchen nachher noch mal vorbeizukommen.«

Nachdem sich Laura überschwänglich bedankt hatte, machten sie sich auf den Weg zum Verwaltungsgebäude. Markus blieb immer wieder stehen und Bernd war dabei, die Geduld mit ihm zu verlieren.

»Ich wurde gefoltert!«, brüllte Markus. »Der Major hat mir mit dem Hammer den kleinen Finger gebrochen!«

»Halt doch einfach die Fresse«, sagte Bernd. »Wir wissen, dass Du Schlimmeres mit Gordon getan hast.«

Markus drehte sich um und grinste ihn frech an.

»Und vielleicht noch deine beiden Hündchen. Aber vielen wird egal sein, was ich gemacht habe, und sie werden nur sehen, was du mit mir gemacht hast.«

»Du wirst eine Anklage und eine Verhandlung bekommen und die Leute werden mitbekommen, wie krank du bist«, sagte Bernd.

»Du glaubst wirklich, dass es eine Verhandlung gegen mich geben wird? Ihr seid schneller weg, als euch bewusst ist, und gestern habt ihr euch für die falsche Seite entschieden. Ich werde vor keinem Richter stehen. Bei dir hingegen bin ich mir da nicht so sicher. Und wir wissen, dass es Mittel gibt, Leute wie dich gefügig zu machen.«

»Ihr habt was?«

»Wir wissen, dass du ein harter Kerl bist und nichts fürchtest. Aber auch du hast Schwächen und die kennen wir. Vielleicht kümmert sich jetzt gerade jemand darum.«

Bernd versuchte, die Informationen zu sortieren, bis ihm klar wurde, was Markus meinte.

»Klopf, klopf? Ah, jetzt scheint jemand zuhause zu sein. Ach halt, vielleicht ist da auch niemand mehr.«

»Wir müssen zu mir«, sagte Bernd.

Er rannte los, während die beiden anderen erst unschlüssig dastanden und ihm dann mit den beiden Gefangenen folgten. Von Weitem sah er, dass die Tür seines Hauses offen stand und er rannte weiter. In der Küche und im Arbeitszimmer gab es Spuren eines Kampfes, von Beate und den Zwillingen war nichts zu sehen. Er kontrollierte die versteckte Tür, die war aber verschlossen.

Als er wieder nach draußen kam, waren die anderen vier angekommen und Markus grinste.

»Hast du etwas verloren?«

Bernd stürmte auf ihn zu und verpasste ihm einen rechten Schwinger. Markus ging zu Boden und schrie.

»Du bist genauso wild und unkontrolliert wie Gordon!«

Bernd kniete sich vor den am Boden liegenden Mann.

»Wer war das?«

»Ich habe keine Ahnung.«

»Lass es mich so formulieren: Wenn nur einem der drei etwas passiert, werde ich dich persönlich umbringen. Also: Wo sind sie und wer war das?«

»Ich habe keine Ahnung. Wenn du mich gehen lässt, könnte ich aber nachfragen.«

»Bernd«, sagte Bittler. »Wir brauchen Informationen und einen Plan. Und wir müssen die beiden ins Gefängnis bringen.«

»Als ob ihr das Gefängnis kontrollieren würdet.« Markus lachte.

»Alex, ruf unsere Leute zusammen, sie sollen zum Schützenhaus kommen. Wir bringen die beiden dorthin.«

TAG 58

BERND

Den ganzen Abend waren Polizisten und Milizmitglieder im Schützenhaus angekommen, aber egal wie sehr er versuchte sich das schönzureden: Es war nicht mal die Hälfte gewesen. Bernd hatte wenige Stunden auf einem Stuhl geschlafen.Nun stand er auf der Terrasse des Schützenhauses und schaute auf das Dorf hinunter. Irgendwo dort vermutete er seine Frau und die beiden Mädchen, die er vor wenigen Tagen ins Dorf gebracht hatte. Erneut stieg die Wut in ihm auf. Auf den unbekannten Gegner, aber vor allem auf sich selbst. Wie konnte er seine Familie ungeschützt zurücklassen.?

Auch Bittler hatte die Nacht im Schützenhaus verbracht, hatte aber seine Familie dazu geholt. Alex hatte seine bei Freunden untergebracht, musste aber auch feststellen, dass der Riss zwischen seinen Leuten verlief.

»Ich weiß nicht, wo ich mit der Suche anfangen soll«, sagte er zu Bittler, der neben ihm stand.

»Es ist nicht abwegig zu vermuten, dass Klein dahinter steckt?«, mutmaßte der.

»Ja. Aber selbst das gibt mir keinen Hinweis.«

Die Sonne ging hinter ihnen auf und auf der Straße kamen vier Männer auf das Schützenhaus zu. Bernd war nicht verwundert, die vier Kumpels von Markus zu erkennen. Sie brauchten einige Minuten, bis sie vor der Terrasse standen.

»Hallo«, grüßte Bernd.

»Hallo«, grüßte der Größte der Kerle. »Wir sind gekommen, um Markus und Carsten abzuholen.«

»Dann habt ihr den Weg umsonst gemacht«, sagte Bernd. »Die beiden haben mir noch Fragen zu beantworten.«

»Welche Fragen?«

»Wo meine Familie ist.«

»Vielleicht wird die beantwortet, wenn wir die beiden mitnehmen können.«

»Was hindert mich daran, euch ebenfalls einzusperren?«, fragte Bernd. »Mein Geduldsfaden ist sehr, sehr dünn.«

»Ihre Verhandlungsposition ist noch dünner«, sagte der Große. »Denn wir können auf die beiden verzichten.«

»Nehmen wir mal an, wir würden sie euch überlassen«, sagte Bernd. »Wer garantiert mir, dass meine Familie wieder zu mir kommen kann?«

»Wer kann heute schon Garantie geben. Manchmal muss man einfach Vertrauen haben.«

»Wer kann heute noch Vertrauen haben?«, fragte Bernd. »Ich finde Garantien besser.«

»Dann will ich offen sein«, sagte der Mann. »Wir haben die Mehrheit der Miliz und der Polizei auf unserer Seite. Auch die Umbacher stehen in großer Mehrheit hinter uns. Ihr Verhalten entspricht in etwa einem Putsch und wir geben allen Milizmitgliedern und Polizisten in ihren Reihen zwölf Stunden, sich für die richtige Seite zu entscheiden.«

»Sonst?«

»Sie haben ebenfalls zwölf Stunden, unsere Männer gehen zu lassen.«

»Ich möchte mit meiner Familie sprechen«, forderte Bernd.

»Das kann ich nicht entscheiden.«

»Wer kann das entscheiden?«

»Wir kommen wieder.« Die Gruppe drehte sich um und ging ins Dorf hinunter.

Bernd wäre gerne hinterher gelaufen und hätte die Antworten aus ihnen herausgeprügelt.

»Glaubst du, dass das mit unseren Leuten stimmt? Dass die meisten auf deren Seite sind?«, fragte Bittler.

»Wenn ich mir die Anwesenden anschaue, befürchte ich ja«, antwortete Bernd. »Ich werde mir jetzt Antworten holen.«

Er betrat das Schützenhaus und ging in den Nebenraum, in dem sie Markus gefangen hielten.

»Schön, dass du da bist. Ich wollte mich über den Service beschweren.«

Bernd gab ihm eine so starke Ohrfeige, dass er von seinem Stuhl kippte.

»Wo ist meine Familie?«

»In Umbach«, antwortete Markus. »Mehr weiß ich auch nicht.«

»Wer hat sie entführt?« Er hatte gewartet, bis Markus sich aufgerappelt hatte, und ihm die nächste Ohrfeige verpasst.

»Du hast die Kontrolle über dich verloren. Und über das Dorf. Sieht nicht gut aus für dich.«

Das Schlimmste für Bernd war, dass der Mann recht hatte. Er war versucht, seine Pistole zu ziehen und sie ihm in den Mund zu schieben.

»Ich sehe, dass du dir die nächste Stufe ausdenkst. Vielleicht Fingernägel ziehen? Oder die Männlichkeit bedrohen? Habe gehört, dass das deine Masche ist.«

»Du hast keine Kinder und kannst nicht ahnen, wie ich mich im Moment fühle.«

»Es sind nicht deine Kinder, sondern Gören, die du in das Dorf geschleppt hast. Keine Ahnung, vielleicht stehst du ja darauf.«

Bernd sah rot. Er schlug Markus mit der Faust ins Gesicht, hörte es knacken, schlug wieder zu und es knirschte. Erneut traf seine Faust und über dem Auge platzte eine Wunde auf. Er hörte nicht, wie die Tür aufging, und er wehrte sich, als Alex und Bittler ihn von Markus wegzogen.

Der spuckte Blut, nuschelte etwas Unverständliches und Bernd versuchte, sich zu befreien. Er wollte diesen Kerl totschlagen.

»Beruhige dich!«, sagte Alex. »Das bringt nichts.«

»Ich muss doch irgendwas tun!« Bernd schüttelte die beiden ab. »Irgendwas!«

»Wir gehen zu Klein«, schlug Bittler vor. »Und verhandeln mit dem.«

»Die letzte Verhandlung hat nichts gebracht. Er hat einfach gemacht, was er wollte, und wir konnten ihn nicht aufhalten.«

»Wenn wir ihn direkt fragen, werden wir zumindest wissen, ob er hinter der Entführung steckt«, sagte Alex.

»Klar. Wenn wir klopfen und fragen, wird der einfach ›Ach übrigens, ich habe deine Frau und die Zwillinge entführt‹ sagen?«

»Nein, so nicht«, antwortete Bittler. »Wir werden die Fragen anders formulieren und ihm einen Weg anbieten, dir zu helfen.«

»Wie willst du das tun?«, fragte Bernd.

»Überlasse das Reden einfach mir.«

Sie machten einen Umweg zum Haus von Carsten, wo noch ihre Fahrräder lagen, und fuhren dann zum Hof von Klein.

»Roland?«, fragte einer der Helfer auf dem Feld und beäugte die drei Männer kritisch. »Soweit ich weiß, ist der beim Hofgut.«

Dafür mussten sie fast einmal um das Dorf fahren. Auf dem Hof waren ebenfalls viele Helfer beschäftigt und zumindest schienen hier Umbacher mit den Blasbachern zusammen arbeiten.

»Hast du eine Ahnung, ob Roland Klein irgendwo hier zu finden ist?«, fragte Bittler den ersten Helfer, dem er begegnete.

»In der Scheune«, antwortete er. »Oder bei den Stallungen.«

Sie warfen einen Blick in die große Scheune, sahen niemanden und begaben sich dann zu den Stallungen.

»Wen sehen denn meine Augen! Da kommen das Recht, die Ordnung und die Sicherheit von Umbach«, wurden sie von Klein begrüßt. »Wollt ihr auch ein wenig ehrliche Arbeit leisten? Ich verspreche euch, dass man sich danach viel besser fühlt.«

Bernd wäre Roland am liebsten direkt an den Hals gesprungen, aber Alex schien das gemerkt zu haben und hatte ihm eine beruhigende Hand auf die Schultern gelegt.

»Nicht provozieren lassen«, flüsterte er ihm zu.

»Eigentlich suchen wir jemanden«, erklärte Bittler. »Und wir hatten gehofft, dass du uns da vielleicht helfen kannst.«

Klein zog erstaunt die Augenbrauen hoch.

»Meine Hilfe?«

»Wir wissen ja, dass du gute Verbindungen hast und dich auch für Recht und Ordnung einsetzt«, sagte Bittler und Bernd hatte das Gefühl, sich übergeben zu müssen. Wie konnte der Polizist so gelassen Sachen erzählen, die er selbst nicht glauben konnte?

»Recht und Ordnung sind die Grundlage für unser Zusammenleben«, bestätigte Klein. »Eines unserer höchsten Güter. Natürlich unterstütze ich euch, so gut wie ich kann.«

»Gestern wurde in das Haus von Bernd Schmidt eingebrochen«, erzählte Bittler. »Seitdem fehlt jede Spur von seiner Frau und den Zwillingen. Vielleicht haben sie sich irgendwo versteckt, vielleicht meinte auch jemand, sie verstecken zu müssen.«

»Herr Major, das muss schlimm für Sie sein«, sagte Klein. »Ich versichere Ihnen mein Mitgefühl. Aber ich sehe nicht, wie ich da behilflich sein kann?«

»Wie gesagt, jeder weiß, wie gut Ihre Beziehungen sind und Ihr Wort hat schweres Gewicht. Vielleicht könnten Sie ja einen Appell herausgeben, dass man der Familie bei der Rückkehr hilft?«

Ein Lächeln huschte über Kleins Mund und Bernd hatte erneut den Drang, es ihm aus dem Gesicht zu schlagen.

»Versprechen kann ich nichts, aber ich könnte es versuchen. Immerhin sind wir ja eine Gemeinschaft und da unterstützt man sich gegenseitig.«

»Wir wären sehr dankbar«, sagte Bittler. »Vor allem geht es ja um drei unschuldige Menschen. Es wäre schön, wenn es denen gut geht.«

Als sie weit genug vom Hof entfernt waren, blieb Bernd stehen und zerrte Bettler vom Fahrrad.

»Bist du von allen guten Geistern verlassen? Der Mann hat uns hinten und vorne verarscht!«

»Der Mann hat jetzt Gelegenheit, sich als Held darzustellen«, erklärte Bittler. »Das gefällt ihm. Jeder wird wissen, dass er hinter der Entführung steckt, aber die Leute werden auch sehen, dass er sich um die Freilassung gekümmert hat. Und du bekommst deine Familie wieder. Und wenn die wieder bei dir sind, dann können wir neue Pläne schmieden.«

»Und wenn er das nicht macht?« Bernd schrie fast.

»Dann haben wir nur etwas Zeit verloren«, sagte Bittler.

»Warum ist er eigentlich auf dem Hofgut gewesen?«, fragte Alex. »Der sollte doch genug mit seinem eigenen Hof zu tun haben.«

»Der wird versuchen sich das nächste Stück vom Kuchen zu schnappen«, antwortete Bernd.

»Wir müssen auch überlegen, was wir mit unseren Gefangenen machen«, sagte Bittler. »Und Markus hast du übel zugerichtet.«

»Bringt ihn meinetwegen zu Haarberg«, entschied Bernd. »Nein. Bringt Haarberg zu ihm. Der bleibt, wo er ist. Der andere auch.«

»Das heißt, wir bieten nichts im Austausch an?«, fragte Alex.

»Nein. Wir haben da keine Garantie«, sagte Bernd.

»Außerdem würde es auch für Klein seltsam aussehen, wie ein Kuhhandel«, ergänzte Bittler. »Ich denke, dass er bereit sein wird, die beiden fallen zu lassen.«

»Und wie gehen wir weiter vor?«, fragte Alex. »Wir sollten versuchen, unsere Leute auch wieder auf unsere Seite zu bekommen.«

»Ja.« Bittler nickte. »Je mehr, desto besser. Ich hätte da fünf oder sechs Kandidaten, die bisher nicht zum Schützenhaus gekommen sind. Vielleicht ist da noch etwas zu retten.«

»Ich werde mit meinen Leuten im Viertel sprechen«, kündigte Alex an.

Beide schauten erwartungsvoll Bernd an.

»Mir fehlt die Ruhe für solche Gespräche. Es tut mir leid. Ich brauche einen Moment für mich.«

»Warte nicht zu lange«, sagte Alex. »Aber wir können dich verstehen.«

Bernd schaute zu, wie die beiden Männer in verschiedene Richtungen losfuhren, und begab sich dann in sein eigenes Haus. Im Arbeitszimmer fing er an, die Kampfspuren zu beseitigen, und sah den Stoffhund von Angelina und den Eisbären von Janine. Liebevoll setzte er sie auf den Schreibtisch, neben das Bild, das ihn mit Kathrin und Hanna und ihrem Zahnlückenlächeln zeigte. Er hätte sein Fahrrad dort lassen sollen, dann könnte Hanna einfach damit von der Hütte nach Umbach fahren. Er nahm sich vor, das nachzuholen, sobald es wieder ruhiger im Dorf werden würde.

Am Schreibtisch sitzend sah er draußen jemanden die Straße herauf laufen. Als sie näherkam, erkannte er Iris Holzer, die zielstrebig auf sein Haus zulief. Er empfing sie, bevor sie die Tür erreicht hatte.

»Hallo Iris.«

»Hallo Bernd. Carl schickt mich und fragt, ob du zu ihm kommen könntest?«

Sie wartete auf eine Reaktion und als die ausblieb, fügte sie hinzu: »Ich habe ihm gesagt, dass du mit der Entführung gerade genug beschäftigt bist. Aber er hat mich beschimpft und – bitte.«

»Hat er gesagt, was er möchte?«

»Außer, dass ich sein Haus verlassen soll? Nein. Er hat mir nur befohlen, dich zu holen.«

»Hat es was mit Simones – Besuch – vor einigen Tagen zu tun?«

»Ich weiß es wirklich nicht.«

»Warte kurz, ich komme mit.«

Gemeinsam gingen sie zu ihrem Haus und eigentlich wollte Bernd ihr viele Fragen stellen, ihm fiel aber nicht eine einzige ein. Als sie das Haus erreichten, blieb sie stehen und deutete ihm, hineinzugehen.

Bernd öffnete die Tür und der Ekel überkam ihn. Es stank nach Alkohol und Urin. Die Rolläden hatten das Wohnzimmer halb verdunkelt, der Boden war fleckig und Holzer lag auf seiner Couch und keuchte. Als er Bernd sah, bot er ihm einen Platz an.

Bernd sah sich um und der Ekel schüttelte ihn erneut.

»Danke, ich bleibe stehen. Was willst du?«

»Immer direkt zum Punkt! Das ist gut. Ändere das nicht!«

»Carl, ich bin hier nicht zum Süßholzraspeln. Iris hat erzählt, dass du unbedingt mit mir reden möchtest.«

»Weißt du, die Sache war ein Unfall und es tut mir so unendlich leid.«

Er wartete kurz. Als Bernd nicht reagierte sprach er weiter:

»Als ich herausgefunden habe, dass mich die Schlampe schon jahrelang mit Florian betrogen hatte, habe ich rot gesehen. Das konnte ich Florian nicht durchgehen lassen. Nicht in meinem Dorf, nicht mit meiner Frau.«

»Sie sagt, dass du von ihr verlangst, das Haus zu verlassen?«, fragte Bernd.

»Die Nutte hat hier nichts zu suchen. Nachdem ich jahrelang ihren Lebensstil finanziert habe, kann sie jetzt zusehen, wie sie allein zurechtkommt.«

»Sie hat niemanden im Dorf.«

»Das hätte sie sich überlegen sollen, bevor sie mit Florian gefickt hat.«

Er röchelte und hustete. Dann griff er nach einem verdreckten Handtuch und spuckte hinein.

»Als ich rot gesehen habe, bin ich los. Habe mein Gewehr aus dem Schrank geholt, Munition in die Taschen gepackt. Ich bin ja immerhin Jäger und was machen Jäger mit Schweinen? Sie erschießen sie!«

Er schnäuzte sich in das gleiche Handtuch und Bernd überkam erneut der Ekel. Am liebsten wäre er sofort wieder hinausgegangen.

»Dass der Junge gerade dort war, das war Pech. Und das tut mir so leid. Ich würde es gerne ungeschehen machen, aber ich kann es nicht.«

»Wer hat geschossen?«, fragte Bernd.

»Ich weiß es nicht. Wir haben um das Gewehr gekämpft und dann ist der Schuss losgegangen. Und erst haben wir nicht gemerkt, was passiert war. Malte hielt seinen Sohn im Arm und wollte keine Hilfe. Nicht von mir und nicht von Florian. Es tut mir so leid. Wenn ich die Zeit zurückdrehen könnte, würde ich es ungeschehen machen.«

»Das sagtest du bereits.«

»Weil es stimmt«, hustete Holzer. »Und ich wollte mit der Schuld nicht mehr leben. Deshalb wollte ich mir selbst das Leben nehmen.«

»Das kannst du erzählen, wem du willst, ich glaube es dir nicht.«

»Wieso nicht?«

»Du bist Jäger und weißt, wie man einen tödlichen Schuss ansetzt. Du kannst mir nicht erzählen, dass du nicht wusstest, wie du dich selbst umbringen kannst. Entweder du hast dich im letzten Moment dagegen entschieden oder du hast dich selbst verstümmelt, um das Opfer zu spielen.«

»Ich möchte sterben, ehrlich.«

»Jetzt vielleicht. Ich vermute, dass du starke Schmerzen und keine Medikamente mehr hast?«

Er schaute sich um.

»Und so, wie es hier riecht, hat Simone wohl auch deine Alkoholvorräte zerstört. Damit kannst du dich dann also nicht mehr betäuben.«

»Ich werde aufgefressen! Vom Schmerz und von den Schuldgefühlen! Ich will nicht mehr und ich bitte dich, nein, ich bettle dich an: Setze meinem Leben ein Ende. Erschieße mich! Bitte!«

Bernd sagte nichts.

»Einfach von hinten. Du hast doch schon Menschen umgebracht, du weißt, wie das geht!«

»Ich kann mich an jeden Menschen erinnern, den ich getötet habe. An jeden. Und mir wird übel dabei. Verstehst du? So richtig körperlich schlecht. Selbst wenn da Menschen dabei waren, die es verdient hatten, es macht etwas mit mir.«

»Ich hatte auf dich gehofft.«

»Schaue dich hier im Wohnzimmer um. Es gibt genügend Glas, du kannst dir die Pulsadern aufschneiden. Aber denk daran, längs und nicht quer.«

»Das kann ich nicht. Dazu fehlt mir der Mut.«

»Dann wirst du mit deinen Schuldgefühlen und dem Schmerz leben müssen. Ich werde dir dabei nicht helfen.«

»Weißt du jemanden, der es machen würde?«

»Selbst wenn ich jemand wüsste, würde ich ihn nicht herschicken.«

Er verließ das Wohnzimmer, das Haus und ging an Iris vorbei.

Trotz der Spannungen in der Gemeinschaft funktionierte die Zusammenarbeit auf dem Hofgut. Gemüse aus den Gewächshäusern wurde geerntet, teilweise eingekocht und in den Kellern gelagert. Im Gegensatz zur Sammelunterkunft in der Turnhalle waren hier alle Flüchtlinge geblieben. Sie steuerte die Wagonette durch das große Tor und wurde wehmütig. Es sah so friedlich aus, nach einem Miteinander, und nichts deutete auf die Konflikte hin, mit denen sie zu kämpfen hatten.

Bisher war sie hier immer nur Gast, dieses Mal sah sie es mit den Augen von jemandem, für den dort zu leben eine Option war. Das Tor würde vor einfachen Überfällen schützen, die Gebäude waren mit Kachel- und anderen Holzöfen geheizt. Die vielen Keller boten Platz für Vorräte, die Gärten und Gewächshäuser würden den Speiseplan erweitern.

Die Gebäude boten Platz zum Wohnen für viele Familien. Natürlich würde nicht das ganze Dorf hereinpassen, aber einen Teil der Menschen aus Blasbach könnte man dort dauerhaft unterbekommen. Nur der Wald um das Hofgut war eine Gefahr. Einmal, weil man nicht sah, wenn sich jemand annäherte, aber auch falls es noch mal zu einem Waldbrand kommen sollte. Der dagegen könnte man die Bäume in der direkten Umgebung der Gebäude roden und hätte so weitere Felder für die Landwirtschaft geschaffen. Und Brenn- und Bauholz.

Es war ihr ein Rätsel, warum die Freyristen diesen Ort so schnell aufgegeben hatten. Allerdings war sie nicht die Einzige, die sich Gedanken über die Nutzung des Gehöfts machte. Offensichtlich war auch der anwesende Roland Klein dabei, den Ort für seine Interessen zu nutzen.

»Die Bürgermeisterin«, begrüßte er sie lautstark. »Welch hoher Besuch auf unserem Hofgut!«

»Ihr habt die Höfe von Pinns und Großlitz aufgeteilt?«, kam sie ohne Umweg direkt zum Punkt und überging die Anspielung über ›unser Hofgut‹. »Mit welchem Recht?«

»Beide Höfe müssen bewirtschaftet werden, damit wir möglichst viel ernten können und so viele Menschen durch den Winter bekommen wie möglich. Das sollte doch im Interesse der Bürgermeisterin sein«, erklärte Klein.

»Aber ihr könnt die Ernten nicht einfach verteilen!«

»Manchmal muss man einfach etwas tun. Gerade wenn andere zu lange darüber diskutieren, anstatt zu handeln.«

»Ihr habt aber schon sehr darauf geachtet, mit wem ihr die Informationen teilt?«

»Willst du auch einen Anteil? Denk aber daran, dass man möglicherweise den Erben etwas zukommen lassen wird. Wenn man alles an die Kartoffelkäfer verschenkt, bleibt nichts mehr übrig.«

»Wie kannst du nur so über Menschen reden?«, fragte Nadine.

Er trat ganz nah an sie heran und sie war verwundert, den Duft von Lavendel in der Nase zu haben.

»Dein Idealismus spricht für dich, aber wenn du Entscheidungen treffen musst, wirst du dich auch abgrenzen müssen. Und dann ist es einfacher, wenn du andere nicht zu nah an dich herankommen lässt.«

Nadine war erschrocken über diese Abgebrühtheit.

»Nadine, ich mag dich, deinen Vater und ich mochte deine Mutter. Eine tolle Frau. Aber du kannst dich jetzt für einen Weg entscheiden. Für uns oder gegen uns. Wenn du auf unserer Seite bist, wirst du deine Leute durch den Winter bekommen und danach werden wir langsam wieder Wohlstand für alle aufbauen.«

»Außer für die, die den Winter nicht überleben werden?«

»Zumindest verstehst du, wie es laufen wird.«

»Und dafür gehst du über Leichen? Schreckst auch vor Mord nicht zurück?«

»Ich habe niemanden ermordet. Es gab ein Verfahren mit Urteil und Hinrichtung.«

»Wir werden dich zur Verantwortung ziehen«, sagte sie. »Du wirst vor dem Gericht landen. Und für deine Tat bezahlen.«

»So? Wer soll mich denn verhaften? Bittler? Der hat nicht genug Leute dafür. Der weiß nicht mal mehr, wer noch hinter ihm steht.

Der Major? Dem geht es genauso. Die beiden waren heute schon hier, zusammen mit dem Schoßhund vom Major. Und nun sag mir noch mal: Wer soll mich verhaften?«

Nadine wusste keine Antwort auf die Frage.

»Du hast keine Antwort, weil es niemanden gibt. Und es gibt auch keinen Grund dazu, denn ich habe nichts Falsches gemacht.«

»Hochmut kommt vor dem Fall!«

»Das reden sich Verlierer ein. Und wenn die Hochmütigen dann weiter gewinnen, reden sie deren Leben klein. Purer Neid.«

»Aber …«

»Nadine! Kempf hat Beachtliches geleistet, aber auch er wäre jetzt gescheitert. Auch ohne den Brand wären wir an den Punkt gekommen, an dem wir um das Überleben kämpfen müssen. Nun war er schneller da und es musste gehandelt werden.«

»Das Hofgut und die Vorräte gehören nicht euch.«

»Findest du? Dann versuche sie doch zu verteilen.«

Mehr und mehr sah sie ihre Felle davonschwimmen.

»Deine Freiheit ist nur so viel wert, wie jemand da ist, sie zu verteidigen. Ich habe mich entschieden meine Freiheit und meinen Hof zu verteidigen. Und ich habe Helfer gefunden. Musste nicht mal groß die Werbetrommel rühren. Die Frage nach fairer Bezahlung wurde vom Rat wochenlang ignoriert und wenn man etwas ignoriert, wird es nicht kleiner. Es taucht immer wieder auf.«

»Wir hatten andere Probleme zu lösen«, verteidigte sie sich. »Und genauso wie du dich jetzt als Retter darstellst, wird es bald jemanden geben, der die Probleme lösen wird, die du nicht sofort angehst.«

»Bis dahin werde ich Umbach so gestalten, dass derjenige, der etwas leistet, auch etwas davon hat.«

Zwei Männer kamen durch das Tor, zeigten Klein den nach oben gestreckten Daumen und er wirkte zufrieden.

»Und nun entschuldige mich, ich habe zu tun.«

Nadine fühlte sich abgefertigt und hatte Roland Klein noch so viel an den Kopf werfen wollen. In ihrem Rücken spürte sie die Waffe, die sie extra mitgenommen hatte. Sie hatte damit gerechnet, Klein an diesem Tag zu treffen und hatte überlegt, ob das vielleicht ein Weg wäre, ihn aufzuhalten. Er stand mit dem Rücken zu ihr, sprach mit den beiden Männern, die gerade gekommen waren und es wäre einfach, ihn zu beseitigen. Stattdessen stieg sie wieder auf die Kutsche, wendete sie und verließ das Hofgut.

Als sie mit der Wagonette zurück fuhr, sah sie auf einer der Bänke am Waldrand eine Frau mit zwei Kindern sitzen, an denen ihr etwas seltsam vorkam. Sie drehte die Kutsche, fuhr den anderen Weg hinunter und sah beim Näherkommen, dass sie Kapuzen über dem Kopf hatten und dass die Hände gefesselt waren.

Beate und die Zwillinge!, schoss es Nadine durch den Kopf und sie beeilte sich sie zu erreichen. Fast noch im Fahren sprang sie von der Kutsche herunter und nahm den Dreien die Kapuzen ab.

Die Mädchen und Beate blinzelten, sahen sie ängstlich an, schienen sie dann zu erkennen und schafften es, zu lächeln. Nadine holt ihr Messer aus der Tasche und befreite alle von ihren Fesseln.

»Wie lange sitzt ihr schon da?«, fragte sie.

»Eine gefühlte Ewigkeit«, antwortete Beate.

»Geht es euch gut?«

»Ich glaube, wir haben alle keine körperlichen Verletzungen. Nur Angst.«

»Du hattest auch Angst?«, fragte eines der Mädchen.

»Ja, Janine«, antwortete Beate. »Auch ich hatte Angst.«

»Ich bin Angelina«, korrigierte das Mädchen Beate.

»Wisst ihr, wo man euch gefangen hielt?«, fragte Nadine.

»Man hatte uns die ganze Zeit die Kapuze nur zum Essen abgenommen und wir haben niemanden gesehen«, erklärte Beate. »Nur einen alten Kellerraum, in dem wir untergebracht waren.«

Das würde zum Hofgut passen, dachte Nadine.

»Wie hat man euch hergebracht?«

»Wir mussten laufen«, erklärte Beate. »Den Geräuschen nach durch den Wald, aber über einen Weg. Keinen geteerten.«

»Und wie lange wart ihr von dem Keller bis hierhin unterwegs?«

»Vielleicht eine halbe Stunde«, vermutete Beate. »Kann aber auch etwas länger gewesen sein.«

»Habt ihr Stimmen erkannt?«, fragte Nadine.

»Wir kennen hier niemanden«, sagte Janine.

»Ich habe niemanden erkannt«, antwortete Beate.

»Okay. Ich bringe euch zum Major, der wird sich freuen, euch zu sehen« Sie half den Mädchen auf die Ladefläche und Beate setzte sich zwischen die beiden. Sie wirkten weder schockiert noch ängstlich und Nadine fragte sich, was sie schon alles nach dem Stromausfall erlebt hatten.

Als sie die Kutsche vor dem Haus zum Stehen brachte, rannte der Major heraus, sprang auf die Ladefläche und umarmte die drei.

»Ich bin so froh, euch wiederzusehen! Es tut mir leid, dass ich euch allein gelassen habe!«

Nach einer weiteren Umarmung half er ihnen von der Kutsche herunter.

»Wo hast du sie gefunden?«

»An der einen Bank beim Hausstätter Bach«, antwortete Nadine. »Dort saßen sie mit Kapuzen über dem Kopf und gefesselten Händen.«

»Wir werden herausfinden, wer das war!«, versprach der Major.

»Ich konnte niemanden erkennen«, sagte Beate. »Jemand war in das Haus eingebrochen und hatte mir die Kapuze übergezogen. Als ich und die Mädchen losschrien, knebelten sie uns. Und dann haben sie uns aus dem Haus gezogen.«

»Seid ihr gelaufen?«, fragte der Major.

»Nein, wir wurden auf die Ladefläche einer Kutsche gepackt.«

»Geht es euch beiden gut?«, fragte er die Mädchen.

Beide nickten, sagten aber nichts.

»Hat man euch gut behandelt?«, fragte der Major.

»Ich lasse euch mal allein«, sagte Nadine. »Nehmt euch etwas Zeit und dann arbeiten wir das auf. Bis bald!«

Sie trieb die Pferde an und die Wagonette fuhr los. Als sie an der Schule vorbeikam, sah sie wieder eine Ansammlung und war überrascht, dass es diesmal Orloff mit seinen Anhängern war.

»Seht die Sünderin!«, rief jemand und sie drehten sich in Nadines Richtung.

»Sodomistin«, brüllte jemand anderes.

Zwei traten auf die Straße und stellten sich der Kutsche in den Weg. Sie war kurz versucht, sie zu überfahren, bremste dann aber doch.

»Nadine«, sagte Orloff. »Du hast die Gelegenheit, deine Sünden zu bekennen und dich von ihnen loszusagen.«

»Ihr habt die Gelegenheit, mich durchzulassen«, reagierte sie. »Ich habe auf deine Spielereien heute echt keine Lust.«

»Hast du nicht mitbekommen, wie wir das Feuer aufgehalten haben?«, fragte Orloff. »Mit unserem Gebet!«

»Glaubst du das wirklich? Glaubst du wirklich, dass dein Gebet den Regen geschickt hat?«

»Das Wunder am Teich!«, rief einer seiner Anhänger.

Nadine war nicht dabei gewesen, hatte es aber erzählt bekommen.

»Spiegelungen auf dem Wasser? Fällt euch denn nicht auf, was für ein Scharlatan euer Messias ist?«, fragte sie.

»Du sollst nicht den Namen des Herren spotten! Ich bin nur sein Diener!«, rief Orloff.

»Schick deine Leute nach Hause, wir haben echte Probleme zu lösen!«

»Sie folgen dem Weg des Herren und nicht mir. Wer bin ich, dass ich die Gläubigen und Rechtschaffenen daran hindere?«

Die beiden Männer vor ihr griffen nach den Zügeln der Pferde und in diesem Moment wünschte sie sich den Major mit seiner Waffe neben sich auf den Kutschbock.

»Finger weg von den Pferden!«, befahl sie.

Irritiert schauten beide nach Orloff, der winkte ab und sie traten einen Schritt zurück, versperrten ihr aber weiterhin den Weg.

Orloff näherte sich, seine Anhänger folgten ihm. Err drehte sich um und wies sie an stehenzubleiben. Er stellte sich neben den Kutschbock und gab den beiden Männern vor der Kutsche einen Wink. Sie gingen erst zur Seite, dann zurück zur Gruppe.

»Ich kann dich nicht mehr lange beschützen«, erklärte er. »Du solltest deine Sünden bekennen, bevor die Gläubigen für dich darum bitten werden.«

»Drohst du mir?«

»Ich sorge mich um dein Seelenheil. Wenn du von der Sodomie ablässt …«

»Mein Privatleben geht weder dich noch sonst irgendjemanden etwas an!«, zischte sie. »Sieh zu, dass du deine Leute unter Kontrolle behältst.«

Orloff bekam einen hochroten Kopf.

»Sünde wird nicht mehr geduldet werden und werden gesühnt werden, um die Gemeinschaft zu beschützen. Ich habe es dir gesagt, ich habe dich gewarnt. Noch hast du es selbst in der Hand. Irgendwann übernehmen andere die Entscheidung für dich.«

»Was wollt ihr machen? Mir die Sünde austreiben? Mich wie eine Hexe verbrennen? Mich und andere an einen Pranger stellen?«

»Wir werden tun, was notwendig ist.«

»Das riskiere ich«, sagte Nadine und trieb die Pferde an.

Sie schaute immer wieder zurück, sah, wie die Gruppe sich sammelte und auf der Straße in die andere Richtung lief.

Wie von selbst fand das Gespann den Weg zum Bodnerhof, sie spannte die Tiere ab, rieb sie trocken und schickte sie dann auf die Koppel.

Im Haus erwartete sie rege Tätigkeit. Bonners hatten Taschen gepackt und sie erkannte auch den alten Reisekoffer ihres Vaters.

»Was ist hier los?«, fragte sie. »Zieht ihr zu Birgit Kempf?«

»Das wolltest du doch«, antwortete ihr Vater. »Ich habe eine Gruppe von Helfern, mit denen ich jeden Tag herkommen werde, um mich um die Pferde und die Felder zu kümmern.«

»Ich bin froh, dass ihr das macht.«

Sie berichtete von ihrem Tag und musste immer wieder Tränen unterdrücken.

»Es wird irgendwann wieder besser, Papa«, sagte sie.

»Da bin ich ganz sicher, mein Mädchen.« Er nahm sie in den Arm und drückte sie. »Da bin ich ganz sicher.«

Als er aufwachte, zuckte er zusammen. Nadine und Laura hatten gestern seine Wunden verbunden, aber sie schmerzten und fingen an zu jucken. Sein Gesicht pochte. Neben ihm lag seine Freundin und schlief noch friedlich. Wie gerne hätte er sich zu ihr gebeugt und sich an sie gedrückt. Aber jede Bewegung bereitete ihm Schmerzen.

Da er nicht mehr schlafen konnte, stand er auf, versuchte dabei, Laura nicht zu wecken, und ging hinunter. Außer ihm war noch niemand wach und er spürte, wie der Hunger sich meldete. Seit seiner Entführung hatte er nichts gegessen und am Tag davor war er, nachdem er verarztet war, einfach eingeschlafen. Er öffnete den Brotkasten und freute sich, fast einen ganzen Laib Brot darin zu finden. Mit dem Brotmesser schnitt er sich eine Scheibe ab und durchsuchte dann die anderen Schränke. Nutella gab es nicht mehr und auf Marmelade hatte er keine Lust. Es gab noch Wurst und Käse, aber auch danach war ihm im Augenblick nicht. So blieb die Scheibe allein auf dem Teller und er ging zum Tisch, hielt sich die Seite, die bei jedem Schritt schmerzte, und setzte sich hin.

Gordon aß das Brot und begab sich dann nach draußen, um auf dem großen Holzblock mit der kleinen Axt Scheite zu schlagen, die in den Grill passten, auf dem Laura Suppe kochen würde. Er spürte jeden Axtschlag am ganzen Körper und als er husten musste, blieb ihm fast der Atem weg. Vermutlich hatte Markus ihm mit dem Schlagring eine oder mehrere Rippen gebrochen. Er beneidete die Familien, die eine Küchenhexe hatten. Einen dieser mit Holz befeuerten Küchenofen, mit denen man backen und kochen konnte. Und die im Winter mit dazu beitrugen, das Haus zu wärmen.

Nacheinander kamen Lauras Eltern herunter und etwas später auch Jutta. Laura kam mit dem großen Topf nach draußen und schaute ihn gespielt vorwurfsvoll an.

»Ich dachte, das Feuer würde schon brennen?«

Ohne eine Antwort abzuwarten, ging er zum Grill, legte Holz und Holzspäne aus und entzündete sie. Nach wenigen Augenblicken brannten die lichterloh und noch ein wenig später hatten die ersten Holzstücke Feuer gefangen.

»Ich habe Feuer gemacht!«

Laura grinste ihn an und gab ihm einen Kuss.

»Das hast du ganz toll gemacht.« Den sarkastischen Unterton überhörte er einfach.

Er half ihr beim Schnippeln und Anbraten und die Zeit verging wie im Flug.

Alle Bewohner des Kinzig-Haushaltes saßen gemeinsam mit Nadine am Esszimmertisch. In der Mitte stand ein großer Topf, die Außenseite war von den Flammen des Grills fast komplett schwarz, die Erbsensuppe aber lecker und sättigend.

»Es wird gewettet, dass Bittler und der Major versuchen werden, Klein erneut zu verhaften«, sagte Laura. »Mit der Hinrichtung ist ein weiterer Riss zwischen den Menschen von Umbach entstanden.«

»Laura!«, ermahnte Simone. »Klein und die anderen haben diese Konfrontation gestartet. Er erntet nur, was er gesät hat.«

»Du hörst dich an wie Orloff«, warf Laura ihrer Mutter vor. »Und es ist egal, wer angefangen hat. Viele Leute denken nun, dass sie sich für eine Seite entscheiden müssen.«

»Die Frage ist nur: Wie weit werden die Leute gehen, um ihre Ansichten zu verteidigen?«, fragte Malte.

»Jemand hatte die Frau und die Zwillinge vom Major entführt«, berichtete Nadine.

»So viel zur Frage, wie weit sie gehen werden!«, sagte Simone. »Ich möchte, dass wir uns als Familie darauf vorbereiten.«

»Darauf vorbereiten? Wie soll man sich darauf vorbereiten?« Malte schaute Simone unsicher an.

»Wir benötigen Waffen für alle und jeder muss lernen damit umzugehen«, antwortete sie.

»Was?«

»Malte, ich weiß, dass es hier in Pleasureville nicht ganz so heftig war wie draußen. Aber man sieht doch ganz klar, dass die Hilfsbereitschaft ihre Grenzen erreicht hat. Und was jetzt kommt, wird kein Debattierclub. Entweder du bist bereit, für deine Familie und dich zu kämpfen, oder jemand anderes wird die Kontrolle über dich übernehmen.«

Okay, dachte Gordon, die Beziehung schien doch nicht auf dem Weg der Besserung zu sein.

»Seit der Strom ausgefallen ist, haben wir so viele Grundsätze über Bord geworfen. Wir müssen doch irgendwann damit aufhören? Wo soll das noch hinführen?« Simone sah ihren Mann abschätzig, fast mitleidig an.

»Malte, ich werde meine Familie verteidigen. Mit deiner Hilfe oder ohne sie. Dann stehe mir aber auch nicht im Weg.«

»Ich erkenne dich nicht wieder.«

»Und mir sind das gerade zu viele ›Wir haben uns alle lieb‹-Vibes hier. Ich muss raus.« Sie ging die Treppe hoch, kam kurze Zeit später wieder herunter und verließ das Haus, ohne sich zu verabschieden.

»Ich gehe ihr hinterher«, sagte Malte und sprang auf. Von draußen hörte man ihn seiner Frau hinterherrufen.

»Werden die Zwei sich wieder einkriegen?«, fragte Laura und sah dabei Jutta an.

»Schwer zu sagen. Der Weg hat etwas mit Simone gemacht. Mehr als die Erlebnisse im Dorf mit Malte. Und gleichzeitig prasseln so viele neue Sachen auf uns ein. Vielleicht brauchen sie irgendein gemeinsames Erlebnis.«

»Ich glaube, deine Mutter hat recht«, sagte Gordon. »Wir werden uns darauf vorbereiten müssen, uns gegen andere zu verteidigen. Gegen andere aus dem Dorf.«

Nadine sah nachdenklich aus. »Wir könnten gemeinsam so viel erreichen und werden viel Energie verlieren, weil wir uns gegenseitig aufhalten. Aber ja. Entweder wir sind bereit, dafür zu kämpfen, oder wir werden zurückgedrängt.«

Jutta streichelte sich über den Bauch, dabei war noch nichts zu erkennen, dachte Gordon.

»Das wird Papa so gar nicht gefallen«, sagte Laura. »Nicht nur, dass es so ist, sondern dass niemand von uns auf seiner Seite ist.«

»Oh«, meldete sich Jutta, »ich bin schon auf seiner Seite. Und fände es auch besser, wenn es anders wäre.«

»Niemand von uns findet die Idee, alle zu bewaffnen, besser«, reagierte Nadine. Dann hob sie den Kopf, als ob sie etwas hörte. »Was ist denn jetzt schon wieder?«

Zusammen gingen sie vor das Haus und wurden erneut überrascht. Auf der Straße kam eine Prozession aus etwa 40 Personen, die eine Frau vor sich hertrieben.

»Sünderin!«

»Bekenne deine Sünden!«

»Seht die Hure!«

Als die Gruppe näher war, erkannte Gordon, dass die Frau, die ein schlichtes und schmutziges Unterkleid trug, den Kopf unsauber rasiert bekommen hatte. Die Meute hinter ihr beschimpfte sie und bewarf sie mit Dreck.

»Iris!« Jutta erkannte sie als Erstes. »Was geht da vor?«

»Seht die Hure!«, schrie Orloff. »Wir alle mussten für ihre Sünden leiden, nun darf sie selbst büßen und um die Liebe des Herren beten!«

»Sünderin!«, schrien die Mitglieder seiner Gemeinde. »Pfui!«

Jutta stellte sich der Prozession in den Weg. Iris hob kurz den Kopf an und man sah, dass sie geschlagen worden war. Ängstlich ging sie auf Jutta zu, denn die Meute trieb sie weiter vor sich her.

»Was soll das?«, rief Jutta.

Orloff deutete der Menge, anzuhalten.

»Wir sorgen für die Sicherheit unseres Dorfes.«

»Ist etwas im Wasser, dass auf einmal alle durchdrehen?«, fragte Jutta, vermutlich ohne eine wirkliche Antwort abzuwarten.

Iris' Beine sackten unter ihr weg und sie konnte sich geradeso am Boden abfangen.

»Gerade du solltest doch Interesse haben, dass diese Sünderin bestraft wird?« Das Gesicht von Orloff kam Gordon fast diabolisch vor. »Gehe uns aus dem Weg.«

Jutta kniete sich zu Iris, nahm sie in den Arm und zog sie hoch.

»Lies in deiner Bibel noch mal die Stellen über Nächstenliebe und Vergebung«, forderte Jutta. »Du wirst feststellen, dass Jesus da wesentlich gnädiger war als du.«

Iris schluchzte und ihr ganzer Körper bebte dabei.

»Du willst der Sühne von Iris im Weg stehen?«

»Ich stelle mich dir in den Weg und lebe dir vor, wie Jesus mit anderen Menschen umgegangen ist. Vielleicht begreifst du das nicht, ich bin sicher, dass deine Gemeinde das versteht. Du kannst gerne weiterlaufen, Iris ist jetzt mein Gast und kommt mit uns ins Haus.«

Die Menschen hinter Orloff warteten auf seine Reaktion.

»Deine Vorliebe für Sünder wie Florian, Iris und deine widernatürliche Freundin ist wider Gottes Willen!«

»Als ob Gott Zeit und Geduld hätte, sich mit einem falschen Propheten wie dir zu beschäftigen!«

Sie führte Iris zum Haus, Gordon, Laura und Nadine folgten ihr, nicht ohne immer wieder nach den Johannisten zu schauen, die sich erst wieder in Bewegung setzten, als Gordon die Tür schloss.

»Was ist passiert?«, fragte Nadine.

»Laura, holst du eine Decke für Iris? Und etwas zum Anziehen? Gordon, sei ein Gentleman und koche etwas Wasser, damit wir ihr einen Tee anbieten können.«

Als Gordon wieder ins Haus kam, saß Iris in einem Jogginganzug und in eine Decke eingewickelt auf der Couch. Laura hatte ihr ein Tuch mitgebracht, mit dem sie ihren Kopf bedecken konnte.

»Ich war dabei, den Verband von Carl zu wechseln, als es an der Tür klopfte. Nichtsahnend bin ich an die Tür gegangen und dort stand die ganze Meute. Sie holten mich aus dem Haus, zogen mich aus und gaben mir das Unterkleid. Dann haben sie ein Spalier gebildet und mich durchgetrieben. Getreten. Geschlagen. Bespuckt.«

Ein Heulkrampf hinderte sie daran, weiterzusprechen. Jutta nahm sie ihn den Arm und drückte sie an sich. Gordon kam es surreal vor, immerhin hatte diese Frau sie jahrelang mit ihrem Mann betrogen.

»Dann haben sie mir die Haare geschnitten und ich bin froh, dass sie mir dabei kein Ohr abgeschnitten haben.«

Wieder hinderte sie ein Heulkrampf am Weiterreden.

»Ist dir denn keiner zu Hilfe gekommen?«, fragte Nadine.

»Viele haben aus den Fenstern geschaut oder sind auf die Straße gekommen. Aber niemand hat etwas für mich getan.«

Sie sah Jutta ins Gesicht und wieder füllten sich ihre Augen mit Tränen.

»Wieso … wieso hilfst ausgerechnet du mir? Ich habe doch …«

»Ich weiß, was du getan hast«, sagte Jutta. »Und ich sollte sauer auf dich sein. Oder Ekel vor dir empfinden. Aber was Florian betrifft, wenn du es nicht gewesen wärst, wäre es eine andere gewesen. Vielleicht gab es auch andere, ich möchte es nicht mehr wissen. Du? Du bist mit Carl genug bestraft. Schon vor seinem Selbstmordversuch. Mit dem, was du getan hast, musst du leben und du musst einen Weg finden, damit umzugehen. Aber ein Idiot wie Orloff hat dich nicht so zu behandeln.«

»Und wenn man sich ihm nicht entgegenstellt, wird er weitermachen und sich die nächsten Opfer suchen«, ergänzte Nadine.

»Willst du ihn auch verhaften?«, fragte Gordon.

Mit aufgerissenen Augen sah Nadine ihn an. »Ich würde gerne, aber ich muss erst einen Weg finden, Roland Klein zur Vernunft zu bringen.«

»Wenn es einen gibt«, sagte Laura. »Und was machst du, wenn du keinen findest?«

Es klopfte an der Tür und Iris zuckte zusammen. Die anderen sahen sich fragend an, Gordon ging zur Tür und spähte hinaus.

»Orloff und seine Meute. Ich habe das Gefühl, dass es noch mehr sind als vorher.«

»MACHT DIE TÜR AUF!«, forderte Orloff und klopfte erneut an.

»Geht nach Hause«, rief Gordon. »Lasst uns in Ruhe.«

»WIR WOLLEN DIE SÜNDERIN!« Orloffs Stimme überschlug sich. »Damit wir ihre Seele reinwaschen können!«

Gordon hörte, wie sich jemand am Garagentor zu schaffen machte. Auch die Tür zum Garten konnte er hören.

»Sie versuchen durch die Garage und den Garten zu kommen!«, warnte er die anderen.

Während vom Garagentor nur ein Kratzen zu hören war, standen fünf Leute plötzlich auf der Terrasse und schauten durch das Wohnzimmerfenster herein.

»Laura!«, rief Jutta. »Nimm Iris mit nach oben und schließt euch in deinem Zimmer ein. Ich hole meine Waffe von o…«

Etwas Großes war gegen die Scheibe geflogen, die wackelte, hielt aber stand. Die Eindringlinge hatten andere Gegenstände aus dem Garten aufgesammelt und hämmerten nun mit einer Schaufel und der Axt, mit der Gordon das Holz zerkleinert hatte, auf das Fenster ein.

»Alle hoch!«, brüllte Nadine und gerade als sie die letzte Stufe genommen hatten, brach das Fenster. Der Erste drang ein, rannte zur Haustür und öffnete sie. Die Meute jubelte und drängte ins Haus.

Gordon hatte sich den Baseballschläger aus Lukas' Zimmer geholt. Er stand nun vor Jutta und Nadine oben auf der Treppe und wartete. Die Johannisten standen unschlüssig vor der Treppe, niemand traute sich, die Stufen zu nehmen.

»Es ist ganz einfach.« Orloff erschien am Fuß der Treppe. »Ihr gebt uns jetzt die Sünderin und wir gehen wieder …«

»Oder?«, fragte Gordon.

»Oder wir werden die Flammen sie hier reinigen lassen!«

Die Meute wurde still. Begriffen viele jetzt, wie durchgedreht der Mann war?

»Der spinnt doch«, hörte Gordon jemand sagen und es gab erneut ein Gedränge.

Nadine ging zum Fenster und sah nach draußen.

»Ein paar Leute gehen.«

»Sie schrecken nicht vor mehrfachem Mord zurück?«

»Mord?«, wunderte sich Orloff. »Wir werden ihre Seele erlösen. Das hat nichts mit Mord zu tun.«

»Ey Leute, euch ist schon klar, dass ihr euch da eines Mordes mitschuldig macht! Wollt ihr das wirklich? Ihr habt jetzt die Chance, ihn daran zu hindern!«, forderte Gordon.

Es war still geworden und er war sich nicht sicher, ob wirklich an Orloff gezweifelt oder einfach nur ein Zeichen abgewartet wurde.

»Ich komme jetzt nach oben und werde die Sünderin holen«, kündigte Orloff an und betrat die Treppe.

»Was ist hier los?« Simones Stimme war nicht laut, es reichte aber, dass sich alle Köpfe nach ihr umdrehten. »Was macht ihr in meinem Haus?«

Sie drängelte sich bis zur Treppe durch und sah nach oben. »Wo ist Laura?«

»In ihrem Zimmer, mit Iris«, antwortete Gordon.

»Was willst du hier?« Sie tippte mit dem Finger auf die Brust von Orloff. »Was machen du und deine Leute in unserem Haus?«

»Wir wollen die Sünderin herausholen.« Orloffs Stimme war emotionslos.

»Wozu?«

»Wie? Wozu? Sie soll büßen. Und nun stehe nicht Gottes Werk im Weg, Weib!«

In einer flüssigen Bewegung hatte Simone eine Pistole aus dem Bund ihrer Hose geholt, Orloff mit der linken Hand an die Wand gepresst und den Lauf der Waffe in seinen Mund geschoben. Die Umstehenden rissen die Augen auf und Orloff versuchte etwas zu sagen, aber Simone schüttelte den Kopf.

»Dies ist mein Haus. Wer hier Gast ist, genießt unseren Schutz. Hast du das verstanden? Blinzle, wenn du das verstanden hast.«

Orloff reagierte nicht und Simone rammte ihm ihr Knie in den Schritt. Der Mann versuchte sich zu krümmen, aber sie drückte ihm die Waffe so weit in den Mund, dass er würgen musste.

»Blinzle, wenn du mich verstanden hast!«

»Simone! Nicht! Er ist es nicht wert!« Malte war ebenfalls zurückgekommen und näherte sich den beiden.

»Er ist nichts wert und er pinkelt gerade auf unseren Boden.«

Ein dunkler Fleck breitete sich um den Schritt des Mannes aus und es tropfte auf die Fliesen.

»Ich weiß nicht, wieso ihr diesem Mann folgt, aber es sollte euch allen klar sein, dass man nicht in ein Haus einbricht, um jemanden daraus zu entführen. Ihr habt jetzt die Gelegenheit, zu gehen.«

Erst langsam, dann hastiger, verließ die Meute das Haus und auch Orloff versuchte, sich aus dem Griff zu befreien.

»Du nicht«, sagte Simone und wartete, bis alle anderen aus dem Haus waren.

Dann nahm sie die Waffe aus seinem Mund und trat einen Schritt zurück.

»Knie dich hin.«

»Nein.«

Erneut rammte Simone ihr Knie in seinen Schritt, diesmal konnte er sich krümmen und sie nutzte die Chance, ihn am Nacken zu packen und auf die Knie zu drücken. Dann hielt sie die Waffe an seinen Kopf.

»Simone! Nicht!«, bettelte Malte.

Simone zog den Abzug.

NACHWORT

Prepper

Das Thema Prepping hatte ich in »Ohne Strom – Wo sind deine Grenzen?« nur am Rande angeschnitten. Neben dem Major, der nur beiläufig von seinen Aktivitäten als Prepper erzählt, gab es im ursprünglichen Entwurf noch eine zweite Figur, die ich allerdings gekürzt hatte, da er nicht wesentlich zur Geschichte beigetragen hat. Prepper werden in den Medien leider häufig als extremistisch auftretende Minderheit dargestellt. Die Realität sieht wesentlich vielseitiger aus, denn Prepper sind heterogener als ihr Image. Und tatsächlich wäre schon viel geholfen, wenn wir uns wie unsere Großeltern bevorraten würden, weil Hilfe oft nicht sofort verfügbar ist. Dazu aber später mehr. Je nach Krisenfall stellt sich für Prepper die Frage, ob man sich einigeln oder flüchten (oft »Bug Out« genannt) sollte. Bei der Flucht gibt es die Option des Survivals oder man bereitet ein Versteck vor. Auch die finanziellen Möglichkeiten entscheiden hier über die Strategie (und vielleicht auch die Affinität zu Outdoor-Aktivitäten). Das Waldversteck des Majors entspringt meiner Fantasie, hatte an der Stelle Hilfe von Marc Suhl, der mir auch bei der Ausrüstung des Majors wertvolle Tipps gegeben hat. Auch der versteckte Raum in seinem Haus hat kein mir bekanntes, reales Vorbild.

Religiöser Fanatismus

Jemand auf Facebook verglich die Beschreibung von »Ohne Strom – Wo sind deine Grenzen?« mit der Stephen King Kurzgeschichte »Der Nebel«, in der eine extrem religiöse Frau die Ursache der Katastrophe im unchristlichen Verhalten ihrer Mitmenschen sieht.

Erwischt!
Tatsächlich war diese Figur meine Inspiration für die »Johannisten«, die in diesem Band präsenter sind als zuvor. Obwohl ich agnostischer Atheist bin, fasziniert mich Religion und ich tausche mich auch gerne mit gläubigen Menschen aus. Glaubensgemeinschaften erhalten in Krisenzeiten oft höheren Zulauf und wenn dann eine charismatische Führungsfigur Schuldige aufzeigt und Lösungen anbietet, ist es nicht weit bis zur Radikalisierung. Kommt es dann zu weiteren Spaltungen, vertiefen sich die Gräben und der Schritt von der Selbstgeißelung bis hin zu Gewalt gegen andere ist nicht mehr groß.
Zur Verteidigung muss man aber auch erwähnen, dass Fanatismus nicht nur durch religiöse Bewegungen passiert: Auch verschiedene Weltanschauungen können hier Ursache sein. Oder schlichte Rachegelüste, wie es französische Frauen erleben mussten, die nach der Kapitulation der Wehrmacht der Wut ihrere Mitbürger ausgesetzt waren, weil sie Beziehungen zu deutschen Soldaten gepflegt hatten.

Krisenvorsorge und Hilfsorganisationen

Wie bereits erwähnt, hat sich 2022 mein Netzwerk mit Menschen aus dem Bereich Krisenvorsorge und Hilfsorganisationen explosionsartig vergrößert. Zu meiner Schande muss ich gestehen, dass mir erst dabei bewusst wurde, was die zumeist ehrenamtlichen Mitglieder dieser Organisationen für uns alle leisten. Und dafür braucht es nicht einmal eine große Katastrophe! Wenn sich jemand von der Freiwilligen Feuerwehr gegen 23 Uhr ins Bett legt, weiß er oder sie nicht, ob bis zum Morgen durchgeschlafen werden kann oder ob der Schlaf schon nach zwei Stunden unterbrochen werden muss. Dazu kommen Fortbildungen sowie Übungen – und das alles muss von der eigenen Familie mitgetragen werden.
DANKE!
Auf der anderen Seite stehen Bürgerinnen und Bürger, die oft eine Vollkaskomentalität haben. Man zahlt ja Steuern und abgaben, also wird sich schon jemand darum kümmern. Ziemlich deutlich wird

dies, wenn die (Freiwillige) Feuerwehr nach dem Auspumpen eines Kellers von den vom Sturzregen überraschten Menschen gefragt wird, wer denn nun sauber machen würde. Bei meinen Gesprächen mit verschiedenen Leuten war ich nicht selten überrascht über die Erwartungshaltung. An der Stelle drei wichtige Erkenntnisse:

1. Der Staat wird nicht allen helfen können.

2. Die Kommune wird nicht jedem helfen können.

3. Die Hilfskräfte werden nicht jedem als Erstes helfen können.

Was bedeutet das? Das Bundesamt für Bevölkerungsschutz und Katastrophenhilfe empfiehlt, dass man sich einen Vorrat für zehn Tage anlegt. Die größte Herausforderungen dabei sind die zwei Liter Wasser pro Person und Tag, aber mit etwas Kreativität lässt sich das ohne großen finanziellen Aufwand lösen. Auch bei der Verpflegung muss es nicht die 3 Sterne Küche sein. Es geht darum, einfach etwas in den Bauch zu bekommen und da reicht Doseneintopf schon aus. Und jede Vorbereitung ist besser als gar keine! Das Ahrtalhochwasser hat gezeigt, dass es teilweise mehrere Tage dauert, bis die Hilfskräfte die Menschen erreichen. Wer nicht vom ersten Tag an ums Überleben kämpfen muss, hat wesentlich mehr Optionen. Und wenn man nicht sofort die Hilfsorganisationen benötigt, haben diese Kapazitäten frei, anderen Menschen zu helfen. In einem Bericht über das Ahrtalhochwasser erzählte ein Wehrführer, dass er zwölf Einsätze mit Personen in Gefahr und zu entscheiden hatte, in welcher Reihenfolge diese abgearbeitet werden.

Dies ist eine Form der Triage, die von Menschen gemacht wird, die ohnehin ihre Freizeit für die Allgemeinheit opfern! Alle Hilfsorganisationen bieten verschiedenen Möglichkeiten, wie man sie unterstützen kann: passiv und aktiv.

Bundesamt Bevölkerungsschutz und Katastrophenhilfe
https://www.bbk.bund.de/DE/Themen/Foerderung-Ehrenamt/Mit-Dir/mit-dir_node.html

Feuerwehren
https://www.feuerwehrverband.de/feuerwehr-ehrenamtlich-im-einsatz-fuer-die-menschen/

Arbeiter-Samariter-Bund
https://www.asb.de/freiwillig-aktiv/freiwilliges-engagement

Deutsches Rotes Kreuz
https://www.drk.de/mitwirken/ehrenamt/

Deutsche Lebensrettungsgesellschaft
https://www.dlrg.de/mitmachen/

Malteser
https://www.malteser.de/ehrenamtlich-helfen.html

Johanniter Unfallhilfe
https://www.johanniter.de/mitarbeiten-lernen/ehrenamt/

Technisches Hilfswerk
https://www.thw.de/DE/Mitmachen-Unterstuetzen/Freiwillig-Mitmachen/freiwillig_mitmachen_node.html

Einschätzung Blackoutrisiko
»Die Frage ist nicht, ob der Blackout kommt, sondern wann!« auf der einen und »Wir haben die stabilste Stromversorgung aller Zeiten, ein Blackout ist praktisch nicht möglich« auf der anderen Seite.

Die Wahrheit liegt irgendwo in der Mitte und die Einschätzung der Wahrscheinlichkeit ist schwer, weil das gesamte System extrem komplex ist. Oft wird monothematisch die Energiewende als mögliche Ursache für einen Blackout genannt und die Zahl der nötigen Eingriffe zur Stabilisierung des Stromnetzes (Redispatchmaßnahmen) ist von sechs im Jahr 2000 auf über 10.000 2022 angestiegen. Der Ausstieg aus der Atomkraft und der Kohleverstromung verknappen die grundlastfähigen Kraftwerke und die Folgen der Ukrainekrise führen zu reduzierten Gasimporten. Die Krisenkumulation strapaziert ein ohnehin komplexes System und es wird offen über Brownouts (das geplante Abschalten mancher Gebiete) gesprochen, an anderer Stelle wird die Bevölkerung zur Krisenvorsorge aufgerufen.

Der Vorteil, wenn man sich auf einen Blackout vorbereitet, ist, dass man auch für kleinere Katastrophenfälle besser gewappnet ist.

Das österreichische Verteidigungsministerium wird zitiert mit einer Einschätzung, dass ein Blackout innerhalb der nächsten fünf Jahre eine Wahrscheinlichkeit von 50 % hätte. Der Ursprung des Zitats ist so nicht nachvollziehbar, es wird allerdings von einem hohen Risiko gesprochen.

Ich schließe mich der Einschätzung einer »hohen Wahrscheinlichkeit« an und empfehle mindestens ein Minimum an persönlicher Krisenvorsorge. Damit ist man auch für andere Katastrophen gewappnet.

Österreichische Gesellschaft für Krisenvorsorge
https://gfkv.at/

Schritt für Schritt krisenfit
https://www.schritt-fuer-schritt-krisenfit.de/

DANKSAGUNG

Mein erster Dank geht an meine Leserinnen und Leser. Als ich die ersten beiden Bände veröffentlichte, wusste ich nicht, was mich erwartet. Umso mehr hat mich die Resonanz überrascht. Ich freue mich über jede Rückmeldung und bin über diverse Social Media Kanäle oder die E-Mail-Adresse autor.markus@mattzick.net zu erreichen.

Schreiben, Überarbeiten sowie die Marke »Markus Mattzick« zu pflegen, ist zeitintensiv und gerade wenn man dies nebenberuflich macht, muss man die Zeit an anderer Stelle einsparen. Danke an meine Freundin Michaela und meine Kinder Julius und Johanna, dass ihr mich unterstützt.

Danke für die Unterstützung durch viele meiner Freundinnen und Freunde. Exemplarisch möchte ich hier Martin Koch, Andrea Nesseldreher, Sven Löber, Nani Behrendt, Martin Koob und Beatrice Liebig nennen. Eure Rückmeldungen sind extrem wertvoll für mich!

Der Kontakt zu anderen Autorinnen und Autoren hat einerseits mein Bücherregal mit Werken erweitert, die ich sonst nicht gelesen hätte, aber auch mit Dialogen bereichert, die mir beim Schreiben helfen. Vielen Dank an Ella Stein, Tira Beige, Judith Hages, Kirsten Nähle, Tom U. Behrens, Michael Krause-Blassl, G.S. Foster, Sebastian Wilm, Christina Marie Huhn, Carola Leipert, Christine M. Brella sowie Nico von Cracau für eure Unterstützung.

Buchbloggerinnen und -blogger helfen uns Autoren, qualifizierte Rezensionen zu erhalten und dass Leserinnen und Leser auf uns aufmerksam werden. Vertretend möchte ich Claudia Stadler

(Instagram: @diabooks78), Katharina Geyer (@katis__life) und Kathrin Gries (@artigrey) nennen. Danke!

Die Krisenvorsorgebubble habe ich im Nachwort bereits mehrmals angesprochen. Dank für Inspirationen, Informationen und Unterstützungen gehen u.a. an Tobias Hennemuth, Herbert Saurugg, Dr. Sandra Kreitner, Marc Suhl, Manuel Atug (@HonkHase) und AlphaLimaEchoXray.

Last not least bedanken möchte ich mich für das Vertrauen und die Unterstützung durch das Team vom Chiemsee Verlag: Anna Gnadl, Barbara Schuhböck und Armin Wirth.

Bei einer Aufzählung läuft man immer Gefahr, jemanden zu vergessen, wofür ich mich an dieser Stelle explizit entschuldigen möchte.

Abschließend noch die Bitte, gelesene Bücher zu rezensieren und zu bewerten: Genauso wie Applaus das Brot für die Musikerinnen und Musiker ist , ist es die Rezension für Autorinnen und Autoren.

DIR HAT DAS BUCH GEFALLEN?

Ich freue mich sehr, dass du mein Buch bis zu dieser Stelle gelesen hast. Wenn es dir gefallen hat, wäre es toll, wenn du ihm bei dem Online-Shop eine Bewertung gibst, bei dem du bestellt hast. Oder du schreibst bei einem deiner Lieblings-Buchportale eine Rezension.

Es ist nicht nur sehr schön, Meinungen zu meinem Buch zu lesen, es hilft mir auch dabei, weitere Geschichten zu schreiben und neue Leser für meine Bücher zu finden.

CHIEMSEE
VERLAG

KRINKE
REHBERG
KRIMI KAWA
DÜNENGRAB
SYLT
KRIMI

Eine kranke Seele auf der Suche nach Gleichgesinnten

Thriller

ISBN: 978-3986600020